张翎 —— 著

流年物语

北京出版集团公司
北京十月文艺出版社

目
录

第一章

河流物语　（2009 年 9 月）

　　我是一条你轻易找不到一个合宜的词来形容的河流。假若你信手翻开诸如《世界河流辞典》《河流大全》或《全球河流百科》之类的工具书，我大概都够不上那上面的任何一条由数据所界定的"最"标准。我既不算最长，也不算最短；既不算最宽，也不算最窄。我在被严重滥用了的"最"字所区隔开来的中间地带里穿越了许多个世纪，安然、宁静、认命，虽然偶尔也渴望着永无可能的冒险和突围。

　　如果你非要挖空心思找个词来形容我，"无奇"大概可以算得上是一个。

　　我不像多瑙河那样曲折绵长地流过如此多的国家和城市，在它身后留下几个发音略有不同的河名，还有一串时时更改着主权的边界线。我也不像幼发拉底河和底格里斯河那样，用自己瘦弱的河床，还有像上帝一样守时的年度泛滥，来哺乳着一个后世只能用战争来破解的谜一样的文明。我甚至也不像恒河，用慢得几乎接近于静止的流速和亘古不变的耐心，一粒沙子一粒沙子地堆塑着一个与洁净和成圣相关的神话。我感叹扬子江从六千米雪山顶上纵身一跃的壮烈和决绝，我羡慕尼罗河在一望无际的沙漠中一寸一寸开辟道路的耐性，我嫉妒亚马孙河一只手撑起雨林另一只手摧毁岩石的喜怒无常，我赞赏尼亚加拉河用惊天动地的落差制造惊心动魄的瀑布的匠心。无论我拥有何等炽烈的野心，归根结底我还是认命。我知道我只是一条平淡无奇的河流，我蜿蜒于一个国家的北部领土，我甚至没有勇气冲出那条细细的国境线。

　　假若你对"无奇"这个形容词不甚满意，你还可以煞费苦心地挑选另外一个词来形容我的精神特质。我建议你考虑"神奇"这个词，不过和前面的"无奇"一样，它充其量也只是一个近义词。

　　我可以想象你听到这个词时的震惊，你一定会愤恨地质疑我的神智是否健全、清醒：我怎么可以在采用了"无奇"之后，又恬不知耻地选择"神奇"？你或许以为我是一个习惯于靠模糊词语之间的界限来混一口饭吃的文痞。其实在我的个人词典里，"无奇"和"神奇"从来就不是反义词，它们只是一件事情的两个不同侧面。它们像是贴在墙的正面和反面的两幅字画，不平行，也不对立，相隔很近，却永不见面。

我选择用"神奇"作为我诸多秉性中的一个侧面，是因为我用自己平庸无奇的河道孕育了一个神奇的城市，有些人因此戏剧化地把我称为这个城市的母亲河。其实这个城市，我姑且把它叫作我的女儿吧，一旦从我狭窄的产道里成熟分娩出来，就走上了一条纯属她自己的大路。她走到这个世界上，见风就长，长成了我完全无法控制和企及的模样。她虽然由我而生，我却因她成名。人们在谈论我们的关系时，都会自然而然地用她来定义我的存在，而几乎没有人会按照事物发展的先后顺序追溯而上，把我定义为她的起源。在迂腐得有些泛酸的学究和文人嘴里，我依旧还是她的创造者和哺育者，而在市井文化中，我早已沦为她的附属品。

早在上帝创世之初，定意将渊面与陆地分开之时，我便已经存在，没有人记得清我的具体年龄，包括我自己。我的感官经过一个又一个世纪的磨损，如今已是一块丢失了线条和细节的毛玻璃。我身边终日拥堵着一群群游客，他们用各样我听得懂或听不懂的语言，制造着连分贝检测仪也容纳不下的噪音。这些噪音日复一日年复一年在我的耳道里磨出了粗粝的茧子，我再也听不到桥洞里鸽子用沾过水的喙来梳理羽毛的声音。我的河岸上一年四季行驶着令人眼花缭乱的汽车，它们的轮胎在我众多的桥面上印下深深浅浅的齿痕。它们理直气壮毫不扭捏作态地向河流向天空排泄着精力消耗之后的废气，把我的鼻孔熏成了昏黑的烟囱，我再也闻不出岸边树丛里绽放的到底是路易十四玫瑰，还是危地马拉大丽菊。我的水面上终日往来着浑身涂满了油漆广告的游轮和汽艇，它们从日出伊始直至午夜，片刻不停地从这岸开到那岸，又从那岸返回这岸，载人，载货，也载着满溢的情欲和狂欢。它们的铁锚钢舷不知疲倦地在我的身体上划开一道道伤痕，我的肌肤结了一层苍蝇屎似的厚痂，我再也无法感受鱼在水中游过时，湿软的鱼鳞触摩过皮肉时的酥痒和颤簌。

虽然我和世界上所有的老人河一样，大部分感官触角已经渐渐愚钝，可是我的视力却依旧锐利，一如我被上帝开光的第一天那样。我依旧看得清天上飞过的最细的一缕云彩，树间溜过的那丝连知了都不会察觉的风。我的眼睛，那是一双什么样的眼睛啊？它与山川与天空一样古老，见过多少从卑微到荣华的变迁，从荣耀到陨落的轮回？我的目光是世上编得最细密的筛子，没有哪一样东西能漏得过我的网眼。我既善于从一段惊天动地的人生中挖掘出深埋在底里的那条最普通平淡的根，也善于从一件最寻常无奇的事件里，剥洋葱似的剔除一层一层的伪装，直至露出那个异乎寻常的核心。

你要是不信，我就来给你讲一讲今天在岸边发现的事情。

今天我发现了一位中国女子，就在那座挂满了恋人的连心锁的艺术桥上。她个子不算高，也不算矮，身材正浮游在从消瘦到微微发福中间的某个模糊地带。如果用现代度量衡标准来测量，她的容颜离美丽所相隔的距离可以用公里来计算，离好看隔的是尺，却几乎精确地压在了顺眼这条线上。她从桥的这头走到那头，然后又从郊头走回到这头，巡回往复，一程又一程。"走"在这里是一个语意含混的词，因为她看上去似乎没有在使用脚，或者说，她的身子底下似乎没有长脚。可是她的肩上也没生翅膀，我更不能用"飞"来描述她的移动方式。假如一个句子里非得有一个动词，我想"踅"或许有点接近——她移动起来的样子更像是被风从一个桥墩扫到另一个桥墩的柳絮。还要在更后面一点的时间里，我才会意识到：她这样走路不是因为她没有脚，而是因为她丢失了心。而心，恰恰是身体里最重的一个器官。

这个女人身穿一件灰色的风衣，一条颜色略深一些的灰裤子，都是巴宝莉的产品。风衣里头套的那件超薄毛衣，是华伦天奴的设计。脚下的那双平底黑鞋子，是巴利的造型。手里提着的那只黑手袋，则是古琦这一季的新宠。就连那条只在领边上露出惊鸿一瞥似的丝巾，也是范思哲淑女系列里的一款。这个女人身上的每根汗毛都裹着名牌，可是这些衣物的色彩内敛到几乎晦涩的地步，款式保守到近乎古板，除了我，没人能猜得出它们商标上的价格数码。我不仅看穿了它们被小心翼翼藏掖起来的昂贵，我还看出了它们的新。女人大概是第一次穿这样贵重的衣物，她和它们都还处在惴惴不安的磨合期。

在我作为河流的漫长一生中，我见过了许多中国人，可是这个女人和我见过的所有中国人都不同。她既不像雨果故居里陈列的瓷盘上绘的那些云鬓高结绢扇遮脸的娇小姐，也不像地铁里那些染着紫色头发吹着一口如泣如诉的竹笛的卖艺女子，更不像是香榭丽舍大街的路易·威登旗舰店里为每一款新手袋一掷千金的贵妇人。她其实也取了一些她们的特点，东一麟西一爪。她把这些特点磨去了棱角和毛边，磨成了一个圆。她把自己安安稳稳地放在这个圆里，既不会绊住谁的脚，也不会勾住谁的目光。可是她却忽略了我虽然老了却依旧锐利如刀的眼睛。我的刀刃轻轻一晃，就在她镇静寻常的外表上拉开了一个口子，一眼看出了底下的破绽。

我看到的是惊惶：从无知懵懂坠落到清醒彻悟时的惊惶。其实类似这样的坠落，在谁的一生里都有可能发生，只是它发生在这个女人身上时，未免有些晚。她在无知的舒适里待得太久了，她的感觉触角已经被惰性分化瓦解，她身上所有的细胞都已经失去了弹性。她无法面对猝然着地的锐痛。她的思考能力一下子被摔成了一摊烂泥。无知的时候，路只有一条，她闭着眼睛也知道怎么走。清醒的时候，眼前突然就生出了许多岔路，她不知何去何从，她一下子蒙了。看着她不知所措的样子，我忍不住感叹：与其在清醒中痛苦，何不在无知中快活？无知是一张最好的保鲜膜，无知把真相裹住了，真相的毒汁就无法渗入到神经。没有人真正需要真相，除了上帝。可是人非得踩过真相的刀山火海，被真相扎得体无完肤，才肯狠心戒除真相——那已经为时过晚。

天渐渐黑了，暮色像一杆蘸满了墨汁的狼毫笔，三下两下抹去了天空、女人、街道和桥栏之间的分界，把他们变成一团深深浅浅的水墨。突然，有一样东西从女人手上飞出来，在空中划了一道萤火虫似的弧线，然后坠落到河里，在开始稠浓起来的水面上凿出一个小小的洞眼，最后慢慢地沉入水底，和淤泥水草交缠成难以割离的一体。

那是垃圾。

我曾看见无数人从我的岸边漫步走过，听任河水引领着他们进入各种关于宇宙和人生的神秘梦想。他们在把我当作幽思的源头时，也把我当成世上最大的免费垃圾场——他们在我的河面上信手抛掷下各式各样的垃圾。有的垃圾是有形的，比如废纸片、油画颜料、用过的汽水瓶和塑料袋，甚至还有撕碎了的结婚证。有的垃圾则是无形的，比如失望、惆怅、恐怖、沮丧、愤怒、嫉妒 …… 我无言地收纳着人们扔给我的所有垃圾，一个百年又一个百年，我的河水因此变得黏厚而沉重。

然而这个中国女人扔下的，却是我一生中见过的最昂贵的垃圾。

那是一只卡迪亚三色金钻石戒指。

即使我拥有锐利如刀的眼力，这个在艺术桥上踟蹰徘徊的中国女人，也还是让我有些迷糊，因为她似乎模糊了生和死之间的某些界限。她身上的一些部分已经死了，而她身上的另外一些部分却不肯跟着去死，所以她看上去半死半活，或者说，不死不活。

她其实不想清醒，她知道从无知闯入清醒，就是从快活走向死亡。可是她由不得自己。清醒来的时候，像贼，人防不胜防。她被清醒狙击了，她毫无准备地被清醒带到了死的分界线上。就在她差一点踩上死亡时，她突然再次清醒——从清醒中清醒。第二次的清醒把第一次的清醒变成了糊涂，她明白了自己的糊涂，于是她决定扔掉糊涂。

所以她丢弃了那只三色金的卡迪亚钻戒，就在我的河水中。

我虽然没有看见过她无知时的懵懂，我却见证了她清醒时的痛楚，还有清醒之后的再次清醒——那是痛上加痛。

我是塞纳河。

我孕育的那个城市叫巴黎。

第二章

瓶子物语　　（**2009 年 8 月**）

　　我是一只不大也不小的玻璃瓶子，如果你把我松松地捏在手中，我的体积大概可以充盈你的手掌。和其他的玻璃瓶子相比，我身上的材质略微厚实一些。而且，我不透光，颜色在棕褐和橙黄之间，有点像天然琥珀。我头戴一顶同样材质的帽子，帽檐里有三圈深螺纹。我被设计成这个样子是因为我的用途——最早的时候我是一只医院药房里装药的瓶子，我必须具备避光和密封这两个特质。我看上去敦厚而不呆板，端庄而不失活力，同时我还善于严守秘密，所以我的主人，我是说我的前主人，在服完我肚腹里的药丸之后，没舍得把我扔掉，而是把我藏在了他的公文包里。毕竟在现今这个年头，药房为了节省开支早就换用了廉价的塑料瓶子，你已经很难在医院里找到一只像我这样中看也中用的玻璃瓶了。

其实，他把我藏在公文包里，并不完全是因为舍不得，还有一个重要的原因，是他不想让他的妻子知道他在服药。后来日子久了，他就忘记了我的存在。直到有一天，他死了，他的妻子从他公文包的夹层里意外地找到了我。当她看到我身上贴的那张药名标签上的日期时，她吃了一惊——她没想到他竟然背着她服了这么多年的药。

于是她就从她死去的丈夫那里继承了我。她把我身上的标签纸撕了，用丝瓜筋把我刷洗得干干净净，晾干了，塞在一个行李箱里，带着我坐上飞机，从上海飞到了巴黎。到巴黎的头天晚上，她从行李箱里掏出了几个装满了我说不上名字的液体的袖珍瓶子，把里边的液体都汇聚在了我的肚腹里。那液体大概在箱子里沤久了，闻着有些馊。我不喜欢，却也无可奈何，从我被制成瓶子的第一分钟起，我就懂得瓶子的命运和军人一样，我们的天职只能是服从。

我的新主人带着我行走在巴黎的大街小巷。她把我捏在手心，而她的手一直插在她的裤兜里。我渐渐习惯了她手掌的温度和湿度，也渐渐适应了她口袋里的黑暗，一如我当初适应了她丈夫公文包里的黑暗那样。我皮肤上的毛细孔一个一个地张开，它们就成了我黑暗中的眼睛。我看得清她的一举一动，她却不知道我在观察她，因为她在明处，我在暗处。还有，她和人类所有成员一样，从来不觉得有必要防备一只玻璃瓶子。

　　我忘了告诉你：我现在的主人是一个叫全力的女人。

—— · —— · ——

　　"对不起，先生，我，我……"

　　全力虽然知道她的法语天地很窄，却不知道竟然窄得只有一步路。她刚颤颤巍巍地踩出去第一脚，就已经咚的一声鼻青脸肿地撞到了边界线。临来之前，她跟着一位大学老师狠狠地学过几个月的法语，可是五十四岁的记忆是一面网眼很粗的筛子，无论撒上去多少料，留在面儿上的，总归是那么几个可怜的小颗粒。

　　天还早，阳光还很清淡，颜色和黏度都还是稍后的事。墓园的静谧还没有被导游的嗓门戳出破绽，石子路径也还没来得及落上游客鞋底的泥。风和空气都还是昨夜的，半睡半醒，轻轻懒懒的甚至翻不动一片梧桐叶子。

　　迎面走过来的是个四五十岁的法国人，身上系了一条黄色的塑料围裙，左手拎着一只水桶，右手捏着一把沾着青苔和泥土的小铁锹。全力是凭着他的这身行头猜出来他是个守墓人的。

　　那人被她猝然拦截在路边，怔了一怔——他极少遇见来得如此早的谒墓人。他眼神里的那丝惊讶慢慢地游走成了一团疑惑。

　　"你找谁的墓？"他问。

"我，我找……"

全力结结巴巴地报出了一个名字。她知道她没把音发准，因为她看见他的眉心蹙成了一团乱线。每一个法语字眼顺着她的脑子走一圈，再从她的舌尖上溜出来时，早已经被沿途的路障修理得面目全非。母语的土壤太硬太实，容不得外语在那上面扎下根须。

她把那个名字又重复了一次，他依旧还没有听懂。

5 | i̇ .7 2̇ i̇ 5 3 | 6 - 4 ……

突然，她听见一些声音从她的口中蠕爬出来。那声音仿佛是一串散珠子，被一根铁丝穿成了一条硬线。那线被一只看不见的手拽着，从她的心底慢慢地钩扯出喉咙。铁丝和珠子在她的身上待了很多年数，和她的五脏六腑已经磨合成了根与土壤那样的默契，乢离的过程有些意外，铁丝和肉都没有防备，所以就有些疼。全力咧了咧嘴，这才醒悟过来她原来哼了一段乐谱。

她看见守墓人泥塑木雕般的脸上，突然裂开了一条缝。理解从那条缝里野藤似的窜爬出来，迅速开出一朵微笑。她知道他听懂了。

"哦，你要找的是欧仁，我是说欧仁·鲍狄埃。你跟我来。"

他大步流星地走在了她前头，引领着她的路。

她跟在他身后，一边走，一边想：我怎么会走迷了路？

这不是她第一次来拉雪兹公墓，也不是她第一次来拜谒欧仁·鲍狄埃的墓地。她并不情愿使用"拜谒"这个词，它听起来蕴含了一丝她这个年纪已经扛不动了的景仰和凝重。她有点想用"看望"，可是这也不是她最想要的词："看望"把他摆置在了一个老朋友的位置，听上去多少有些一厢情愿的熟稔和轻佻。她想在"拜谒"和"看望"

中间的某个地带找到一个合宜而且感觉舒适的词，可是她找来找去一无所获，只好无奈地选择了凝重。

那天她跟着那个女人来到拉雪兹公墓的时候，她压根就没想到要记路。她以为那是她的第一次也是最后一次，她完全没有料到她还会再来——仅仅在几天之后。

"我当了二十多年的守墓人，见过很多人来找欧仁的墓地——不是这个欧仁，而是欧仁·德拉克洛瓦（法国著名画家）。这个欧仁在我爸爸我爷爷的年代里，还是挺红火的。那个时候的法国年轻人，十个有九个是左派。你要是从来没左过，那你就算一辈子没年轻过。"守墓人眉飞色舞地说。

在那一长串神情激越的话里，全力只捞着了两个词："爸爸"和"爷爷"。这就够了。所有其他的词只不过是枝枝蔓蔓，而这两个词才是干。即使削去了所有的枝蔓，只要干在，意思就在。全力毫不费力地听懂了他的意思：在时代的记忆周期里，那个叫欧仁·鲍狄埃的人已经流失。

全力跟在守墓人身后默默地走了一小段路，一抬头，猛然看见了"第九十五墓区"的路标，不禁愣住：遇到守墓人之前，她已经在这个区域来来回回地绕了许多圈，竟然如此不可思议地错过了这个离她仅仅几步之遥的路口。她不由得想起了小时候母亲说的"鬼打墙"的故事，心里咯噔了一下。

"你是我今年遇到的第二个来看欧仁·鲍狄埃的人。第一个是个俄罗斯老头。"守墓人说。

全力的耳朵唰的一声猝然张开，那一刻她竟然抓住了他话语里的每一个字。她想说："你看漏了眼，在那个俄国老头和我中间，还来过另外一个不知廉耻的中国女人。"可是她刚一张口就知道了自己的无能——那寥寥几个潜伏在她喉咙口的法语词远远不够搭建这样一个冗长复杂的句子。她只好笑了一笑，默认了他的错误。

"你，我……"她指了指他，又指了指自己，嚅嚅地说。

他没明白她的意思，她定定地看着他，不知所措。她终于扔下破棉絮似的法语，伸出手去，一把抓住了守墓人手里的水桶和铁锹。

原来她只是想借用他的工具。他想。

他把水桶放在墓碑上，卷起袖子，准备帮她一起冲洗石碑上的野草和青苔，她却用肘子碰了他一下，又指了指远方，怯怯地，坚定地。

他一下子悟出了她的意思：她想独自待在这里，她不愿意和别人一起来分享那些与欧仁·鲍狄埃相关的记忆。

这个女人实在有点古怪。守墓人想。可是在他漫长的守墓生涯里，他已经见识过了太多古怪的事和古怪的人。这些事这些人如泥沙一层又一层积淀下来，不知不觉间垫高了他的感受阈值，终于有一天，再也没有什么东西可以轻易刺穿他的感觉神经。

"随便你。到时候把水桶和铁锹留在这里。"

他头也不回地走了，留下她一个人待在空空荡荡的墓区。

一个星期前，全力按照律师给她提供的地址，找到了位于巴黎二十区一条叫龚贝塔街上的那幢公寓。从地铁站一钻出来，迎面就看见了拉雪兹公墓的醒目指示箭头，她暗暗吃了一惊：没想到那个地址，竟然和这个举世闻名的公墓近得几乎只有一墙之隔。当然，还要过一些日子，等到猜疑的尘埃一一落地，真相的筋络大致凸显之后，她才会醒悟，这原非巧合。

那个早晨，当她迈出下榻的旅馆大门时，或许是台阶，或许是鞋跟的缘故，她膝盖一软，几乎绊了一跤。她扶住栏杆站起身，听见门房在她身后喊了一句："祝你今天过得愉快。"她没敢回头也没敢接应，因为她觉得那话听起来有一丝意味深长。她的脊背在隐隐发烫，她猜想是那人深不可测的目光。等到她跌跌撞撞地走到街上，心依旧还在一戳一戳地跳。她不知道是在生命的哪个环节里，她原本如钢索一样粗硕大条的神经，竟然被磨成了草木皆兵弱不禁风的细绳。

天是个大好的天，太阳升到这个高度，已经渐渐丢失了颜色，只剩下一片无遮无拦的白。这白不是别处的白，这白带着别处不曾有的质感和厚度，一座城市被这样的重量压得低眉敛目。风吹过来，把水面上的那层白撕开了许多条缝。风是轻软的，可是那轻软底下却暗藏了几个毛茸茸的钩子，树还没觉得，肌肤却已经知道了。全力耸了耸肩膀，把手插进了衣兜。突然，她的手触摸到了兜里一样冰凉的东西——那是一个玻璃瓶子。她的身子不由自主地颤了一颤。为这次的巴黎之行，她已经做了几个月的准备，她已经仔仔细细地设想过了每一条路上可能会遭遇的岔道，每一个步子可能会踩到的暗沟。可是等到她真迈出第一步的时候，她还是感到了无可名状的恐慌。此刻她几乎后悔没答应让女儿思源同行。

在全力的记忆中，思源从来没有认真地听过她的话，无论是看法还是建议。最初是无声的忽略，到后来发展到激烈的抗争，再后来又回复到淡然的漠视，只是后来的沉默与早先的沉默相比，又多了一层轻蔑。这个过程持续了将近三十年，长得让全力几乎忘却了思源对她也曾经有过嗷嗷待哺的短暂依恋，她几乎觉得思源第一次睁开眼睛看世界时，那眼神里就已经蕴含了质疑一切的叛逆。

那天当她告诉思源要启程去巴黎的时候，思源未经思索脱口说出了一句话。严格地说，那都算不上是一句话，因为那句话里只有两个字："不行。"那两个字很坚很硬，像石头也像铁，中间没有任何缝隙，可以容得下一丝回旋的余地。那语气完全不似女儿和母亲之间的商议，倒更像是母亲对女儿的命令。全力没回答，只是从手提包里拿出了签证和机票——那是木已成舟的决心。思源沉吟了片刻，才说那我也去订票。

全力怔了一会儿，才听懂了女儿话里的意思。她觉得脸颊有些细微的刺痒，拿手一抹，原来是眼泪。眼泪流过肌肤的感觉很陌生，她一时竟不知如何应对——她一直以为她的泪腺在刘年死的时候就已经全然干涸。眼泪来得太出乎意料，一切防线瞬间土崩瓦解，脑子似乎不再管事，她发觉自己靠在了女儿的肩上。女儿被她的举动吓了一跳，身体在撤退和坚守的犹豫之中僵成了一块石头。女儿的肩膀是一种坑坑洼洼的坚硬，即使能靠，也不舒适。她坐直了，擤过鼻子，平静地说：

"这世上有的事只能一个人独自面对。"

这是女儿和她发生争执时说过最多的一句话，没想到在那个时刻竟然被她拿来回赠给女儿。女儿被这句话噎住了，一时无语。女儿不再坚持，只是说我给你换一个智能手机吧，买张卡，够你订两个小时的国际长途。用完了发信息给我，我在这边充值。

女儿说这话的时候，没抬头看她。她从女儿的语气里听出了担忧，还有藏在那层担忧底下的一丝几乎难以察觉的赞赏——那是两样在她与女儿的交往过程从未体验过的新奇。

全力在门洞里的那排按钮上找到了地址上写的那个房间号。扬声器已经老旧了，嗡嗡地飞着蚊蝇似的电流声。她听见了一个男人的声音："你找谁？"

狂野的心跳堵塞住了她的五官和思维通道，她的脑子刹那间一片空白。

"我找，欧仁。"片刻的停顿之后，她终于说。

门开了，她走进电梯，腿软得像两根棉花棒，怎么也撑不住一个身子的分量。她扶着墙勉强站住了，下意识地捏住了口袋里的那个瓶子。瓶身有些凉，也有些滑——那是她手心的汗。她想掏出那个瓶子，可是手抖得太厉害，掏了几次也没掏成，倒被旁边钥匙链上的毛刺割伤了指头。她并不觉得疼，只看见一丝乌紫从指甲边缘上弥漫开来。她吮住了那个指头，舌头和口腔里泛起了一股几欲让她反胃的腥咸。那股腥咸像一根棒子猛然就把她砸醒了，她想起了此行的目的。她用两根指头捏紧了那个流着血的指甲盖，缓缓地走出了电梯。

过道很高，很窄，也很昏暗，空气中隐隐飘着一丝猫狗的尿臊味。她知道有路灯，只是一时找不到开关，只好在电梯口上停了一会儿，等待着眼睛逐渐适应环境，终于看清了斜对过的那个房门号。

704。

她一下子联想起那个数尾带着凶兆的谐音，忍不住冷冷一笑，朝着那扇门走过去。

她的指头刚触到门铃，门就开了。她猜想屋里的那个人一直趴在猫眼洞上看她，身上的汗毛突然就竖成了针。

开门的是一个法国男人，头发花白了，脸色却依旧红润，身穿一件洗了多水的格子衬衫，腰杆笔直，肚腹上有一圈隐隐约约的赘肉。这是一个可以舒适地躺卧在四十岁到六十五岁年龄段的男人。

"你是欧仁？"全力问。第二语言的路障极为适宜地掩藏住了她的惊讶——她设想中的欧仁有十个百个版本，但却没有一个版本与眼前的这个人相吻合。

男人回了一句话。这句话有点长，也有点绕，全力没听懂。男人看出了她的疑惑，便又重复了一次。这次全力一字不落地听懂了。

"我不是，可是这里的确有一位欧仁。"

全力怔了一怔，才醒悟过来男人说的是中文。男人的中文犹如坑坑洼洼的山路，曲折却基本达意。

"你认识欧仁？"他问。

"认识，哦，不认识。"她说。她的法文此时已彻彻底底地让位给了他的中文。

男人哈哈大笑起来。他的笑声仿佛是一面用最结实的牛皮制成的大鼓，轰隆轰隆地擂得她的耳朵嘤嘤作响。她感觉自己的嘴角松了一松，那是笑的前兆。她用牙齿紧紧咬住了嘴唇。他在等着缴获她的警戒，她不能让他得逞。

"进来坐吧。"男人终于止住笑，把她让进了屋里。

屋不大，堆满了各式各样的杂物，有开了口的麦片盒子，留了几根薯条的塑料盘，喝了一半的咖啡杯子，随意翻在某一页上的时装杂志……布沙发的靠背上倒挂着一件女式夹克衫，烂俗的桃红底上印着烂俗的大丽花，显然是匆匆换下来的，袖子堆成一坨缩在袖筒里，肩膀上有一个焦黑的洞眼，是烟头烧的。

全力朝沙发走去，脚抬到半空时突然停住了，因为她被茶几上摆着的一张照片勾住了眼睛。

照片里是一个十二三岁的少年人，赤脚站在一片沙滩上，手里捏着一顶墨西哥风格的草帽。少年的脸被正午的阳光洗得雪白，嘴角高高地挑出一个灿烂的微笑。少年的微笑里有一根尖锐的刺，猝然扎进了全力的心。全力毫无防备地抽搐了一下，不由自主地捧住了心。她看见一股汁液从她的指缝里汩汩地流出来，流到破旧肮脏的地板上，像水，也像血。可是它既不是水，也不是血，比水浓些，又比血淡些。她知道那是她碎了的心。她想跪下去把那团东西一把一把地捧起来，塞回到胸腔里去，可是太烂太碎了，她凑不回来那颗心了。

谁也不用告诉她，就从那张照片上，她一眼就看出了刘年的基因。刘年那双夹杂着困惑神情的眼睛，刘年那个略略上翻的蒜头鼻，刘年那两片带着一丝与生俱来的乡气的厚嘴唇……出发时她对那个未知的欧仁的最坏想象，此刻终于无可更改地落到了实处。

"我想，你找的，应该是他吧？"那个法国男人站在她身后说。

"这个欧仁，是你的什么人？"全力问。

"这个问题，一两句话肯定不够用，应该等苏菲回家，让她告诉你。你说呢，全力？"

全力猛地跳了起来，仿佛一脚踩上了一只老鼠。

"你怎么知道，我的名字？"她问。

"因为苏菲一直在等你，等了好久了。"男人说。

"谁是，苏菲？"

男人望着她，眼神渐渐变得复杂起来，似乎有些居高临下的宽恕，又似乎有些看穿了她小伎俩之后的愠怒。

"你应该很清楚，苏菲是谁。"男人缓缓地说。

"她在哪里，现在？"

男人指了指墙上的挂钟，说："这个时间，她当然在上班。"

全力哼了一声，说："她需要上班吗？"

话一出口，她就感到了热度，喉咙和舌头上有一股隐约的焦灼味。这其实只是半句话，还有半句被她吞回了肚腹，不是因为怕，而是因为不屑。

那吞回去的半截话是："她这样的女人。"

男人叹了一口气，说："世界上不是每一个人，都能像你那样可以自由支配时间。苏菲每周工作六天，每天工作八个半小时，不算坐快线倒地铁的时间。"

全力向男人要了纸笔，趴在桌子上写了一张字条。

"这是我的电话，让她三天之内联系我，假如她不想我在公寓门口堵她的话。"

全力不等男人回话，转身就走。走到门口又折回来，问："那个孩子呢？他在哪里？"

"欧仁住校，周末才回家。"男人说。

砰的一声，门关了——是全力带上的。

"三天，我给她三天。"

男人听见全力的声音风一样地从门缝底下挤了进来。

全力做了三天的准备，可是第二天中午，那个叫苏菲的女人就打来了电话，趁午休的空当，她约全力周日早上在蒙巴纳斯一家叫Le Select的咖啡馆见面。

女人的声音隔着一条电话线听起来疲惫而沙哑，声带和舌头仿佛都经过了粗号砂纸的打磨。还要过几天全力才会知道，打磨女人声带和舌头的那样东西不是砂纸，而是香烟。还要过更久一些，全力才会醒悟，女人的嗓子其实是女人的武器，女人用它来遮掩情绪，骗过警觉。女人的声音是一张盖在篮子上的陈年报纸，满是灰尘皱褶，脏旧得让人懒得花心思去猜度篮子里的内容。

"一个人，你只能一个人来。"全力说。说完了才想起来这话其实该轮到那个女人说。

咖啡馆不大，毫不起眼地混杂在街上一家挨一家的餐馆酒吧之中，全力险些错过了门脸上的那块招牌。她站在街沿的那片风里收拾了一下心思，才慢慢地推门进去。裤兜里的那个瓶子微微地发着烫，那是她一路捏出来的热度。这几天她一直带着这个瓶子上路，她已经渐渐习惯了手心的这一握体积。暗夜里，在睡眠来临之前的那片狂野思绪中，她给这个瓶子设想过千种百种的用法，每一种都让她感到出了一身臭汗般的淋漓畅快。可惜这些狂野的想法见了光就死，白天一起床就变成了一张张满是窟窿六个指头也捡拾不起来的烂绵纸。

她知道她还在等着被人逼急。

　　隔着玻璃门她一眼就看见了那个女人，从那件印着大丽花的烂俗桃红夹克衫上认出来的。女人坐在靠墙的一张桌子上，丢给她一个瘦骨嶙峋的侧影。女人挑染成酒红色的头发在脑后松松地挽了一个髻子，上面插着一串廉价的塑料珠花。女人一只手在胡乱地翻着酒水单，另一只手的食指和中指之间捏着一根烟，烟头上堆攒着长长的一坨灰。

　　她在女人对面坐下来，手依旧插在口袋里。女人抬起头来看见了她，身子轻轻一颤，烟灰落到了桌布上。她从女人眼里看出了一丝惊讶——这正是她期待的。

　　出门前全力认认真真地打扮了一番，今天身上穿的每一件物品，都是刘年从世界各地给她买来的名货，连胸罩和裤子，都是米兰出产的品牌。这些衣物在柜子里已经躺了好几年了，有的甚至连价格标签都还没来得及剪下。肌肤裹在这一片由昂贵缝制成的柔软里却感觉陌生，对着镜子的一刹那她几乎认不出自己了，这才知道名牌为何能活过一切乱世烽烟而长盛不衰的道理。最后一道程序是涂口红。当她把那管几乎原封未动的珊瑚色口红从那个贴着金色C.D.标签的蓝套子里抽出来时，她突然感到了荒唐：刘年已经死了，她还需要证明什么？

　　可是，她只是咽不下这口气。

　　"大姐，你好像，过得还好嘛。"女人说。

　　女人的声音听上去比电话里还要破损沙哑。女人说这话的时候脸上带着一丝，不，是一团，满不在乎的笑意，咧开的嘴里露出一口黄褐色的牙，牙龈上残留着一片昨晚刷牙时遗漏了的菜叶。全力就是从这团满不在乎的笑里猜出了女人的年纪的——这个女人应该起码比自己年轻二十岁。年轻有力气，扛得起世上一切最烂俗的东西。年轻不需要品味，品味还是后来的事，品味是专门留给那些没力气扛起烂俗的人的。

刘年要的，就是这份烂俗的年轻。

全力突然就泄了气。

"你觉得，我应该是什么样子？衣衫不整，眼泪洗面？"全力疲惫地问。

女人没回答，女人只是急急地吸了一口烟，又急急地把那口烟吐了出去，仿佛喉咙口蹲着一只穷凶极恶的看门狗。

"这家咖啡馆很有名，来过很多名人。海明威，毕加索，肯尼迪，常常来这里一块儿喝酒。"女人突然换了话题。

"海明威在巴黎喝酒的时候，肯尼迪才刚刚学会走路。"全力冷冷地说。

全力的话里有一根粗刺，女人不是没觉得，女人只是不在意，女人顺手一拔，就把那根刺扔了。

"这个是杜拉斯，梁家辉演的那部电影《情人》，就是她写的书。"女人指着墙上贴的一张剪报对全力说。剪报上有一个矮小干瘪的老太太，身边站着一位威猛年轻的男人。

"这男的是她的最后一个情人，比她小四十岁。"

女人的嗓音沙沙地穿过全力的耳朵，在耳膜上钩出一条条肉丝。

"我不是来听你八卦的。"全力忍无可忍地打断了女人。

"照过这张照片的第二年，她就死了，他一直给她端屎端尿……"

女人的话仿佛是一块从坡上往下滚的石头，怎么也刹不住步子。

　　砰的一声，女人跟前的那个水杯弹跳了起来，白桌布上溅上了几滴淡黄色的柠檬汁液。那是全力砸在桌子上的拳头。

　　"行了。"全力说。

　　全力的话不再是刺，而是一根棒子，咚的一下把女人从自己的梦里敲醒。女人愣愣地看着全力，脸上的笑如挨了霜的花，渐渐地就败了。

　　"我哪知道这些事？都是于勒告诉我的。于勒教历史，退休前。"女人嚅嚅地说。

　　"怎么勾上的，这个于勒？也跟勾刘年那样？"全力把桌子上那只攥得紧紧的拳头，慢慢放回了口袋里。

　　女人不接应，依旧一口接一口地抽着手里的那根烟。那烟短到几乎烫手的时候，她才猛然往水杯里一扔。哧的一声，淡黄色的柠檬水里游出了一条褐色的虫子，空气里弥漫开一丝焦糊味。

　　"我就是个婊子，随你怎么想。"女人说。

　　全力怔了一怔。她口袋里的那只拳头从来也没松开过，她把一身的劲都攒在了这只拳头上，就是为了对付女人的牌坊。这一路上她把女人可能编造的各种牌坊都设想过了，她唯独没想到的是：女人根本就没有牌坊。她铆足了力气想打一场痛快淋漓的架，临上阵才发现压根没有敌手，她冷不防扑了一个空。

　　女人掏出一根新烟，打火机不肯听她的使唤，咔嚓咔嚓地干嚎了好几声，才终于点着了火。

　　"来一根？"女人把烟盒推到了全力跟前。

　　那是一盒带过滤嘴的摩尔女烟，身材修长，褐色的纸上印着隐隐约约的花纹。这样精致的烟捏在这个女人手里简直有暴殄天物之嫌。这样的女人顶多只配抽廉价雪茄。全力想。

"来一口，你就放松了。刘，刘哥就说你绷得太紧。"女人说。

女人本来是想说"刘年"的，可是话走到喉咙口，就自作主张变成了"刘哥"。喉舌跟脚一样，总喜欢挑熟路走。那一声"刘哥"里有一丝遮掩不住的轻佻，不是刻意，只是出于惯性。

"不许你，提他。"全力说。

她听出了自己声音里的无力——"刘哥"这两个字抽走了她的精神气血。"哥"是一个噎了她大半辈子的称谓，而眼前这个女人毫不费力的像吹肥皂泡似地就把它吹出了唇舌。当年刘年第一次到家里来的时候，见着母亲恭恭敬敬地叫了一声姨，见到她顺口就叫了一声姐，后来他才知道其实她比他小。那一声"姐"一叫就是三四十年，一下子就把他们的关系固定在一个模式上。等到她觉察出这个模式的不舒适时，他和她都没有力气再去改变了。

"为什么？"女人轻轻地扬了扬眉毛，"大姐你千里万里来到巴黎，不就是要说说刘哥的事吗？问吧，你想知道什么？"

全力从女人的烟盒里抽出了一根烟，手颤得厉害，几乎撕破了包装纸。全力从来没有抽过烟，可是她身边都是烟枪。小时候是父亲，长大后是刘年，再后来是思源，她是在烟熏火燎的环境里出生长大又慢慢变老的。她用不着学，她早就看会了。她伸过手去向女人要打火机，女人没给，却凑过身子用自己的烟头点着了她的烟。两个人仰着头靠在椅背上吞云吐雾，定定地看着天花板，仿佛那上头刻着些旁人看不懂的咒语。

"刘年一年给你多少钱？"半晌，全力才问。

"大姐你又不缺钱，问这个有意思吗？"女人耸了耸肩说。

"有意思。我就是想知道，刘年是怎么养他的婊子的。"全力咬牙切齿地说。

女人咕地笑了一声，说："大姐你不了解刘哥吗？刘哥是生意人，刘哥从不做吃亏的事。刘哥不养婊子，只养儿子。刘哥的婊子一天要车几十件衣服，车到指头和针头都分不清楚。"

女人把几根被香烟熏得蜡黄的手指伸到全力眼前，全力看见了指头上的黑点——那是针扎破之后结的痂。

活该。全力暗想。

"你知不知道刘年成立了一个公司，等欧仁十八岁时，可以得到这家公司百分之七十五的股份？"全力问。

女人迟疑了一下，点了点头。

"你知道百分之七十五是个什么数吗？"

女人摇头，说大姐你还是不明白，刘哥不养婊子，只养儿子。多少钱也是欧仁的，和我没什么关系。

"没关系你还做什么婊子？"全力冷冷一笑。

女人看了看腕上的手表，说我只有一个休息天，你要是不问别的事，我就回家了。

"别告诉我你不知道，剩下那百分之二十五归谁，欧仁十八岁的时候？"全力拦住了女人。

女人站起来，在桌子上扔下一张纸票，说要不我带你去看一个地方吧，刘哥最爱去的。

全力想说我不去，可是全力的腿脚却没听她脑子指挥，自作主张地随着女人走出了咖啡馆。在街口等红灯的空隙里，全力问了一句话。其实话溜到舌尖她就后悔了，可话走到那个地步就有了自己的冲劲，她想拽也拽不住了。

"刘年，还跟你讲过我什么？"

她知道她在这个女人面前又矮了一截。

苏菲在墓区间的小径上蛇似的穿行，路熟得如同是自家的后院，全力一路小跑着才勉强跟得上她的步子。

"刘哥每趟来，都要看这个人。"苏菲在路边的一块墓碑前停了下来。

其实，把这东西叫作碑实在有些夸张。严格地说，这也就是一块石头而已——一块既是墓也是碑的石头。石头丝毫不起眼，藏在两棵松柏中间，小得稍微一眨眼睛就要错过。石头上长满了暗褐色的寿斑——那是风雨侵蚀过的痕迹。朝路边的那面雕凿着两行字，凹陷处嵌了些青苔和鸟屎，全力看了好几遍才勉强看清楚：

EUGENE POTTIER

1816—1887

"这是个什么人？"全力问。

"欧仁·鲍狄埃。"苏菲说。

全力觉得这个名字听起来有几分耳熟。她的脑子一下子伸出无数把铁耙子，飞快地刨着记忆表层的浮土，可是没用，她一无所获。

"《国际歌》，你不知道？《国际歌》的歌词就是他写的。"苏菲提醒道。

浮土纷纷扬扬地飞散开来，全力终于看到了埋在记忆最底层的那条根须。一串音符如游丝，若隐若现地从她的脑子里穿过。太久太久了，恍若隔世，唱那首歌的年代里，她的生活还是一张白纸。不，她的生活从来也不是一张白纸，只不过那时候，她生活的那张纸上还没有沾上那么多的污迹。

"刘年为什么要来看他，这个欧仁？"全力问。

苏菲惊讶地扬起了眉毛，仿佛在全力的话里找见了一条虫子。

"大姐你不知道刘哥最崇拜的就是这个欧仁？"

苏菲说这话时脸上带着一丝接近于天真的神情，全力却像挨了一棍子似的怔住了。她不能点头也不能摇头，她不能接应这个话头——一接应就露了她的短。

"刘哥第一次来，找了半天也没找着这个墓地，后来还是于勒告诉他的。"

"你敢把你的恩客介绍给你的丈夫？"全力问。

全力知道此刻她若有镜子，一定能照见那股从舌头流过牙齿的嫉恨的墨汁。其实这个女人除了年轻，身上再也没有一丝值得她嫉恨之处。刘年把他的婊子送到这么远的地方，就是为了让自己一辈子也没有机会发现这个女人。刘年色胆再大，也跨不过那道圈了他一辈子的沟坎，那道沟坎的名字叫良心。假如刘年把他的婊子送到洛杉矶、温哥华、悉尼，还有别的婊子成群结队的地方，她兴许还不至于这么动气，可是刘年偏偏把他的婊子送到了巴黎。她可以忍得下婊子，也可以忍得下巴黎，但她无论如何也忍不下住着刘年婊子的巴黎。

苏菲用指尖剔着牙花，那片菜叶从她的指甲缝里弹出去，在空中飞出一道轻盈的弧线，最后坠落在两块石板的缝隙间。

"于勒不是我丈夫。"她说。

全力"哦"了一声，说对不起，我忘了，婊子没有丈夫。

苏菲没说话。苏菲蹲下身去，抽下头发里的一个卡子，剔着墓碑铭文凹陷处的青苔，一下，又一下，狠狠的。全力知道她的话里有两个字终于刺穿了女人盔甲般硬实的脸皮，那两个字是"丈夫"。这一天里她已经打出了无数拳，每一拳都落在了棉花上。只有这一拳让她感到了疼——她知道她打到了实处。

"只要我哼一声，于勒随时可以和我结婚。"女人终于找着了一句话。

"可惜刘年不肯。刘年怎么能让他的儿子，认这么个老混混当爹？"

用不着看女人的表情，全力就知道她又打出了一记实实在在的好拳。

"为了讨他欢心，你就给他的儿子也取了个洋名叫欧仁？"全力在"他的"两个字上，坠上了格外的重量。

"我儿子在中国出生登记的名字，就叫欧仁，这是刘哥取的名字。"苏菲说。

全力觉得胸口一阵闷堵，呼吸有些艰难。苏菲接过了她的拳头，忍下了疼，然后再把她的拳头原封不动地送还给了她。她突然醒悟过来这个女人除了年轻之外，还拥有一样她到死也不会有的东西：儿子。她觉出了剧痛，却不能吭声，因为堵在她胸口的，是她自己的拳头。

"于勒说欧仁·鲍狄埃很穷，死了连墓地也买不起，后来是一群跟他一样的穷弟兄给他下了葬，做了这个东西。"苏菲指着坟盖上的墓饰说。

所谓的墓饰，其实也只是一块石头——一块被雕凿戎一本书样式的石头。书摊开着，左页右页都刻满了字，除了名字和日期，全力什么也看不懂。全力只见除了生卒日期之外，左页的下角还标着一个日期"1905"，便猜想那是立碑的日期。心里悄悄地算了一下，那是他死后的第十八个年头。也就是说，这个叫欧仁·鲍狄埃的老头，在一座什么也没有的白墓里躺了整整十八年，才等来了这一块寒酸的墓饰。而就在这十八年里，他的歌被翻译成了无数种文字，在无数人的舌头上雷一样地滚过。

"于勒说右边的这一页上，刻的是欧仁写的诗的题目，最后那一行是《国际歌》里的词：'英特纳雄耐尔就一定要实现'。"苏菲说。

"你只是穷怕了，刘年。"全力喃喃自语。

话一出口她就吃了一惊：这原本是她藏在肚子里的私房话，她没想讲给苏菲听。她非但没想讲给苏菲听，她甚至也没想讲给刘年听。刘年走了，她才知道刘年的身体不是她一个人的，刘年的钱也不是。刘年真正留给她一个人的，只有两样东西，一样是女儿思源，还有一样就是关于贫穷的记忆。

"两双他，天生就可怜穷人。"苏菲说。苏菲说这话的时候，嗓子有一条裂缝。苏菲的嗓子从来就是坑坑洼洼的，全力并没有在意。引起全力注意的，是苏菲那两排用油膏涂抹得极为夸张的睫毛上，那几颗闪闪发亮的东西。那是眼泪。

"两双？两双是谁？"全力问。

苏菲定定地看了全力一眼。

"大姐你不知道刘哥小时候的名字叫两双？后来参加工作了，才改的名字。"苏菲说。

全力的膝盖软了一下，身不由己地靠在树干上。从认识他的第一天起，他就叫刘年，她从来不知道他曾有过别的名字。他们认识快四十年了，他和她做了三十年的夫妻，他竟没有把他叫刘年以前的那段历史交给她保管——他宁愿把它交给一个婊子。她错了，她不仅不独占他的现在，她也不独占他的过去。他把他生命的一头一尾都给了一个别人，却只给她留下了索然无味的中间。

刘年两眼一闭，到底带走了多少她所不知道的秘密？

太阳不知道什么时候低矮了下来，天穹从苍白到璀璨，仿佛只经过了一瞬间。阳光从茂密的松针之间遍体鳞伤地挤进来，在欧仁墓顶那本爬满青苔的石书上，留下一团形迹可疑的猩红印记。

"他得病之后，你们见过吗？"全力颤颤地问。

苏菲顿了一顿，说大姐你真没认出我来？你不记得那天在病房里的事了？

全力茫然地摇了摇头。

"那天刘哥，打翻了一个，热水瓶……"苏菲犹犹豫豫地说。

全力的脑子唰地散成了一地的碎碴。那些碎碴在窸窸窣窣地四下爬动着，寻找着自己的路。渐渐的，飞尘落定了，每一片碎碴都找到了契合自己的那块地盘，模糊的记忆就凸显成一幅完整清晰的图，所有的细节都有了意义——她终于想明白了几个月前那出在她眼皮底下上演的戏。

"第二天我想让欧仁一个人找个借口进病房，谁知刘哥头天下午就走了。刘哥没赶上啊，他没赶上看欧仁一眼……"

全力听见空气里有些嘤嘤嗡嗡的声响，像雷雨前蜻蜓惶乱的翅膀，也像花丛中蜜蜂迷了路时的求救——那是苏菲在哭。苏菲哭的样子跟她的笑容一样烂俗，一把眼泪一把鼻涕，眉目蹙成一团找不到头的乱线。苏菲的哭声一下一下地磨着全力的耳朵，不是疼，只是闹心。全力很想大喝一声别哭了，可是她发现自己像剔了筋骨似的软绵，她没有力气开口。

———·———·———

那天，在拉雪兹公墓第九十五墓区，当两个女人乌眼鸡似的对峙着的时候，我开始紧张，我的身体冒出细细的虚汗。我预感到时机到了，我主人赋予我的使命，极有可能会在那一刻里实施，并且结束——我知道这项使命一旦开始，就同时意味着终结。我的主人将手伸进裤兜里，紧紧抓住了我，疼得我呻吟了一声。这不是第一次，这几天她一直在重复这个动作。可是从她手掌的温度和握住我的力气里，我断定这次和前几次有所不同。

这次她应该下了决心。

我屏住呼吸等待着她把我掏出裤兜重见天日，可是那一刻却迟迟没有到来。几秒钟后，她再一次松开了我。她抓住口袋里的另外一样东西，把它递给了站在她跟前的那个淌了一脸脏泪的女人。

那是一张揉成皱巴巴一团的手纸。

——·——·——

其实，他跟照片里的样子并没有多大差别，只是从照片搬到地上的过程中，他捡了一些东西，也丢了一些东西。

全力遥遥地望着他，心想。

捡的那样东西是活力。他是一群孩子里跑得最快的，他拿脚运球的样子，仿佛球和他的脚中间连着一根弹力很足的线，一会儿长，一会儿短，一会儿远，一会儿近，却始终撕扯不断。

那么，丢的又是什么呢？她想了半天才想明白，他丢的那样东西是蠢气。

照相机长着最毒的眼睛最刁蛮的手指，镜头能一下子把人骨子里埋得最深的那根筋挑到表面，轻轻一按，成为定格。所以照片里的他就有了那股子带着基因密码的蠢气。

那是静止的时候。

他跑动起来时，就有了速度。速度模糊了视力，速度遮掩了静止时才会浮上表面的东西。

　　他在上海长到四岁，才去了法国。那四年里她和他本该有千次万次的机会相遇，比如他坐在婴儿车里到公园晒太阳的时候，再比如他被带到医院做体检的时候，再比如他跟着大人去超市购物的时候。可是没有，她一次也没见过他。不过即使见到了，她也不会知道他是谁。她意识到他的存在，已经是他出生十二年之后的事了。

　　也许源源早就知道了他的存在，也许父亲也是。也许所有的人都是，唯独除了她自己。真相是一件厚实的棉袄，把她舒舒服服地裹在了里边。她离真相最近，所以她离真相也最远。

　　天暗下去了，风乘虚而入。在有些国度里，夏和秋的交接，往往是在一场雨一阵风里完成的。可是这些孩子并不知道，这些玩得很疯的孩子，他们还不知道秋天已经咬上了他们的脚后跟。

　　他浑身是汗，头发在额头蜷成一个个湿卷子，汗迹在那件灰色T恤衫的脊背上洇出两片大叶子。他混在那群洋孩子里，如鱼得水。若不是他的肤色，几乎没有人能辨认出他是个外来种。他开始长了，却远还没有长好，绷得紧紧的腿肚子上已经有了第一丝关于肌肉的联想，却依旧还是瘦骨伶仃，有些像刘年第一次上她家来时的模样。

　　刘年第一次来她家的时候，比这个孩子大不了多少。刘年那天坐在饭桌上的神情，拘谨得仿佛通身都绑着绳子，他害怕身上哪个部位挪错了位置，天就会塌下来在他头顶砸个粉碎。

　　不，这个踢球的孩子，绝对不是当年的那个刘年。这个孩子手指尖上有风，脚趾上也有。他头发梢上生着风，嘴角鼻梁上乜着风，肩膀膝盖上生着风，身上脸上每一个突出的部位都生着风。那风替他嗖嗖地开着路，所向披靡。

　　要是他知道六年之后，当他长到十八岁时，他将成为一份亿万资产的主人，他还会那样放肆那样快活吗？她暗想。

　　他们，这群孩子，终于停了下来。他们已经踢得太久太久，她的眼睛一路追着他，追得几乎有些眩晕。他从同伴手里抢过那个已经停止了运转的球，随手一扔。球砸在她身边的一棵树干上，发出一声西瓜爆裂似的巨响。她吓了一跳。

　　他跑过来，捡起落到地上的球，对她抱歉地笑了一笑，牙齿上的金属箍亮得晃眼。他离她如此的近，她甚至看清了他T恤衫上洗得脱了线的袖口。六年，六年以后，他将成为财富的囚徒。那个日子在步步逼近，她甚至听见了镣铐砸在地上的狰狞脚步声。可是他不知道，他什么也不知道。他被蒙在一个大气泡里，他周围所有的人，都在小心翼翼地守护着那个气泡。

　　能捅破那个气泡的，只有一个人，那就是她。

　　她的心脏刹那间停止了跳动。她扶着树干站住了，颤颤地掏出了口袋里的那个瓶子。

　　可是他已经走了。她眼睁睁地看着他渐行渐远，化成了街上的一粒粉尘。

　　她知道她错过了最后一个认识刘年的机会。

　　她觉得嘴里有一丝古怪的腥咸，过了一会儿才知道，那是牙齿在嘴唇上咬出来的血。

———·———·———

我就是在那个傍晚离开了我的女主人的。

不，我应该说，是我的女主人离开了我。

我在学校操场边上的草丛里孤孤单单地躺了一个晚上，第二天早晨才被一个清道夫发现。

清道夫捡起我，对我端庄敦厚的外形产生了浓厚的兴趣。可是他对我的兴趣并没有停止在表面，就像一个男人对一个女人的兴致不会停止在衣着上一样。他拧开我的帽子，凑过鼻子去闻了一闻，却被里边的那股馊味熏得几乎背过气去。他立刻把我严严实实地封了回去，我注意到他拧盖子的手在轻轻颤抖。清道夫在成为清道夫之前，曾在一家化工实验室里洗过瓶子，所以他凭着气味就知道了我肚腹里的液体到底是什么东西。

就是从他的嘴里，我第一次听说了这种液体的名字。

"工业用硫酸。"他喃喃自语道。

第三章

麻雀物语 （**1958-1969**）

我是一只麻雀。

不，确切地说，我曾经是一只麻雀。

我是一只世界上活得最久的麻雀。

麻雀的寿命很短，活个两三年算是正常，活个五六年算是寿星，活个七八年就是大大地赚了一把。而我，却活了整整十一年。有一本国际权威级的鸟类杂志，把我列为世界纪录。至今我的纪录还没有被任何一只麻雀打破，不管是中国的还是外国的。

我之所以能活这么久，可能跟我小时候的厄运有关。人类有一句流传得很广的话叫"大难不死必有后福"，其实这话运用到鸟类身上也同样适宜。我幼年时所遭遇的事，已经把我的眼睛磨成了铁砂，后来在人世间见到的所有疼痛和劫难，都被眼睛挡在外边，再也进不了我的心。所以我的同伴们都早早死了，我却安然无恙地活过了天年。

我是在被孵出蛋壳的第十五天里和我的全家失散的。我至今依旧记得那个早晨发生的事，清晰到每一个细节。最近有一个叫龙应台的女作家，在一本《大江大海1949》的书里，说了这样一句话："这世界上所有的暂别，如果碰到乱世，就是永别。"她说的似乎就是那天的情景。

那天早晨树林子里格外静谧，几乎听不见任何一丝树叶和鸟翅的翻动声。等我长大些，有了足够的阅历之后才会懂得：那其实是大难来临的先兆。爸爸在我们还很小的时候就离开了我们。和人类相似，麻雀的世界里妻子和孩子只是雄鸟生活内容的一部分。妈妈刚醒，正在梳理羽毛准备出门寻食。那阵子妈妈时不时地会从同伴那里听到不祥的风声，可是妈妈不能守在家里，乱世也无法卸下一个母亲肩上的担子。

妈妈似乎闻到了空气里的隐约杀气，她刚飞出去又折了回来，用她的喙亲了亲我们六个兄弟姐妹，说今天谁也不许出门，都在家里等我。很多年过去了，我仍然记得妈妈那天看我们的眼神，还有她喙上的那一抹胭脂——那是漫山遍野的红果在她唇上染下的印记。后来我就是凭着这抹印记辨认出她来的，那时她正被穿在一根细竹竿上，和成百上千只死麻雀一起，放在一辆破旧的板车上展览。

　　我们在窝里等了一会儿，也许是一个小时，也许是两个。我们那时刚刚学飞，翅膀还软，却对外边的世界有着无限的好奇。我们终于失去了耐心。大哥是第一个违背妈妈的叮嘱飞出去的，而我是最后一个，不是因为我比他们听话，而是因为我比他们胆小——我是一窝里最小的那一只。

　　正当我把脑袋搭在窝沿上，犹豫着要不要跟哥哥姐姐出行的时候，我突然听见了一声哨子。这几天山上时不时会有哨子声，但是这一声和那些有所不同。这一声很粗蛮又很尖厉，像是一把带着锋刃的大刀，把山林的静谧掏出了一个大大的洞。我听出来那是一只特大号的铁皮哨响，吹哨的是一个魁梧的男人——小孩不会有那样宽厚的肺气；而且，那人就在离我栖身的这棵树不远之处。

　　哨声终于停了，可是林子却没有安静下来，因为一阵巨大的声音攀在哨子的尾巴上响了起来，把林子层层叠叠地包裹住了。那是一些搅和在一起的敲击声，有铜锣、铁桶、锅盖、脸盆、痰盂、铝饭盒、茶缸，甚至还有搪瓷碟子。几十件？几百件？我已经无法分辨。那些声响里头最蛮不讲理的当属铜锣，它毫不谦让地第一个爬进了耳朵，把耳道堵住。可是它再强壮，也有疏漏的时候，于是那些桶啊锅啊盆啊盏啊就个挨个地钻进来，挤满了铜锣留下的每一个细小空隙。耳朵喘不过气来，抽搐了几下，就昏了过去。

　　耳朵是雀子的灯，灯一灭，脑子就晕头转向了。我浑浑噩噩地飞出了窝巢，一下子就撞在了我二姐身上。她茫然地看了我一眼，似乎已经不认得我了。鲜亮的太阳不知怎么的说没就一下子没了，林子一片昏暗。过了一会儿我才明白过来，那蒙住日头的，不是云，而是鸟——黑压压一片的鸟。上面飞着的，是长着大翅膀的鸟儿，比如苍鹰、大雁、野鸽子；底下转着圈乱窜的，是短腿短翅的鸟儿，比如我们这样的雀子。我从来不知道，在我们这个貌似安宁的林子里，竟隐藏着这么多长着羽翼的生灵。

过了一会儿，天仿佛裂了一条缝，林子稍微亮了一些，那些长着大翅膀的鸟儿都飞走了，只剩下一群像我们这样飞不高也飞不远的笨鸟。敲击声一阵高，一阵低，却一直没停。一拨人累了，就有另一拨人来接替。其实我们的耳朵早已听不见声音了，我们听到的只是一波又一波的震动。我们像是被人放在一个扬稻谷的木锨上，一忽儿扔到天上，一忽儿掼在地下。我的身子很沉，脑袋更沉，翅膀扛不动我的身子，身子也扛不动我的脑袋。我看见我身边的一只老雀直通通地撞到了一棵树干上。我想喊住他，可是我喊不动，我实在没有力气。我挣扎着又飞了半圈，我的尾巴被另一只雀子碰了一下，回头一看，原来是我大哥。他想说话，可是他已经筋疲力尽。他突然头一歪，石子似的坠到了地上，把地上的泥土砸出了一个坑。

我真希望我是个瞎子啊，我宁愿用外边世界所有的精彩，来换取那一刻的失明。可是我偏偏清清楚楚地看见了，我大哥双脚蜷曲着躺在地上，两眼定定地望着苍天，翅膀抽搐了几下，身子就硬了。

我的翅膀也开始抽筋，身子失去了平衡。我已经使完了最后一口力气，我知道我马上就会像大哥那样坠落到地上摔成肉泥。我紧紧地闭上了眼睛，准备着承受砸到地上时的那一阵巨痛。我感到了坠落时的速度，还有风。多么好啊，五月的风，不软也不硬。本来我该在这样的风里扎扎实实地练一练我的翅膀，然后和妈妈一起用林子里的酸果染红自己的喙的。可惜啊，可惜，这只能是我命里的第一个也是最后一个五月天了。

突然，我的脚崴了一下，我着地了，却没有感觉到痛。我睁开眼睛，发觉自己落在了一个装满细长黄花枝条的竹篮里。蹲在竹篮边上的，是一个二十多岁的年轻女人。那女人显然被从天而降的我吓了一跳，回过神来，看着我，摇摇头，说了一句："才多大的一个雀儿啊，碍着谁了？天杀的。"

刹那间，这张黝黑的，被汗水浸透了的脸就在我的记忆中定格成为永恒。

这时女人身后跑来一群系着红领巾的孩子，女人扯过一把枝叶盖在我身上，提起竹篮，若无其事地朝山下走去。

就是从那天起，我跟着这个女人离开了那片伤心之林，来到她居住的城里，和她一起生活了整整十一年。

妈妈曾经对我们说过，雀儿来到世上见到的第一个人，除了狠心的猎人之外，就是雀儿一生中最有缘的贵人。每一只雀儿一辈子都会遇上一个贵人，每一只雀儿都要好好守护自己的贵人。

我长大后，几乎每天都跟随我的贵人进进出出，有时借着夜色，有时借着树荫的掩护；有时她知道，有时她不知道。一直到有一天，我实在飞不动了，老死在她为我搭建的窝巢中。

————·————·————

"阿芬，什么味道，这么难闻？"

全崇武走进屋里，抽了抽鼻子，问妻子朱静芬。

静芬指了指地上的一个脸盆，说我今天摘了金银花，加上皂角，泡在米醋明矾水里，待会儿给你泡脚。这是邱阿婆的秘方。说十天半个月保证能治好脚气。

邱阿婆是他们的隔壁邻居。

"你还真信？"他挑了挑眉毛。

"她家三代是中医，反正不花几个钱，试一试也没关系。"她说。

崇武脱下身上那件印着"纺织机械厂篮球队"的背心，往凳子上一扔："一会儿洗一下，晾在风口吹干了，明天和造船厂打比赛要穿。"

崇武光着膀子的样子很中看，肩上胳膊上腰腹上的肌肉绺是绺，团是团，汗水在上头抹了一层猪油似的亮光。崇武最得意的一件事，是当了厂里的篮球队长。"那是大伙儿选的，不是上头指派的，靠的是本事。"他常常这样吹牛。

饭菜已经端上桌了，是两菜一汤。菜是咸鱼烧萝卜干、西红柿炒鸡蛋，汤是紫菜虾皮汤。崇武说食堂拿回来的是这几样，家里煮的也是这几样，天天吃这个，不能换点花样吗？

静芬在围裙上擦了擦手，说换了，今天的西红柿里放了榨菜丝，你尝尝就知道，味道不一样。

崇武看了一眼坐在桌角上用手指头勾着橡皮筋玩的女儿，说吃吧，跟你说过不用等我。厂里事多，什么时候回来没准。

女孩还不到四岁，不懂这话原来是说给她妈听的，就老老实实地回了一句："妈不让我吃。"

崇武夹起一块咸鱼，扔到女孩碗里。女孩饿了，吃得很大口，却一直低着头。

"这孩子，怎么像是别人家里捡来的，跟我不亲。"崇武摇了摇头。

静芬用指头梳了梳女孩剪得很短的头发，说你在家的时候少，全力她认生。

三个人便都埋头吃饭，不再有话，只听见筷子碰在碗沿上叮叮当当的响声。走廊尽头那个接触不怎么好的扩音喇叭，在刺刺啦啦地播放着一首歌："月亮 …… 白莲花般 …… 穿行，晚风吹来 …… 歌声……"

突然，崇武的耳朵抖了一抖，他听见了一个怪异的响声。一扭头，就看见了墙角的那个竹篮子里，站着一只脚上拴了根红绳的小雀崽。叫它雀崽一点儿也不过分，它比一只鸽子蛋大不了多少，身上只看见一个头，头上只看见一张嘴，毛长得稀稀拉拉。

"今天我去山上给你摘金银花，这只雀子落到了我的篮子里，我就带回家来了。"静芬说。

崇武把饭碗往桌上一放，骂了一声"胡来"。

"我在厂里领导别人除四害，你在宿舍里养麻雀，你让我怎么在人前说话？"他嚷道。

"这么大一片林子，它怎么偏偏掉在我的篮子里？还不是跟咱们家有缘。"静芬低声替自己辩解着。

"你给我，立刻送到，居委会去。"

崇武站起身就要去拿篮子，可是他感到腿有些沉。女儿不知什么时候已经走过来，扯住了他的裤腿。女儿的嘴唇抖了抖，却没说话，只是定定地看着他——女儿的话都写在眼睛里了。他被女儿的眼睛蜇了一下，就迈不动步子了。他把篮子递给妻子，说藏好了，别让我再看见它。

静芬把篮子放到屋里床下藏好了，再回到饭桌上来，却不想吃了，放下筷子，怔怔地看着男人端着一个豁了口的碗喝汤。男人喝起汤来喉结上上下下滚动，一丝紫菜挂在嘴角，身上的汗干了，头上却出了一层新汗。

"小李七一结婚，你说我给她买个什么礼物好？是脸盆还是热水瓶？"

静芬在冶金厂的食堂工作，小李是她的同事。

崇武不置可否地嗯了一声，继续咕噜咕噜地喝着汤。

"挑了个大热天结婚，你说怪不怪？你都光膀子了，她倒还穿着夹克衫。厂里岁数大些的，都说她腰身看起来有点那个……"

"无聊。"崇武站起来，用手背抹了抹嘴。

静芬住了嘴。

"你去给我拿件干净的衣服，我晚上有会。"他对妻子说。

静芬进屋打开抽屉，取出一件洗得看不出颜色了的粗布衬衫——那是崇武在部队时穿过的旧衣服。崇武接过来，穿了一半，又脱下来，说还是给我拿那件白府绸的吧。

静芬找出那件还带着折痕的衬衫，崇武一个一个纽扣扣好了，把袖子挽到了胳膊上。想了想，又放了回去。

"什么会，这么重要，星期天晚上？"静芬怯怯地问。

崇武没有回答。他扯过架子上晾着的毛巾，擦了擦脑门上的汗，就朝门外走去。

"全力她爸——"

女人叫住了他，递给他一个军用水壶——那也是他在部队用过的旧物。

"胖大海。"她告诉他。

崇武接过水壶晃了晃，很沉。他看了女人一眼，说晚上不用等门，我带钥匙了。

"她爸，"女人低了头，迟迟疑疑地说，"我怕是，又有了。"

男人怔了一怔，过了一会儿才听懂了女人的意思。

"什么时候的事？"他问。

"两三个月吧，不是年底就是年初要生。"

男人沉默了，仿佛不知道该说什么好。半晌，才终于嘿嘿地笑了。

"也好，这回生个会打篮球的。"

男人把水壶斜挎在肩上，走入了灯火疏朗的街市，脚步咚咚的，声气很足。男人有太多的事情要做，男人管不了趴在他脊背上的那双眼睛。

"妈妈，我们回去吗？"全力望着朱静芬，疑惑地问。

这条路全力已经走过好多回了，每一回都是被妈妈拉着来的。每一回，都是到了这根电线杆子底下，妈妈就会拉着她往回走。她问过妈妈到底要去哪儿，妈妈从没回答她。

今天走到这根电线杆底下时，静芬和平常一样停下了步子，但却不是要往回走的意思。她只是走不动了，斜着身子靠在电线杆上喘着粗气。倒也不全是累，她至今不肯接受厂里的照顾，依旧和别人一样轮着三班。她停下来是因为肚子里的那个家伙又开始踢她了。踢在这里是个含混笼统的词，其实她并不知道参与捣乱的是否仅仅只是脚。她感觉肚腹里到处都有动静，兴许是脚，兴许是拳，兴许是那个憋得不耐烦了的脑袋瓜子，它们合着伙儿欺负着她的身子。七个月了，从前头看，她的肚皮尖尖翘翘的顶着奶子，身孕已经很明显了。可从后头看，腰身空空荡荡的，几乎还没大变样。邱阿婆给她把过脉，说是男胎。厂里那些生过一堆孩子的大妈大婶，也都说是男胎。其实她也觉得是男孩，因为世上没有哪个女孩会这样淘气。怀全力的时候，胎儿安静得让她害怕，她有时候几乎担忧她怀的是个死胎。

"不回家。"她对全力说。

肚子终于安静了下来，她喘匀了气，拉着全力继续往前走。天已经大黑，路灯早亮了，只是路灯有些年数了，昏昏黄黄的照不了几步路。其实不用路灯，她摸着黑也知道，再走三五步，往右一拐，就是那座带围墙的灰砖院子了。她已经蹚过好多回路，她晓得进院左手的第一间屋，就是那个人的住处。昨天夜里她一个人躺在床上，睁着眼睛望着天花板，把今天见面该说的话，想了一遍又一遍。可是早上一起来，她又有些糊涂了。她只记得开头和结尾：开头的那句话是我知道你们的事，结尾的那一句话是你别告诉他我来过了。而开头和结尾的中间，还是一片宽阔的空白。中间的话并不重要，她对自己说，有就有了，没有也无妨，她只是想过来给那人看她的肚子的，肚皮里的孩子胜过一千一万句话。

静芬抻了抻全力的手，说一会儿进去，见着她，你就说把我爸爸还给我。全力问谁是她？静芬说跟你说了你也不懂。反正一会儿我扯一下你的手，你就说这句话。记住了？

全力茫然地点了点头。静芬就叹气，说我要有个小子多好，能替我出头呢。

两人往前又走了几步，就进了那个院子。天入秋了，街上瑟瑟地刮着风，落叶在台阶上打着旋，院子里已经没有了乘凉的人。静芬站在那扇门前，心咚地跳了起来，跳得一条街都听得清。她抬了抬手，正想敲门，却发现门没锁，轻轻一推就开了。

屋里坐着一个女人，正在灯下看书。

"关门坐下吧，外头凉。"

女人的声音平静得没有一丝波纹，仿佛一个晚上她都在等着她的来临。

静芬在女人指的那张椅子上坐了下来，全力就站在她的两腿中间。话已经爬到喉咙口了，只等着女人给她最后一扯。可是女人没说话，甚至也没看她，女人只是打开抽屉，从里头拿出一个苹果和一把小刀。女人的抽屉底下蒙着一张塑料布，布上印着一团一团说不清颜色的绣球。女人像是有些近视，把眼睛低低地凑在苹果上削皮。女人的动作很慢，仿佛在雕花，果皮簌簌地颤抖着，却一直没断。女人穿着一件洗成了白色的双排扣列宁装，里头翻出一条姜黄色的衬衫领子。头发是烫过的，用一块花手帕在脑后扎成一根蓬蓬松松的辫子，女人露出来的颈子像是一段在米醋里泡过的藕。

女人的房间很小，只容得下一张床、一张桌子和两张椅子。女人甚至没有厨房，只在墙角摆了一个铅皮的小煤油炉子。小归小，女人却在每一个角落都下了功夫。女人的房间一尘不染，被子叠得有棱有角，枕头边上放了一个敞着口的小布兜，里边装的是夏天里攒下来的干茉莉花。女人的墙上挂了一幅画，不是天安门工农兵，也不是国家领导人，而是一群裸着上身的男人在海边拉纤。男人腰背上的肌肉高高隆起，黝黑闪亮，仿佛吸满了四季的太阳和海风。女人的桌子上摆了几本书，书上边压着一个红木小镜框，里头是一个男人的照片。男人颧骨很高，眼睛很深，戴着一副金丝边眼镜，瘦得仿佛经不起一阵轻风。

女人终于削完了皮，那苹果赤身裸体地躺在她的手心，白净得犹如一枚剥了壳的鸡蛋，果皮在桌子上蜷成一条青绿色的蛇。

糟蹋了，那么好的皮。静芬暗想。

女人把苹果送到了全力嘴边。全力没有看妈妈，因为她知道此刻妈妈和苹果之间，她只能选一样。妈妈总是在的，而苹果不是天天都有。其实她也不是没见过苹果，她只是没见过这么大这么完整的一只苹果。家里偶尔买了苹果，妈妈总是先切成两半，一半给爸爸，另外那一半再切成两半，她和妈妈一人一份。

诱惑太大，力气不够，她扛不动，她低着头从女人手里接过了那只苹果。

"这是朝鲜运来的国光苹果，温州城里很少看到的。好吃吗，全力？"

女人和善地说。

全力吃了一惊，"你怎么晓得，我的名字？"

女人说我不仅知道你的名字，我还知道你妈妈上白班的时候，你就在邱阿婆家里吃饭。还有，你最怕疼，上医院打针，两个大人都按不住你。

全力终于觉得有必要为自己辩解了，她从两口苹果的间隙里抬起头来，口齿不清地说我不怕疼，一点也不。

女人歪头看着她，说怕疼也不是什么大不了的事，我比你更怕。我就佩服那些革命烈士，我要是让敌人给抓住了，还没上刑，可能就成了叛徒。

"你跟崇武，也说这样的话么？"静芬结结巴巴地问。

问完了她就意识到，这不是那句一路上都堵在喉咙口的话。昨天想了一夜的开场白，不知怎的，竟让这句全然无关的话半路杀出来抢了先。

"我从来，不对他说假话。"女人说。

女人从抽屉里拿出另一只苹果，慢慢地削起了皮。

"其实，你用不着等老全出差了，才来找我的。"女人低着头，缓缓地说。

天爷，她叫他"老全"！静芬只听见崇武的同事叫他"全书记"，领导叫他"小全"，邻居叫他"全力爸爸"。她是第一回听见有人喊他"老全"。他才二十九岁，这个女人却叫他"老全"。这个"老"字就像根裤腰带，女人用它轻轻一下就把他拴进了她一个人的地盘。

"我知道，你一直在跟踪我。"女人说。

静芬像挨了人一巴掌，哗的一下，一身的血涌上了脸，脸顿时涨成了两叶猪肝。她是来抓贼的，可是她现在反成了贼，她觉得有一万张嘴也说不清楚。她往椅子里缩了缩身子，她突然不想让这个女人看见她的肚子了——她知道她这会儿的样子难看。

惶乱之中，她扯了全力一下。全力的苹果突然噎在了喉咙口，她抬头看了妈妈一眼，茫然不知所措。

静芬又扯了她一下，这回全力就想起了妈妈要她说的那句话。她不知道那话是什么意思，但她依稀知道那不是一句好话。她本来可以理直气壮地说出那句话的，可是这只脆甜无比的朝鲜苹果改变了一切，她在咬第一口的时候，就已经丢失了脊背上的那根骨头。

"把你的爸爸还给我。"她低头看着自己的脚尖，嗫嚅地说。

女人愣了一下，突然明白过来，忍不住咯咯地笑了。女人的笑像清水从嘴边那两个浅坑里渗出来，一路漾到面颊，漾到额头，满脸便都是流动的光亮。看着看着，静芬就走了神。女人像镜子，一下照出了高下贵贱。崇武跟这个女人站在一起，才真是般配。

崇武和自己，就好比是一个饿极了的人，着急忙慌地去市场买米，见着第一箩立时就买了。再往里走几步，方知道那第二箩才是真正的没有虫子的新米。这事怨不得那买米的人，也怨不得那第二箩米，要怨，也只能怨老天爷把箩筐摆错了位置。

"你爸爸本来就是你的，谁也拿不走。"女人终于止住了笑，用手揉了揉全力的头发。

静芬扯起全力，拔腿就走。她不能再待下去了，再待下去她就要恨自己了。她只想地上有一个坑，她能钻进去，永远不要见人。她才是贼，从那个女人手里偷走了本该是她的东西。

一直走到拐弯处的那根电线杆底下，静芬才站住了，捂着胸口喘气。

"妈妈，你在发抖。"全力轻轻地碰了碰静芬的手。

静芬听见身后传来一阵窸窸窣窣的脚步声，她知道是那个女人追出来了。

"这是我织的，手艺不好，可毛线是全羊毛的，暖和。"

女人递给她一个布包。打开来，是一件天蓝色的婴儿斗篷，帽子和领子的衔接之处，穿着一条白色的缎带。

"我会叫他，每天回家吃饭的。"女人说。

回家的路静芬走得很快，全力一路小跑着也追不上。天黑得厉害，不知是谁家的狗蹲在路口一声一声地动山摇似的狂吼。妈妈没有回头等她，妈妈明知道她害怕狗。

全力咧了咧嘴，突然有点想哭。她觉得这个晚上糟糕透了，都因为她从那个女人手里，接过了那只不该接的苹果。

———　·　———　·　———

过了些日子，除四害的风声平息了些，世上又出了几桩别的热闹，剿灭雀子就不再是头等大事了。

"你该走了。再说，我哪有这么多米虫喂你？"

有一天，我的贵人拿了一把剪子，走到我跟前对我说。她是来剪我脚上的绳子的。

我的贵人肚腹已经很鼓胀了，外套底下的两颗纽子扣不上了，便随意敞开着，露出里头一件挂了丝的毛衣。我的贵人实在是个不懂得打扮的女人，身上穿的永远是说不上颜色的衣服——那是深浅不一的衣服混在一个水桶里洗出来的结果。

"妈，我不想叫雀子走。"她的女儿扯住她的衣襟说。

她女儿穿的那件毛衣也已经洗得看不出颜色了，袖口耷拉着长长的一根线。

"雀儿有翅膀，就得飞，跟人一样，有脚就得走路。我拿根绳子把你拴上了，叫你走不得路，你难受不？"妈妈说。

女儿想了想，就没了话。

绳子剪断了，贵人把我放到了她的掌心。她的手掌有很多裂纹，在一只雀子的眼中那就是深沟。贴着那些纵横交错的沟壑我感觉温暖而安全，我一点儿也不想离开。

我的贵人打开窗子，把我往天上一抛，说你飞吧，越远越好，远了才有食。

我已经很久没使过翅膀了，翅膀像是用糨糊贴在我身上的异物。我跌跌撞撞，摇摇欲坠，是风勉强托住了我。我挣扎了几下，我的脑子开始和翅膀对骂。脑子是个泼皮，又凶又倔，翅膀不是对手，最终在脑子跟前服了软。我再往下一看，突然看见了屋顶两垄瓦片中间长出来的一棵小树，才明白我已经飞高了。

虽然我每天都能从窗口看到天和云，但是玻璃窗里的天和云与玻璃窗外的天和云却是如此不同。外头的蓝和白都带着刀子，稍不留神就割你的眼睛。树已经不是先前的树了，它们已经换过了一层皮。从前的那层皮是清一色的绿，而现在的这层皮说不清颜色，有点黄，有点红，又有点灰，像我的贵人没洗明白的衣服。我看见街边的那棵槐树下有一群男孩在抢一只皮球，一个男孩把另一个男孩撞倒在地上，倒下的那个没哭，哭的却是撞人的那个。我看见一个男人的肩膀上驮着一个小女孩，大概是他的女儿，也许三岁，也许四岁，看上去依稀像全力。我不知道为什么会想起全力，其实全力从来没骑过她爸的肩膀。全力不仅没骑过她爸的肩膀，她甚至没有拉过她爸的手——那是题外话。我还看见一个驼背的老头扛着一只圆肚子的小铁炉子在喊"爆米花啰"，那个"啰"字拖得很长，拖到最后没了力气，就拖成了结巴。有一个女人从家里舀出一杯米交给老头，老头把米倒进铁炉的肚子里，黑压压地立刻围上了一群看热闹的孩子，都捂着耳朵，期待着也害怕着米炸成花的那声巨响。冥冥之中孩子们仿佛已经知道了，这一杯闲米，这一声巨响，将很快从现实中淡出，变成模糊的记忆，因为一场饥荒已经隐隐地匍匐在街口等待着他们了。到那时缸里再也不会有可供爆花的闲米，驼背老头的铁炉子，也将躺在一个墙角里慢慢生锈。

街上的热闹实在太多，我看着看着，就忘了时辰。我毕竟不过是一只几个月大的贪玩的雀子。

后来，天渐渐晚了，街市的景致一样一样地暗了下来。我突然有些害怕，我想家了。世上纵有万般的新奇，可是在那一刻里，我还是想念那只沟壑纵横的手掌。

　　我费了一些力气找到了回家的路。我在那个熟悉的窗口停下，隔着玻璃，看见一家三口正在吃晚饭。男人的两只眼睛分作两个用途，一只盯着碗里的饭食，另一只爬在碗沿上，看着摊在桌子上的一份报纸。

　　"不就是说错了几句话吗？已经处理了，还要加刑。有这么严重吗？"男人自言自语道。

　　"谁啊？"

　　女人凑过头去，也想看一眼男人的报纸。男人抖了抖手指，把报纸抖到了离自己更近的地方。

　　"说了你也不懂。"男人说。

　　男人又接着看报纸，这回看的是中缝。

　　女人突然听见了窗户上的响动，她转过身来，发现了我，脸瞬间被惊喜洗成一片绯红。

　　"皇天，是雀儿。这雀儿走了一天，又回来了。"女人兴奋地扯了扯男人的袖子。

　　女人和女孩扔下饭碗，踢踏踢踏地跑过来开窗子。我哗啦一声飞进来，停在了女人的掌心。女人的手上永远沾着水，每一条沟壑都还是原先的样子，我安了心。

　　"这小东西，还真找回来了。"男人扫了我一眼，脸二裂开了一条缝。

　　我回家三个星期之后，我的贵人，那个叫朱静芬的女人，生了。她是在走路时绊在一块水泥板上摔了一跤而早产的，在医院里住了半个月才回家。当她坐着三轮车进门的时候，我的心抽了一抽。

　　那天让我吃惊的，有两件事。第一件是我的贵人。半个月没见，她一下子瘦了一圈也白了一圈——是那种血被抽干了的惨白。第二件事是那个裹在棉被里的婴孩。一进门我就看出来了，那张布满皱纹的小红脸上，长着三只眼睛。第三只眼睛正正地生在眉心，只有我能看得出来，那是一只天眼。

　　这个孩子从钻出娘胎的那一刻起，就得为那只眼睛遭罪，因为她看得见别人看不见的东西。

———·———·———

　　婴儿裹在一件天蓝色的绒线斗篷里，靠在椅子上晒太阳。靠在这里是一种委婉说法，更准确残酷一点的说法是绑。婴儿还不懂什么是坐，大人用一根布带把她绑在椅背上，勉强固定成一个和坐相近的姿势。

　　孩子哭倦了，脸上挂着泪，正闭着眼睛养神。在这以后的岁月里，大人们会渐渐发现她经常嗜睡，没事就爱闭上眼睛。当然没有人知道，她其实就是看得太多，她的眼睛累了。

　　"让我抱一抱她吧。"鸭蛋央求说。

　　鸭蛋是邱阿婆的远房亲戚，初中毕业两年了，不安心在乡下种田，就跑到城里来想随便找份事做。正赶上静芬生产，邱阿婆就把她送过来照料静芬坐月子。

　　"得狠一狠心。我坐完月子回去上班，托儿所的阿姨哪有时间抱她？整天这样哭，叫人背后说全书记家里娇惯孩子。"静芬说。

静芬额上缠了一条毛巾，身上披着一件全崇武的大厚棉袄，懒懒地靠在床头看窗外的景致。这个时节没有什么景致，井边那棵树上的叶子都掉秃了，露出一个蓬头垢面的鸟窝。全力正在树下踢毽子，鞋底钉的那块车胎皮踩在地上发出吱纽吱纽的声响。日头亮得晃眼。她知道日头最亮的时候，就该下坡了。下坡之前的日头有劲道，晒得她脖子和背上湿黏黏的，痒得像爬了一身的虱子，却擦洗不得。这个月子坐得有些煎熬，肚皮上那条蜈蚣一样长的伤疤还没有完全收口，她沾不得水。医生说要是养不好身子，她就再也不能生了。

孩子已经有名字了，刚刚起的，叫全知。她一时还叫不习惯，觉得拗口。崇武先前起过一打的名字，什么军啊钢啊杰啊，都是预备着用在男孩身上的。没想到来的又是一个女孩，心思一懈怠，就懒得起名字。她知道他为什么最终起了一个这样的名字，那是因为那个女人的名字里，就有一个知字。

"书记是个多大的官？"鸭蛋问静芬。

"管千把个工人吧。"静芬说。

鸭蛋啧啧地叹了一口气。一千人和一个国家对她来说没有区别，她视野的边界只是一个村。

"不要老是官啊官的，你大哥他不喜欢听。"

"官就是官嘛，好事不丢人。"鸭蛋嘟哝着说。

两人正说着话，全崇武推门进来了。

"又在说我什么坏话？"他问。

"谁敢嚼大哥的舌头呢？反正都是好话。"

鸭蛋迎上去，接过了他手里的公文包。

"怎么这么早就回家了？"静芬惊喜地问。

"今天厂庆，大家都早回家吃饭，晚上看电影，工会发的票。"

静芬就叫鸭蛋赶紧去生火。鸭蛋刚转身，又被崇武叫住了。

"晚上吃什么？"

"买了鲫鱼，做豆瓣鲫鱼，大姐也好下奶。"鸭蛋说。

"小鬼厨艺不错，天天有新花样。你学着点。"崇武对静芬说。

"大哥口味重，我特地买了辣味豆瓣。"

崇武瞟了鸭蛋一眼，慢悠悠地从口袋里掏出一张油印的小纸片。

"看你今天表现如何。要是菜做得好吃，晚上我可以带你去看电影。我多一张票，反正你大姐也不能出门。"

"是，是在电影院吗？"鸭蛋结结巴巴地问。

"傻啊，你以为是在大马路上呐？五马街，大众电影院，厂里包的场。"

鸭蛋长到这大，总共才看过一场电影，还是跟姐姐走了二十里地，到公社的露天放映场看的。城里的新奇超出了她想象中的想象，脑袋再灵光，嘴巴也赶不上趟。鸭蛋的嘴唇颤颤的，却说不出话来，只是扭身冲进了厨房。

崇武也跟着过去了，那屋就叮叮咣咣的有了些动静，是鸭蛋在劈引火柴。静芬床尾的墙上挂着一面镜子，正对着厨房。静芬从镜子中看见崇武从水缸里舀出一盆水来，哗啦哗啦地洗脸。崇武洗脸的样子很凶，仿佛跟水和脸盆都有仇。他一把一把地撩着水，鼻子里发出扑哧扑哧牛喷鼻子似的声响。一年四季他都是用冷水洗脸，家里的热水瓶在这种时候对他来说仅仅是一样摆设。

鸭蛋递过一条毛巾给他擦脸。他撸下脸上的水，甩到地上，没去接鸭蛋的毛巾，却一把拽住了鸭蛋的手。镜子不仅长着眼睛，镜子也长着指头。镜子的指头轻轻一勾，就把另一间屋子里的事近近地勾到了静芬跟前。静芬看见鸭蛋的脸红得像鸡冠，却没有躲闪，任由崇武把她那只沾着柴皮的手，含在了他湿漉漉的嘴里。他咬了她一下，她轻轻地呻吟了一声，嘴巴像落在网里的鱼似的，张开了一个微微颤动的小口。

静芬闭上了眼睛。

这时候绑在椅子上的婴孩惊天动地地哭了起来，屋里所有的声响瞬间都停了下来，静芬喊了一声鸭蛋你快过来，看孩子屙了没。

鸭蛋慌慌地从厨房里跑出来，头发蓬乱着。她俯下身去解孩子身上的布带，手簌簌地抖，声音也抖。

"屙了，一兜。"她说。

"赶紧把尿布换了，马上开火煎鱼，省得一会儿赶不上电影。"静芬若无其事地吩咐。

鸭蛋抱着孩子低着头走了，连脖子都还是红的。

过了一小会儿，崇武出来了，找了张板凳坐在窗前的那块光亮里，掏出公文包里的报纸，一边看着，一边等着刚下锅的那尾鱼在噼里啪啦的油里慢慢地变黄。

"你不能对不起，人家叶知秋。"静芬轻轻地说。

他没吱声，但她知道他听见了，因为他的眉毛跳了一跳，像被针扎了一下。

"你今天，下边还疼不？"

半晌，他终于从报纸里抬起头来，问她。

静芬知道她男人迟早会出事，她只是没想到这个迟早竟然是在四年之后。她每天都把心揪在嗓子眼里过日子，等到她终于习惯了心不在心里的日子时，崇武终于出事了。

那是个星期天的早上，崇武说厂里加班，拎着公文包出了门。崇武出门才一小会儿，就有人来敲门——是邱阿婆的侄子小丁。

"朱，朱同志，快，全力的爸。"

小丁是一路跑过来的，头发被风吹成一株蒲公英，帽子歪了，样子很有些狼狈。小丁平时就口吃，一着急话就扯成了布絮。

静芬倒了一杯茶端过去，说兄弟你喝口水再慢慢说，到底怎么回事。

小丁连连摇头，说来不及了。

"居委会主任，报告，关在，屋里……"

小丁看了一眼趴在桌子上做作业的全力和坐在矮凳上玩石子的全知，欲言又止。小丁说不出口的事，静芬却一下子听懂了，因为静芬知道小丁的岳丈，就住在叶知秋的院子里。

静芬扔下小丁，拔腿就跑。跑了几步，又回头冲着屋里大喊了一声："全力，快带上你妹妹跟我走。"

静芬没了脑子，那一刻她的脑子轰的一下全落到了她的腿上。她不知道她跑得有多快，她只记得街边的房子突然成了一条流线，落叶打在脸上像尖头的石子，口鼻里有一丝隐隐的泥沙味。她顾不得了，她什么也顾不得，她得抢在天塌下来之前把天擎住。

跑到那个带灰色围墙的院子时，她已经刹不住脚，身子朝前一倾，就头重脚轻地跌进了那扇大开着的院门。她扶着一根柱子气喘吁吁地站住了，才发现院子里已经里三层外三层地站了黑压压的一群人。

她在厚实的人墙里拱开一个洞，一头钻了进去，就看见一个五六十岁模样的老太太站在院子中间，手舞足蹈地指着一扇紧关着的门说："男人劳改了，不老实接受教训，还腐蚀革命干部。"

后面的人听不清，就有好事者把话一层一层往后传。老太太的话里本来只有盐，传到第二层就加了味精。再传到第三层，又有人往里添了胡椒粉。传到最后，那话就成了一碗色香味俱全的浓汤。饥荒的年代已经过去，肚腹渐渐饱实起来的人，重新对口味有了追求。

"砸门？"有人轻轻地嘟囔了一声。

这话开始时只是一声试探。这声试探怯怯地丢在人群中，没想到竟砸出了一波巨大的回音。

"砸门！砸门！！"

人群开始亢奋起来，圈子越围越紧，静芬觉得头被箍在了一只木桶里，太阳穴一蹦一蹦地敲着锣鼓。突然间脑子回来了，她一下子清醒了：她的一辈子，她孩子的一辈子，甚至她孩子的孩子的一辈子，全都系在这扇门上。她得赶在所有人之前，牢牢地捏住那只门把手。

她走上前去，一把拨开老太太，站在那扇门前喊开了话。

"全力她爸，我让你去叶同志这儿取药，你们找着药了没有？孩子发烧，等着用呢，你赶紧拿药回家吧。"

人群突然安静了下来，因为人们看见两个孩子，从黑森林一样的大腿之间穿越出来，走到了那个喊话的女人身边。大的那个七八岁的样子，小的那个最多四岁。大的那个背着人站着，低头只盯着自己的鞋尖；小的那个扯着她妈妈的后襟，扭着身子两眼直愣愣地看着人。

皇天，这是一双什么样的眼睛啊，像刚被引火柴烧着了的煤球，上头还是乌黑的，底下却已隐隐透红。没人敢接那样的目光，谁接了，谁的眼睛就要哧的一声烧成一把烟。

门开了，全崇武走了出来，手里拿着一个药盒子。他瞪了妻子一眼，大声斥责道："走路不要时间？找药不要时间？我自己的孩子我能不着急吗？没见过你这样心急的婆娘。"

他又扫了一眼围观的人群："我爱人心急还有点道理，你们也跟着起什么哄？"

众人无语。也许是他的语气，也许是他的神情，也许是他的身架子，没人说得清楚到底是什么东西，让一群本该理直气壮的人突然变得理屈词穷。四五十年之后，人们才会发明一个解释这种现象的名词。那个名词是气场。

静芬一眼就看出来，她男人半敞的外套里露出来的那件背心穿反了，球队的印字穿在了贴肉的那一面。她一把扯住男人就往外走。不知是谁第一个退的身，反正人群慢慢地闪开了一条缝，眼睁睁地看着两个大人一前一后地走出了他们的视线，两个孩子远远地跟在他们身后，一路小跑。

门在他们身后嘭的一声关上了——是从里边撞上的。

可是人群并没有马上散开，他们的胃口虽然受到了搅扰，却还远未消失。他们还在等着看屋里的那个女人。

在男女关系这锅荤汤里，男人是水，女人才是肉。肉决定了汤的味道，而水至多只是作料。水轻轻一瓢就舀走了，而肉却是要在锅里经过一回又一回的火，才能煎熬出那点荤味的。院子里的人很有耐心，他们要等的，就是那慢火煎熬之后的荤味。

可是屋里的那个女人比他们还有耐心，她一整天都没出门。

那顿晚饭谁也没有胃口，连两个孩子也只勉强吃了几口就放下了碗筷。

全崇武坐在板凳上，一根接一根地抽着烟。风从敞开的窗户里钻进来，把一屋的烟雾撕成一片片的云，有的松，有的紧。

从回家起，他就没有开口说过话。静芬知道沉默是他的门面，现在他除了沉默之外再无别的门面。他是那种可以舍命但决不能丢了门面的人，她不能戳破他的门面。这石破天惊的第一句话必须由他来说，她只能等着他慢慢想好这句话。

等她第二次倒掉他烟灰缸里的烟蒂时，墙上的挂钟铛铛地敲了九下。

明天吧，等明天。兴许，睡一觉，一切又都顺了。她想。

她对坐在过道里看小人书的全力招了招手，把她招进了里屋，趴在她耳边，压低嗓门说："你去那边看一眼。"

"哪边？"全力的眼睛依旧盯着手里的书。

"那边，你知道的。"

"不许你，再骗人。我，没有，发烧。"全力抬起头来，一字一顿地说。

静芬想回一句话，却发觉她无话可回。

"就算帮妈一个忙，我实在不放心。"

"你不放心，为什么不自己去？"全力反问道。

静芬瞠目结舌。

后来她回想起来，全力似乎就是在那一天里毫无过渡无师自通地学会了顶嘴的。而且一旦学会，那就成了她终生难以戒除的毒瘾。

"大人去了招人眼目，小孩没人管。"静芬耐着性子说。

"全知也是小孩，你叫她去。"全力又低了头看书。

"全知太小，再说，她睡了。"

"她没睡。她看见你进来就闭上眼睛。她从来都是这样骗你的。"

全知忽的一下从床上坐了起来，说姐姐你才骗人，我真的"会"着了。

全知虽然整四岁了，口齿却还不太清楚，依旧会把"睡"说成"会"。

静芬坐到全知身边，摸了摸她汗潮的头发，叹了一口气。

太短了，孩子的天真，就那么几年，说过去就过去了。一转眼头上就要长出角，嘴里就要生出刀子。

"全知，你要是肯跟姐姐出门一趟，妈妈明天给你做一个新的鸡毛毽子，你和姐姐一人一个，彩色的。"

全知立刻从床上跳了下来，穿上鞋子。

静芬悄悄瞄了全力一眼，只见全力的睫毛颤了一颤。

"你要我去，干什么？"半晌，全力才放下书来问。

静芬走进厨房，把晚上没动过的那盆腊肉扣在一个饭盒里，递给全力。

"一句话，你就告诉她一句话："日子还得过。我能过你就能过。'"

"那是两句。"全力冷冷地说。

静芬想发作，却终于憋了回去。今天她觉得自己不像是妈——她在女儿面前已经矮了半截。

"敲门小声点，别让邻居听见。"她忍气吞声地说。

"姐，月儿为什么，老跟着我们？"全知问。

"是'雀儿'，不是'月儿'，你什么时候能把话说清楚点？"全力呵斥说。

"我是说'月儿'的。"全知委屈地反驳道。对她来说，"月儿"和"雀儿"本来就是同一个字。

"你爱说什么说什么。"全力爱搭不理地说。

姐姐八岁，妹妹四岁，姐姐的年龄是妹妹的两倍。在这个年龄段，一天可以是米达尺上的一道刻痕，四岁的差别几乎是高山和低谷之间的距离。谷可以仰望山，山却没有耐心俯视谷。

喳。喳。

空中响起两声鸟啼，是刺梗在喉咙口，或爪子被石头压住了的那种啼法。

是那只在她们家屋檐下住了几年的雀子。

姐儿俩今晚刚一出门，雀子就飞出了巢，一直在她们的头顶盘旋。时令到了深秋，街上早早就冷清下来了，除了跟她们擦肩而过的那副馄饨担子，周遭静得几乎能听得见落叶滚过青石板路面的响动。在这样的夜里任何一声鸟啼听起来都像锥子。

"回去睡觉，别跟着我们了。"全力仰着脸对雀子说。

可是雀子不听，依旧紧紧地跟随着她们，越飞越低，翅膀几乎蹭到了她们的头皮。

"讨厌，你！"全力终于忍无可忍，脱下身上的外套，对着雀子挥打过去。雀子不备，被扇着了翅膀，终于一瘸一瘸悻悻地飞走了。

两人默默地走到了路口该拐弯的地方，街灯不知被哪把淘气的弹弓打碎了，街面变得模糊不清。全力打开了妈妈交给她的手电筒，可是没用，夜色太深太厚，电筒只能在那上面掏出一个微不足道的小窟窿。

姐妹俩沿着电筒的光柱，慢慢地找着路。拐过那个路口，就在离那个院子十数步远的地方，全知突然看见了那个东西。

那东西是从街边那棵树后边走出来的。走其实是一种含糊说法，那东西没有脚，那东西移动的样子，更像是飘。在飘的过程里，它一直在改变着形状，一会儿长，一会儿方，一会儿扁，一会儿圆。它的身子仿佛到处长着鳞片，和空气相擦时发出嘶啦嘶啦的声响。那声响很轻，稍不留神就会被当成风。可是全知知道那不是风。没有谁能骗得过全知的耳朵和眼睛。

那东西一直攀在电筒的光柱边缘上行走，光抖一下，它也抖一下，光进一步，它也进一步，她闻到了它身上的气味，是肉铺子的砧板上的那种腥味。她觉得有一股冷气阴森森地穿透了她身上的每一个毛孔，在她的骨头上抹了一层冰。

"我要，回家。"

全知紧紧地抓住了全力的手。

"怎么啦？"全力问。

"云，黑的，我怕。"全知犹犹豫豫地说。

全力仰脸看了看天，说云和你有什么关系？你走你的路。

"是那个，云。"全知指了指灯柱前边的路。她想找一个更准确的词，可是她没有。四岁的词汇量只是一个浅浅的坑，她还没抬脚就已经走到了边缘。

全力的手电筒朝路边晃了一晃，不耐烦地说："云怎么会在那儿？快走吧，你到底还想不想要鸡毛毽子了？"

全知停住了脚步，踌躇不决。全力的耐心很薄，一磨就透，她扔下妹妹，独自一人往前走了。

手电的光渐渐远了，路又暗了下来，可是全知依旧看得见那东西。世上没有哪种颜色能盖得过它的黑，连最浓稠的墨汁也不能。它离她只有一步之遥了，她感觉到了它的重量。它还没到，它的影子已经到了，沉沉地压在了她的胸口。心被压成了一张纸，每一次跳动就像抬着一座山爬行。

"姐，等我！"

她大叫了一声，拔腿就跑，终于追上了手电筒。她觉得喉咙里有股咸味，她不知道那是嗓子撕裂了。嗓子伤得很深，很久很久才终于弥合结痂。嗓子记仇，嗓子在很长的时间里都不情愿再替她发出声音。

她们踢踢踏踏地走到了那个带灰砖围墙的院子跟前，还好，院门还开着，省了叫门的麻烦。她们不约而同地放轻了步子，走过台阶，走进院子。院子里的那几家人都已经关了门户，却还亮着灯，正是要

睡没睡的懒散时分。一只狗半睡半醒含含混混地吠了一声，全力一把
揿灭了电筒。

女人的屋子里黑着灯，全力朝全知努努嘴，说你去敲门。全知想摇
头，可是姐姐的目光就像两枚大铁钉，死死地钉住了她的退路，她只好
怯怯地走到了那扇门前。她把脸贴在门上听了听，里头没有任何动静。

耳朵一无所得地溃退下来，鼻子却自告奋勇地当了替补，她闻到
了一丝似曾相识的气味。那气味和刚才路上闻到的有点像，只是略略浓
烈一些。她想伸手敲门，可是手抖抖的，有些不听使唤。突然，她觉出
裤脚管里灌进了一丝嗖嗖的凉风——是从门缝底下钻出来的。她低头一
看，只见门缝里慢慢地钻出一团黑影。那黑影刚开始时很细很扁，钻出
门缝之后就渐渐地变了样子，飘过来摆过去，像河里交缠在一处的水
草，又像雷雨前压在天边的一团乌云。全知醒悟过来，它就是刚才在路
上看见的那东西。只是她没想明白，那东西怎么会钻进女人的房间。

那东西随着风长，渐渐长成了一只手的形状。那只手朝她慢慢地
伸过来，越来越近，她甚至看清了它的指甲。那指甲很尖很长，每一
条缝里都沾满了泥浆。她从来没有见过那么醒龊的手，身上噌的起了
一身鸡皮疙瘩，头发爹成了针。

她想转身走，可是她发觉她的脚很黏很沉，仿佛有人在她的鞋底
抹了一层胶。她正要扭头喊姐，可是晚了，那只手已经伸过来，掐住
了她的喉咙。

她咯咯地咬着牙齿，拼命地缩着自己的身体。小点，再小一点
啊，我只要透一口气。她对自己说。可是那只手还是越掐越紧。她的
一口气憋在喉咙里，怎么也挤不出去。突然间嘎啦一下，她觉得松快

了，轻得像一缕烟，从自己的喉咙里钻出来，蹿到了半空中。

原来，没有脚还是可以走路的。她想。

她太轻了，跌跌撞撞，站立不稳。后来她攀在一根树枝上，才终于定住了身子。她朝下一看，发现院子里有一个和她差不多大小的女孩，正呆若木鸡地站在一扇门前。女孩一只手扶在门上，另一只手捂着胸口，眼睛空得像两个深不见底的洞。

过了一会儿，她才渐渐明白过来，那个女孩原来就是她自己。可是她不明白，她怎么可以同时拥有两个身子。她想走过去问一问那个女孩，她到底是不是自己，可是她才走了一半，就看见那女孩啊的呻吟了一声，仰面朝天倒在了地上。

全力听见响动跑过来，手电筒的光斑里，她照见全知的右鞋底上沾了一层黏厚腥膻的番茄汁。

那是血。

从门缝里流出来的血。

————·————·————

那天晚上我眼睁睁地看着命运在全力全知姐妹俩的脚上套上一根绳子，拽着她们一步一步地走向那个深渊。我明知无能为力，还是忍不住想去阻止她们，可她们偏偏就是听不懂我的警告。其实听懂了又能怎样呢？人斗不过命，命运总是棋高一招。

现在回想起来，那户人家的败落，就是从那个不祥的夜晚开始的。

那个叫叶知秋的女人死得很惨烈，她用一把刮鸡毛的刀片割破了自己的手腕，听任血流干。当人们破门而入的时候，她刚死没多久，身子还是温和的，只是缩成了一张纸一样的薄片。至此大家才明白，人的身体，原来是靠血来撑涨着的。她没留下任何遗言，只是在桌子上放了十五斤粮票，二十块钱，是给收尸人的。

女人的死，没有人能拿出与全崇武相关的证据，但毕竟影响太大，他还是受到了处分。因了一位老首长的极力干预，他得到了最体面的惩罚——他被调离原先的单位，到另一家地处郊区的工厂任职，依旧当书记。从一家全城知名的大企业，换到一家中型工厂，他已经无形中被降了职。

这只是他一生接二连三的处分的开始。

表面上他看不出有什么变化。到了新单位，他依旧天天开会加班，得闲了依旧组织工人篮球队，四处巡回打比赛。每天照例抽上一包烟，把一天里积攒的报纸带到饭桌上看，包括注解，包括中缝。但是假若你仔细打量他，就会发现他的鬓角上窜出了一两丝隐隐约约的灰发——他毕竟才只有三十三岁。

家里变化最大的那个人，当属全知。全知那晚被送去医院，就发起了高烧，持续一个星期不退。后来终于退下来了，却终日无精打采，在床上，在椅子里，甚至在饭桌上，随时都能打起盹来。就是醒着的时候，也极少开口说话。即便说了，也都是些让人听不懂的话。朱静芬找了无数清心提神的偏方熬给她喝，终是无甚起色。大家都说她是烧坏了脑子，只有我清楚：是她眉心的那只天眼，才叫她终生不得安宁。

那几年里，这户人家发生的事，几乎没有一件是叫人舒心的。我这才明白为何全知有事没事爱闭上眼睛——那是眼不见为净。七年以后，我看见一个少年走进了这家的门。从见他的第一眼起，我就知道他是这家的贵人，就如同朱静芬是我的贵人一样。在未来的日子里，这个少年将成为这家的骨架和梁柱。

我终于放了心。我知道我可以走了，我的妈妈和哥哥姐姐们已经等得我太久，太久。

———·———·———

这天全崇武领了一个人回家吃饭。

这其实也不是什么稀罕事。崇武隔三岔五地领人来家里吃饭，从不事先通知妻子，静芬早已见怪不怪。家里粮票够吃，无非是添一副碗筷，至多再炒一盘鸡蛋而已。

可是这天丈夫领来的人，却和平常不太一样。这天跟在崇武身后进来的，是个还未长成人的少年。不，他看上去几乎还是个孩子——一个没吃饱肚子的孩子。

不管肚皮是饱的还是瘪的，时辰到了身体还得长。那孩子就正处在长身体的尴尬阶段，手和脚从明显太短了的衣裳裤子里瘦瘦地撑出来，衣服的膝盖和肘子都破了，也补过，用的是颜色不般配的旧布。

但这些都不是静芬第一眼就看到的。那天在静芬眼里剜下第一刀的，是那孩子缠在左臂上的一条黑布。

"这是仓库那个师傅的孩子。"崇武对静芬说。

静芬一下子就明白了。崇武前几天回家说起过，厂里有个压仓库的师傅，姓刘，在送货的路上被一辆大卡车撞了，当场毙命，家里留下了五个孩子。

"全力，去搬张凳子。"静芬喊了一声，给那孩子手里塞了一双筷子。

"姐，我来。"孩子说。

他说这话的时候没有看全力，也没看任何人，只是盯着自己的脚尖。那双布鞋上沾满了原来是泥浆现在开始泛白的泥粉，脚趾处顶出了两个飘着布絮的洞。

他跟在全力身后搬来了凳子，一家人便坐下来吃饭。那孩子的身子虚虚地悬在半空，仿佛凳子上有一团随时要扎破肌肤的铁蒺藜。静芬给他夹了一筷子鸡蛋，说你吃，大口地吃，吃完了姨再给你炒一盘，让你带回家去。

孩子点了点头。他已经很久没尝过鸡蛋的味道了，可是他却咽不下去，因为他觉得桌子对面有一双眼睛，正探照灯似的在他的脸上扫来扫去。

那是全力。

"你叫什么名字？"静芬问。

"刘年。"他说。

"哪个字？"

"过年的年。"

全力扑哧一声笑了，说："这个年也可以拿来做名字的啊？没听说过。"

全力已经上初中了，识的字多了，看法自然也多。

"猫狗都能当名字，年怎么就不能？还挺文绉绉的呢。"崇武说。

"为什么是这个字？"全力问。

"是记住那一年的意思。"孩子小声说。

"哪一年？"全力追着不放。

孩子没回答，只是拨着碗里的饭，一小口一小口的，每一口中间都有一个停顿。

"这孩子，拘泥得紧。静芬你拿个盅子过来，我让他喝两口，才能放开了吃饭。"崇武对妻子说。

"云，你碗里。"半天没吭声的全知，突然抬头指了指孩子手里的饭碗。

孩子怔了一怔。全力哧哧地笑了起来，说她脑子有病，你别当真。静芬瞪了全力一眼，说你别这么说你妹妹，她听得懂。全力哼了一声，说她要是听得懂就好了。全知扔了饭碗，说你吃云，就进了里屋。

静芬正想骂全力，全力抢先说待会儿把我的糖糕都给她吃，行不？

崇武唉了一声，拿筷子指了指全力，说一会儿你把我那份也拿给她，她爱吃甜。

静芬从碗橱里取出两只酒盅和一瓶已经开过盖的衡水老白干，放到丈夫跟前。崇武不常喝酒，偶尔兴起也只喝白酒——那是在部队里养成的习惯。温州人爱喝黄酒，他管那东西叫洗脚水。

崇武倒了满满一盅酒，摆到自己跟前。又倒了另外一盅，递给那孩子。那孩子不知该不该接，两只手犹犹豫豫地悬在了半空。

"喝过酒吗？"崇武问。

孩子摇了摇头。

"你看着我，就这个样子。"

崇武仰了头，咕咚一声，盅就见了底。

他把酒盅亮给那孩子看。

"憋住气，一口，中间连个嗝都不打，婆娘们才一下一下地抿。只要第一杯喝过了，天下就没有你喝不了的酒。"他对孩子说。

那孩子也学他的样子，把那盅酒一口气灌进了嘴里。酒走得不顺，刚走到喉咙就开始造反，孩子剧烈地咳嗽起来，饭渣子喷了一桌。

全力趴在桌子上哈哈大笑起来。静芬连忙端了一杯茶，让那孩子喝下去。

"她爸，别让他喝了，他还是个孩子。"她说。

"孩子？"崇武蹙了蹙眉，"喝了这杯酒他就是男子汉了。明天他就要到仓库上班，顶替他爸了，你说他还是孩子吗？"

静芬吃了一惊："他够年纪了吗？"

"不够。我填表格时给他加了点岁数。"

静芬一愣，半晌，才忧心忡忡地问："她爸，你这样不会，又犯错误吧？"

静芬说到"又"字的时候，犹豫了一下，避开了丈夫的眼睛。

"我就是坐牢，也不能看着这一家人饿死啊。"

崇武又给自己倒了一盅酒，一饮而尽。

"再说，班子里的人都同意了的。谁要为这样的事去汇报，那还是人吗？"

崇武嘴里的班子，是指革委会。运动刚起的时候，崇武也被人贴过几张大字报，说的无非还是那桩风流韵事。由于崇武的出身和经历实在无懈可击，而且那件事也没有留下一个书面的定性，风波到底没能闹大。后来厂里成立革委会的时候，他还是当了第一把手。

静芬的担忧并非全是空穴来风。三年后，厂里有一名职工因没能把农村户口的老婆招成家属工，怀恨在心，就到上头检举了崇武的作假。幸亏那时刘年已经到了合法招工的年龄，而崇武此举到底也不是为了谋私，上头就把他调到了另一家工厂息事宁人。那家工厂只有四百多名员工，崇武虽然还是第一把手，却无形中又降了一级——这是他一生中受到的第二次处分。

孩子的酒这时已经到了胃里，正轰轰地朝着四面八方涌上来。脸上的皮最薄，挡不住，血就在脸上烧成了一盏火油灯，烘得一张桌子都热。他的屁股在凳子上扭了几扭，到底没忍住，就犹犹豫豫地说叔我想，尿尿。

崇武说里屋有马桶，门外有阴沟，随你挑。

那孩子的脚往外伸了半步，又缩回来，最后还是朝里屋走去，却半晌没有动静。

"这孩子，在家里是老大吗？"静芬问。

"不是，上头还有三个。"崇武说。

"那怎么，让他来顶替？"

"这家子，也不知道摊上了什么运气，上头两个大的是双胞胎，一个瞎，一个瘸。老三是个女孩，去年去了黑龙江戍边。只能让老四顶。"

那孩子终于完了事，出来坐下了。崇武就嘿嘿地笑，说喝也喝了，屙也屙了，这会儿可以放开吃了吧？没人笑话你。以后每个休息天你就上我家来吃饭，有我一锅，就有你一勺。

那孩子依旧低着头，扒着碗里的白饭，这回他就吃得大口了些。

"先在仓库好好干，过两天我跟班子里的人商量商量，看能不能换个技术工种。年轻轻的，总不能一辈子压仓库。"崇武说。

"可怜啊，这个年纪，就不能读书了。"静芬又往他的碗里夹了一筷子鸡蛋。

"以后我的课本用过了，可以给他。"全力说。

男孩子第一次抬头看了全力一眼。那一眼心虚得像贼，他几乎完全没记住她的模样。

可是在回家的路上，他突然想起了她圆鼓鼓的双颊，还有嘴唇上的那抹红。

这个丫头从来就没饿过肚子。一顿都没有。

他暗暗地对自己说。

第四章

老鼠物语　　（1968-1969）

　　我是一只看上去相貌很平常的老鼠，但是我的身世却极不寻常。

　　我是说，我祖先的身世极不寻常。

　　我的祖先二十多年前生活在日本国土西南端一个叫浦上的地区。它的窝巢就筑在一个粮仓的角落里，所以它从来不需要像其他的老鼠一样为饥饱的问题犯愁。粮仓的主人是一对慈眉善目的老夫妻，他们常常对前来说服他们买鼠药鼠夹的邻居说："一只老鼠能吃得了几粒粮食呢？再说，不是还有猫吗？"可惜他们家的那只猫，也和主人一样心慈手软，每天宁愿看着窗外的蝴蝶发呆，也不愿意把眼睛转到就在它身边游走的老鼠身上。本来我的祖先完全可以过着这种衣食无忧的日子直到天年的，没想到就在它五个月大的某一个夏日里，那个叫浦上的地区突然发生了一件大事，彻底打乱了它的生活轨迹。

大难来临之前通常是没有预兆格外安详的，那天也不例外。我的祖先早早地吃了一顿午饭，而且吃得格外饱足。后来回想起来，就是这顿提了半个小时的午餐，救了它一条命。那天我的祖先吃饱喝足了，在它那个稻草铺就的床上安然恬息。它做了一个颜色和气味都十分美好的梦：它梦见了油光铮亮的猪肉和覆盖着白色奶油的蛋糕。可惜这个梦只来得及展开一个序幕便被猝然切断，我的祖先被一声沉闷的巨响震醒，接着它听见了头顶隐隐传来的哀号声和杂乱的脚步声。它一睁眼，发现四周一片漆黑，它似乎被埋在了一座万仞高山之下。它感到了热，是十个太阳叠加在一起的那种热。它明白若不立即逃离，用不了多久就会毙命，因为它已经闻到了毛发被燎着的焦糊味。它开始用它那几个在养尊处优的环境里渐渐退化了的爪子拼命地刨土。鼠类的视力在黑暗中几乎等于零，我的祖先完全是依靠嗅觉来爬行的。它用尖尖的鼻子拼命寻探着厚实的泥土中任何一丝狭窄的缝隙和气泡。它的鼻子为它的爪子引着路，它片刻不停地刨了整整两天两夜，直到把这几个月来在肚腹里囤积的脂油消耗殆尽。

第三天的早上，它终于爬到了地面，却发现街道已经完全不是它上一次见过的那个样子了。仿佛有一阵飓风刮过了地面，将所有的房屋树木刮得无影无踪。风不仅带走了街道和景物，风也带走了颜色，我的祖先再也看不见树的绿，花的红，女人头巾上的丁香紫，还有孩子书包上的柠檬黄。那一片失去了建筑物和路标的遮拦，几乎一眼就可以望到地平线的空地上，只剩下一样颜色，那就是焦黑。

从那天起，我的祖先就开始了漫长而艰辛的求生旅途，它每天最重要的一个任务就是寻找果腹的食物：石头底下压着的动物残骸，没有彻底烧毁的碎布片和木屑 …… 有一回它甚至从一具还没有完全焦化的尸体上咬下了一根腥臭无比的手指头。正当它找不到任何可以下口的食物，饿得奄奄一息的时候，它突然闻到了一丝久违的香味——是饼干。它的鼻子引领着它，找到了一群戴着蓝色大盖帽的年轻人——是几个美国海军。它趁他们不备钻进了一只他们随身携带的行李箱里，吃了整整半包压缩饼干。那是它这一个月里唯一的一顿饱餐。它在那只箱子里待了几天，一直没有被主人发现。等到那个年轻的水兵终于打开箱子看见那只老鼠时，他已经搭着一艘海轮到了上海。很奇怪，他没有杀它，而是把它小心翼翼地放进一个竹编的小笼子里，每天用米饭和清水喂它。这个美国人在上海待了一个星期，走到哪里就把我的祖先扬扬得意地展览给他的朋友和熟人。

"请看，这是世界上最最大胆最最勇敢的英雄，是我从长崎一路带过来的。别看它的皮烧焦了一半，可是它活过了魔鬼一样的原子弹。"

直到那时，我的祖先才知晓，那场扫毁了一个城市的飓风叫原子弹。

可是那位年轻的美国人只说对了一半，我的祖先的确非常勇敢，但却不是因为它大胆。老鼠原本就没有胆，所以老鼠不知道害怕。正因如此，在那场大灾难里别的动物都死光了，而我的祖先却幸运地存活了下来。世人常说的"胆小如鼠",实在是以讹传讹。

那个美国军人离开上海时,把我的祖先托付给了一位传教士,让他好好照顾这位"劫后余生的英雄"。那位传教士带着我的祖先,辗转走过了几个城市,最后在江南沿海一个叫温州的小城定居下来。我的祖先在传教士家里过了一阵锦衣玉食的日子之后,开始想念一只老鼠本该过的自由生活。于是在一个夜晚,趁着传教士沉沉入睡,它咬穿了牢笼,逃到附近的一处民房,筑起了自己的窝巢。很快,它就遇上了它的同类,一代又一代地繁衍着它们的子孙,直到我们。

这就是我祖先的故事。我是从我妈妈那里听来的,而我妈妈,则是从她的妈妈那里听来的。可是在听和在后来传给别人听的过程里,我并没有感觉到内心的颤动。我天生就是一只没有任何野心的老鼠,一直满足于平庸的生活。岂止是平庸,几乎是卑微。我居住在温州城里最贫穷的西角区,而我安营扎寨的那间屋子,又是这个区里最破最烂的一座平房。我很难在这家人的厨房里找到一口残羹剩饭,也不会在他们的垃圾桶里翻出一根值得一嚼的骨头,甚至都无法在任何一个角落找到一块略微完整些的布头。我不羡慕我的主人们,他们的日子几乎和老鼠一样卑贱。可是我实在不具备我祖先那种连续在废墟里刨掘两天而逃出生天的勇气,我连搬迁到另一条街的念头都不曾动过。我每天都活在半饥半饱的状态里,懒洋洋地看着这一家人为一些针尖大的事乌眼鸡似的相争,然后又为一些比针尖更小的事和解,周而复始,永不止息。

我有时候忍不住感叹:我那个显赫英勇的祖先,怎么会生下我这样一个慵懒无为的后裔?

———　·　———　·　———

　　屋子一天到晚都暗，白天走进去，像黄昏。黄昏走进去，像没有月亮的深夜。

　　两双膝盖抵着下颌，身子蜷成一只虾球，手里捏着一杆电筒，缩在被窝里看书。电池弱了，光照在纸上是一团病恹恹的黄。

　　家里只有两间房，他睡的那间很小，另外的那间更小。他的这间房里铺不下两张床，只能搭个格子铺，大哥二哥睡下铺，他和爸爸睡上铺。两个哥哥睡下铺的原因是因为大哥眼睛不好，起夜时得叫醒二哥引路。另外的那间房里铺了一张窄床，床前放了一张吃饭的桌子，床和桌子中间，勉强挤得过一个身子。妹妹和妈睡在一张床上，那也是因为姐姐支边走了，妹妹才升级睡上了床。姐姐在的时候，妹妹只能铺张席子睡在饭桌上。后来妹妹长身个了，桌子太小，只好在上面再放一扇门板。

　　妹妹今天跟着学校去了郊区学农，爸爸下班回来就说厂里搬东西扭了腰，懒得爬高。两双一听就明白了爸说那话的意思：爸其实就是要过去那屋和妈睡一张床。两双小心翼翼地克制着他的欣喜，他怕爸临时又改主意——今晚他无论如何得把手里的这本书看完。其实爸并没反对他看书，爸只是舍不得家里的电。平时他若想晚上看几眼书，他就会出去蹲到街头的路灯底下看，只是今天太冷了，风嘶嘶地要锯人的骨头，他在外边实在待不下去。

他手里的这本书，是从路口那家小人书店借过来的。

说是店，其实就是一个门脸，统共才有二三十本书，有的还是重本的。他把每一本书都看过了，而且还不止一遍。租弓的价钱很公道，厚的一分钱一本，薄的一分钱两本，借三本以上再送看一本。可是两双就是把骨头拧出水来，也挤不出那一分钱。店主看他天天站在店门口不走，眼珠子都掉在了书上的样子，就对他说你要是肯替我挑水，我铺子里的书你可以随便看，只是不许带回家。店主是个老绝户，平日得花钱雇人挑水。这一招可以说是皆大欢喜，两双当场就答应了。可是两双身个单薄，挑不动一整担水，他只能半桶半桶地多走几个来回。他不在意，反正时间和力气对他来说是脑袋上的头发，留着也不值钱，剪了还能再长。他舍得。

今天他挑完水，老头告诉他店里刚进了两本新书，都是讲外国的事，他可以挑一本带回家去看。老头说的新书，一本是《列宁在1918》，另一本是《欧仁·鲍狄埃》。《列宁在1918》他看过电影了，甚至背得出瓦西里和列宁的好些对白，于是他便挑了《欧仁·鲍狄埃》。一路上他把书挪来挪去地换了好几个口袋，藏得严严实实的，就怕二哥看见了来抢。

"鲍狄埃出生于法国一个木箱工匠家中，很小就辍学做了童工。"书上说。

画面上是一个孱弱的少年人，手捏着一柄榔头在木板上敲钉子。榔头很大也很重，少年的手似乎在颤抖。两双看不出他有多大，只能根据他和身边那个大人——大约是他父亲——的身高比例来猜测他的年龄。那少年人若直起身子，大概该到大人的臂膀处。两双由此推断那少年比自己更小，因为自己和父亲并排行走时，已经抵到了父亲的肩。两双知道自己穷，但至少他还可以上学校读书。而这个鲍狄埃，在比他更小的年纪上，就已经在给人做工。

法国的无产阶级，比中国的更苦。两双想。

两双总共才知道五个外国人，前面的四个是马克思、恩格斯、列宁、斯大林。前面的四个太高，他看他们，是蝼蚁仰望高山那样的遥不可及。他就是有三辈子的时光来努力，也够不着他们投掷在地上的一片影子。而且，老师从来也没讲过他们的童年。他们仿佛生下来就已经是参天大树了，他没见过他们还是秧子的时候。于是，他就永远地失去了和他们平视和握手的机会。而这个叫鲍狄埃的人，却让他在景仰之外还可以摆置上同情，而不需为此战战兢兢。若鲍狄埃能从如此卑贱的泥尘里长出伟岸的枝干来，说不定他也能。

两双捂在被子里，一边看书，一边簌簌发抖。他以为是冷，他不知道其实还有感动。他还没有意识到：那个与他相隔了万水千山，早他一百三十多年出生的法国人，此刻正在他贫瘠得连梦都不长的少年记忆中，点燃了人生的第一盏憧憬之灯。

屋里有一些窸窸窣窣的声响，是老鼠。老鼠大概在家里不知哪个角落筑了窝。他曾经跟妈要钱买鼠药，妈说花那个钱做啥？老鼠在这个家里熬不过两天都得饿死。有一天大哥忍不住要起夜，推了两下二哥没推醒，只好自己摸摸索索地去找马桶，不料一脚踩在一只老鼠尾巴上。老鼠吱呀一声惨叫，把一屋的人都炸醒了，爸就骂大哥你那个尿脬是啥东西啊，比鸡嗉子还小。大哥没有吭声。大哥是家里唯一一个完全吃白饭的人，现在连九岁的小妹也已经学会了糊火柴盒子。但大哥也不是一点用场都没有，至少大哥是一块永远磨不烂的脚垫子，家里无论是谁都可以放心地在上面蹭上自己鞋底的泥。两双听了爸的话忍不住暗笑：大哥的尿脬大概真是只鸡嗉子，没有一宿能把一泡尿憋到天明。他绝对没想到，大哥的尿脬没事，反倒是他自己，将来会一跤栽在尿脬上再也起不来。

窸窸窣窣的响声还在持续，听着听着，就不像是老鼠了，倒像是被褥掀动的声音。这屋和那屋中间没有门，只钉着一块破布帘子，隔得了眼睛，却隔不了耳朵。后来那响声变了调，有了节奏。轰，轰，轰，像木板在冲撞着墙壁。接着两双听见了一阵喘息，一丝呻吟。喘息声很低很沉，像一块粗重的岩石正在抱怨着自己的重量；呻吟声很细，断断续续的，像是被岩石压住了的一只蛐蛐。夜太静了。静夜长着尖利的爪子，能把一切遥远模糊的声响近近地钩到耳朵跟前。

两双蒙住了耳朵。

他知道，爸又在骑妈了。

这不是两双第一次听到这样的声音。

两年前的国庆节，爸让几个孩子都上街去看游行。两双回来得早，又忘了带钥匙，就趴在窗上看屋里有没有人。那天的窗帘没扯严实，两双从缝里看见了爸把妈压在床上。妈的身体几乎完全被爸遮住了，只露出半只脚丫。爸把全身的重量都放在了妈身上，一下一下凶猛地拱撞着妈。妈在爸的身子底下抽搐着，两双觉得妈已经被碾压成了一张肉饼。妈忍不住叫了起来。两双从来没有听过那样的叫声，是难受，又不全是难受，那难受里似乎还掺着一丝快活。

那屋的动静终于停了下来，妈趿着鞋子，踢踢踏踏地走到了外屋小解。两双一下撅灭了手电，闭上眼睛，一动不动地缩回了被筒。一阵叮咚的水声之后，妈又回到了床上。

"天杀的，一回比一回狠。"两双听见妈低声对爸说。

爸忿忿地哼了一声，说："他狠得，我狠不得？"

妈不再吱声。

四周终于彻底安静了下来。两双再次扭开了手电筒。

"英特纳雄耐尔……"

两双默默地念着那个拗口的词。

老师在课堂上解释过这个词的意思。老师说那是国际共产主义，到了那个时候，全世界的穷苦人都能享受自由平等快乐饱足的日子。

两双的肚子在黑暗中响亮地鸣叫了起来。肚子有自己的嘴巴，肚子想说话的时候，没有人能拦得住。现在是月底，是一个月里最难熬的日子。全家的粮票已经吃完，今晚妈煮的是粥。大家喝的都是上面的那层稀糊，只有爸的那一碗里，还看得见米粒。

鲍狄埃小时候，能顿顿吃米饭吗？

两双终于撑不住了，昏昏沉沉地睡了过去。

　　从来就没有什么救世主，

　　也不靠神仙皇帝，

　　要创造人类的幸福，

　　全靠我们自己。

两双一路走，一路哼着歌儿。走进院子，随手一扔，书包就不偏不倚地挂在了门把手上。

爸正蹲在屋外的墙根上抽烟。爸抽的是自己用旧报纸卷的烟，气势凶猛，却不禁烧，没抽几口就到了头。爸这阵子都上夜班，是专门跟人换了的，为的是多拿几个点心钱。全家七口人，不，现在是六口，只有爸一个人挣工资。一份工资掰成六瓣，想不捉襟见肘也难。

爸站起来，狠狠一脚把烟头碾死了。

"早点回家你会死啊？"爸骂道。

"学校里，排练……"两双嗫嚅地说。

两双最终没把那句话说完。说了也是白说，爸对学校里的任何事情都没兴趣。爸勉强让他读到初中，仅仅是因为爸觉得三个儿子里头，总得有一个能写信看信的。

建华和阿五正靠墙坐在小板凳上，一人的膝盖上放着一块洗衣板，上头是一堆折叠成型了的火柴盒，他们正用小刷子往上贴标签。建国坐在他俩的中间，手里捧着一个敞口瓶子给他们供着糨糊。建国是大哥的名字，建华是二哥的名字，这两人是他们五个兄妹中唯一有正式名字的。妈怀他们的时候，医生检查出来是双胞胎，爸听了很是兴奋，就早早起好了名字，说不管是男是女都叫建国和建华。谁知建国先天就是个瞎子，建华生下来倒是好好的，是满月之后从床上掉下来摔坏了腿的。当时没觉察，等到了学走路的时候发现不对劲时，就没得治了，他就终身瘸了一条腿。等到妈后来再怀胎，爸就已经败了兴，懒得再起名字了。生下老三就叫三三，老四叫两双，老五叫阿五。幸好在第五个上就打住了，没有再往下生。

建国没上过一天的学，建华读到三年级，也歇了。爸说一条腿的人，念那么多书有什么用？还不如在家挣几个零花。于是建华就开始帮妈干活，早上替人洗脏衣服，下午糊火柴盒。

两双拿脚捅了捅阿五，问妈呢？在哪里？阿五还没说话，爸却啊哈地咳嗽了一声，说喊什么喊，你还等吃奶啊？阿五低了头，想笑却没敢笑出声。爸今天脸上的肉没有一块是顺的，两双不敢惹，低了头就往屋里走，想搬个板凳出来帮建华阿五干活。

"站住，你。"爸站在门框里，拦住了他的路。

"看看上面，到底说了什么。"爸从口袋里抽出一封信递给他。

两双第一眼先看的就是邮票。那是一枚京剧《沙家浜》的邮票。在一套九张样板戏纪念邮票中，他唯独缺的就是这一张。邮戳盖的很是地方，墨印清晰，又没有遮住人脸。邮戳上的字是黑龙江鹤岗，那正是姐姐三三的兵团所在地。

两双仔细地撕下邮票，藏在兜里，才开始看信。

"我姐说那里零下二十度，天天下雪。一开门鼻孔里就结霜，气都喘不上。整整一个月没尝过米了，顿顿吃土豆。"两双说。

"下雪多好看。"阿五羡慕地叹了一口气。

爸哼了一声，说知足吧，至少不饿肚子。

两双没吭声，咽下了信里的另外一句话。

那句话是："这里的日子太苦了，我做梦都想回家。"

"你给她回封信，叫她发了工资别都花了，剩几个寄回家。"爸说。

这时候门开了，屋里走出了孟叔叔。

孟叔叔是这条街上一家皮鞋厂的供销员，老婆在洞头乡下工作，一个月才回家一趟。孟叔叔不会洗衣服，就把脏衣服攒起来拿给妈妈洗。孟叔叔出手大方，别人洗一件外套给三分钱，他给四分，于是他就成了妈的常客。

孟叔叔见到爸，慌慌地从兜里掏来掏去，掏出一盒全新的香烟，撕了封口，抖出一根来就往爸手里送。

"刘师傅，刚才进来，怎么没看见你啊？"孟叔叔问。

爸没接，孟叔叔的手就尴尴尬尬地停在了半空。

"抽卷烟的命，哪当得起牡丹？"爸说。

孟叔叔把烟放回了兜里，讪讪地说："我刚才，送了一包衣服过来。你们家的衣服，洗得最干净。"

"这话你对她说。"爸说。

孟叔叔呵呵地干笑了几声，就走了。两双看见他外套的后襟，有一个角塞在了裤腰里头。

晚饭的时候，妈端出了半碗金灿灿的猪油渣。阿五问咱家什么时候割肉了？妈不说话。阿五以为没听见，就又问了一遍，妈才说咱家哪会割肉？是孟叔叔送的。爸横了妈一眼，说眼孔浅，没见过油渣啊？怎么不叫人给你送猪肉呢？

妈不回话，只是在每个人的碗里分了两小勺油渣。这顿饭桌上的白菜汤谁也没动，大家都拿酱油拌了油渣下饭，吧嗒吧嗒吃得满嘴闪亮。

妈把自己碗里的那一份，舀出了一勺要给爸——爸自己的那份已经吃完了。爸的手挪了一挪，看不出来是推还是就。妈的勺子一斜，油渣就滚到了地上。

"糟蹋好东西，天雷劈的。"妈咕囔了一声。

"你就值，这点油渣？"爸把筷子嘭的一声拍在桌子上，转身就进了里屋。

妈一怔，嘴角颤颤地抽了起来，五官就变了样。两双以为她要哭，可是她没有。

"还活不活，活不活啦？"妈撕心裂肺地干号了起来。

两双往那屋瞄了一眼，爸直挺挺地躺在床上，脸上盖着一条枕巾。

没人说话。妈慢慢地蹲下来，跪在地上，把油渣一颗一颗地捡起来，在围裙上擦了擦，塞到了嘴里。

妈把最后一颗油渣吃完了，站起来，收了自己的空碗，走到厨房，坐到那张生火用的小板凳上，呆呆地望着窗外那角黑黢黢的天。厨房其实不是"房"，而仅仅是一个摆放炉子的角落而已。妈仿佛已经在刚才那一声叫喊中耗尽了心神，身子突然就枯萎了，像一只半瘪的麻袋。

"爸最烦那个老孟了。"建华朝里屋努了努嘴，轻声对两双说。

"可是爸吃了他的油渣。"阿五凑过来说。

"闭嘴。"两双瞪了她一眼。

"邮票呢，那张？"建华扯了扯两双的袖子。

"什么邮票？"两双镇定地问。

"别以为我没看见。阿三上回寄信来，就是你拿的邮票。这回该轮着我了。"建华说。

"用不着轮，都给你也行。"两双说。

"真的？"建华喜出望外。

"当然，要是你也能读信。谁读信谁得邮票。"

建华的话顿时给噎了回去。老四识的字多，他永远也说不过老四。

可是他还是觉得憋气。他伸过筷子，在建国的碗里夹了两颗油渣，放到自己嘴里。

"大哥……"阿五刚喊了一声，就被人在桌子底下踩了一脚。

"吃饭。"大哥平静地说。

早上两双出门上学的时候，头上淋到了一滴雨。

他抬头看天，瓦蓝瓦蓝的没有一片云，日头在树枝的分叉处露出一张白晃晃的脸。他觉得有点奇怪，摸了一下头发，手指有点黏——原来是一团鸟屎。

他抓起一块石子朝树上扔去。嘎。一只黑鸟嘶哑地叫了一声，从秃枝中飞蹿起来，在他的头顶兜了一圈，扬长而去。

乌鸦，那是一只乌鸦。

他的心突然抽了一抽。

他跑回家，从水缸里舀了一瓢水，冲过头发洗过了手，才重新上路。可是这一早上他的心都静不下来了，眼皮扑通扑通地跳得一教室都听得清楚。

今天要出事。

他想。

这一天两双很晚才回家。

两双放学很少准时回家，每天有每天的理由。可是不管多晚回家，他总能在晚饭之前赶回来，而且在上床之前糊完五十个火柴盒子——那是建华大半天的量。而且，老师也从没到家里告过他什么状。所以大人通常睁一只眼闭一只眼了事，没人真去深究他去了哪里。

可是这天两双晚得有些离谱。一家人都吃完了饭，妈正要起身洗碗的时候，才听见了门响。

爸正站在窗前抽烟。爸不拿烟的那只手也没闲着，手里捏着一根棍子。这根棍子是从一个使坏了的锅铲上取下来的，他已经把它捏了一整顿饭，捏得它开始微微发烫。他的五个孩子里，他只打过老四。他一指头都没碰过两个女儿，不是不敢，而是不屑——他不想低到和女人一样的份儿上。他不打那两个儿子，是因为他觉得他们已经是废人了，不值得他再去耗费心神修理。而只有老四，才是五个儿女里唯一的那个他能打也敢打而且打完之后感觉理直气壮的孩子。

爸扔下烟蒂，走到门口，就在这几步路的工夫里，他已经想好了下手之处。不是头，不是腰，也不是屁股。屁股上肉太多，而头和腰伤着了，就是一辈子的事。他已经有两个废物儿子了，他不能再有第三个。最好的地方是肩膀后边的那两块骨头，那里只有一层薄皮垫着，棍子砸上去既解气又不至于出事。小时候他的父亲就是这样打过他的，他至今记得那种渗到骨髓里的疼痛。

叫你，到棺材里都记得这顿棍子。他默默地说。

爸正要开门，门却自己开了，从外头滚进来一个黑乎乎的球。那球在地上踉跄了几下，才直起身来——是两双。两双浑身湿透，头发衣服指尖上的水，滴滴答答地在地上淌出一个肮脏的圆圈。他站着，却没站稳，半边身子靠在门板上，腿在瑟瑟发抖。爸走到他跟前，他看着爸，又没看见爸，他的目光空空荡荡地穿过爸，仿佛爸是一块透明的玻璃。

爸的棍子当的一声落到了地上。

这是他唯一一个健全的儿子，他不能，他只是不能再有任何闪失。

"他妈，你过来。"爸朝厨房喊了一声，嗓音裂开了缝。

"皇天，你掉河里啦？"妈慌慌地跑过来，问。

两双没回话，只是怔怔地看着妈，用他看爸的那种眼神。

"快去给他拿干衣裳。"爸对妈说。

妈有些为难。"球衣球裤，都只有那一套。"

爸瞪了一眼建华。"你上床，把你身上那套脱下来。"

夜还嫩，建华并不想在这个时候睡觉，可是建华知道拗不过爸，他只能哭丧着脸钻进被窝，把身上的衣服一层层地剥下来交给妈。

妈搬过一张凳子，把建华脱下来的衣服放上去，拉着两双到灶台跟前换衣。炉子里还剩了黯黯淡淡的几点余火，这是屋子里最暖和的一个角落了。

"快脱啊，趁着那衣服还温和。"妈催促着两双。

两双开始解衣扣，一颗一颗的。衣服脱到最里层也还是湿的，沉甸甸地在木盆里堆积起来，犹如一团泛着臭气的死蛇皮。已经换下来的和将要穿上去的，其实都不是他的衣服。他从生下来的那天起，身上裹的就是两个哥哥腾下来的旧东西。他长到十五岁，还从来没有过一件纯属于他自己的衣服。澡是洗不成了，家里没有足够的热水。妈拿过一条干毛巾让他擦身体。他的身子像一条将要扬花的枝子，瘦骨伶仃的，但芯子里已经积蓄了一股隐隐约约的长势。妈对这个身子是陌生的。妈对所有孩子的身子都是陌生的。她虽是母亲，但她的气力都用在了把每一件过手的东西化成他们碗里的食，她很少去管他们嘴巴之外的事。当她看到两双后背那两块高高耸起差一点就要落上棍子的骨头时，她突然感觉有些羞愧。

"到底怎么了，今天？书包呢？"她问儿子。

两双没回话，仿佛眼睛和耳朵都满了，再也塞不进东西。

妈去锅里舀了半碗吃剩的菜泡饭递给儿子。两双坐下来，低头看着碗里和菜丝搅拌在一起已经不成颜色的饭粒，扒了几筷子，就放下了。

"你说他到底怎么了？眼神直勾勾的，吓人。"妈悄悄地问爸。

"算了，这会儿问了也不会告诉你。睡一觉，明天再说。"爸说。

这一天爸让大家都早早地上了床。爸要上夜班，而且是连上两班，他想在晚饭之后睡上几个钟头。

半夜爸起来正准备上班，突然发现两双一动不动地靠墙坐着，月光撕破窗帘照在他脸上，两只眼睛玻璃珠子似的泛着亮。

爸这时才真的觉出了怕。

"生在咱们这样的人家，性子就不能太金贵。遇上什么事，放下放不下都得放下。这个家我还能管几年？将来得你担着。"爸沉沉地叹了一口气，说。

两双没吱声，但爸知道他听见了，因为他慢慢地躺回了被窝。

只是这时的两双还不知道，这是爸跟他说的最后一句话了。

而且也是最至关紧要的一句话。

第二天吃早饭的时候，两双还团着被子坐在床上。妈就说建华你怎么把衣服给穿了？你不知道你弟弟要上学啊？建华说上学有什么了不起，阿猫阿狗都能上。妈说你要把我活活气死啊？快脱下。建华说他穿就他穿吧，我的火柴盒他来糊，我正好补一天觉。

妈正想骂，两双突然开了口。

"我不上学了。"

这是两双从昨晚到现在说的第一句话。

"不上学？不上学你还能干什么？"妈吃了一惊。

"安澜亭码头挑煤，五分钱一担。"两双平静地说。

"两双你抽什么风？就你那身个，挑屎吧，你。"妈说。

两双定定地看着妈，顿了一顿，才说："我不叫两双，我已经改了名字，叫刘年。"

建华咕咕地笑了起来，说刘年，干脆叫刘氓算了，还好记。

建华突然住了声，因为他看见两双抽下床头一块已经松散了的木板，咔嚓一声掰成了两半。

"从今天起，你们试一试，谁敢再叫我两双？"

两双的眼眶龇裂了，流下两团红色的汁液。

这天早晨两双，不，刘年，穿着二哥的衣裳出了门，直到下午才回家。

二哥围着被子坐在床上，一边等着晾衣绳上的那套衣服被风吹干，一边翻来覆去地看着那几枚已经被他摸得黑黢黢的旧邮票。

大哥正蹲在门前晒太阳。这天的日头太好了，连风也败不了它的兴致，落在身上让人几乎有点想流汗的意思。

"妈呢？"刘年问。

"去菜市场了，和阿五。"大哥说。

刘年想起来了，这会儿正是菜市场要关门的时候，有一些烂菜剩菜要扔，妈总是挑这个点儿去捡便宜。

"两，哦不，阿年，你今天去哪儿了？"大哥问。

刘年没说话，只是从兜里掏出一把东西，丁零当啷地放到大哥的手心。

大哥的手指顺着那些东西的边缘翻过来覆过去地抚摸着，突然惊讶地叫了起来："三个五分，五个一分，你今天挣了两毛钱？"

刘年一把捂住了大哥的嘴："作死啊，你想让他听见？"

刘年指的是在屋里躺着的二哥。

大哥的声音就低了下来："你真的，挑煤去了？"

刘年把大哥手里的硬币一个一个地拿回来，放到自己兜里。想了想，又从兜里掏出一个五分，塞回到大哥手里。

"这个给你。"

大哥仿佛捏了一只滚烫的煤球，一哆嗦，那钱就掉在了地下。大哥的眼睛坏了，耳朵却没坏。耳朵非但没坏，耳朵还把眼睛撂下的摊子挑了起来。大哥趴在地上，顺着硬币滚落的声音摸过去，就把那枚钱找了回来，用衣襟擦了擦上面的土，小心翼翼地放进了裤兜，那只手就再也没松，一直牢牢地捂着兜口。

"我拿了，能派什么用场呢？"大哥的嘴角慢慢挑起来，挑出一脸的笑意。

大哥从来没看见人笑过，可是大哥也知道怎么笑，原来笑是不用学的。刘年暗想。

"你慢慢想，想好了，我帮你去买。"他对大哥说。

大哥把头高高地仰着，定定地对着日头，那两个本该是眼睛的洞穴一颤一颤的，正走着无数个关于五分钱硬币的想头。

"阿年，你说，红是什么样的？"大哥突然问。

刘年愣住了。他教得会大哥什么是锅碗瓢盆水缸床铺鼻脸眉目，他甚至还能教大哥懂得什么是日头月亮，冷热香臭。可是他实在找不出一句话，能把一样没有形状也没有气味的东西，解释给一个瞎子听。

"国旗，日头，还有嘴唇，都是红色的，你懂不懂？"他说。

大哥伸出手来摸了摸自己的嘴唇，茫然地摇了摇头。

"就是那个，大老远，一大堆东西里头，你第一眼就瞧见的。你见了就兴奋，就想跳起来，就想拍手。"刘年说。

"可是我，看不见。"大哥羞愧地说。

刘年闭上眼睛，想象着在大哥那个黑洞洞的世界里，到底找不找得到一丝能漏进光来的裂缝。

"血，你身上的血，就是红的。血流到哪里，哪里就烫。"刘年终于找到了一种新的解释方法。

"那开水瓶，就是红的，对吗？"大哥隐约有些兴奋。

刘年沮丧地叹了一口气。大哥大概永远也不会理解，到底什么是红。

"你怎么会想起来问这个？"他问。

"广播里不是天天在说吗？红卫兵，红色风暴，全国山河一片红。我今天早上醒来，脑瓜仁里一直响着这个字，红，红，红，像打雷似的……"

　　大哥的话还没说完，刘年突然看见街角有一群人正朝着他们家走过来。这些人的脚步很急也很乱，鞋尖踢起一片飞扬的尘土。他们身上穿的，是沾满了油污还来不及换下的工作服。刘年认出了其中的一个人，是爸的学徒工小李。

　　可是，爸不在这群人中间。

　　刘年扶着墙站起来，只觉得天有些晃，日头待得不稳，一跳一跳的仿佛随时要往下沉。

　　天，可别是爸出事了。他想。

———·———·———

　　我是一只长相平常得几乎接近于猥琐的老鼠，尽管我有一个逃离了原子弹蘑菇云的显赫祖宗。

　　和世上所有的老鼠一样，我向往美食。可是和世上大多数老鼠不同，我不愿为寻食奔波费神。我妈把我生在温州西城的一个贫民窟中，我在这里一住就是两年，过着半饥半饱的窘迫日子，却从未想过搬家，直到面临断顿的绝境。

　　这一天终于到来了，而且来势汹汹。

　　其实，"这一天"这个词，本身就是谬误。"这一天"听起来像是一起突兀事件，其实它只是许多"那一天"的堆积和延伸。就像是一间破屋子，白蚁咬空了这一片，雨水泡烂了那一块，风来的时候，房子就倒了，散成了一堆瓦砾。人们只记得房子轰然倒塌的那一天，没有谁会去追究到底白蚁毁了哪一块，而雨水又是在何时撬的泼。这一家的败落我早就看见了，我也听见了他们家房梁倒塌之前那些吱吱呀呀的警报声。我只是懒，我懒得提醒他们，更懒得去筹谋搬家的事。那些事太耗费心神。

这家的彻底塌散，发生在男主人厂里来报死讯的那一天。我终于明白，从这一刻起，我在这家能够搜刮到的食物，就只有眼泪和叹息了。于是我召集了我的儿孙，百般无奈地商讨起搬迁的计划。我们是贫民窟的老鼠，我们很难适应贫民窟之外的生活，那里实行的是全然不同的生存法则。我们只能在贫民窟里另找一户至少锅底有几颗饭粒可以果腹，某个角落里能找到几片布絮筑窝的人家。

我们就是在那天夜里搬离了这户人家的。走的时候我没和他们道别，我已经见够了这家的鸡零狗碎。

从那以后，我再也没见过他们的面。

第五章

钱包物语 　（**1972—1986**）

我的前身是一块零头布，我是从一块二尺七寸宽七尺长的灯芯绒布料上剪下来的。那块布料是一位母亲给她的两个女儿做外套用的，当时两个孩子的年龄分别是九岁和十三岁。适合这个年龄的女孩子的颜色应该是大红、天蓝、杏黄，再不济也该是墨绿，而我的颜色却是一种与泥土接近的灰。母亲选择这个颜色的理由非常简单：它耐脏。当然，她没想到耐脏的另一种说法是它本身看起来就已经脏了。母亲是个讲究实际的人，好看这样虚浮的词汇在她的脑子里是轻易找不到落脚的地盘的。

我从那块布料上剪裁下来之后，就一直躺在某个抽屉的角落里过了大概三四年的时光。后来那位母亲的大女儿高中毕业，要去离家不近却也不算太远的一个生产队插队落户。女儿去的那个地方，生活条件自然无法跟城市相比，母亲不放心，就把自己背着父亲偷偷积攒的二十块钱交给女儿带上。直到这时，母亲才想起了那块已经被冷落了多年的零头布。她把它翻找出来，缝成一个小小的钱包。她的针线本领实在令人不敢恭维，我在剪刀底下出世时的样子有些蠢，而且缝制的针脚也很粗大。但是我外貌上的缺陷很快就被功能上的齐全所弥补。我带有一个夹层，夹层里有两个暗兜。暗兜和明兜相得益彰地给诸如全国粮票、钢镚和纸币等不同种类的票证提供了各自的藏身之处。而且，我的布舌底下钉了一个大号铁揿钮，它极为牢臣结实，经得起千秋万代的揿扯。在香奈儿、爱马仕、路易·威登等名字尚在外语词典里酣睡，大部分百姓人家都还在使用伟人语录的红套封或小硬塑料袋来装载他们少得可怜的零花钱的年代里，我就算得上是一个拿得出手的专用钱包了。

就这样，我从一块零头布变成了一只手掌大小的钱包，藏在我主人的贴身裤兜里，和她形影不离地相处了整整十四年。我看得见她每天的一举一动，闻得出她肌肤上随着情绪变化而散发出来的不同气味，听得见各样隐秘的念头在她身子里窸窣爬行的声响。这些念头有的很快在她的嘴巴里找到了出路，有的则会长时间地潜伏在她的身子里，渐渐销蚀腐烂，成为新一拨念头栖身的土壤。

我是一只土灰色的灯芯绒钱包。

我的主人叫全力。

———·———·———

眼睛太细，而且是单眼皮，颧骨太高，嘴巴太大。

全力看着镜子里那张模模糊糊的脸，忍不住叹息。

十七八，丑女也是花。说这话的人，不是没见过丑女，就是没见过花。她想。

当然，她绝对不会料到，几十年之后，她憎恨的这张脸将成为某个版本的时尚。而那时，她只能戴着老花镜，望洋兴叹地看着她的容颜在一些时装模特的脸上东鳞西爪地重现。

镜子是父母结婚时置办的旧物，已经满脸寿斑，老眼昏花。镜子早已看过了一面镜子一生里该看和不该看的一切，可是它依旧未能解甲归田。家里不是买不起一面新镜子。对他们这样一个双职工的家庭来说，一个月的收入可以买十面比这光鲜得多的镜子。只是在妈妈的开销计划里，诸如镜子这样的物件总是排在最后。眼看着将要轮到它的时候，总会有一些意外堂而皇之地挤到跟前，把它再次推回到队尾。

"家里还剩下几尺布票，你自己拿去扯块布做件衬衫。我给你扯的你都看不上。"妈说。

妈正坐在床上给她缝被子。被里是旧的，棉胎和被面却都是新的。被面是一块棕褐色的布，上面隐隐织了些说不上是枝还是藤的暗花。妈购置家里物件的通用标准是耐脏。全力从小到大穿戴的所有衣物，上至帽子，下至鞋袜，颜色都像是吸满了灰尘的窗帘布，她不知道这世上到底还留有多少脏需要一件衣服来扛。在等待了这么多年之后，当她终于可以自行挑选一件衣服时，她却失去了兴致：她接下来要走的路，实在不值得一件新衣服来庆祝。

在被子堆成的壕沟那边，全知沉沉地睡着了，身子蜷成松松的一团，两只手臂交错着搭在额上，仿佛在遮挡着一束并不存在的强光。夜还嫩，远没到上床的时辰，可是全知每天撂下饭碗必得闭一阵眼睛。这一觉可以是十五分钟，也可以是一个小时。只有歇过了这个坎，她才能有精神起床写作业。妈伸过手去，整了整全知身上那件短袖布衫的袖口，挡住了她那从袖窝里显露出来的已有了妇人雏形的小乳房。

"这孩子，长得太快，今天来那个了。"妈对全力说。

"来什么了？"全力一下子没听懂。

"那个，女人每个月一趟的东西。家里草纸不够，我去邱阿婆家借的。"

全知到年底才满十三周岁。也就是说，她现在还只有十二岁半。

"她吃的是什么？全家的营养都在她一个人身上，她不长谁长？"全力说。

"不知怎的，我总还是提心吊胆。"妈忧心忡忡地说。

全知除了嗜睡之外，现在基本就跟正常孩子一样了。不，确切地说，她比她的同学都长得更高更壮。话依旧少，但说出来的都有条理，再不是从前的那些胡话了。成绩在班里不算拔尖，却绝对跟得上进度。

"不好你担心，好了你还是担心。"全力说。

"那天我真不该叫她去那头。她要是吓出一辈子的病根来，我还怎么往下活？"妈妈说。

全力蹲下身，拉出床底下的那个纸箱子，收拾要带走的书。书不多，无非是刚学过的课本，几本中外民歌乐谱，一本《新华字典》，一本范氏代数题解，一本《烈火中的青春》，一本《敌后武工队》，还有一本手抄的《塔里的女人》。她把字典和《塔里的女人》挑出来，又找了根绳子把其他的书捆成一摞。

"全知要有什么不好，害她的人也不是你。"全力说。

其实她还有一句话想说。这句话在她心里已经藏了很多年，好多次泛上来，都被她咽了回去，有时在喉咙口，有时在舌尖。

那句话是："你忘了那天晚上去叶知秋家的，还有我。"

她不肯说这句话，是因为她不想让自己听上去像在可怜巴巴地乞讨同情。假若她和全知不是按照这个顺序出生，她或许可以理直气壮地向母亲讨要属于她的那一份怜惜。可是她和全知之间相差了四岁，这段间隔无可更改地决定了她们在这个家中的姿势和声音。

"你整这些书做什么？又不是不回来。"妈抬头看了她一眼。

"你见过谁的户口本离了城里还能再拿回来的？除非等我成了工伤，或是烈士。"全力说。

妈捏着针的手停了下来，妈终于感到了沉重。

"不去不行，政策顶在那里。去了以后让你爸找老领导想想办法，再往城里调。"妈说。

全力冷笑了一声，说妈你不要骗我了，我能指望他？

妈沉默了，又低下头来缝被子。被子太厚，棉芯带着梅雨时节的潮气，针在顶针上滑了几滑，突然拐个弯钻进了肉里。妈啊呀了一声，就捂住了手指。一头黑虫子从妈的指尖钻出来，越爬越肥，落到被面上，摔成一团小小的泥浆。

全力掏出口袋里的手帕，在妈的指头上扎了个结。坐在床边，犹犹豫豫地说："以后全知学校的家长会，你不要叫爸去了。我不喜欢，她们那个烂学校。"

妈怔怔地望着手指上绑的那朵花，突然笑了："不就是那个班主任许老师吗？"

全力吃了一惊："你知道？"

"你以为他碗一撂就出门，都是去开会啊？"妈说。

"那你，怎么不管？"全力问。

"就是没有这个许老师，还会有周老师李老师的。我管得过来吗？放心吧，他跟这些人长不了。"

"你怎么知道？"

"他当年跟叶知秋都没怎么样，跟这些人更出不了大事。"

"他跟叶知秋，怎么叫没怎么样？还要怎么样？"

"他跟那个姓叶的倒是真心的，我在他裤兜里翻出过离婚申请报告。他一直也没拿出来给我看，他到底还是不忍心，因为我从来没跟他吵过一句。"

妈说这话的时候，神色平静，仿佛在说着一桩与她并不相干的事。转眼叶知秋走了也有十来年了。日子是一条河，当年她的死在河面上砸了一块大石头，溅出来的水打湿了多少人。可是再大的动静也会过去，如今河水已经在她身后天衣无缝地合拢，生活照旧。

"你不怕，他再遭处分吗？"全力问。

"你看他是怕处分的人吗？他不怕，我怕有什么用？"妈问全力。

屋里的灯闪了几闪，就彻底黑了——这阵子城里经常断电。全力去厨房里翻出一根蜡烛，点上了，放在一个碟子里端出来。烛蕊发出嘶啦嘶啦的细响，火苗跳跃不定，墙上飘动着一团团昏暗的影子。全力突然有些毛骨悚然。

"你就这样过一辈子，妈？"全力问。

妈终于摸摸索索地缝完了最后一针，把被子卷起来，用一根布带绑成了一个结结实实的圆墩。

"他在我身上找不到他要的乐子，你总不能让他活活憋死。等你也嫁了人，你就明白，男人有男人的活法。"

"我绝不，嫁给这样的男人。"

全力咬牙切齿地说。

"妈，来人了。"

全知翻了一个身坐起来，揉了揉眼睛说。

静芬正想说你又做了什么梦？就听见了钥匙声——是崇武，身后还跟着一个人。

"静芬，你看我在路口碰上了谁？"崇武指了指身后的那个人说。

静芬将那人仔细打量了一番，才啊呀了一声，说阿年你是浇了猪油了，几个月不见就长这么高，要是路上冷不丁撞上了，姨说不定还认不出你了。

刘年的脸刷的红了，一直红到脖子根。

"姨，你还好吗？"他说。

"听听，这说话的声音都变粗了。"静芬说。

刘年的脸又红了一回——这回是为自己的脸红而红的。

吱啦一声响，突然来了电，屋里一片雪亮，那支烛火就成了豆大的一点黄。静芬把蜡烛吹了，忍不住笑，说阿年你手里捏着电闸呢，停了一晚上电，你一来电就来了。

崇武从桌子底下拖出两张凳子来，一人一张，都坐下了。

"听说姐要走，我来送一送。"刘年说，眼睛却没看全力。

"你比我大，怎么还叫我姐啊？"全力瞪了他一眼。

刘年的双手在裤兜上擦来擦去，半天才嗫嚅地说："那我，该叫啥？"

爸哈哈地笑了起来，说全力看你把人家给紧张的，姐就姐呗，有啥关系。弟弟也不是好当的，以后你姐有事你就得豁命。

"去这种地方，也值得你来送？"全力说。

"没有别的办法了吗，叔？"刘年试试探探地问。

"这是死政策，没有活动余地。"崇武说。

"我爸可以帮天底下的人，可就是别指望他帮我。学校还没开始动员，他就先要我报名。"全力说。

"逃不过去的事，还不如争取个主动。"崇武说。

"所以，就是地狱，也不要等人推着才去。"全力说。

"这种话，别在外边瞎说，要出事的。"崇武呵斥道。

"你也怕，出事？"全力哼了一声。

全力今晚的每句话里都有刺。刺太多，崇武不知道从哪里下手拔。他瞟了妻子一眼，是狐疑，也是求助。妻子没接他的目光，只是扯了扯全力的袖子，说小心祸从口出。

"姨，这里没有外人。"刘年说。

静芬沏了茶出来，崇武已经从口袋里掏出了烟，一支给自己，一支给刘年。

"你把一个老实孩子教坏了。"静芬说。

崇武嚓地点着了火柴，说用得着我教吗？你看看人家的架势，是头一回抽烟吗？

静芬盯着刘年看了一眼，刘年的头就矮了下去，说姨我们车间里人人都抽。

静芬就摇头，说省下这几个钱不好吗？

崇武说算了算了，他一天抽不了几根，又是最次的烟。一个男人，不抽烟在人前怎么抬得起头？

"这些我带不走了，都给你。"全力指了指桌子上的那捆书，对刘年说。

"这些年我们家全力给你的书，你都看吗？"崇武问。

刘年点了点头："都看了，姐的笔记，记得真齐全。"

"你看没看我不好说，倒是那手字，有些长进。"崇武说。

"你怎么知道的？"全力好奇地问。

"这小子那天到厂里来看我，我在开会，他在传达室留了张条子，还真他妈的有点小模样。"

"那你，写几个字给我看看。"全力说。

刘年的身体突然绷紧了。有一只尖嘴的虫子，在他的小腹里一牵一牵地搅动起来。他知道他此刻丝毫也不能懈怠，他只要准许他的身子松开哪怕细细一条缝，那虫子就会刨出一个他一辈子也填补不了的耻辱洞穴。

每一次全力的眼光落到他身上，他的小腹里就会爬出这样的虫子。

那是尿意。

他站起来，噌噌地跑了出去。回来时，手里多了一个小纸包。

"清甜橄榄，我知道你爱吃。"

刘年把那个纸包递给依旧还坐在床上犯愣的全知。全知仿佛吃了一惊，接过来，并不吃，却握在了手心。

静芬便笑，说没人跟你抢，捏得那么紧做什么？

刘年坐下了，这会儿的神情就镇定了些。他从工作服的口袋里掏出一个牛皮纸信封，打开来，里头装的是一只木制花瓶。花瓶只有一个手掌大小，除了木纹，再无修饰。只是那木纹如被风扯成流线的云，十分灵秀生动。

"我们车间的老卢有一块好木头，我讨过来用车床车了这个东西，给姐带到乡下玩。"刘年说。

崇武拿过那个花瓶，放在灯底下里里外外地看了几遍，才说木头好不好我不懂，做工倒是不错。外头的流线好，里头掏的那个洞，口子小，肚子大，进刀时眼睛看不见刀头，全凭感觉走。你使的还是那台C620？

崇武问的是那台车床。虽然他已经调离了那个厂，他依旧记得那里的员工和设备。

刘年点了点头。

"这小子脑袋瓜子灵光，刚出徒，就能车出这样水准的东西来。他师傅十几年的经验，也不过如此。"崇武对静芬说。

"刘年哥，为什么姐姐有，我没有？"全知问，手里依旧捏着那包橄榄。

"你姐出远门啊。哪天我给你找块废铁料，车个铁花瓶。"刘年说。

"你给我，立马打住。"崇武的脸一下子紧了。

"别看我不在厂里了，你的一举一动，都有人告诉给我听。你出徒之后没少接私活，深更半夜还用公家的设备赶私工。人没找你麻烦，是看我的面子。这种事，真要上纲上线，是够格开除的。"崇武说。

刘年没说话，只是用双手挂起了头。他的工作服袖口挽到了胳膊上，露出腕上几个深深浅浅的疤痕——那是车床溅出来的铁屑烫的。

"你现在一个月拿多少钱，阿年？"静芬问。

"二十六块，再加四块钱营养费。"刘年说。

静芬看了一眼丈夫，说这份薪水，这么大一个家，没有外快他怎么办？

崇武不说话，只是嘶啦嘶啦地抽着烟，太阳穴一蹦一蹦的，像埋了两根弹簧。

半晌，他才扔了烟头，说我有个战友在民政局工作，他们底下有个福利工厂，我去问问能不能给你二哥找份临时工。

全力咕地笑出了声，说刘年我跟你说什么来着？我爸宁愿帮你，也不会帮我。

刘年不能点头，也不能摇头，点头和摇头都是错，甚至连沉默也是。他只能低下头去，盯着自己的鞋尖。还好，今天的鞋子至少没有洞。

静芬扯了扯全力的袖子，全力挣开了，说，妈，革命者不要害怕真理，尽管真理有时很残酷。

崇武的喉结跳了几跳，最终还是停在了原处。

"你给我听好了，从今往后，我耳朵里要再刮着你接私活的话，别怪我跟你撕脸。"

他转过身去，神色严峻地对刘年说。

这是全力在陈吞底的第二个年头。

她并不知道这个叫陈吞底的地方，正在渐渐蚕食她的生活习惯。过程是潜移默化的，每一嘴下得都很轻，她几乎没有感觉。直到有一天她拿出从家里带来的几张旧照片，才猛然发觉她的那件城市生活外套，已经被陈吞底蛀出了虫眼。

她现在已经学会了像陈吞底人那样天一黑就上床睡觉，赤着脚在田埂上走路，把"明天"叫作"明关日"，把混着菜和番薯粉条的饭碗端在手里坐在门口吃。遇到饿狗，她知道怎样蹲下身来，做出捡石头的夸张动作和声音；在穿毛衣太热穿衬衫太冷的尴尬时节里，她也会和他们一样把棉毛衫当作外套堂而皇之地穿到街上——如果可以把那条连接村口和村尾的弯曲泥径叫作街的话。

她不知道陈呑底在打磨她的同时，也正在被她打磨。自从她和小宋这两个知青来到陈呑底之后，这里的女孩子从爹妈手里千辛万苦掰下来的几个零钱，便有了些新的用途。进村的流动货摊，也应时添了几样新鲜玩意儿，比如五颜六色的空心塑料头绳，闪闪发亮的有机玻璃纽扣。陈呑底不是个富地方，但也没穷到饿肚皮。陈呑底的女孩子虽然不能每季都添置新衣，但总还能买得起一两根新头绳，或是给旧衣裳换上一副新纽扣。陈呑底离温州城有一两百公里，进城得转三趟车，其中有一趟是拖拉机。陈呑底没有几户人家去过温州城，可是因着全力和小宋，陈呑底的人仿佛也闻着了些温州的气息。

可是全力也有到现在还没有学会的事，比如捆稻草。

陈呑底有足够的男劳力，割稻子的事通常用不着女人。夏收夏种时间太紧的时候，女人也会帮把手，在男人割过的田里收稻草。去年夏收的季节，全力和小宋只赶上了一个尾巴，队里照顾她们初来乍到，只让她们学着干了几天。今年再下田时，全力依旧手生。

弯腰，先把田里散乱的稻草用双手拢在一起。一抓多少株，那纯属眼力活儿，因为没有工夫去多还少补。双脚夹住稻草，顺势抽出一绺当绳子，俯身按住，绕上一圈，在中间打上一个结子。再用双手把捆好的稻草下摆分成两半，转一个圈，那草捆就裙子似的坐在了地上。

这个过程似乎简单，村里的女人们做起来轻省得几乎像在捏一个面团。女人不看手，不看脚，甚至也不看稻草。女人的心思和眼睛都没在活儿上——女人用不着。女人一边聊着自家和别人家的闲话，一边轻轻一甩，地上就多出了一垛。收完了一垄站起来一看，排是排，行是行，满地都是一模一样的散成了花似的裙裾。

全力不行。她的腰管不了她的腿，她的腿管不了她的手，她的腕也管不了她的指头。她的脑子和身子都在各行其是。她一点也不想看自己扎的草堆——她知道它们是什么模样，现在她只想着太阳早点下山。陈呑底的太阳长着利齿，晒在身上不是烫，而是疼。她不是没见过太阳，她只是没见过这样永不归山的太阳。陈呑底的白天似乎比温州长了许多，她早上一睁开眼睛，窗外已经是白花花一片。晚上入睡的时候，天似乎还没黑透。她几乎都已经忘了星星的模样。她不记得去年的伏天有这么难熬，因为去年还有新奇在。新奇是一块垫肩的布，人挑苦日子的时候，有了那块布，虽觉得重，还不至于磨骨。今年新奇磨穿了，她终于知道了什么叫煎熬。

同屋的小宋脑袋灵光，开镰的时候就让家里拍来电报，说奶奶急病，需要她立刻返城探亲。全力也学了小宋的样子给家里去了信。回信倒来得很快，只是不是她期待的样子。信上说："年轻人吃点苦有好处。"她一看就知道这是爸的话，尽管是妈的字迹。妈的话是下面这句。妈说："别让你爸犯错误。"全力把信揉成一团，扔进了灶火。至此她总算明白了妈的心思：妈还是舍不得爸犯错误。既然爸犯错误是不可避免的，那么妈宁愿爸的错误不是犯在自家人身上。自家人的错误是可以省的，省一桩少一桩。

终于到了收工的时候。她不知道自己是怎么走回家的，她用指甲掐了掐腿，腿还在，只是连接腿和身子的筋骨不在了，腿在自己走着自己的路。快到家门口的时候，她远远就闻到了灶披间里传出来的香味——房东阿贵的婆娘在准备饭食。农忙时节，各家的婆娘在饭食上总比平日要多上一点心。

房东的大儿子傻子正站在院里的那棵桑树跟前撒尿。傻子今年二十四岁，五岁时发了一阵高烧把脑子烧坏了，从此全村的人都喊他傻子。傻子听见响动，转过身来，咧开牙对全力嘿嘿一笑，亮出裤裆里那根涨成青紫色的香肠模样的东西，拿手拨弄一下，空中便飞出一条浊黄色的水流。全力的胃咕的一声抽了起来，想吐，却没有东西可吐。她掩着嘴闭着眼睛冲进了屋里。

那顿晚饭果真比平日丰盛。依旧还是一半米一半番薯粉条，但番薯粉条上撒了疏疏几颗海米。浇在米饭上的那层白菜里，卧着一个油亮的茶叶蛋。全力和阿贵婆娘端着饭碗坐在门口吃，阿贵要喝酒，就待在屋里自斟自饮。饭吃到一半，全力望着地上的蚂蚁，期期艾艾地说："婶，以后，能不能叫傻子哥……嗯，在那个，茅房，小便？"

阿贵婆娘听了就咯咯地笑，说他吓着你了吧？全力说你都看见了？婆娘说他一个没脑子的人，你就把他当猪当狗。猪狗撒泡尿还用得着人大惊小怪？就当没看见好了。全力就问婶他这个病，就没得治了？婆娘摇了摇头，说没得治了。就指望将来他能娶上个媳妇，人都说见过了女人，病兴许能好。全力想说谁愿意嫁给他呢，想了想，到底也没说。

撂下碗，全力身子也没擦就上了床。一天流下的汗，已经在身上结了一层泥痂，指头轻轻一搓就能搓出一条绳。可是她顾不上。疲乏是个滔天的浪头，疲乏卷过来的时候，所有其他都不过是泥沙。或许今天并不是最累的一天，可是这一季的劳累积攒到今天，今天就成了压垮骆驼的那根稻草。小宋不在，她终于可以放肆地在床上铺陈自己的身体了。还没容她找到一个舒适的位置，她就已经睡着了。她甚至听见了自己的呼噜。轰，轰，轰，像开山的炮，房子在摇晃，天花板在唰唰掉渣。舒服啊，舒服，谁能挡得住一个人十八岁时的呼噜？

她隐隐觉得有一样东西爬上了她的身子，重如山石。是疲乏，又回来了。她想。她想推，可是她身上的每一根筋骨每一丝肉都已经散了架，她的脑子无法把它们汇聚成军，她只好听凭它在她的唇舌她的胸口她的肚腹上匍匐爬行。后来，它爬过来搬她的腿。腿很沉，可是它比腿更沉，它攒足了力气在她的两腿之间狠狠一拱。一阵巨疼，她惊醒了过来，突然看见了星星。

过了一小会儿，她才意识到：那是趴在门缝里的眼睛。

Machine gun is a weapon, and canon is a weapon, but the most powerful weapon is Mao Zedong Thought. （机枪是武器，大炮也是武器，但是最强大的武器是毛泽东思想。）

全力坐在院子里，一边晒着太阳，一边听全知朗读英文课本。其实太阳已经斜了，她的身子半个在光里，半个在暗里，可是她懒得起身挪椅子。

她是大前天回温州歇探亲假的。这三天里她天天坐在院子里晒太阳，一步也没出过门。她懒得去逛街，也懒得去看同学，甚至懒得起床洗漱。倦怠是从乡下带过来的，她原以为城里的日子能治好乡下的倦怠，可是到了城里她才知道，城里也有城里的倦怠。日子仿佛是一堆发霉的珠子，倦怠把那些珠子串成一个圆圈，她无论捏到哪颗珠子也找不到头。

她实在是打不起精神。

"姐，thought是可数名词，为什么前面没有加冠词？"全知问。

"我哪知道？你去问老师。"全力懒懒地说。

院子里所有的东西似乎都没变。那棵树上的那个疤还长在老地方，那个鸟巢也是。朝南的玻璃窗户中间那个用红漆描的"忠"字，缺失的依旧是左边那半撇。甚至连那条拴在树身上的晾衣绳，尾巴上打的依旧还是她走时的那个结子。一切似乎都屏着呼吸纹丝不动地等待着她的归来，唯一没有等她的，是她的妹妹全知。全知趁她不在的时候飞快地长了起来，十四岁的衣服里穿的是一个二十岁的胴体，全知的身体在全知的衣服里沉默地呼喊着越狱。

"这阵子，有什么新闻？"全力问。

全知停下来，想了一下，才说邱阿婆死了。

全力嗯了一声，没说话。邱阿婆是无病无痛毫无预兆地睡过去的。邱阿婆的死不是新闻，妈已经写信告诉过她了。

"这么漂亮的皮，哪儿来的？"

全力指的是全知手里那个课本上的封皮，那是一块轻软的塑料皮，在太阳底下闪着一层橘黄色的光亮。

"刘年哥给的。"全知说。

"他还来家吗？"全力问。

"月头的时候，帮家里拉煤粉，做煤饼。"

这两年里全力和刘年疏疏地通过几封信，刘年的信很简短，多半只是询问她的情况，很少说到他自己的事。

"调技术科了。"全知说。

全力略略有些吃惊，心想这也算一件大事了，他信上怎么没提。

"进厂才几年啊？运气。"全力叹息道。

全知看了她一眼，没吭声，重新拿起了课本。

这时静芬下班回家了，进屋系上围裙生火做饭。柴有点潮，烟从炉筒里倒灌出来，熏得她眼泪涟涟。她站起来，想喊全力去搬点松皮过来引火，嘴一张，又把话咽了回去。这趟全力回来总是说累——是夏收秋收两季叠加在一起的累。静芬觉得自己在女儿面前多少有点愧，所以就由着她每天睡到日上三竿，不忍轻易使唤她做家务事。

静芬拿了一把大蒲扇，扑哧扑哧地扇了约有一刻钟，终于把煤饼引着了，已是一头一脸的灰和汗。淘了米做上饭，就冲着院子喊："被子晒了一天了，全知你放学回家就不知道收一收？"

全知合上课本，斜了全力一眼，咕囔了一句姐一天都在家，就进屋来取藤条。

全力说算了，做你的学问吧，便懒恹恹地从椅子里站起来，拿过了全知手里的藤条。

静芬撸过一条毛巾胡乱擦了把脸，就从水缸里舀了一盆水蹲在门外洗菜。一抬头，看见了全力在院子里拍被子的样子，突然怔住。

这是一件全力从上小学一年级起就会做的事，可是她今天做起来样子很生疏愚笨，她仿佛不知道该怎样弯腰和俯身。她僵直地挥舞着藤条，反反复复地拍打着同一个地方，似乎那里歇着一只怎么也拍不死的苍蝇。终于拍完了，她踮起脚尖收被子的时候，身上那件带夹里的旧灯芯绒外套随着她的手臂提起来，露出一个浑圆的，已经开始粗笨起来的腰身。

静芬的眼前突然飞过一群黑蛾子。她扶着墙站起来，定了定神，走过去把全力扯到角落里，颤颤地问："你上次来身子，是，是什么时候？"

全力手里的被子噗的一声掉在了地上，可是她没有去捡。

"你们为什么，不肯给我拍电报？"

半晌，全力才面无表情地说。

女人走进院子的时候，阿贵全家正在吃晚饭。

农闲的时候，陈呑底的人只吃两顿饭。日头刚低矮下来，晚饭就已经摆上了桌。农闲的饭食很简单，一盘白菜，一碗腌萝卜，一大锅番薯粉条。阿贵家的狗围着桌子转来转去，急不可耐地等候着主人碗里的残羹剩饭。

女人走得太快，村里人还来不及给阿贵报信。狗刚抬头汪了一声就噎了回去，因为它看见了女人爹成针的头发和撕裂的眼眶里那两颗血红的眼珠。

女人身后跟着一个年轻的姑娘。姑娘低着头，身子缩得小小的，仿佛只是女人投射在地上的一片影子。

阿贵婆娘是第一个明白过来的，她放下碗，迎上来，颤颤地问："是，全力的娘？"

女人一把拨开阿贵婆娘，从随身带的布包里霍地取出一样东西，往饭桌上狠命一砸。

当的一声巨响，木板像纸板一样不堪一击地瘪了下去，锅从桌面上弹跳起来，在空中翻了一个笨拙的跟斗，滚落到地上，番薯粉条蚯蚓似的爬了一地。狗的鼻子抽了一抽，身子想动，却最终没敢。

女人手里捏的，是一把方脸的铁榔头。女人平素在单位工作时，就是用它来碎煤砸钉子的。

榔头砸下来只有一声，耳朵里溅出来的回声，却嘤嘤嗡嗡地响了半天。

阿贵是一屋里唯一一个能擒得住女人的人。阿贵翻过几十年的田打过几十年的夯，阿贵一身的力气对付得了三两个这样的女人。可是阿贵没动手。阿贵再蠢也明白疯了的羊可以撕碎一头牛的道理。

阿贵家的几个娃子惊天动地地哭了起来。

阿贵看了一眼站在跟前的女人，撸下晾在绳子上的一条毛巾，在手里拧成一条绳。

"跪下。"他对依旧坐在凳子上犯愣的傻子喝道。

傻子茫然地望着他。

霍地一下，傻子的脸上挨了一毛巾。傻子嗷地号了一声，右颊上鼓起高高一道赤红。

"全力的娘，你就把他锤死了吧，我保证不叫你偿命。我留着他做什么！一年白喂了多少好米！"阿贵对女人说。

女人愣了一愣。

阿贵趁机瞪了一眼脸色煞白的婆娘，说阿鑫。

婆娘立时明白了，飞也似的跑出了门。

过了三五分钟，阿贵婆娘就跑回来了，身后带着阿鑫。阿贵家的院子里已经鬼哭狼嚎地跪了一地的人，阿贵还在挥舞着那条毛巾。傻子跪在地上，抱着头，后背拱成一座小丘。傻子穿的是一件他爹穿旧了的厚夹袄，毛巾落上去的声响嗖嗖的比鞭子还瘆人，但却是隔着皮的疼。全力娘手里依旧紧紧地捏着那把榔头，却似乎不知道下一锤该砸到哪里。全力背着身子靠在墙角，双手捂着耳朵。

阿鑫夺下阿贵手里的毛巾，说这里有娃娃们什么事？都给我进屋待着。

阿贵的女人赶紧把孩子一一拉扯起来，塞进了屋里。

阿鑫又转过身来，对门口围看的人群说这是唱戏文吗？有那么好看？

阿贵的婆娘就把院门也关了，插上了闩。

"搬凳子，给城里的客人坐。"阿鑫说。

阿贵的婆娘赶紧搬了一张凳子，用袖子擦了擦，放到全力娘跟前。又搬过一张凳子，也擦了，递给全力。余下的人，便都站着。

"滚，别让我看见你。"阿鑫踢了一脚依旧还跪在地上的傻子。

阿鑫的嗓门很低沉。阿鑫说话，远远听上去还听不清舌的时候，就已经听见了轰鸣。

傻子呜呜地哭着也进了屋。

"全力她妈妈，我是陈吞底的生产队长。他们是乡下人，什么也不懂。你有话就对我说。"

阿鑫伸出手来，给女人握。阿鑫穿了一件洗白了的军绿球衣，戴着一顶同样洗白了的军帽。阿鑫的军帽戴得齐齐整整，上面还扯出几个角，于是阿鑫看上去就不完全像是陈吞底的人。

全力娘没接阿鑫的手。全力娘坐是坐下来了，屁股并没有落在实处，手里依旧捏着那柄榔头。

阿贵婆娘俯下身来，把脸凑上去，说全力娘你两个都饿了吧，我给你们下红糖荷包蛋。

阿鑫挥挥手，说去吧去吧，我们这里商量事，你们婆娘不懂。阿鑫说完了，才想起全力母女也是婆娘，话却收不回来了。

全力娘把榔头咣啷一声扔在地上，说队长来了正好，我找的就是你。说着就从布袋里掏出一个封得紧紧的牛皮纸信封，撕开口，取出几样东西，一样一样地放在那张瘪了一个坑的桌子上。

是两枚黄铜纪念章，一个小红本。一枚纪念章上铸着一只鸽子，另外一枚是一个扛着长枪的士兵，身后露着一叶帆船。鸽子和帆船都已经老旧了，生了一层绿锈。小红本封皮上裂了一条缝，上边的烫金褪得七零八落了，勉强还认得一个"奖"字。

阿贵不知道那是什么东西，便转身去看阿鑫。阿鑫把眼睛躲了，因为阿鑫也不知道，只觉得那红、那黄、那绿都有些沉，压得人心慌。

"渡江胜利纪念章，抗美援朝纪念章，二等功证书。这都是，全力她爸的。"全力娘说。

全力吃了一惊。她悄悄抬头扫了一眼桌子上的物件，她也是第一次看见。

妈终于，舍得让爸犯错误了。全力暗想。妈在爸明明只需要犯一个绿豆大的小错误时，没舍得让爸犯。妈非要等到绿豆大的洞眼变成一个大缺口的时候，才舍得拿爸出来堵窟窿。

"你们祸害他的女儿，就是……"

全力娘找不到一个合适的词，卡住了。她寻思了半晌，才说："是，阶级斗争。"

她说到"阶级斗争"的时候，口气有些迟疑。这并不是她真正想说的词。她真正想说的那个词，应该和那把方脸榔头一样凶猛解气。可是她搜遍了她脑袋瓜子的每一个角落，也找不到一个真能和那把榔头相比的词，连皮毛都挨不上。

全力娘并不知道，这个她临时抓来当差的词，其实也是一把榔头，而且是一把更重更猛的榔头。先前的那把榔头砸着了桌子、阿贵，还有阿贵的婆娘。而这把榔头，砸的才是队长阿鑫。

阿鑫从兜里掏出一支烟来，点着了，没给阿贵，而是独自抽了起来，抽进去的多，吐出来的少，憋在喉头的烟在他的腮帮和额头上鼓出大大一个包。

"你说吧，这事该怎么解决？"他问全力娘。

"该关的关，该判的判。"全力娘恶狠狠地说。

阿鑫把烟蒂扔在地上，拿脚碾灭了，说这好办啊，你去公安局报个案。只可惜他是个傻子，就是抓了也判不了他的刑。

全力娘直直地看着阿鑫，说我说过要抓他吗？我要抓的是你。

"出事那天家里有客，门外围着好几个大人，那些人也是没脑子的傻子？上头有知青政策，合伙欺负知青是什么罪？那些人不明白，你是队长，难道你也不明白？你敢说你没有责任？"

全力娘觉得堵了一天的脑壳子突然开了，四面八方都是路，哪条路上都放着榔头，她指头一伸就能随意取用。

"队长那天，没，没在村里。"阿贵结结巴巴地说。

阿鑫摆了摆手，叫阿贵住声。

"全力娘，你就是把陈吞底的人都判了刑，气倒是出了，可对全力有什么好？一个……闺女，前头路还长着呢。我们得想个法子，叫她把将来的日子过好了，才是正事。"

阿鑫说到"闺女"的时候顿了一顿，他其实是想说"黄花闺女"的，话到舌尖他才觉出了不对，临时咬回去一截。

说完了，他看了全力一眼。全力没理他，可是他看见全力的睫毛颤了一颤。

全力娘这才明白，阿鑫的话才是真正的榔头。阿鑫的榔头是尖嘴的，在她的心上狠狠锤了一记，又剜走了一块肉。

"公社今年有一个推荐上师专的名额，不是给我们队的。不过，全力的情况特殊，我可以去公社要求。"阿鑫说。

"知青政策很紧，靠别的法子很难回得了城。上了大学，将来户口问题工作问题一并都解决了，那就是一辈子的安稳。"

全力娘没吱声，但看得出脸上有了松动。

"再有，阿贵你拿出两百块钱来，给人家补营养。"阿鑫说。

阿贵踮着脚跳了起来，额上爆出了几根筋。

"队长，你就是把我卖了，我也没有这么多钱！"

阿鑫瞪了阿贵一眼，说我知道你没钱，要不，我看你还是蹲班房算了，再拉上你婆娘。那天你两个不都在门外看着吗？

阿贵说不得话，只是砰砰地拿拳头砸着脑壳，一声接一声地叹气。

"全力妈妈，你看这样解决，行不行？"

阿鑫又点着了一根烟，还是独自抽，却抽得从容些了。

全力娘依旧没吭声。

全力娘当然还有想法。全力娘的想法在全力娘的身子里走来走去，发出叽叽咕咕的声响。

"三百。"

全力娘霍地站起来，拉着女儿走出了阿贵家的门。

临走到门口，又回过头来，丢下一句话："给你一周时间。"

天黑透了，陈岙底的人节省，到这时还舍不得点灯，可是全力认得出村的路。全力丢开妈的手，一个人噌噌地走在了前头。

狗放肆地吠了起来，先是一家，后是一村，汪汪的扯成了连绵不断的一片。狗也知道走的人用不着害怕，怕的是来人。

天虽是冬天，却不算冷，即使没了太阳，风依旧像秃了齿的狗，啃在身上不痛不痒的没有多少劲道。出门时妈让穿上了厚棉袄，刚走几步就憋出了一身的汗。全力知道这不关天气，而是因为肚腹里的那块肉。那肉像个炭火盆子，烤得她不识节气。

这事发生在她的身上，却又仿佛与她全然无关。所有的话都是当着她的面说的，却又不是说给她听的。没有人问过她的意思，包括她的母亲。

走出村口的时候，全力迟疑了一下，却没有回头。她用不着。她知道这个叫陈岙底的地方，注定会一辈子待在她的记忆中了。

———·———·———

我只是一只其貌不扬的灯芯绒钱包，很多人甚至不相信我有灵魂，我也和人一样能感觉到疼痛。其实每次我主人身陷危难的时刻，都是我守候在她身边——有时连她的母亲都不能。比如那次傻子趁她睡着了爬上了她的身子，又比如这次她去清除傻子留在她身子里的印记。我虽然救不了她——救人是上帝的事，我却至少能用我的眼睛记录下她的疼痛。在将来的日子里，我或许会是一样随时能解开她记忆死结的不可多得的旧物。

她母亲向单位请了假陪她去医院，当然用的是某个拿得上台面的借口。关于她女儿突然回城的事，她的邻居同事朋友都以某种方式向她旁敲侧击地打听过。刚开始撒谎的时候，她还有点藏头露尾欲盖弥彰的腼腆和无措，现在她已经无师自通地知道了该如何把一个破绽百出的故事说得天衣无缝。

那天当我主人被护士带到手术室的时候，她母亲被拦在了门口，而我则随着她的贴身衣物走进了那个弥漫着来苏水气味的房间。分手时母亲趴在她耳边轻轻叮嘱了一声"你别喊疼"。她一下子明白了这其实只是半句话，还有半句话被母亲吞进了肚子。吞下去的那半句是："像你这种情况。"这阵子家里人对她说话的口吻都是这样，小心翼翼，迂回婉转，说一半掖一半。她已经学会了从说出口的那一半里猜测没说出口的那一半，说出口的那一半并不重要，没说出口的那一半才是一句话里的精髓。

我看见护士不耐烦地把我主人赤裸的双腿分开，固定在两个脚镫上。我主人并不知晓她的母亲在几个月前就是被同一个护士绑在同一张手术床上的。护士记不清人名，但护士却记得清脸孔，所以护士对我主人的不耐烦里，里里外外夹杂着好几层意思。最外头的那层不耐烦源于医院日复一日千篇一律的乏味日程，里头的那层不耐烦里还裹着些别的内容，比如对病历里那张盖着公社印章的手术原因证明的怀疑，还有因母亲累及女儿的鄙夷。护士在洗手消毒时对另一个护士耳语道："四十多岁了，还干那种事？什么样的妈就有什么样的女儿。"我的主人对这一切都一无所知，她只是牢牢记住了她母亲的叮嘱，闭着眼睛，默不作声。

医生把一样闪闪发亮的金属物件，伸进了我主人的身体。我主人颤了一颤，先是因为冷，后是因为疼。我从来不知道，一个女人的两腿之间竟蕴藏着如此幽深丰润的一个世界。

疼痛开始尖锐起来，我的主人不停地打着哆嗦，她已经分不清到底是因为冷还是因为疼。医生和护士彼此没有说话，他们交流时用的是眼神和指头。他们在可以温柔一些的时候没有采用温柔，他们在必须使用力气的时候丝毫没有吝啬力度。他们在心照不宣地等待着我主人发出第一声呻吟。这声呻吟会给他们一个借口，让他们顺理成章理直气壮地说出那句已经在口罩里憋馊了的话："早干吗了？"他们压根不相信那个被公社的印章认可了的手术理由，他们在急切地期待着一个可以把羞辱捏塑成偷欢的最佳时机。可是我主人从始至终没有给他们这个机会。我主人在还没进门的时候就已经决定了：今天她绝对不会发出任何声音，哪怕为此她需要咬碎所有的牙齿。

那样金属物件开始在我主人身体里搅动。我主人紧紧地攥着拳头，惨白的关节绷成带着棱角的小球，似乎随时要从皮肤的牢笼里破门而出。在她两腿中间的那片幽深中，我看见了那团匍匐着的血肉。我从来没见过那么难看的东西，它颜色污秽形状丑陋，散发出一股阴沟才有的气味。后来我才渐渐明白，它是从罪孽的泥土里生长出来的东西，它不可能具有另外一种样子。有一件事情我至今无法判断是否纯属我的想象：我听见这团血肉离开我主人身体跌落在托盘时发出了一声呻吟。它似乎是在和它的母亲道别，它毕竟在她的身体里生活了几十个日夜。

我主人紧握的拳头终于松了开来，她的掌心渐渐开出几朵暗红色的梅花——那是指甲在肉里钉出的伤痕。这时我听见了另一个声响。我明确地知道那不是想象。那是我主人的眼泪滑过脸颊，滴落在金属床框上的声音。那滴泪水在床框上砸了一个坑，房子微微颤了一颤。那滴泪水里蕴含的盐分可以跟一汪大洋相比，所以无论清洁工如何擦拭，它都会在那张床上留下一块永恒的锈斑。

　　我知道我的主人不是在哭疼。最疼的时刻已经过去，她哭的是另外的事情。

　　她在哭她生命中莫名其妙地丢失了的，而且永远无法替补的第一次。

　　她已经无法再次拥有第一个男人。

　　或者是第一个孩子。

———·———·———

　　哗啦。

　　全力迷迷糊糊地听见了一阵碗盏碎裂的声音。

　　她不知道她该把目前的这种状态叫作睡还是叫作醒。她隐隐知道周遭发生的事，可是她挪不动身子。意识在沉睡和清醒中间的那个灰色地带里潜伏着，认得出事件的大致轮廓，却分不清细节和纹理。

　　眼皮上仿佛沉沉地压了两座山。眼珠子把全身的力气都拽了上来，才终于把山抬起了一条缝，她就看见全知坐在床尾看语文课本。全知看书时身子拱成一个球，两手圈住两个膝盖，书本摊在大腿和肚皮中间，鼻子贴在书上，仿佛在闻字。

　　"水。"全力翕动了一下嘴唇，对全知说。

　　她依旧还在出血，身子无力，总是口渴。

　　全知没动。

全力用脚尖轻轻捅了捅全知，全知抬起头来，全力才看清原来她的耳朵里塞了两团棉球。

全知拔出棉球，斜了一眼厨房，说过一会儿。

全力懂了：原来全知是想等厨房里的人吵完了再进去。

"妈刚刚扯了两块线呢布料，是带我去挑的。一块黄格子，一块豆绿格子。我想你会喜欢豆绿。"全知伏在她耳边说。

全力不知道妈是怎么跟全知说自己的事的，她只是发觉这些天里向来寡言的全知突然话多了起来。只是全知跟她说话的时候，眼睛总是躲着她走。

全力知道这块布其实是妈专门给她买的，全知只不过沾了她的光。平常妈若给她们添置衣物，是绝对不会去挑这种不禁脏的鲜嫩颜色的。而且，为了省几寸布，妈也不会给她们两人扯两和不同的布料。这块布是妈病急乱投医的膏药：妈知道她伤着了，妈却不知道该怎么止疼。

"不过你要是喜欢黄的，我也可以要那块绿的。"全知说。

她突然明白了全知其实不是在说布料，全知只是不想让她听见厨房里的动静。可是没有用，她的两只耳朵早就练出了各司其职的本领。

"你他妈的吃了什么胆？这么大的事，也不和我商量？"

这是爸的声音。爸的声音是努力压抑了的，可是被压住的只是音量，而不是语气。语气在音量的破绽里呼呼地冒出来，全力用不着听清爸的话，就已经听清了爸的愤怒。

"我能找你商量吗？你犯过这么多事了，我总不能再让你去闯祸。"妈也压低了声音。

爸和妈都想避着她吵，可是家太小，没法避得开。只要有火，烟总是藏不住的，不是这里就是那里，总要露出痕迹。

爸可以在外边犯上千个百个错误，但爸在家里却很少跟妈动怒。妈也很少找爸的茬。不是没有茬，而是茬太大。家就搭在这个茬上，茬捅开了家就要散架。同样是沉默，爸和妈的沉默却各有各的名字，妈的沉默叫隐忍，爸的沉默叫愧疚。

"那你就放了这群屌毛？他妈的反了天了，真以为是旧社会啊，敢聚众围观？哪一个抓起来，够不上蹲个十年八年？"爸骂道。

爸的粗口是个麻袋，里头的藏货很多也很杂，不过爸通常都把袋口收得很紧。爸极少在女人面前爆粗，可是爸今天忘了扎袋口的绳子。

"你还嫌这事不够丢人？你真想让她给公安局带去盘问，闹得全世界都知道？"妈说。

爸的声气软了下来，火小了，烟却还在。

"那你也不能卖女儿。"爸说。

爸的话像根棍子一下子戳到了妈的心口。棍子太粗，妈攒了好几口气才拔出了几寸。

"她是我生的还是你生的？我不就是想叫这事赶紧过去，她的日子还得朝前走。"

妈窸窸窣窣的像在擤鼻涕。

两人都静了下来。

接着响起了一阵唰啦唰啦的声音，是妈在清扫地上的碎碗碴子。

"这种事，瞒得再紧也会有走漏的时候。你说将来，她还能找个好人家不？"

妈的声音压得更低了，低得像是牙缝里漏出来的一丝风。全力其实听不清妈的话，全力是从妈的语气里猜出来的——妈的语气忧心忡忡。

爸没回话，像在想事。

"你说我要不要找那个谁，探探口风……"

半晌，爸才开口。爸的声音压得比妈的更低，几乎就是耳语。

"你可不能，挑得太明……"

妈说了一半，就赶紧住了嘴，因为她看见了来厨房取水的全知。

豆绿底灰格子的棉袄罩衫，青卡其裤子，黑襻带皮鞋，蓝条子尼龙袜。

这是早上起床时妈放在她床前的东西。全力不敢问妈置办这些东西的钱是不是阿贵给的。

这堆东西里有好几个第一次：她一生里的第一件鲜嫩衣服，第一双皮鞋，第一套从头新到脚的行头。

可是她把最紧要的第一次丢在陈岙底了，在那之后纵有一千一万个别的第一次，也填不满那个第一次留下的深坑了。

家里没有大镜子，她照不全自己的样子，可是她用不着，全知的眼睛就是一面最平整最干净的镜子。

"真，好看。"全知看着她，满眼流淌着羡慕。

"你的衣服呢？"全力问。

"妈不让穿，说要等过年。"全知说。

是的，全知没有伤，全知用不着一帖急急的止痛膏药，全知可以在该穿新衣的合宜时节里从从容容地换上新衣。可是她不一样。她的新衣是一场恶雨之后的伞。她宁愿在有太阳的日子里打赤脚，也不愿在这样的雨后得到这样的一把伞。

世上的好东西莫非都得跟在灾祸之后到来吗？全力忍不住打了个寒噤。

全力这时还没意识到：她这一辈子面对好东西时心存的疑虑和恐慌，其实就是从这个早上开始的。

有人敲门。她听见了妈的开门声。

"阿年来了，快进屋。"妈在招呼来人。

"叔不在？"那是刘年的声音。

"他哪个星期天也不在家，不是开会，就是加班。"妈说。

"叔说姐病了，我来看看。"

"全知，出来给你阿年哥泡茶。"妈喊道。

刘年进了屋。全知去厨房沏茶，妈跟了过去，低声说一会儿送完茶，你就出来。全知说为什么？妈说他们好久没见了，让他们说会儿话。

全知端茶进了屋，却没走，只没头没脑地问了一句我上个学期的课本你要么？全力说人家现在是大技术员了，哪还会有空看你这些小孩子书？全知说我不是小孩子，我没问你。刘年的脸唰的一下红到了耳根，低头说姐你别笑话我，我哪是什么技术员？我只不过在技术科打个下手。全知说我问你呢，要还是不要？刘年说我现在都不看闲书了，要看也只看技术手册。

三人没说上几句话，妈就在外边喊："全知，你去帮我打瓶醋。"

全知走了，屋里就剩下了两个人。刘年放下手里提着的东西，看了全力一眼，说姐你这是要出门？全力说谁规定不出门就不能穿新衣服的？刘年说那得看谁家。要是我们家，出门也没得新衣服。

刘年这话本来没当笑话讲的，全力听起来倒像是一句笑话，心想这人什么时候有了幽默感。

"这是什么？"全力指着刘年放在桌上的那两个纸包问。纸包很大也很饱实，来来回回捆了好几道麻绳，看上去像炸药包。

"这包是红糖，这包是白糖。得肝病的人要多喝糖水。"刘年说。

全力一愣，半天才回过神来，轻轻一笑，说我爸还跟你说了些什么？刘年说我叔说你要上大学了。全力说什么大学，其实比中专好不了多少。刘年说有几个人能碰上这样的运气啊，你倒不稀罕。全力撇了撇嘴，想说什么，却到底也没说。

半晌，全力才问你来看我，就不怕，我把肝炎传染给你么？刘年嘿嘿地笑，说不怕，别看我瘦，我身子骨强。

全力掂了掂那两包糖，说你是开糖铺的啊，哪来这么多的糖票？刘年说我把一个科室的糖票都要过来了。全力说那得花多少钱？刘年说你别担心，叔安排我二哥去福利厂上班了，日子不像从前那么紧了。全力说你别蒙我，福利厂那十几二十块钱的薪水哪够你一大家子花？你肯定还在接私活。

刘年把手上的劳保手套摘下来，又戴回去，说你别告诉我叔。全力说用得着我告诉他吗？全厂都是他的耳目。刘年又嘿嘿地笑，说不会有事的，现在我有几项革新，厂里用得着。没钱发我奖金，就由着我接点私活。

全力暗暗吃了一惊。

他比她大十一个月，她十九，他二十。他们已经两年没见面了，他的身架倒没怎么长——该长的，已经在前面的日子里长过了。可是她觉得他变了，他仿佛一下子跨过了一道门槛。隔着这道门槛看他，她突然不知道该用哪种语气跟他说话了。

她看了他一眼，说什么革新，能说来我听听不？

刘年遭全力一看，突然觉出了自己的张狂，脸又涨得通红，嘴角不由自主地抽动起来。他有些难堪，为自己的自卑，也为自己的张狂。

羡慕啊，真是羡慕，全力真希望她还可以像他那样脸红一回。他虽然经历过贫穷，他却没有经历过陈吞底。经历过贫穷的人依旧还会脸红，可是经历过陈吞底的人却再也不会了，陈吞底把人的脸皮磨成了铁砂。

喝过几口茶，脸色终于渐渐平复了，刘年才说厂里有些活干得太费时，我就是想法子绕个近路，算不上什么革新。

全力说世上的发明创造大多是懒人的成果，勤快的人只知道埋头苦干。

刘年听不出这是不是一句夸奖，也不知该怎么回，便低着头，用劳保手套擦拭着工作服前襟一块没洗干净的油污。

"买自行车了？"全力指了指院子里停着的那辆车问道。

"是我自己搭的杂牌军。26寸的矮车，给你骑正好。学校远，想回家了，骑上就走，省得等班车。"刘年说。

全力只觉得有一股东西从心底泛上来，在喉咙口涨开一团温软。她清了清嗓子，终于把那团东西慢慢地咽了回去。

"刘年，要是我爸没叫你过来看我，你会来吗？"全力问。

刘年愣愣地看着她，神情像是一个应考的学生突然遇见了一道从没准备过的试题。

"叔是我的贵人。"他说。

两人就没了话，只呆呆地看着窗外。日头已经升到了天正中，将一个院子洗得一片刷白。没有风，地上的树影稀稀落落，纹丝不动。一只鸽子在窗台上叽叽咕咕地啄着身上的羽毛，屋檐下吊着的那两刀半湿半干的腊肉，正嘤嘤嗡嗡地招着苍蝇。

厨房里传来叮叮当当的声响，那是妈一直在忙乎午饭。

———·———·———

我今生今世也不会忘记那天我看到的场景。

天下着雨。虽然是梅雨季节，可那天的雨却不是淅淅沥沥的梅雨，而是一种横削过来的鞭子似的冷雨。风很大，风把骑自行车的人身上的雨衣吹成一个个半透明的大气泡。她浑身赤裸地在雨中奔跑着，迎着风，迎着满街移动的气泡，迎着一双双惊慌失措的眼睛。雨水在她的身上涂了一层釉，那一对刚刚长好却从未被男人抚摸过的乳房，随着她肢体的动作轻轻颤动着，甩下一串串晶莹的水珠。她的辫子早已松散了，头发在风中扬起一张黑色的帘子。两条颀长消瘦却结实的腿像两道白光，在浓密的雨雾中穿越晃动。脚上那双珠光塑料凉鞋——那是她身上穿的唯一一件物品，在满地的积水中踩出一个个泥花四溅的坑。

"皇天，疯子！"有人惊呼道。

"是个花痴。"有人附和着。

迎面而来的自行车开始调转车头，和跟在她身后的自行车汇成一股拥挤混乱的车流。

家里人追出来的时候，她已经跑出了一条街。她的脚跟上仿佛安了弹簧，每跨出一步不像在跑，倒更像是跳高之后的跳远。不要说妈追不上，连全力也不行，她俩被她远远地甩在身后。

最后追上她的是刘年。

刘年一把拽住了她的胳膊，她回头看见是他，微微一笑，眼里突然绽放开千朵桃花，满街都是暖暖的粉红。可是这些花只开了一瞬间，她眼睛一眨，它们就猝然凋零，坠成一地缤纷。

"你要走了。"她喃喃地说，推开了他的手。

他猛然醒悟这是她的秘密。她十六岁的生命里只有这一个秘密，她把它无遮无拦赤裸裸地交托给了他，在雨中，在街上。这个秘密太大太沉，他无处可藏，他只能把它一路带进坟墓。

他再次拽住她，脱下身上的衬衫，将她紧紧裹住。

"我不走，我一辈子都在你家。"他贴着她的耳根说。

她不再看他，也不再说话。他看着她缩在他的衣服里瑟瑟发抖的样子，感觉万箭穿心。没人知道他哭了，因为雨水混淆了他的眼泪。

———·———·———

　　其实这事并不是毫无预兆的。现在回想起来，妈记起了那几天全知饭吃得很少，话也很少。出事那天的早上她很早就起床了，站在院里的那棵树下看着刚有了些颜色的天空发呆。妈看是看见了，却没有太在意，因为妈的心思在别处。

　　妈在忙两件事。第一件是全力要去师专报到了，妈需要给她准备行装。不过这件事跟后面的那件事相比，只是小事。妈操心的第二件事，是尽快给全力订婚。妈知道学校里严格规定不许谈恋爱，这一耽搁就是三年。但是假如全力在入学之前就已经订婚，那就另当别论——那是既成事实。一旦有了未婚夫，毕业时全力就能保证留在温州市区，而不会被分到郊县去。妈再也不放心她一个人在外地生活。

　　妈催爸去试探刘年的意思。爸去了，是因为经不起妈的絮叨，也是因为觉得亏欠了全力。

　　刘年听了有些吃惊。爸虽然从前也含含糊糊地说过希望他成为家中一员的话，但是刘年没想到从可能到现实的路途竟然只有这样短促的一步。二十一岁的男人刚刚走上丈量世界的途程，在他人生的这个阶段，女人只是路边一团模糊的云雾。

　　刘年沉默着。

爸正有些臊皮臊脸的，刘年终于开口了。他说她是大学生，我哪配得起？爸说你就这点胆量？配不起就去努力啊。刘年说我家的情况叔你知道，我现在给不了像样的聘礼。爸这才放了心，说通知一下邻里同事就行了，也用不着什么形式。刘年顿了一顿，就说叔我听你的，只是对不起，她。

妈得了爸那边的消息，就来问全力的意思。全力知道大局已定，所以她只是不置可否地笑笑，算是一种矜持的答应。全力没说话，是因为她不想招骂。她藏在肚子里没掏出来的话是："我还没有跟他谈过恋爱呢。"她心里明镜似的，有过了陈呑底的那一个夜晚，恋爱对她来说已经是一种奢侈。

妈就找了一个星期天来操办这件事。妈和刘年去县前头那家老店铺买了一沓汤圆票，叫全知给院子里的邻居分一分，谁知刚分到第一家就出事了。

第一家是邱阿婆的儿媳妇，她一开门，眼珠就吓得掉在了手上：她看见她家门前的地上，摊着一堆颜色杂乱的衣物。一个女孩站在那堆衣物中间，正在脱身上剩下来的那件内裤。

那天下午全知被送进了城郊塔下的精神病院，在那里住了三天。第四天早上，她在医生护士的眼皮底下出走，从此下落不明。

全知的失踪实在有些离奇。

全知住的那家医院共有三道防线。第一道是护士办公室，就在离全知病房几步远的走廊上；第二道是住院部大楼门口的病员出入登记处；第三道是大门。这三道防线都是全知离开病房之后的必经之处。

假如第一道防线由于任何原因出了疏忽，后面的两道防线必然会依次替补，尤其是最后一道，那是两扇二十四小时紧锁的铁门。铁门上挖出了一片只够一人出入的小门，这片门只在白天上班的时间里开着，守候它的是一名猎犬一样警醒的门卫。除了没有荷枪实弹的士兵，这家医院几乎和监狱一样戒备森严。从这些层层叠叠的防卫网中找到一个可以遁身的漏洞，似乎是天方夜谭里的一个故事版本。

可是全知就是从医院里出走的。

在全知失踪以后长达一年的搜索过程中，没有任何人发现过她的任何踪迹。方圆八百公里范围内的公安部门，也没有收到过任何与她相符的无名女尸举报。一个活生生的人，就像一丝风，一缕烟，毫无踪迹地消失了。若不是她留在家里的那些衣物，人们几乎要怀疑她曾经的存在是否仅仅只是一个幻梦。

妈很长时间都不能接受全知不在了的现实。她小心翼翼地维持着全知和全力合住过的那间屋子的原貌；连全知离家前脱下来的那双拖鞋，也被她按照原样摆放在门口最显眼的地方。她仿佛时时刻刻在期待着全知会推门进来，一伸脚就能以最便捷的方式套进她习惯了的舒适。

一个周六的晚上，全力从学校回到家里，只见屋里很暗。妈低头弓腰坐在窗前那一块灰蒙蒙的暮色里，仿佛在打盹。全力点亮了灯，才发现妈正在闻一块全知睡过的枕巾。家里凡是全知用过的东西，妈都不许洗，妈要闻那上面的气味。全力进了厨房，摸了摸锅灶，是冰凉的，碗橱里只有一碟吃剩的咸菜。全力探出头来问爸回来吃饭吗？妈摇了摇头。那个摇头意义含糊，可以是不回来也可以是不知道。全力捅活了炉火，煮了两碗咸菜粉干端出来，妈夹了几筷子，就放下了，嘴里喃喃地说："她其实是要他陪她出去的……"全力问："谁陪谁去哪里啊？"妈却不吱声。

其实妈是在想叶知秋。妈觉得不管全知是在哪个当口犯的病，病因都起源于叶知秋死的那个夜晚。这些年里妈总觉得亏欠了全知，就把心思全都放在了全知身上。妈几乎忘了那天去叶知秋家的，还有全力。妈忘了，老天却没有让她忘，老天借着陈呑底的事叫她醒悟，她还有一个女儿正等着她去救。她扑身过去救那个，这个就出了事。妈的心像一件尺寸短缺的布做的衣裳，扯了这头就露出那头，永远捉襟见肘。

妈在那一刻突然想明白了一件事：十几年前的那个晚上，当她支派全力全知两姐妹带口信给叶知秋时，其实她心里已经猜到了叶知秋的死。那天下午当她在叶知秋的窗外呼唤她丈夫，而她丈夫也心有灵犀地接应了她的呼唤时，叶知秋的死意就已经定了。叶知秋忍不下的不是耻辱本身，而是一个人经受耻辱。叶知秋原本是铁了心要和崇武一起去奔赴十八层地狱的，可是半路杀出一个她来，临时劫下了崇武。崇武完全可以拒绝她的搭救，可是他没有。就在他开门出去的那一刻里，叶知秋死了心。这个在抽屉里垫一块印花塑料布把苹果皮削成一条蛇的女人，天生是惜命的，至少是惜脸面的。即使是死，也不该是那样不堪入目的死法。可是叶知秋已经不在乎了——没了心的人还顾什么脸？仔细回想起来，是她杀了叶知秋，用的是快刀，一刀送了她的命。而叶知秋的阴魂又返回来，杀了她的女儿，用的却是钝刀，慢慢地剐了她十几年。

不，是一辈子。

命啊，这就是命。

　　爸回来了。爸开了一天的会，已经很饿了，看见桌上那碗涨成了一坨的粉干，端起来就吃。全力横了他一眼，说那是妈的。爸顿了一顿，还是呼噜呼噜地吃得一口不剩。放下碗，便转身出了门。一会儿回来了，手里多了一样东西，是一碗街上买的紫菜虾仁馄饨。

　　妈依然捏着那条全知睡过的枕巾，坐在那里一动不动。爸把碗往妈跟前推了推，说再不吃又要涨成一坨了。妈转身看了一眼爸，那目光让爸身上唰地结了一层冰。

　　爸就转过身来讪讪地问全力学校里怎么样？全力挑了几样无关紧要的事说了。从前在家，总是妈追着爸在爸身上一嘴一嘴地凿话，现在寻找话题的人突然成了爸。爸有些疏于操练，话走了没几句就撞到了墙。三人便默默地围着桌子坐着，听着墙上的挂钟刺啦刺啦地刮着心。

　　爸终于忍不住了，站起来，去夺妈手里的枕巾。妈不让，两人就来来去去地扯了起来。爸虽然不打篮球了，力气还在，可是那一刻里爸竟扯不过妈——爸毕竟没真敢下力气。最后还是爸先松的手。爸坐了回去，椅子吱吱呀呀地呻吟起来，爸的头重重地陷在了两只手掌之中。

　　"阿芬，我们还有全力，还有刘年。"半晌，爸终于抬起头来说。

　　这是爸这些年里在妈面前摆的最低的一个姿势，说的最软的一句话，是对以往的歉意，也是对将来的信誓旦旦。全力不敢看妈的表情，因为她不能动。她的眼中蓄满了泪水，但她不想在爸面前哭。

　　当然，全力也没想到，这只是爸的一时冲动。用不了多久，他还会故态复萌。

　　全知失踪的那年，妈身体上最大的一桩变化，就是绝经。刚开始妈还以为是怀孕，心里忍不住窃喜。妈觉得那是苍天的眷顾——老天带走了一个孩子，又给了她另外一个。妈跟了爸这么多年，妈已经学得跟爸一样不信鬼不信神，可是在那一刻她几乎觉得这个孩子就是那个孩子的再世。在生养过两个女儿，做过两次人流手术之后，妈突然急切地渴望重温那种怀抱着一团肉的感觉。

她把全力从学校里急急地喊回来，让她陪自己去医院做检查。平生第一次，她觉得身边需要个陪伴。她不是不明白一个已经到了生育年龄的女儿在这种场合所面临的尴尬，她只是顾不上了，一个即将溺水的人是没法考虑该挑哪根木头上岸的。

当医生告诉她那是内分泌紊乱导致的结果时，妈一下子瘫在了椅子里。所有的颜色和水分从妈的脸上唰地漏了下去，妈猝然枯萎干瘪了，就在全力眼前。

这个叫朱静芬的女人，就是在四十三岁那一年步入了老年的。

送走客人，打扫完满地的糖纸烟蒂花生瓜子皮的时候，已经是半夜了。

他坐在床沿上抽烟，眼角的余光里，看见她坐在一张小板凳上洗脚。她虽然在田里劳作过两年，但是她的肌肤不记仇，一下子就忘记了太阳啃过的痛楚，所以她的脚依旧像两段没有一个虫眼的藕，在木盆里扑通扑通地相互嬉戏搓揉着。他没见过这样的白，那白在他眼角晃来晃去，不是在蹚水，倒像是在蹚他的心。

这屋有两间房，各有各的门，门上有闩。可是妈还是撺弄爸去厂里借了一间宿舍躲出去住几天，给他们腾个彻底的清静。

　　全力今年从师专毕业，如愿分派到市区一家中学当老师。她去学校报完到之后，妈几乎一天也没耽搁就给她和刘年操办了婚礼。全力知道妈的心思，妈怕的是夜长梦多。在温州这样风气闭塞的小城里，大多数人家的婚事都会放置在春节前后那段假期里操办，夏天的婚礼总会让人产生一些与身孕隐隐相关的难堪联想。可是妈顾不得这些。妈绝对不肯等到冬天，妈觉得没有煮成熟饭之前的生米，跟田里的秧苗几乎没有区别。

　　其实远在婚礼之前，妈就多次暗示过全力趁早把该做的事情做了。她还在读书的时候，每逢周末刘年来家里看她，只要爸不在，妈总会找个借口避出去，而且会大声告诉他们回家的时间——通常是几个小时之后。陈呑底把妈轻而易举地打倒了，妈觉得女儿已经是件彻彻底底的旧货。妈急于把旧货出手给一个稳妥的货主，用新货的包装和样式。妈是个生性简单的人，妈的心思从肚腹走到嘴里，最熟的路径是直路。妈想拐弯抹角的时候，总有那么几分欲盖弥彰的笨拙，让全力无地自容。有时全力觉得妈是一个道行不深的皮条客，而她自己则是一个随时会馊在妈手里的卖春女。

　　其实全力也不是没想过把生米煮成熟饭，不是为自己，而是为了卸下妈心头的那块石头。石头虽然是压在妈身上的，可是妈却把自己靠在了她身上，所以妈的重量也就成了她的重量。但是他在她面前总是紧得像一只五指并拢的拳头，她找不到一条可以钻进去的缝。有一次学校放电影，她请他去看，看到一半她试试探探地去找他的手。没想到她握住的是一条簌簌发抖的鳗鱼，皮上浮着一层鼻涕似的黏液——那是他的汗。那一刻他和她不约而同地站起来去了厕所，她去洗手，他去缓解膀胱里突然聚集起来的不可抑制的尿意。从此她不再去做这样无谓的探险。她不讨厌他，对他甚至有那么几分好奇，但也绝对没有到可以为他低至泥里尘里的地步——真正爱上他还是后来的事。

全力洗完脚到门口泼水的时候，回头望了一眼屋里，见刘年依旧还坐在床沿上抽烟。她不知道他还会在这样的姿势里待多久，咕的一声她心里突然冒上一个恶作剧的气泡：她想试一试一个人到底要多低才能低到泥里尘里。

她晾完毛巾，回到屋里，关上门，就坐在床头脱衣服。新房很简单，不过该有的也都有了。新买的柜子上摆着刘年单位领导送的一摞四卷毛选，还有他科室同事买的一对新热水瓶，四个新茶杯。床上的旧被褥都撤换过了，现在挨着墙叠放着的，是两条全新的棉被和一条薄毯子。棉被是刘年的妈亲手缝的：一条红，一条绿；一条厚，一条薄。床头贴着红喜字的那个地方，原本挂的是全力和全知的合影。屋里全知留下的空白，正在被刘年渐渐填满。就连那个旧枕头，也已经换上了全新的枕套和枕巾，等待着那个男人把他的后脑勺，贴上全知睡瘪过的那个坑。

全力解开纽扣，脱下那件全新的的确良衬衫搭在床头，床头就开出了一朵软塌塌的红花。夏天虽然只剩一个尾巴了，那颜色让人看着依旧有流汗的冲动。全力身上现在只剩下一件白背心了，背心很小，小得几乎没能罩住身子，就有些丰腴从背心里泄漏出来，滴滴答答淌得满屋都是。她挪过身子，坐到离他很近的地方，从他手里抽出那支快烧到头了的烟，在烟灰缸里掐灭了。

"年。"她轻轻叫了他一声，声音有些颤抖。

他扭过身子找她的声音，没想到找到的却是她的身子。他的眼睛被她的身子烫着了，他忍不住哼了一声疼。她抓住他的手，隔着背心放到自己胸前。他一下子摸到了她胸前的那两坨肉，他把它们紧紧捏住了，突然又松开，他的手陷入了进和退中间的无措。

"我真的，就那么无趣吗？"

她拨开他的手，铺开床上的那床薄毯子，钻进去，留给他一个高高拱起的脊背。

一阵静默之后，她听见了窸窸窣窣的声响，是他在脱衣服。他也钻进了被窝，可是他没有碰她。她抽出头下的枕巾，正想盖在脸上，却觉出了沉——他拽住了那一头。他的一只脚试试探探地伸过来，顺着她的脚后跟慢慢地爬上去，停在了她膝盖拐弯之处，他的身子沿着她身子的曲线蜷成了一个半圆。

"我只是，不敢相信。"他俯在她的耳边嗫嚅地说。

"不敢相信什么？"她依旧背着脸，瓮声瓮气地问。

"我这辈子，真的能娶你。我以为是梦。"他说。

他新刮过胡子的下颌蹭着她的颈脖，是一种她从未体验过的痒，她身上所有的毛孔轰的一下张了开来，渗出一股水一样的怜悯。

"你说呢，到底是不是梦？"她转过身来，把脸靠在了他两扇隐约的胸肌中间那个凹陷处。

他的手颤颤地探进了她的衣服，开始磕磕碰碰跌跌撞撞地找路。他出汗了，先是额头，再是颈脖，再是手掌，他的身上像涂了一层猪油似的泛着青光。她伸手拉了灯绳——这是妈的嘱咐。黑暗中他似乎略微长了些胆气，虽然依旧不认路，却有了些初生牛犊的鲁莽。她一动不动地躺着，任由他的手指笨拙地探寻着她身上的每一处凹凸。她其实是想迎一迎他的，可是她不敢。她怕她的任何一个举止会在将来某一个时刻被解读成经验。有过了陈呑底，她只是有理无理地心虚。

后来他轻轻地分开了她的腿。她知道这一刻终于来了——这是他和她各自的关隘。他过了这个关隘就是真男人了，而她过了这个关隘也是真女人了，只不过一个男人可以是整个世界的男人，而一个女人却只能是一个男人的女人。今晚他即使没走过这一关，他还可以有无数个明天可以再过一次；而她若没过去这个关，她就一辈子过不去。她若卡在这个关口上，她的下半辈子就会是另一种活法了。她的身子唰的一下绷紧了，脑子一片空白，她突然想不起妈交代她的那些细节了。

他在她的两腿之间停留了很久，他的气息在她的耳边呼呼地响着，像一辆失修多年的旧蒸汽机车。她想让他省一点气力，可是她不知道怎么帮他。即使有了陈呑底那一夜，她其实还仍旧是白纸一张。后来他终于自己找着了路，身子渐渐地坚硬了起来。他在攒着劲，她也是。她闭上眼睛，屏住呼吸，等待着那一刻力量的撞击。

可是那一刻迟迟没有到来。他的身体抽搐了一下，突然像扎了一个孔的车胎那样懈怠了下来。她感到了烫。一股温热的液体从他身上淌出来，流过她的大腿，流过身下的席子，淅淅沥沥地淌落到刚刚打扫干净的地板上。等她终于明白是怎么回事时，他已经从她身上跳下来，跑进了隔壁的马桶间。

她听见了叮叮咚咚的水声。他没有马上回屋。他在外屋待过了大概一根烟的工夫，才终于回到了床上。她要开灯，他执意不让。他攥着她的手，把头低低地埋在了她的胸前。

"一紧张，就这样。"半晌，他才说。即使在黑暗口，她也听得出他声音里的羞愧。

她不说话，只是一下一下地揪着毯子上的一根线头。

"姐，我会对你好的，一辈子。"他说。

后来全力回想起来，就是在那一刻，他把她永久地安放在了姐姐这个位置上。

她想起了枕头底下压着的那件涂了鸡血的内裤，悄悄地松了一口气。妈白费了这番心思，她再也用不着这样东西了。

他和她终于扯平了。他有他的羞愧，她也有她的。她知道他的羞愧，而他却不知道她的。

————·————·————

我是一只土灰色的灯芯绒钱包，我和我的主人形影不离地生活了十四年。但我很惭愧，因为大多数时间里我只是徒有一个虚名——我经常囊中羞涩。钱仿佛和我前世有仇，它一进入我的怀抱就会惊恐地窜逃。除了几张可怜的零钞之外，我经常被用来装一些别的东西，比方说一些面额以两为单位的粮票，一沓薄薄的食堂饭菜票，两张单位发的电影票，一本磨破了封皮的通信录，一枚从头发上摘下来还没来得及放到抽屉里的塑料发卡等等。

后来，我的主人从师专毕业参加了工作，她和她的丈夫，一个叫刘年的男人，各有了一份不算多也不算少的工资，我的囊中才开始渐渐饱满起来，尤其是每个月发工资的那一天。于是，我的虚荣心，我是指任何一只钱包都会有的那种虚荣心，就得到了暂时的满足。

请注意我在这里使用了"暂时"这个词，因为一个月大概只有几天的时间，我会显得多少有些名副其实的丰润。可是我很快就会消瘦下来，到月底就瘦到了形销骨立的地步。我时常觉得我只是钱的旅馆，哦，不，旅馆这个词太奢华，我把它留给别的更有气派的钱包。我只不过是一个车马店，钱在路上走累了的时候，就会来到我这里睡上小小的一觉。等它们歇过了那阵疲劳，醒过来就会打起精神再上路，直至找到另一个更好的栖息之处。我囊中的那几张票子，还没来得及被我焐暖，就会落入另一个女人那只常年布满裂纹水泡刀伤的手中，派作好几个用场：她小女儿在杭州上大学的生活津贴，她大女儿从黑龙江回城后找工作的送礼费用，还有她灶里的煤锅里的米和盘中的菜钱。

那个女人是我主人的婆婆。

每一次那个叫刘年的男人从我怀里抽走钱的时候，他都会满怀歉意地对妻子说："日子不会总这样的。"说的次数多了，她的耳朵和他的舌头都磨出了茧子，他就知趣地住了嘴。他只是更加努力地工作，当然不是指厂里的工作。他早已是厂里的技术骨干了，为厂里解决过无数个这样那样的难题，可是他拿的依旧是和别人一模一样的工资。除了接私活，他开始留意其他机会。后来有一家郊县的小工厂找上门来，求他做技术顾问。那阵子他所有的业余时间几乎都消耗在了路上，除了睡觉之外，他的妻子很少能见上他的面。有一回他帮郊县的那家工厂调试设备，通宵没睡赶回自己厂里上班，正赶上厂里也在调试设备，他神情略一恍惚，就被一台冲床截去了半截指头。

他的妻子和岳丈闻讯赶到医院时，护士告诉他们：他是这辈子她见过的最能忍的人。他被送到医院时已经昏过去了，后来痛醒了，却从头到尾没有喊过一声。

他的岳丈当场红了眼睛。他的岳丈当时刚刚为一件他过去做过将来还会做的事，受到了一次降级处分。那是他一生中的第三次处分。那天在病房里，他心情晦暗，脸硬成了一张铁皮。

"你要再出去吃夜草，我就不是你丈人。"他咆哮道。他从未对他的女婿发过火，那是他对他说过的最重的一句话。

从那以后，他的岳丈每个月从自己的工资里拿出二十块钱来，帮他填补那个无底洞一样的家。

两年之后，我主人生下了一个女儿。她单位的同事都是识字断文的老师，他们起了各式各样的文雅名字让我主人挑。可是她的男人听也不听就全盘否定了他们的建议，他似乎早已胸有成竹。

"我的女儿姓全。爸没有儿子，她就是爸的孙女。"男人对妻子说，用的却不是商量的口吻。

"名字就叫思源，你看怎么样？饮水思源的意思。"他说。

我主人一时说不出话来，却热泪盈眶。

"思源你听着，将来你和你妈，一定不会过现在这样的日子。"男人对襁褓里那张巴掌大的脸说。男人看孩子的时候眼睛赤红——那是血丝。男人已经连续两夜没睡了。

男人这阵子瘦了许多，也许是颧骨，也许是胡子，他那张方脸突然就尖了。这几年厂里亏损非常严重，厂长是个老干部，上头任命的，没人能罢免。男人被全票选上了副厂长，分管生产。男人现在基本处于脚不点地的状态。

"其实，现在的日子也挺好，只要你不总这么忙。"女人迟疑地说。

女人很容易知足。遭遇了陈吞底之后，女人已经戒掉了其他女人或多或少都会具有的奢望。她对生活战战兢兢，心存恐惧，总觉得福不单行，福是跟着祸来的，福是对祸的补偿，就比如只有当全知腾出了那半拉床，刘年才能睡到她身边来；又比如只有杀了傻子留下的孽种，她才能空出肚腹来孕育思源。她不敢伸手要福，因为她实在经不起祸了。

男人没说话。男人没敢告诉女人，他厂里目前的运营状况，大概只够发三个月的工资了。现在他肩上放着三副担子：两头的家，加上一个几百人的工厂。他正处在举重运动员那种下蹲憋气等着攒够力量往上一蹿的关头上，要么挑起担子，要么被担子压垮，他没有中间道路可以走，也没有现状可以维持。

平生第一次，他没有对女人说出所有的实情。

当然，以后还会有更多次，他当时只是还没有真正认识自己而已。

刘年下蹲憋气等候发力的时间，比他想象的长出了许多。真正呐喊起身，已经是三年之后的事了。

那天他下班比平常早，到家时双手都满了，左手食指上勾着两瓶捆在一起的洋河大曲，右手拎的是三个油渍渍的纸包，一包是卤鸡爪，一包是醉鸭舌，还有一包是油炸小鱼——都是他岳丈爱吃的下酒食。那天他看上去神情有些奇怪，有一两丝兴奋，也有一两丝悲壮，但那都只是隐约可见的潜流。覆盖在潜流之上的，是一层风暴来临之前才会有的平静。

岳母见了，有些惊奇，就问什么事花这么多钱？他笑笑，说没事，就是想孝敬一下你们。

一家子坐下了，都满满地斟了酒。

思源坐在外婆的膝盖上吮手指头，下巴流着一条闪闪发亮的口涎。刘年要抱，孩子一味地躲，没躲过，就一脚踢蹬了过来。三岁的孩子竟然有了这样的脚力，刘年吓了一跳，骂了句你是猪还是狗啊？就用一根筷子蘸了酒，往她嘴里送。外婆没来得及拦，孩子呵呵地咳嗽起来，把脸蹙成一团乱线。孩子正踩在无知和懂事的那条分界线上，一举一动都是似懂非懂的憨态，众人哈哈地笑成一团。

女人们的酒抿了一抿就撂下了，喝酒是两个男人的事。酒过三巡，男人们的面皮已经从白变成赤，又从赤变成紫。刘年这才停下筷子，说："爸，我刚签下了军令状。"

众人一愣。

"你们是不是，也搞承包了？"岳父猜测道。

那几年世道很热闹，新鲜事像田里种的韭菜，刚一出来就老了，一茬覆一茬，割也割不过来。全崇武做了三十多年的领导，做到这个地步，开始有些力不从心了。不过他还是天天听广播看报纸，市面上走动的大事，他虽不深通，却也都还略知一二。

刘年点了点头。

"什么是承包？"岳母问。

"就是签个合同，厂里的事完全归我调派，只要每年上交一定数额的利润，就有奖金。"刘年解释给岳母听。

连不看书不看报的岳母也听出来了，女婿是在避重就轻。

"奖金能得多少？"岳母问。

"三千。"

每天都在和斤斤两两的饭菜票打交道的朱静芬，脑袋是一副滴溜滑的算盘，一下子就算出来那是刘年六年工资的总和。

"那，上交的利润，是多少？"岳母问。

这其实是她最想问的一个问题。她之所以把它往后挪了挪，是因为她害怕听见回答。她知道这个回答肯定会搅碎这顿晚饭，但她不知道它还会搅碎些别的什么。

刘年犹豫了片刻，才说四万。

轰的一下，静芬脑袋里的算盘一下子散了架，算珠子骨碌碌地滚了一地。她突然不会算数了。不过不用算她也知道，刘年这一辈子的工资，不，刘年和全力从现在起一直到退休赚的工资，就是一分钱不花地攒下来，怕也够不上那个数目。

"要是，没达到那个数字，会怎么样？"岳母颤颤地问。

岳母在问这个问题的时候，闭上了眼睛——她不敢看女婿的嘴唇。其实话一出口她就后悔了。假如她什么也不知道，那么她还可以懵懵懂懂地混日子。可是她一旦知道了，她就得帮着扛天。她这一辈子，最早扛的是叶知秋，后来扛的是陈吞底，再后来扛的是全知。人还是同一个人，肩膀却不是同一副肩膀了。现在的她，别说是天，连阵风也扛不动了。

"妇人之见，"岳丈瞪了岳母一眼，"阿年知道厂里的每一个螺丝在哪里，到底松了没松。他要没这个本事，怎么会在那张纸上按手印？"

"我是，不放心嘛，"岳母嗫嚅地说，"这样大的事，阿年你和全力商量过没有？"

刘年看了全力一眼，全力没接他的目光，只是低头吃着饭。其实她碗里已经没有饭了，她的筷子在吧嗒吧嗒地碰撞着空碗。

"妈，我只是想……"刘年的话只说了一半，就卡在了喉咙口。

"你有哪些新招？"岳丈问刘年。

"也没有大花招，先是精简，把年纪大的没什么用场的人发送回家。再就是把小生产线砍了，包给郊县的小作坊去做，反正靠那个挣不了几个钱。剩下的人力物力集中开发挣钱的产品线。"刘年说。

岳丈嚼了半天鸡爪，才说："要把老人安置好，那些人当年是帮着建厂的。"

岳丈在那个厂里工作过多年，岳丈至今记得那里的老员二。岳丈心里明白顺应时势的道理，天下既然没有不死的兔子，狗就逃不脱受烹的命。他只是暗地里庆幸他不是那个烹狗的人。

刘年说知道了，我有安排。

岳丈搜肠刮肚，竟再没有可吩咐的。他突然觉得他已经是前浪了，他的女婿已经从后头追上来盖过了他。他还没来得及在海上恣意地游一回，一辈子就过去了——这是遗憾。他还想游，只是海已经不是从前的海了。后边追过来的浪头比先前的动静大多了，但是有多大的浪，就能在身后留下多大的乱摊子。他至少不用打扫那样的战场了——那是侥幸。

那一晚全崇武喝酒时的心情有些复杂。那天喝得最多的是女婿，最后醉倒的，却是岳丈。

刘年终于喝完酒回屋的时候，思源早就躺在小床上睡着了，鼻息声如无数个看不见的小气泡，咕噜咕噜地冒了一屋。他盯着她看着，突然发现她身上盖的那条小被子底下，露出了几个粉嘟嘟的脚指头。他几乎从床沿上跳了起来：他每天早出晚归，女儿趁着他不在的时候，就把被子睡短了。

他还错过了些什么？他想问问全力，全力却背朝着他伏在桌子上看书——她在备明天的课。

他知道这是他们家的最后一个安稳日子了。他已经把她们绑上了风火轮，从明天开始，日子的节奏和方向便再也由不得她们，也由不得他了。从明天开始，他们过的就将是把心提在手里的日子了。

一整个晚上，全力都没有说过话。全力不开口，他就在地狱里。

他清了清嗓子，期期艾艾地说我没跟你商量，是怕……

话说了一半就被他咽了回去，他只觉得那话苍白无力。

片刻之后，他终于找着了一个新的话头。

"现在要是不孤注一掷，这日子，一眼就看到头了。"他说。

她依旧没吱声，但她停下了手里捏的那杆笔。

孩子做了个不知什么样的梦，脚一抽，就把被子蹬开了。孩子蹬什么都劲道十足，仿佛满世界都欠着她的债。

他把被子掖好了，小心翼翼地看了妻子一眼。

"万一我没达到指标，你可以和我离婚，免得承担法律责任。"他说。

全力合上课本，转过身来看着他，一字一顿地说：

"没，有，万，一。"

我是一只土灰色的布钱包。尽管我极少有囊中饱实的时候，可是岁月并没有因此而放过我。无论我的利用率有多低，我还是一天一天地渐渐老去。我的颜色从灰褪成了白，是那种夹杂着泥土色调的白。灯芯绒布料上原先如沟壑般分明的条纹，如今已被岁月的风沙销蚀成一片稀稀落落的荒原，右边的那个角在和裤子的常年触碰中已经磨出了一个边缘模糊的洞。在我的韶华年月里，我就是一只貌不惊人——不，这个词太过委婉，应该说是丑陋的——钱包，我无数次地钦羡过那些无论在气派和用途上都比我奢华体面得多的同行。然而在我人老珠黄的时候，我突然发觉它们曾经的奢华和体面并没能使它们比我老得更慢一些。时间最终为我争得了平等。

　　我垂垂老矣，我的路几乎一眼就可以看到头了。我不再期待有一天我还能峰回路转，走进一片新的景致。而就在我几乎完全放弃挣扎，彻底安然于命运的安排时，奇迹发生了。这个转折有些过于急促，我苍老的心脏几乎无法承受那样的突兀——假如钱包也有心脏的话。当时我沉浸在极度的兴奋之中，并没有意识到这个迟来的幸运底下，正浅浅地埋伏着一个马上就要足月临盆的悲剧结局。

　　那天我主人的丈夫和平常一样很晚才回到家，可是他没有像平常那样直接钻进被窝睡觉，他只是静静地坐在床沿上发怔。他目光里那些抑制不住的情绪，终于如针似的扎醒了他沉睡中的妻子。他对她晃了晃手里提的那个沉甸甸的公文包，语无伦次地说：

　　"奖金，一起发，三年的，九千块钱。"

　　我的主人睡眼惺忪地坐起来，过了半晌才终于听懂了他的意思。我完全理解我主人的疑惑，她和我一样，见过的世面实在有限。我们对钱的理解，从来没有突破过角和元所设定的狭隘边界。一角，两角，五角；一元，两元，五元。我们见过的最大票额，是十元。万和我们中间隔的是蝼蚁和山巅那样的距离。

　　我主人在沉默了很久之后，才问了一句："你告诉爸了吗？"

　　那一晚她没有像往常那样逼着他去洗脚，他也不着急上床。她躺在被窝里，他坐在床沿握着她的手，他们隔着一层薄薄的被子和一个打雷也不会醒来的孩子，絮絮叨叨地说了很久的话。我已经很久没看见他们这个样子了，他通常累得还没贴上枕头就睡着了，而早上他走的时候她还没起床。他们有时连续几天都没能说上一句完整的话。

　　他们说到了两头家里的每一个人，他们在商议该给各人买什么样的礼物。后来我就跟不上他们的节奏了，因为他们的谈话中开始夹杂着一些我从来没有听过的新词，比如银行账户，定期存款，再比如二十寸松下彩电，再比如家用电话，等等等等。这些新词儿成了一块又一块的拦路石，我的耳朵和脑子开始磕磕绊绊地摔跤。

后来男人从公文包里抽出一沓纸币，交代他的妻子收好了做零花。女人从脱在椅子上的那条裤子的口袋里把我掏了出来，打开那个已经长了锈痕的揿钮，把那沓纸币放了进去。

那是一沓二十张的十元纸钞。那一沓票子相当于我主人当时两三个月的工资。其中有八张是序列号相连的崭新纸币，大概刚刚从印钞机上揭下来，还带着淡淡的油墨气息。票面上有一个穿着斜襟布衫头发上绾着一条毛巾的女子，她仿佛还来不及掸掉乡下田野的阳光就径直走到了城里，脸上带着一丝怯怯的却是灿烂的笑意，衣裳的前襟上别着一团看不清是花还是奖章的东西。我之所以在一堆人中单单记住了她，不仅是因为她站在了画面的正中央，还因为她是一个年轻而好看的女人，按当时的审美标准。在这点上我和人类有一些相似之处，我们都忍不住会被年轻美丽的女人吸引。遗憾的是我的肚腹太瘦小了，容不下这么多张票子，于是我主人就把它们捏成一团塞了进去。新票子被唰啦地揉皱了，那个穿着斜襟布衫的年轻女子的脸和身子上，出现了几道永远不能平复的皱褶。

等到最初的不适过去之后，票子和票子之间开始说起话来。一张崭新的票子舒了一口气，说走了一天的路，终于可以躺着歇息了。一张见过了世面的老票子哼了一声，鄙夷地说你管这叫躺着歇息？我还是新票子的时候，是睡在一个金丝绒盒子里，当作压箱底的宝贝，威威风风地随着新娘嫁到婆家去的。那一路才真叫是歇息。另外一张全身都起了毛而且已经缺了一个小角的旧钞息事宁人地说没办法，各人有各人的命。不过说实话，在我年轻的时候，我也是见过好钱包的，牛皮、猪皮、麂皮，甚至还有澳大利亚的羊皮，哪个都比这个宽敞舒服，睡觉可以放心摊开身子，哪用这样蜷手蜷脚？那张眼界尚浅的新票子听了不服，说这儿怎么啦？这儿到底还有一丝亮光，我还能看得见身上的图案。

几张旧票子一起哈哈大笑了起来，有一张说你管这个也叫亮光？那不过是个破洞。你要是不管好你的身子，一下子蜷得太紧，说不定就从那个洞里溜出去了。另一张说那样正好，总有捡你的人，兴许你就摊着一个气派些的钱包了。

我听得懂票子之间的对话，因为钱包和钱从血缘关系来讲是近亲，使用的是同一语言系统。我很想对它们大喝一声闭嘴，可是我不得不承认它们说的是实情，我别无选择只能默默忍受了它们的傲慢和凌辱。那一刻我的心情很复杂，我不知道该为我主人在这么多年之后终于有了一个鼓胀的钱包而高兴，还是该为钱包里窝藏的那些票子所带给我的耻辱而难堪。

可是无论是高兴还是难堪都没能维持很久，那一个夜晚的大喜和大悲都不过是我生命消失之前的一丝回光返照。第二天早上，我主人起床穿衣时，一枚一分钱的硬币从我身上那个越磨越大的洞眼里溜出来，掉到了地上。我主人捡起那枚硬币的时候，若有所思。午休的空当里，她去五马街一家皮具店花三十一块钱买了一个深红色的牛皮钱包——那几乎是她半个月的工资。回到办公室，她把我肚腹里所有的东西都掏出来，整整齐齐地码好，摆进了新皮包里，然后把倒空了的旧钱包放在手掌上，默默地看了几眼。她的目光像一把细软的苇叶帚子，一下一下地清扫着我身上多年积攒的灰尘。她似乎是要扒开积尘看清楚这十四年的岁月所留下的印记，从陈岙底到今天，一步一步。

"都过去了。"她吁了一口气，喃喃自语道。

然后她一扬手，就把我扔进了屋角的字纸篓。

就这样，我结束了我作为钱包清贫而无趣的一生，从一个垃圾桶转到另一个垃圾桶，最后被投进了一个硕大无比的垃圾场。在那里，我和死老鼠剩饭渣旧纸片废木料等等杂物一起，变成了臭气熏天的腐殖质，渐渐消失。

不，根据一个叫罗蒙诺索夫的俄国人的说法，我并没有消失。世上没有哪一样东西会最终消失。它们只不过从一样东西，变成了另一样东西。

我亦如此。

我从一个常年瘦瘪营养不良的灯芯绒钱包，变成了覆盖这个城市地表的一撮泥土。

第六章

手表物语 （1953—1966）

我是一只沛纳海航海系列手表。我出生在一个"瑞士制造"是钟表工艺的代名词的时代里，可是我却为身上的意大利血统而感到自豪。我有一个直径为四十七毫米的超大型表壳，它用螺旋的方式固定在表身上。表身和表耳焊接成为不可分割的一体，表壳上的杠杆锁定让我能够潜入海底二百米之深而不用担忧进水，而表面的夜光罗盘可以使佩戴我的人在幽暗的水底世界依旧能够清晰地看见时间显示。虽然沛纳海作为一流的运动表闻名全球还是几十年之后的事，但它超级帅气的表型，超级坚固的机身，还有绝对超前的潜水功能，早已让它享誉欧洲大陆，成为每一名意大利皇家海军最值得夸耀的拥有品。

当我还是一堆零件，散落在佛罗伦萨圣乔凡尼广场的一家钟表作坊的工作台上，等待着一个叫吉塞普的男人——他是沛纳海家族的第四代传人，把我组装成一只时尚而实用的腕表时，一场波及全球的世界大战刚刚结束。那场战争的烽火，把许多城市夷为平地，在许多张全家福照片上掏出了窟窿。可是没有什么可以阻挡春天的脚步，即使战争也不能。树木有自己求生的方法，总能在战火焚烧过的焦土中找到一线绿色通路。受了伤的城市在努力铲除着伤疤和死皮，新肉飞快地盖过了腐肉，日子仿佛又回到了战前的那个样式，只是节奏快了许多。战争叫人懂得了耐心不再是美德，获取和行乐都需要及时。

就在我问世的那一年里，我的国家里发生了许多事。报纸上那张墨索里尼和他的情妇克拉拉倒挂在米兰洛雷托广场的尸体的照片，尤其是他右边脑壳上那个渗流着脑浆的伤口，还有她那个裸露在衣服之外，已经死了却还没有死透的腰肢和胸脯，依旧还是许多饭桌上的谈资。可是这桩新闻在行走了一年之后终于渐渐显露老态，长出了皱纹和寿斑，被一些更年轻的新闻所覆盖。那一年里最大的新闻当然是全民公投。在广播里旋风一样的声音的鼓动下，女人们来不及脱下油渍渍的围裙就跑到街上，用沾着橄榄油和果醋的手，第一次在一种叫作选票的纸张上写下了自己的名字。她们并没有意识到，她们的每一个签名，都会把她们的国王，一个叫翁贝托二世的英俊男人，从王座上推得更远一点。其实她们对共和制的了解，并不比赛马的规则更详尽一些，她们只是忍不住想在男人们已经玩了几个世纪的政治游戏里，颤颤巍巍地湿一湿自己的手指。

而在美洲大陆，在一个叫阿根廷的国家里，出现了一个叫玛丽亚·伊娃的女人。这个女人凭借着她还是风尘女子时就学会了的一支探戈，一路舞进了一个叫胡安·庇隆的将军的心里。她把他的事业当成了自己的事业，又在他的事业上压上她自己的野心。她每周声嘶力竭地在国家电台里，为他呐喊铺就着一条走向统治巅峰的艰难路途。她楚楚动人地对聚集在收音机前聆听她声音的人们说：她和他们一样，都是一群"衣不蔽体"的穷人。当他们为她颠沛流离的少女岁月黯然神伤时，在她卧室的抽屉里，卡迪亚珠宝正不耐烦地等待着新一轮的抛光。

遥远的东方也在发生着一些怪异的事情。在一个叫重庆的城市里，一个姓马歇尔的美国人，夹在叫周恩来和张群的两个中国人中间，签署了一份和他的国家似乎无关的停战协议。这个协议更为具体的名称是：《关于停止国内军事冲突办法的协议》。签字仪式上被聚光灯定格成永恒的马歇尔，发际线已经溃不成军，两眼虽然落在胸前那排擦拭一新的勋章上，眼角的余光里却飞进了中国女秘书旗袍袖管里裸露出来的一条玉臂。这位踌躇满志的美国将军绝对没有想到，那份落着他龙飞凤舞的签名的合约，仅在几个月之后就成了一张废纸，那个他试图以军人的信誉为之作保的国家，很快就陷入了一场为期四年的疯狂内战。

而当时，我仅仅还是一堆零件，散落在圣乔凡尼广场的一家钟表作坊的工作台上，等待着钟表匠吉塞普·沛纳海赋予我生命。那一刻里，世界上发生的这一切，仿佛都跟吉塞普全然无关。不是因为他无知，而是因为他专注。其实他也和当时诸多有身份的意大利男人一样，喜欢在喝咖啡的那个短暂间暇里翻一翻报纸，以储备晚宴时的谈资，他清楚地知道那一阵子市面上有什么样的新闻。可是他一旦坐到工作台前，在上下眼睑之间插上那只小巧却精准的放大镜时，世界的门就在他身后关闭了，他眼里就只剩下那堆零件。他的目光像一把无所不至的微型扫帚，仔细地拂扫过零件表面的浮尘，寻找着一样可以把无数零乱的个体串成一个和谐的整体的东西，那样东西的名字叫灵魂。那年他人到中年了，头发已经稀疏，说话的语气里也有了第一丝的迟疑。那年离他从父亲手里接过沛纳海钟表生意已经过去了整整十二载，年轻时泛滥的野心，正在被岁月的刀片修裁成条理分明的审慎。他手下雇着一群技艺精良的工人，他不再需要亲手制作每一块钟表。但是任何一块经过他的手而诞生的钟表，对他来说已经不再是待售的商品，而是一件留有他亲笔签名的限量版艺术珍品。

我清晰地记得我问世那天的情景。当吉塞普拧上我的后盖，把我贴到他的耳边，聆听着我第一阵强壮的心跳时，已是傍晚，店门前的煤气灯已经点亮。其实还未到掌灯时节，只因为下雨，天就黑得比平素早些。他把我放进一个金丝绒盒子里，摆在柜台最显眼的位置上，就瘫靠在了身后的椅子里。他的脸颊和颧骨塌陷了下来，皱纹深刻而绵长地爬了一脸。他仿佛刚刚经历了六天的创世，正在享受第七天的安息。每完成一块腕表，他的身子又干瘪了一些，创意在悄无声息地蚕食着他的精血，那一刻他几乎就是一个老人。

突然，一阵叮当的铃声把吉塞普从恬息中惊醒，那是悬挂在门前的风铃。门被推开了，地板上投下两个湿漉漉的人影，是一对从纽约来佛罗伦萨旅行的美国夫妇。那对姓奥斯特的夫妇，有一个马上就要从高中毕业的儿子。这个叫斯蒂夫的年轻人，在还没有学会走路时就已经学会了游泳，酷爱一切与海相关的运动，平生最大的梦想，是当一名海军陆战队的士兵。两年前已经在战场上失去了一个儿子的奥斯特夫妇，不想让另一个儿子再在战场上冒险。尽管天下似乎太平了，但谁能担保任何一场看起来寻常的小争端不会引爆另一场战争？奥斯特夫妇的担忧，不幸在四年之后成真——那是后话。他们决定动用原本退休用的积蓄，买一只以防水功能著称的沛纳海手表，作为毕业礼物送给斯蒂夫，以鼓励儿子去追求第二梦想：职业潜水教练。

奥斯特夫妇走进店铺后的第一眼，就落到了躺在金丝绒盒子里的我身上。他们立刻意识到：再也没有第二眼的必要。倒是吉塞普有些措手不及，他没想到我的身上还残留着他指尖的余温时，我就要离他而去了。他很有几分不舍，在把我装进礼品袋的时候，还暗暗期待着奥斯特夫妇会改变心意。

可是他们没有。

"你是为大海而生的，就让你到大海去吧。"

这是吉塞普临别时对我说的最后一句话。

我就这样匆匆忙忙地离开了吉塞普的店铺，跟着奥斯特夫妇开始了从欧洲到美洲的漫长旅途。这只是我一生中的第一次跨洲之旅，以后还会有第二次，比这次更遥远，更充满惊险的细节。

那个叫斯蒂夫的年轻人，在拆开父母递给他的礼物时，欣喜若狂。可是奥斯特夫妇却没有想到，他们的儿子会带着这份原用于催生第二梦想的礼物，偷偷地投奔了第一梦想。斯蒂夫到底也没有成为一名潜水教练。一个月后，他背着他们报名参军。在体能测试中他有一项指标没有达到标准，因而没能成为海军陆战队的一员，却当上了一名步兵。在服役的第四个年头里，他被派到了一个叫朝鲜半岛的地方。于是我就跟随着他，开始了我一生中第二次漫长的跨洲旅途，从美洲大陆来到了亚洲大陆。

在入朝的半年前，斯蒂夫还不知道世界地图上存在着一个叫朝鲜的国家。他仅仅是因为喜欢大海，才心血来潮地想到了参加海军。在前往海军的路途中，他阴差阳错地拐进了陆军营。他没见到大海，却被阴差阳错地卷进了一场内陆战争。他的生命轨迹是许多阴差阳错的总和，那些阴差阳错像雪球一样越滚越大，最终压垮了他的性命。

斯蒂夫是在入朝的第三年死的，不是在枪林弹雨中，而是在一条貌似平静的小溪里。那天正好是两场战役中间的一个歇息时段，斯蒂夫所在的部队驻扎在一个地处山脚下的村庄里。村外有一条小溪，是汇集了山上的瀑布水流而成的。斯蒂夫想下水洗一个澡，他把衣服和手表脱下来，打成一个小包挂在一根树枝上，便赤裸裸地跳入了水中，却再也没有从水里出来。

当斯蒂夫的死讯传到纽约时，奥斯特夫妇无论如何也不能相信，他们那个有着一身蛟龙般好水性的儿子，竟然会淹死在一条几乎可以看得见底的小溪流之中。官方的解释是漩涡，而奥斯特先生却有他自己的猜测。"斯蒂夫只是累了，他厌倦了那份充满了阴差阳错谬误的生活。"奥斯特先生这样对夫人说。

那个叫斯蒂夫的少年人，一生向往大海，最后却死在小溪中。虽然海和溪之间有着几乎遥不可及的距离，可毕竟都是水，他勉强还算死得其所。

我并没有跟随斯蒂夫离去。在几经辗转之后，我落到了一个中国人手里，在他身边又苟活了十三个春秋。和吉塞普当年的临别赠言相违，我终生没有见识过大海。从诞生到销陨的二十年时间里，我唯一见过的水，是带着刺鼻氯味的游泳池，还有交缠着水草和烂菜叶的河流。

沛纳海手表的最初设计灵感来自浩瀚的大海，但是每一只沛纳海手表，在希冀走向大海的途程中却有着各自不同的命运。我羡慕，哦不，我该说我嫉妒，我的一些同行，它们虽非各个出自沛纳海的手，然而它们离开沛纳海的店铺之后，就直接戴在了某位意大利皇家海军的手腕上。它们抑或在海面上帮助它们的主人掌控航行方向，抑或在海底睁大它们的荧光绿眼睛，为它们的主人指点时间。它们跟随着它们的主人，在它们未被创造出来时就已经预定了的那个计划上画下了一条条荣耀的轨迹。而我，这只由吉塞普·沛纳海亲手所制的手表，却被终身囚禁在一片与蓝色绝缘的陆地上，日复一日年复一年地过着毫无色彩和起伏可言的乏味生活。

从出生那天起，我就在用我的灵魂寻找大海，可是大海却没有回应我的呼唤。或许她也在寻找我，只是我们的信号不在一个波段上——我们中间隔着一条任何信号都无法穿越的鸿沟。我一生中唯一一次离大海最近的机会是斯蒂夫，我原本指望他为我找到入海口，可是他只走出了一小步路就拐入了死胡同，他倒在了我的希望还没来得及绽放的那个路口上。

我终生没能找到大海，直至死于非命。

———·———·———

全崇武在走廊里踱过来踱过去，等了一个多小时，依旧还没有人叫他进去。

他要进去的这扇门上，贴着一个毛笔写的牌子："市委组织部"。那个"织"字的最后一捺上，拖着一坨重重的似干未干的墨汁。门关着，却没关严，漏出一些挤扁了的话语声。门口交叠地摆放着几张椅子，椅子旁边堆着几摞一人高的用绳子紧紧捆住的卷宗。一场接一场的战争，一拨又一拨的政府，城市似乎永远处在搬迁之中。现在它终于从车轮上卸下来了，卷宗上的灰尘五花八门，一如进出那扇门的人。

等终于叫到他的时候，已经到了中午时分。他推门进去，肚子不知廉耻地叫了一声。他一愣，不是因为肚子，而是因为屋里的那个人。那人穿了一件灰卡其中山装，每一个纽扣都在喊着立正，连脖子上露出的那一圈白衬衫领子也是如此。其实那是当下街面上每一个有头脸的男人的标准装束，只是穿在那人身上有些陌生。崇武从十四岁起就在那人的手下当兵，他什么也不是的时候，他是他的班长；后来他当了排长，他就是他的连长。后来他升了连长，他也升了，就成了他的营长。再后来他们一起进军南下，崇武还是连长，他却升了副团长。再后来崇武去了朝鲜战场，他留在地方上任职。三年之后崇武从朝鲜回来，他还在地方上工作，却不再穿军装了。

"首长好！"崇武并紧两腿，啪地行了一个军礼。右手触到额头的时候他才意识到：他已经没有了军帽。

那人依旧伏在桌子上看文件，没抬头，也没吭声。崇武突然意识到他犯了一个时间和地点上的错误，就嗫嚅地改了口："于，于部长，我回来了。"

那人抬起头来，看了他一眼，铁一样硬实的眼角终于流出细细一条笑颜。

"毛发无损，美国人的枪子也认人。回来就好，该换下那身皮了，得适应地方工作。"

崇武抻了抻洗得有些短了的军装袖子，说不习惯。

那人哼了一声，说没了领章，就是公鸡掐了鸡冠，穿着也没样子。

崇武笑了，终于轻松下来。他没白给他端过这么多年的洗脸水，背过这么多年的黑锅，挡过这么多年的枪子。他是他的部下，而他过去是，现在还是，他的首长。

那人从抽屉里拿出一个牛皮纸信封，递给他，说这是介绍信，你处理完内务就去报到。

他接过信封，开了一半，又合拢，神情有一丝犹豫。

那人觉出来了，问有困难吗？他摇摇头，说困难没有，只是，我听说那里都是女工。我怕，领导不好女人。

那人哈哈大笑起来，说你也有怕的时候？你听谁说的狗屁消息？人家那是纺织机械厂，不是纺织厂，男女职工比例是大半对小半。

他如释重负地把信封揣进了口袋。

"这个厂子是城里的第五大企业，你去了别给我丢脸。"那人说。

他站起来，两腿紧并，正要敬礼，突然想起已时过境迁，便把举到一半的手又放了回去。身子依旧绷着，恭恭敬敬地说了一声知道了。

那人摆摆手示意他重新坐下来，问想成家吗？

这个问题两面都是刃，碰上哪一面都要割手。他若说想就显得猴急，他若说不想就显得虚情。他哪面也沾不得，只好沉默。

"我老婆的表妹厂里有个女工，是个孤儿，人可靠，身体好，能吃苦，绝对是块做老婆的料子。那些花里胡哨的没用。你约人家星期天见个面。"那人说，用的是命令的口气。

他点了点头。

"别这个样子去见人，到店里剪个头发吹个风。"那人吩咐道。

他又点了点头，说谢谢首……哦，部长，关心。

他知道门外还有一千个人在等着，便起身告辞。刚走到门口，却又被那人叫住。那人打开公文包，从里边摸出一件用手帕包着的东西，塞到他手里。

"见对象要守时，这是礼貌。"那人说。

他打开手帕，里边是一只手表。表面很大，下巴上刻着一只铁锚。指针不怀好意地泛着绿色——那时他还不懂这是夜光。表带是棕色的皮革缝制的，针脚被不知是谁的汗水泡浸得略略有些松浮。那东西很沉，沉得像块生铁，他掂了一掂就慌慌地放回到桌子上，说这个洋玩意儿一定很贵，首长我不能要。

那人瞪了他一眼，说才离开我几天，就敢违抗命令了？放心，这东西来路很正，是部队发给一位老首长的战利品，不知是哪个美国鬼子丢在朝鲜战场上的。首长给了我，我有手表了，你领导一个大厂子，总得掌握时间。

崇武忍不住又斜了一眼桌上的那样东西，这回那东西就跟他热络了起来，指针上那一双绿莹莹的眼睛，和他的眼睛直接搭上了话。他的手不由自主地伸过去，抓住了那只表，心里想说谢谢首长，话说出口了，才知道说的是我一定好好干。

那人站起来送他，送到门口，突然叹了一口气，说我放心你的能力。我不放心的，是别的事。

他吃了一惊，问什么事？

那人摇了摇头，半晌才说你小子眼里有桃花，我早就看出来了。赶紧成个家吧，别在女人身上栽跟头。

他的脸唰地涨得通红，嘴里刚扯出一个"哪能……"就被那人一刀切断了。

"闭嘴！我是什么眼睛？这世上有什么事能逃得过我？我给你这块表，就是叫它监督你，以后只要看见这块表，你就要想想我说的话：你要栽在这件事上，前头所有的仗都白打了，苦也白吃了。"

走出办公室的时候，崇武觉得腕子有些嘶嘶啦啦的疼，是那只手表扣得太紧了，表带在啃着他的皮肉。

桃花？他忍不住暗自笑了。

他眼看就要过完二十四岁了，却还是个童男子。一朵桃花若是二十四年还没开出瓣来，要么它压根就不是桃花，要么它早就憋死在骨朵里了。

他们的第一次见面，约在闹市区的中山公园，细节乏善可陈。

他和她在公园里的那条小河边上散步。天是个四平八稳的好天，阳光和河水谨小慎微地调着情，头顶上有几朵不薄也不厚的云。她不肯和他并肩走，一直落他身后半步。她看得见半拉他，而他却完全看不见她，他若想和她说话，就得转过身去等她。后来他索性找了块假山石坐下了，让她坐在他的对面。

她坐下了，却低着头，他看不清她的脸，只觉得她剪得短短的头发里有一头虫子在簌簌爬动——那是风。半晌，他才搜肠刮肚地找了一句开场的话。

"听小吴说你是在福利院长大的？"他问。

小吴是老首长夫人的表妹。

福利院是个新名词，这个词在几年以前叫育婴堂。

她点了点头。

他又问她是什么时候进福利院的？她摇了摇头，说不记得了，有人说是几个月大，有人说是一岁。

她是永远不会知道自己的确切生日和岁数的，他暗想，心里突然有些难过。

"可是，你怎么会姓朱？是你家的姓吗？"

她终于抬头看了他一眼，这一眼很急，像虫子的翅翼在他脸上扑扇了一下，就又落了回去。他依旧没有看清楚她的脸。

"我原先姓方，是方济会嬷嬷给取的，解放后才改姓了朱。"她说。

"为什么是朱？"

"福利院的孩子只有四个姓，毛朱刘周，四年一轮。"她说。

他过了一会儿，才醒悟过来那都是国家领导人的姓。

话题走到这儿，就走到了头，他觉出了脑袋撞到围墙上的疼。他得去另开一条路。他知道这是他一个人的劳动，他不能指望她来搭把手。

可是第二条路开得并不比第一条轻省。即使踩在第一条路的路肩上，第二条路依旧还是矮。

其实寻找话题对他来说不是一件太难的事，他完全可以问她下班都干些什么？看不看电影？喜不喜欢看人打篮球？他甚至可以和她讨论《卓娅和舒拉的故事》——那是一本在那个年头名噪一时的书。可是她低头坐在他对面的样子，让他想起一团颜色很深块头很厚的海绵，任何话题扔上去，情绪都会被无声无息地吸收，只剩下几根干瘪的话骨头。

他终于放弃了开辟第二条路的想法，他决定把开路的任务丢给她。

"你有什么问题问我吗？"他从头顶的树上折下一根冬天留下的枯枝，掰成一半，把那一半再掰成一半，突然全身轻松。

她吃了一惊，愣住了，露在短发外边的两个耳朵垂子渐渐变成了两颗紫葡萄，他便知道她脸红了。

"你，你是英雄，打仗的。"半晌，她才结结巴巴地说。

她把头埋得更低了，她的额也消失了，他现在只能看得见她的后颈，短短的，皮有些糙。翻在蓝毛衣外边的衬衫领子上，落着一层细雪粉似的灰——那是头屑。

他不是第一回听见人用英雄来称呼他。在这个小城里，从朝鲜战场上归来的人不止他一个，但是像他这样扛着打过日本人和老蒋的枪，又接着去打李承晚的人，着实没有几个。他算是走运，在这么多场战役中，只负过两次伤，且都是皮肉的事，并没真伤到身。他的伤一次在手上，一次在脸上。手上的疤没结好，蚯蚓似的爬在手掌和手腕的接口之处。脸上的疤落得正是地方，从眉梢延伸到发际，有点像京剧脸谱里武生的那道描眉，给他平添了一丝英气。那英气懂规矩，恰如其分地停在了威严的门槛上。他不需多话，他的疤就是他的旗子，旗子不用开口就已经在讲他的故事。他不仅有伤疤，他还有一身的肌肉，肌肉也是他的旗子。那样的肌肉光靠日头不行，光靠劳作也不行，那样的肌肉是日头劳作再加上胆气糅合过后的独特产物。

其实他自己是看不见旗子的样子的，他需要镜子。他的镜子就是那些来听他作报告的年轻女子。她们没有彼此商量过，她们不约而同都知道适合他这样男人的唯一形容词是英雄。只是从来没有人以眼前这个女人的方式来说这个词：她用脖子说出了她们用眉目说的话。这个名叫朱静芬的女子，平生第一次教会了他：崇拜原来也可以是低眉敛目。

他心里，突然有了微微一丝的感动。

可是，这丝感动太单薄，还没容他走到宿舍门口便已淡忘。脖子的记忆虽然有点特殊，却还是靠不住。脖子没长牙齿，到底咬不住他的心。

第二天他很早就到了厂里，比正常上班的时间足足早了一个半小时。他刚上任没多久，几乎天天这么早来上班。一个将近千人的企业正等待着他换下军装，穿上工作服，学会用油棉洗手，用油砂慢慢磨去渗到皮里的硝烟味。

这会儿城市刚刚醒来，街上行走的还不是上班的那拨人，他们手里拎的不是饭盒，而是菜篮子。不知谁家的娃娃醒了，哭得一街都抖。有人在井边用洗菜剩下的水刷马桶，竹刷子的嗖嗖声在他的耳朵里挠着痒。

远远的他就看见一个剪着短发的女子站在厂门口，仿佛在等人。待他走近了些，她就迎着他走过来，他这才明白她是在等他。她从他的眼神里看出了疑惑，就轻轻地说我是朱静芬，你不记得了？

他哦了一声，神情就有几分尴尬。他想说他不是忘了，而是因为昨天压根没看清她的脸。话到嘴边，又觉得越描越黑，干脆不再解释，只问她这么早来找他有事吗？

她从随身的那个提兜里掏出一个小布袋，递给他，说你昨天忘在公园了，走的时候我喊你，你没听见。

他接过布袋，打开一看，原来是他的手表。他这才记起昨天坐在假山石上，有只大蚂蚁爬到他袖子里，他解开手表拍打虫子，后来就忘了把手表再戴回去。早上起床发现表不见了，竟没想起来是忘在了公园里。

他一把握住了女人的手，大声嚷道我真不知道该怎么谢你才好，什么都能丢，这只表可真是丢不得。

女人不备，脸唰的涨得通红。女人的手掌上长满了鱼鳞一样的糙皮，他手上也是。那些糙皮认得自己的同类，不用搭话，就已知根知底。

女人从提兜里又掏出一只布袋，和装表的那只很像，只是大了许多，一看就是从同一条毛巾上裁下来的两块布。

"大的那个装饭盒，小的那个装手表。下回手表摘下来放在袋子里，就不会丢。"女人说。

布袋的样式很简单，两边缝死了，缝成一个筒，口子上穿一条绳子，一抽就收了口。

"我实在不会针线。"女人面带愧色。

女人不是客气，女人大约真是没好好学过女红，布袋上的针脚粗大，歪歪扭扭的，倒是针针结实。

他知道他大概永远也不会用上这个样式的布袋，可是他不忍拂了女人的心意，他只好又说了一遍我得谢你。女人的嘴唇抖了几下，女人其实是想说不用谢的，可是女人到了也没把那句话说出口。女人心里有些模模糊糊的害怕：女人怕男人信了她的话，果真不谢她了。女人其实还是蛮想男人谢她的。

天亮透了。蛋清色的晨光里，他终于看清了女人的脸。女人看起来似曾相识。他仔细地在脑子里过了一遍，才明白她之所以看上去熟悉，是因为她那张脸上没有一样东西能跳出来勾住人的眼睛，叫人暗暗吃上一惊。那样的脸，在街上一走就混没了，他就是看过千回百回，也只能是似曾相识，永远模糊。

女人巴巴地望着他，眼睛里还有话。他知道她想问下次什么时候见面。街上的人流开始浓稠起来，最早的那趟班车已经停靠在对过的站头，几分钟之后就会有几十名职工涌进厂门。他不想让人看见他和一个陌生女人脸儿红红地站在这里说话，他对女人说你赶紧回去上班别迟到，才终于把她送走了。

他站在街口，看着女人急匆匆地穿过马路，风把她肥大的裤管灌成两只鼓鼓胀胀的袋子，青布鞋底下飞起细细一线轻尘。女人走路的样子弹簧似的一颤一颤，全是力气和指望。想到女人的指望或许跟他有些关联，他的心突然紧了一下。

一块做老婆的好料子。

他想起了那天在市委组织部办公室里老首长对他说的话。

若在三四年前，他兴许也是这么想的。那时候他觉得有一天他若娶个女人回家，那个女人一定得是虎虎生生结实有力——那是他心底里的女人标准。可是那时候他还没有见识过城市，也没有见识过江南。那时候他还不懂力气有多种，不一定都长在皮肉上。

就是在那一刻，他下了决心不能再让这个女人对他生着指望。他要尽快去找她说出那句很难出口的话。他免不了是要谢她的，只是，他有他的谢法。

在后来的日子里，全崇武时常会回想起那天的情景。对那晚发生的事，他觉得除了"中蛊"之外，便再也找不出别的解释。那晚老天爷仿佛神不知鬼不觉地换掉了他脑子里的一个关键部件，使得脑子对眼睛所犯的错视而不见。平时眼睛也犯错，可是眼睛要想串通着手一起错，它还得走上几里的路，因为眼睛和手之间至少还隔着心，且不说脑子。可是那晚他思维的电路板突然短路，脑子跳了闸，眼睛趁机绕了近路，直接和手搭上了伴。

那晚出门时，他还像一个天生怕雨的行人，为了不淋湿了外套，特意带了两把雨伞上路。结果却发现他的雨伞压根没用，他不仅淋湿了外套，他甚至还淋湿了内裤。

那天他出门时带的两把伞，一把是一条印着冬雪腊梅图案的新毛巾。她为给他缝制装饭盒和手表的布袋剪了一条毛巾，他还给她一条，算是不亏欠她的意思。不过这把伞只是开场的锣鼓，后面的那把才是正戏。

后面的那把伞，那是他藏在工作服口袋里的一张照片。

照片上的小伙子姓杜，比他大一岁，是他厂里的一名钳工。他仔细地了解过小伙子的情况，知道他身体健康，老实可靠。不抽烟不喝酒，是厂里出名的技术高手。他还知道小伙子没什么家累，一个人的工资加上夜班补贴完全可以支撑一个规模不大的家庭。小伙子无论从外貌还是从其他条件上，都绝对不会让朱静芬吃亏。

去静芬家之前，他甚至还特意拐到五马街，去城里最有名的大众电影院买了三张星期天的票子。电影院仿佛也明白他的心思，放的是《梁山伯与祝英台》，很合宜的一部爱情片子。他会和他们一起进场，省得让他们感觉唐突尴尬。当然，他会在某一个合宜的时机里找一个合宜的借口离开，把袁雪芬和范瑞娟精心演绎的悲欢离合留给他们两个人单独玩味。他摸着口袋里已经被他的身体焐出些微潮气的电影票，忍不住暗暗吃惊：他从来就是个粗枝大叶的人，可是在这件事上他竟然把神经打磨得如此细致，叫每一个细节都衔接得天衣无缝。他这么做与其说是为她，不如说是为那个最初把他和她牵在一起的人。只有把这个女人亲手交付给另一个靠得住的男人，他才有颜面在再见到那人时，问心无愧地将手举到额上，依旧毕恭毕敬地喊他一声老首长。

　　这一天是全崇武一生中最聪明的一天。这一天他的思维能力抵达了前所未有，后来也不可能被重复的那个巅峰。这一天他把他的脑子和心拆成块，放在天平上仔细地称过，精确到了两。那天他把脑子和心按照最适宜的比例摆置好了，既没有亏待脑子，也没有亏待心。这一天是他人生中的一个重要分水岭。在这天之前，他与脑子和心的关系是随意的，哪个在跟前他就使唤哪个，所以他不是惹了脑子，就是惹了心。而在这天之后，他突然就厌烦了脑子，从此任由心想去哪儿就去哪儿，竟懒得再调派脑子去管辖心。

　　很可惜这天崇武的聪明只维持了几个小时，就很快从巅峰跌入低谷——他在最聪明的那一刻里做了一件最愚蠢的事。那个他精心设置的计划，还没有迈出第一步就摔成了玻璃碴子。其实，就在计划落地的前一秒钟里，脑子还是可以伸出手来抢住它的。心也可以。可正是因为他如此精细地摆平了脑和心的位置，这两者各得其所相安无事，一下子失去了你争我抢时的精神头，变得慵懒起来。于是那个聪明绝顶的计划就在脑和心中间的那个空隙里落了下去，在它们的眼前摔了个粉身碎骨。

　　他后来所犯下的一系列错误，都源自他那个晚上的错。那个晚上的错是根，后来的错都是从这个根上衍生出来的枝叶。枝叶在明处，根在地底下，别人看见的是枝叶，而只有他看得见根。根是他亲手在那个最聪明也最愚蠢的夜晚里种下去的，那个夜晚是他的劫数。

　　去她家之前，他考虑了一整个星期，说什么，怎么说，他都一一想过。事先他没告诉她他会来，他不想她在等待他的日子里又长出些新的指望。

他敲门，却没人答应，他没想到他会扑空。在他们有限的两次交往中，他至少知道她没有亲人，也几乎没有朋友。她和厂里的一个同事合住一间宿舍，三餐都吃食堂，业余时间里的唯一一个去处，是她待过十几年的福利院，那里还有几个她相识的旧人。不过那也只是在星期天或节假日。

他走了，又有点不甘心，就返回来试着推了推门，谁知门竟然只是虚掩的，后来他才知道是同屋的那个女孩出门时忘了上锁。据说那是一个平日里极为细心的人，她的一个偶然疏忽，却让他的生活就此拐出了一个怎么也拐不回来的大弯，所以他免不得把那个女孩想成是老天爷捉弄他时信手拈来的同谋。

他已经想不起来进门之后究竟是耳朵还是眼睛先犯的贱。她屋里点着一盏湿乎乎的蒙着雾气的黄灯，猝不及防地撞进他耳朵的是一阵哗哗的水声，水声的间隙里夹杂着一些吱咕吱咕的声响，像是两样粗糙的东西相互揉搓时发出来的声音。他顿时起了一身细细的鸡皮疙瘩。

紧接着，眼睛捡起了一张高背椅子。其实，眼睛真正捡拾起来的，并不是高背椅子，而是椅子上搭的那样东西。那样东西在新的时候应该是一块白布，也许是府绸，也许是粗布，但是在经过无数次的混杂洗涤之后，它已经沾上了工作服上的蓝，套袖上的黑，围裙上的酱，手指上的菜油，于是它就成了色谱无法囊括的一种颜色。而且，在搓衣板棱角的粗鲁挤压中，它的边缘已经磨出了细丝。不过，他对这块布的颜色和质地毫无兴趣，他感兴趣的，是这块布裁剪成的形状。这块布上缝了两根带子，带子底下有两只浑圆的碗。进入这间屋子的时候他还是个童男子，可是这个身份并没有阻碍他对那两只碗里应该装的内容产生联翩的浮想。

其实他还是完全有机会转身离开这间屋子的，可是正如前文所叙，他的脑子和心在相互推卸责任，他的腿就失去了主人。腿被役使惯了，对突如其来的自由兴奋不已，就糊里糊涂地走了自己的路。况且，腿并没有意识到它正岌岌可危地行走在深渊的边缘上，所以它不知道害怕。

就在那时，椅子的背后出现了一样东西。这样东西有很多个部位，其中的一个部位蛮横地推搡开其他的部位，直直地朝着他的眼睛冲来。那东西是两团浑圆，中间各长着一颗尖尖的红果子。水珠流下来，在果子上顿了一顿，又带着更大的冲力咚地滚落到地上，在地板上砸出了一个个坑。那东西离他还有几尺远，他却已经觉出了烫，他的眼睛腾起了一片雾气，白不再是白，红也不再是红，圆不再是圆，尖也不再是尖，一屋都是颜色和形状都很模糊的云。

他走过去抓住了一团云。云是潮的，捏在手里居然是满满的一把，靠近掌心的某个部位隐隐有些硌手。他越攥越紧，云被他捏出了水。

记忆从这里开始被剁成了泥，他很难从中挑拣出几个前后连贯的碎片。他依稀记得在那盏肥胖的昏灯下，在那块被肥皂水浸泡得变了形的地板上，那团云跟他捉了几个回合的迷藏。云从他的手里逃开，在屋里飘来飘去，可是终究没跑过他。在最后的那个回合里，云滑了一跤，跌倒在地板上，他就势把云整个压在了身下。他有些吃惊：他没想到云变得如此之快，原来只有一掌，现在突然变得跟他的身子差不多大小。近近地贴着云的时候，他觉出了云并不像云，云更像是被潮气结成了团而失去了弹性的棉。他身子的某个部分突然就硬了起来，硬成了一把钝刀，硬得连他自己都感觉疼。他忍不住疼，就把刀往前捅了一捅，没想到一下子把棉花捅开了一个口子，就有汁液从那个口子里流了出来。那汁液有颜色，溅到地板上，点点滴滴如散落的桃花瓣。

桃花。他的心抽了一抽，突然想起了老首长那天对他说的话。

不，我眼睛里没长桃花，那桃花是撞进我眼睛里去的。

他想解释，却抬不动嘴唇。

当他彻底清醒过来的时候，他看见一个女人靠在墙角上哭。那女人蓬头垢面，身上到处是水，容颜皱得像一张被人揉过了的纸。女人的哭声是压抑着的，低低的，却依旧带着棱角，像硬指甲划过玻璃面，吱吱的在他的太阳穴上刮着一道一道的痕。

他从工作服的口袋里掏出那条还包在纸中的冬雪腊梅毛巾，撕开来递给女人擦眼泪。这毛巾本来就是给女人买的，只是他没想到竟派了这个用场。

女人没接毛巾，只是背过了身。女人的哭声低了些下去，硬指甲变成了软指甲，却依旧还在刮着他的神经。他终于听不下去了，站起来，捂住了耳朵。

"下星期，我们去领结婚证。"

他喃喃地对女人说。

　　我是一只沛纳海航海系列手表。我原属于一个叫斯蒂夫·奥斯特的美国人，却几经辗转，成为了一个叫全崇武的中国人的腕上之物。我的新主人只是把我作为一只普通手表，我是说，作为一个简单的计时工具来看待和使用的，我身上那些与海洋相关的特质和功能，却一直被无知所埋没了。

　　我说这话，绝无埋怨我主人的意思。公平地说，我主人从得到我的第一天起，就对我待若上宾。每逢他打篮球、游泳，或进行任何剧烈的户外运动时（他常常做这样的事），他都会把我摘下来，小心翼翼地放进一个他妻子专门为我缝制的毛巾袋里，防摔，也防丢失。而他妻子则每隔几天就会用一团柔软的棉纱蘸上一点牙膏，仔细地擦拭我的玻璃表面和表带，磨去上面的划痕，让我重新发出咄咄逼人的亮光。他们对我如此上心，是因为他们敬重那个把我送给他们的人。那个被全崇武称为"老首长"的人，新近从组织部长提拔成了排名第二的市委副书记。我主人对我好，倒也不是因为老首长的官职，而是因为他珍惜他们在一起时的记忆。他在他手下当过六七年的兵，战场上他们多次一起跨过生死之间那条头发丝似的细线，他们记得彼此的情分。

　　我的主人爱我，但并不懂我。我是一块价值连城的玉，我主人却把我当成一块石头——一块具有特殊感情色彩的石头——来悉心呵护。最终把我从石头堆里挑出来，发现我身上玉的特质的，是一个叫叶知秋的女人。

　　那时，我在温州城里已经生活了整整五年。

　　那天，全崇武刚刚带领厂里的游泳队参加完横渡瓯江的活动回到办公室。两年前，一位曾在天安门上宣告过新国度诞生的伟人，突发奇想畅游了长江，并写下一首家喻户晓的古诗词，从此把这项水上运动演绎成了一个国家的时髦。而全崇武又把这项时髦演绎成了他管辖之下的那个工厂的一项固定仪式，早在横渡江河成为全国夏季的固定仪式之前。其实伟人的奇想奇举至多只能算是一个小小的推力，真正的原动力来自全崇武对水上运动，不，对所有运动的热爱。这个千把号人马的工厂，设有三支在城里名气很响的运动队，即篮球队、兵乓球队，还有游泳队，每个队他都亲任队长。那年他才二十九岁，浑身积攒着火药库一样随时可能爆炸的精力，自从失去了战场之后，那些精力便再也没有可以发泄之处，运动就成了最天然的替补。

那天他在办公桌前坐下来，头发上还挂着一丝从瓯江里带回来的水草，身上那件印着"纺织机械厂游泳队"的背心，被汗水糨糊似的贴在后背。他打开抽屉，把我从那个毛巾袋里拿出来，给我上着发条。突然，他发觉他的桌子亮了一角。他抬起头来，眼睛就被一片绿色粘住了，几乎无法转动。这片绿跟十数年后流行于大江南北的那种绿有些相近，只是多了一丝黄。那一丝黄是神来之笔，一下子把那片绿里的威严点化成了水，那汪水里头飘着一团团边缘模糊的像莲也像玉兰的花瓣。

这是一件女人的连衣裙。

哦，不，那个年代里连衣裙有另外一个时髦的名字，叫布拉吉，是从俄语里鼓捣出来的词语。

这时全崇武还不知道，那汪绿色的流水，还有水上的那些落花，将会构成一些贯穿他后半生的回忆。

"我是叶知秋，省城设计院下来的。"女人简短地说。

女人说到"下来"两个字的时候，嘴角轻轻翘了一翘，是笑，又不是笑，倒有些像嘲讽，只是不知道在嘲讽谁。

他怔了一怔，才醒悟过来她是谁。他到地方上当官才四五年，他还没有接收过这种身份的人，他不知道该怎么应对。他看了女人的介绍信，随口问行李到了吗？其实这是一句毫无意义的问话，完全不符合他的身份，他只是把它作为一块歇脚的石头，坐在上面他才有闲暇去思考接下来的对话。

女人没有回答，因为女人的眼睛已经被桌子上的一样东西吸引住了。女人眸子里的光和那样东西的光打了一个照面，电闪雷鸣，屋里一片雪亮。

那样东西是我，那只吉塞普·沛纳海亲手所制的手表。

"这是，你的？"

女人把我拿起来，放在掌心仔细打量，女人的声音惊讶得走了样。我闻到了女人身上一丝隐隐的茉莉花香。

全崇武点了点头。

"哪里来的？"女人追问道。

"一位老首长给的，可能是美国货。"他说。

"不是美国货，是欧洲产的。这种表，全中国应该也找不到第二只，怪不得你这样宝贝它。"女人的眼睛落到了桌子上的那只毛巾袋上。

他把毛巾袋揉成一团，扔进抽屉，说我游泳的时候，怕丢。

说完了他就有些气恼自己：他不知道他为什么要向这个素昧平生

的女人作这样愚蠢的解释。其实我知道：他只是想给那只蠢头蠢脑的口袋正名。

"无知。"女人喃喃自语道。

女人一转身，飞快地把我扔进了墙角那个供他运动之后擦汗的脸盆里。

我已经很久没接触过水了。在适应了最初的冰冷之后，我身上的每一个毛孔都在高声呼喊着久违的惬意。我敞开所有的肢体——假如手表也有肢体，幸灾乐祸地看着我主人的脸，被一圈圈由我身体激荡出来的水纹扭扯出一个个版本的震惊。

"你疯了？"

他冲过来想把我从那盆水里捞出来，却被那个女人拦住了。

"这是沛纳海航海系列手表，全世界最先进的防水手表，专门为意大利皇家海军设计的，在水底两百米还能正常运转，指示时间方向。"女人说。

我吃了一大惊：就在我刚刚习惯了尘世里的匿名生涯时，这个女人却如数家珍地报出了我的真实家门。

全崇武倒吸了一口凉气，说那我可以戴着它游泳啰？

女人笑了，说当然可以，甚至在夜里，它在水底有荧光显示。

他有些狐疑，问你是怎么知道的？

女人看了他一眼，说你没看过我的档案？你不知道我过去是干什么的？

女人在"过去"那两个字上加了重音。

他当然看过。女人的档案袋很沉，三天前就已经寄到了厂里的人事处。他开始快速地回忆那些不同的纸张上的不同内容，并把它们串联成一个整体。

女人是京城一所名牌大学的毕业生，学的是精密仪器，毕业分配在省城一家设计院做工程师。女人的丈夫是省城一所大学的教授，因为没有管好自己的嘴巴，几个月前被打成右派，送到了北方一个边远城市。女人因他之累，被下放到了温州城。

"我们厂里没有你对口的专业，只能暂时委屈你了。"他说，尽量把舌头放软。

女人把我从脸盆里捞出来，撩起布拉吉的一个小角，把我身上的水仔仔细细地擦干了，然后递给他。

"我这样的人，不配有委屈。你看我该干什么，我就干什么。"她的目光透过他，冷冷地落到窗外那轮站累了开始斜卧的太阳上。

他不知说什么好。从她走进他办公室的那一刻起，她就在不停地向他丢掷意外。她本该穿灰的时候却偏偏穿绿，本该低眉的时候却偏偏抬头。他期待乞求的时候，她却扔给他不屑。这几年他当着一个大厂的书记，耳朵里进进出出的都是些顺耳的声音。女人是一根刺，在他养娇了的耳朵里轻轻一捅，虽然有点疼，他却不介意，因为疼让他觉得他醒着，而且年轻。

就在那一刻，他想好了对策。下班之前他要召集一个党委会议，交代党委成员对女人的档案保密。还有，原先让女人去包装车间的那个决定可以做些变动，她或许更适宜在设计室做一个描图员。党委会的几个成员基本都听他的，这个因才施用的合理提议应该不会遭遇太大的阻力。

不过，他不会告诉女人这些的。女人兴许扛得起世上所有的歹毒，她唯独扛不动的一样东西，是怜悯。

"你去找工会的刘干事，她会给你安排一间单身宿舍。"他不动声色地对女人说。

女人摇了摇头，给了他一天里的最后一个意外。

"不用了，我已经在厂外租了一间房子。"她说。

他自己也不知道为什么当他听到女人不住厂里的时候，心里会产生如此的窃喜。他暗暗咬了咬牙齿，压下了差一点要浮上眉梢的笑意。

可是我知道原因。

因为我和我的主人全崇武一样，都是在这个下午同时爱上了那个叫叶知秋的女人的。

---·———·———

全崇武下班回家，推开家门时犹豫了片刻。有那么一两秒钟的工夫，他几乎以为走错了门，因为屋里是一片少有的安静。

往常这个时候，一条街外就能听见全知的哭声。那哭声像一条粗绳子，他就是闭着眼睛，它也能拽着他一步不偏地摸到家门口。有时他忍不住感叹：一个才五斤八两五钱重的身子，抱在怀里还不够塞满臂弯，怎么能藏有这么大的能量？若把全知白天黑夜的哭声叠加在一处，一定能轻而易举地炸掉一座山峰，填平两条河流，打胜三场上甘岭战役。

朱静芬正坐在饭桌旁等他吃饭。全知沉睡在小床上，鼻息如蝇子嘤嘤嗡嗡地飞了一屋。全知睡着了，连墙壁家具都把提着的心放下了。桌子上只摆了两副碗筷，整齐而冷清。

"全力呢？"他问。

"邱阿婆家新磨了米糕，叫她去吃了。"她说。

"鸭蛋呢？也跟着去了？"

静芬说鸭蛋回家了。

他问哪个家？

她说乡下的家。

他吃了一惊，说早上我出门她也没说什么啊，怎么说走就走了呢？

她顿了一顿，才说她妈病了，捎信来让她赶紧回去。

静芬说不得谎。静芬一说谎，自己还没臊，眉毛就先臊开了，开始噗噗地跳。她被眉毛拱得一脸赤红，只好迟迟疑疑地添了一句我也怕她不懂事……却欲言又止。

崇武发际的那块疤往上挑了一挑，挑出了一丝不耐烦。

"她怎么不懂事了？"他追着问。

她愣住了。一边是丈夫的目光，刀子似的压着她的眼睛；另一边是自己的眉毛，锤子般敲着她的脑门。好好的一个夜晚，什么都还没来得及开始，她就给自己挖了个坑。

其实她是有话的。这句话在心里捂了好几天，几乎捂出了馊味。若不说出来，她恐怕会被自己憋死。若说了，她兴许会被他砸死。反正都是死，倒不如就死在他手里算了，死在自己手里实在太难。

"是我叫她走的。我怕她不懂事，惹你犯错误。"

她横下心，说出了那句话，却不敢抬头看丈夫的脸。梗在喉咙口的那团东西终于吐出来了，呼吸畅通，眉毛也停止了折腾。她现在只需要静静地等待着悬在她头顶的那块石头砸下来，把她压成泥尘肉饼。她已经选择了这样的死法，她只有认命。

她等待了很久。

一阵沉默之后，石头砸下来了，却不是她期待的那种巨疼。

男人说话了，却只有一个字。

"蠢。"男人说。

男人的这句话太短太干瘪，叫人猜不出这到底是伪装成愤怒的默认，还是包裹着暗许的谴责。

这个女人并不真的那么愚笨。崇武暗想。她到底还是看出了他和鸭蛋之间那个预示着危险的苗头。可是她到底还是眼浅，她只看见了冒在地面上的那片芽尖，她却没看明白芽尖底下连着的那条根。

那条根是叶知秋。

他已经快三个星期没见到叶知秋了。头天晚上他们还在望江路那个废弃的仓库里幽会——那是他们最常去的幽会地点，她一句也没提要走的事。第二天中午在食堂里他没看见她，问了她科室的同事才知道她休了探亲假。她在单位已经工作满一年了，她完全有资格享受那个假期，只是他没想到她竟然没有告诉他。他原以为他已经熟稔了她身上的每处凹凸，总有一处会给他指明一条通往她想法的路，可是他依然还是在她脑子的进口处走丢了。

空啊，心里实在是太空。

他不知道他的心原来是这么大的一片荒原，一个将近一千人的工厂填不满它，一个充溢着婴孩哭声的四口之家填不满它，一周三场臭汗淋漓的篮球比赛也填不满它。可是叶知秋一来就把它填满了。叶知秋是渗透到每一条缝里的水泥，她把他心里存的东西一块一块地粘成了一座城堡。城堡里透着风，他觉得了满，却又没到堵的地步。可是她走了，轻轻一抽，那城堡就不堪一击地碎成了一地的瓦砾。他疯狂地抓住眼前走过的每一样东西，拼命地往心里塞，因为他实在忍不下满过之后的那片空。

前来帮忙侍候月子的鸭蛋，就是碰巧走过他眼前的一样东西，他还来不及抓住，就被静芬看破了企图。静芬虽然看破了，却没有看透：鸭蛋永远也不可能成为他捏在手里的东西，他就是抓住了，也不过是随手一丢。

"我能犯，那样低级的错误？"他哼了一声，拿起了摆在他跟前的那副筷子。

她起身替他盛了饭。他饥肠辘辘，却味同嚼蜡，她压在他筷子上的目光把一碗米饭变成了一堆铁砂。

他抬起头来，原本想狠狠地和她的目光抬一次杠的，可是他突然发觉她看上去有些异样——她摘下了那块一直蒙在头上的毛巾。囚禁了很久的额头乍见到天光，有些不知所措的苍白惊惶。这个月子她没有坐好，先是难产，再是黄疸，再是乳痈，再加上孩子不分日夜的哭闹。鸭蛋天天煮给她吃的索面酒（温州女人坐月子吃的一种泡在米酒里的细面条），竟没能在她的面颊上留下丝毫颜色。生第一胎时，她像母鸡下了个蛋似的轻省。这一回，她却像怀了十胎八胎那样的倦怠。这一胎让她老了十年。

"邱阿婆要你包一个月的头，怎么这么早就摘了？"他问道。

她的脸唰的一下涨得通红——他难得的一句关切抵得上十碗百碗的索面酒。她结结巴巴地解释说二十四天和三十天没什么差别，她哪有那么娇气？

他也就没有勉强。

两人便再无话。她看着他无心无绪地吃了大半碗饭就放下了碗，便对他说炉子搬进屋了，烧了几瓶热水，足够你洗个痛快澡。他走了，她把他吃剩的东西往自己碗里一倒，就着一碗白菜粉丝汤，呼噜呼噜地吃完了，就去收拾碗筷。

崇武今天狠狠地打过一场篮球，隔着一件薄棉袄，都闻得见身上的汗馊。炉子已经烧过半天了，屋里有了些昏昏沉沉的暖意，脱了衣服也并不觉得冷。洗澡在这里是一种夸张说法，其实他只有一盆热水可以供他和他的毛巾共同挥霍。他把毛巾拧成一条半湿半干的长蛇，一只手拽头，另一只手拽尾，两手交错着在后背搓了很久，直到毛巾和皮肤都变了颜色，背上爬出一条条细细的泥虫。

氤氲的热气里，脑子渐渐地化成了稀薄的汤汁，四下胡乱流淌开来，没有边界，不成形状。他忍不住把背上的毛巾想成了叶知秋的手。世上有多少个身子，就有多少双手。可是只有她的那双手，才震得住他的身子。她的手一搭上他的身子，他的肉和骨头就分了家，她就直接攥住了他的魂。一想到她的手此刻兴许正攥着另一人的魂时，他突然就怕冷似的打起了哆嗦。

这时门开了，热气找到了出路，削尖脑袋从门缝里钻出去，屋里的雾就稀薄了。他正想开口骂人，就看见有人往木盆里咚咚地添了一壶热水，新的雾气升腾起来，渐渐充填了门缝扯出来的那个破口。一双手伸过来，把他按到凳子上，抽走他手里攥着的那条毛巾，替他搓起了背。背已经被他擦过几遍了，却依旧有许多他手够不到的死角。这双手对付起皮肉来有一种不温不火的耐性，被冬衣捂得太久了的脊背禁不住它的软硬兼施，又一次交出了掩藏很深的死皮和油垢。等到每一寸皮肉都得到了洁净和安抚，那双手就把毛巾扔了。

手离开了他的背，却没有离开他的身体。手顺着他的腰渐渐探进他的腿，还有两腿中间的那个部位。手被冬的牙齿啃出了许多个裂口，那些裂口不肯接受暖气和热水的肤浅安慰，依旧张大嘴巴发泄着一个季节积攒下来的怨愤。那些裂口走过他腿间的时候，他感到了微微的刺疼。他觉得他的身子正被那双手沿着腰切割成了两个部分：昏昏欲睡的上半身，和慢慢醒来的下半身。下半身正想喊醒上半身，那双手突然从他的身体里抽离开来，他听见了一阵窸窸窣窣的响动。

他转过身来，发现女人在脱衣服。

女人把棉袄、毛衣、秋裤、棉毛衫，还有那条绑肚腹用的布带，一样一样地脱到了那张曾经临时铺给鸭蛋睡的小床上。脱和落的过程里，空气中扬起一阵皮屑的粉尘。衣物带着女人身体的依稀轮廓匍匐在床上，表面闪着一层汗迹和油垢结成的亮光。女人坐在床沿上，由于哺乳而格外丰盈起来的奶子，慵懒地坠落在叠成几叠的肚腹上。女人已经好久未曾洗过澡了，她的衣服正招摇地散播着那股叫她羞愧的体臭。

他抽了抽鼻子，他的下半身刹那间找回了他的上半身。上半身怜惜着下半身的迷失，下半身宽恕了上半身的遗弃，两者握手言和，缔结了一个明知不能持守多久的同盟。

"月子里感冒，你要不要命？"他对女人喝道。

他开始匆匆忙忙地穿衣服，甚至来不及扯平窝成一团的裤筒。

"我月子快满了，身子没事⋯⋯"

女人看着男人衣装不整地从她身边走开，喃喃自语道。

———————·———·———

你虽然被叫作瓯江，但你依旧不过是一条普通的河流。你还要曲曲折折地流过许多连地图上也不会标注出名字的江南小镇，才会汇入一片比你宽阔得多的叫钱塘江的水域。可是钱塘江依旧还不是海，它也要走过数不清的河床浅滩，才会汇入真正的大海。

你虽然不是海，你离真正的海洋还遥隔千山万水的路程，可你却是我主人眺望大海的起点。连续几个星期，每个夜晚他都要在你的岸边久久停留，任凭凛冽的夜风把他的两个颧骨削成两片通红的石头。那些时刻他的耳朵就会变得格外犀利起来，突然听见了白日里听不见的声响。他听得见月亮把自己粉身碎骨地抛掷在水面时的痛楚呻吟，还有潜流之下的鱼群睁着永远不闭的眼睛游向大海时的快乐呢喃。他几乎渴望自己也能变成一条鱼，因为鱼去的那个地方或许可以看见那个割走了他的心的人。

夜是一个暴君，夜有另外一套完全不同于白天的生存法则，夜把白天喧嚣纷杂的欲念通通赶尽杀绝。夜的风，夜的星云，夜的河流，夜的城市，夜的人，甚至还有我，夜人腕上的那只手表，都呼吸着夜的呼吸，忠心耿耿地替夜守护着关于大海的秘密。

——·——·——

叶知秋走了二十七天，他来这里二十八趟。有一天晚上从这儿回去，半夜睡不着，他从家里溜出来，又来了这儿一趟。他明知她不会来——她请了三十天的探亲假，她一天都不会浪费。后来他回想起来，她挑了这个时段休探亲假，兴许就是为了避开他妻子生产时的尴尬。他来这儿，只是想跟海近一些，因为海和她近。可是他从来没想过要去码头，尽管从大海到陆地，码头是唯一的进口。他不想去码头，是不想遇见熟人，也是不想万一遇见人堆里的她。她有两张脸，一张给他，一张给世界。世界可以是一个码头，也可以是一群人，甚至可以是一个人——一个旁不相干的人。她是一只蚌，在只有他的时候才放肆地张开自己的柔软。而在有人的时候瞬间合起身子，只剩下一堆壳。他不想看她的壳，她也不想让他看。

临走之前，为多给她一张热水澡票她跟他翻了脸。她的脸皮可以很厚，厚到可以在一个几千人的批判会场上为她的丈夫翻检查稿。

这个厚在他的字典里有一个解释，叫侠义。她的脸皮也可以很薄，薄到禁不起一张额外的洗澡票。这个薄在他的字典里也有解释，叫作自尊。他喜欢她的厚也喜欢她的薄，她的厚和她的薄在合伙谋算着他的心。她知道他能为她发疯，她知道她指头一勾，说不定他会为了她跳楼。当然，她觉察到自己的判断失误，还是几年以后的事。可是她宁愿让他为她丢一条命，也不愿看他松开一条指头缝，为她挤出一丝他的权力可以轻易给予她的便利。她很贪婪，她瞧不起蝇头小利。

夜深了，路灯满脸倦容。天太冷，他的手指在劳保手套里冻成五根血肠。此刻他连耳朵根都渴想着被窝和安眠，可是耳朵根管不了腿脚，腿脚只认熟悉的路，腿脚带着他浑浑噩噩地朝着那间屋子走去。

那间屋子是他们在一个冬夜里偶然发现的，就在她帮助他养成了散步这种都市恶习后不久。那个夜晚也和今天一样寒冷，他们走近那片屋檐其实仅仅是为了躲避泼妇一样的江风。他们没想到邝扇门是虚掩的，轻轻一推就开了，里边有一片黑暗在向他们发出无法拒绝的邀请。他用手电筒的光柱逼退了黑暗，才发现这是一个废弃的小仓库，屋里凌乱地堆满了各样开口或没开口的纸盒子，地上铺着一领不知哪年留下的席子。他脱下身上的棉袄铺在席子上，犹犹豫豫地看了她一眼。她没说话，她的身子替她说了话。干净光鲜的她隔着那件不怎么干净的棉袄，在那张更不干净的席子上仰面躺下。他也躺下了，几乎没有任何话语，他就把她压在了身下。那天别说是灰尘，就是泥潭和火坑他们也照样会躺上去的，因为他们的身子已经在等待中憋得马上要炸成碎片。

这个女人啊，她的身子真是一口井，一口幽深莫测的井，投进去多少精神气血，也无法填满那个无底洞。可真奇怪，即使是那样，他也没有把自己掏空。后来他才明白，她在撷取的同时，也在回赠。他给得越多，她回得也越多，所以他永不枯竭。她是他的鸦片，他尝过一口便上了瘾，他再也戒不了她了。

他轻轻推开那扇门，摸索着在那领破席子上坐下，不是靠眼睛，而是凭记忆——眼睛现在是一件碍事的累赘。他闭上了眼睛，静静地听着身上的触角像刺一样在暗夜中铮铮开放。他觉出了身下的尘粒。这不是旧尘，旧尘已经被他们的身体擦拭一净了。这是她走之后积攒起来的新尘。如果她还不回来，这些新尘也将渐渐成为旧尘，被更新的尘粒彻底覆盖。

他脱下手套，用手抚了一下席子，突然吃了一惊：那层尘埃已经被某一样东西撕开了一个大口子。后来，他闻到了气味。那是一丝隐隐的茉莉香味，不是长在树上的那种，也不是摆在篮子里的那种，更不是压在枕头边的那种，而是一种熏到了骨头里，又从骨头里丝丝缕缕渗出来的暗香。

"秋？"他试探着喊了一声。

一团黑影窸窸窣窣地朝他靠了过来。

她提前三天回来了，却没敢去找他，怕被厂里的人看见。她想来想去，只有在这间屋子里碰一碰运气，结果她真碰上了。

提前？为什么？

他问。

她轻轻笑了一声，说你知道为什么。

她语气里的那份轻松突然激怒了他。他猛然抓住她的肩膀，嚷了一声你为什么不告诉我？

他听见她的骨头在他的爪子里嘎吱嘎吱地碎裂。他知道他的力气，在战场和运动场上，可是他从来没有在一个女人身上验证过他的强悍。思念被二十七个日夜反复碾压，从棉纱压成了铁片。思念在急切地寻找着出路，最近的一条是愤怒。

她呻吟了一声，却忍住了疼。她任由他的愤怒如一条受潮的雷管，噼啪地爆出最初的混乱之后，最终渐渐消耗了自身。

她挣开他，坐到了离他稍远之处。

"你值得去嫉妒一个倒霉到顶了的人吗？"

她幽幽地说。

她的丈夫在三岁时死了生母，八岁时死了生父，由继母带着他和另外四个同父异母的弟妹，嫁到了一个严格来说都不能定义为继父的人家里。他十三岁的时候似乎什么都懂了，因为他多次洗涤过他继母换下来的沾着经血的内裤，他也用在学徒夜校里学的那些字，磕磕巴巴地读过赫胥黎的《天演论》。他十三岁的时候似乎又什么也不懂，他把"黑人牌"和"凡立丁"都当成了一种新药的名字，因为他从来没有使用过牙膏，也从未洗涤过毛料衣裤。十三岁时，当夜校的一位老师悄悄塞给他一本《共产党宣言》的时候，他毫不犹豫地跟着那人去了延安，倒不是因为他真正了解共产主义，而是因为他知道他去的任何一个地方，都会比他留下的那个地方幸福。

他就这样糊里糊涂地上了战场，在第一场战斗中就受了伤。匆匆的手术治疗之后，他很快归队继续作战，没有人，包括他的医生，知道这次负伤对他后来生活的影响。解放后没多久，他就被保送到了一所大学读书，成为了她父亲的学生。他打破了调干生带给人的那种刻板印象，在最初的调整阶段过去之后，很快就脱颖而出，成为班里最有才华的学生。她父亲把他带回家来，介绍给自己正在上大学的女儿认识。他们相识在一个一切都上了发条的年代里，他们的关系只经过了三次见面就定了性。他很快向她求婚，她也很快答应。就在洞房花烛的那个夜晚，他和她才共同意识到了那次枪伤对他身体的巨大破坏力。经过许多轮不堪回首的讨论、妥协、反悔，他们终于决定协议离婚。可是就在他们正要提交离婚报告的时候，他出了事。

在一次组织生活会上，向来沉默寡言的他，却作了一次长长的发言。这次发言有对社会现状的观察，也有对个人生活境遇的不满。前者是表，后者是里。前者是客观看法，后者是主观情绪。情绪是毒药，浑了一锅水。于是他被遣送到一家边远工厂，从事与他的专业全然无关的体力劳动，待遇仅次于劳改。

她是在那时打消了离婚的念头的，因为她知道自己在他那场由情绪导致的灾难中负有的责任。现在她是他和这个世界之间的唯一纽带，她在，他就在，无论如何卑微。她若走了，他对这个世界再无留恋。

所以，她永远不会离开他，除非她死了，或者他获得转机。

这是一个与爱无关的决定，所以任何与爱相关的因素，都不能改变这个决定。

这是她第一次，也是唯一一次和他谈到她的丈夫。

从那个夜晚起，她的丈夫就成了他们的谈话中缄默的那个部分。

从那个他差一点捏碎了她肩膀的夜晚，到后来她用一把刮鸡毛的刀片放完了身上的血的下午，中间隔了几乎整整四年。这四年里他们的生活中发生了许多事情，比如全知有惊无险地出了一次水痘，全力上了市里的一所重点小学，朱静芬做了一次人流手术，叶知秋的丈夫差点在一场肝病中丧命。这些事在一个人的回忆录里兴许能占据一些值得记录的篇幅，然而对一个国家来说，它们不过是一粒连最高倍的放大镜也找不着的尘埃。

那四年里国家也发生了许多事情，其中有一桩比别的都大。关于这件事的传闻，报纸和广播都不约而同地守口如瓶。最早知道的是锅灶，锅灶传给碗，碗传给筷子，筷子传给嘴，嘴再传给另一张嘴，于是天下都知道了。

这桩事是饥荒。

饥饿最早是在肠胃里生出的，可是饥饿是一个淘气的孩子，饥饿从来不肯待在一个地方，饥饿爱四下乱窜。饥饿第一个窜到的是人的脸。饥饿先抹走了脸上的红，再抹走脸上的白，然后才是颊上的肉。饥饿虽顽皮，却也知道把最好的留在最后。最好的还不是颊上的肉，最好的其实是骨头里的汁液。饥饿在脸上串完了门，才钻到骨头里面死命吮吸。骨头渐渐干涸，人也就渐渐没了气力。

全崇武的工作比过去闲了，也比过去更忙，只是闲的和忙的，都是些和过去不同的内容。闲是因为厂里的三支运动队，现在已经散了两支，只剩下一支不再打比赛的乒乓球队。工人原来的一股力气，现在只剩了半股，那半股再也经不得任何浪费，只能小心翼翼地省着用在生产线上。他把从文体活动里空出来的时间，用到了别的事上。那是些他从来没管过的事，他不会管，不想管，却不得不管。

他每天都在绞尽脑汁地计划着各样异想天开的合作方案，和渔业公司的、和军分区的、和近郊生产大队的，目的只有一个：从他们紧攥的拳头里，掰出一星半点的副食品，因为厂里的食堂除了白菜和五分钱一斤的小鱼，已经没有什么别的可以下锅了。现在在厂区行走一圈，工人的每一口呼吸里、厕所里冒出来的每一股臭气中，都有一丝呛人的酸腥味。

谁也没想到，厂里第一个被饥饿袭倒的，竟是看起来活得最滋润光鲜的叶知秋。其实也不是完全没有预兆的，她那一阵子几乎都没去食堂打过午饭。她一个人躲在绘图室里，用开水泡着自己从家里带来的冷饭冷菜吃。据看过她饭盒内容的同事说，她的菜和大家差不多简单，饭却是满满一大盒，怎么也不至于挨饿。有一天中午，同事在食堂吃完饭回到绘图室，发现她趴在绘图板上不动，都以为她在午睡，可是过了一个小时她也没醒，众人这才意识到她出了事。连忙送去医院，医生说是严重的贫血和营养不良。

叶知秋拿的是技术工人的定量，一个月二十五斤粮。那二十五斤粮匀到每一天，也能有八两。八两分成三顿，早饭二两，中饭和晚饭能各摊到三两。三两当然撑不死人，可是以她的胃口，应当至少能吃个八成饱，她何至于捉襟见肘到这个地步？

后来，全崇武才听金工车间的一位师傅说，叶知秋丈夫的肝病迟迟没有治愈。他所在的那个地方太偏远，有钱也买不到营养品。叶知秋每个月给他寄十斤粮票，让他跟附近的老乡换鸡蛋吃。她寄的不仅是粮票，还有炼乳水果罐头和议价红糖。那位师傅的妻子在邮局工作，叶知秋寄的每一个包裹，包括包裹单上的附言，都经过了她的手和她的眼睛，所以她知道最真实的详情。

全崇武听了，不禁一怔。每次他以为他了解她所有的秘密，他的脑袋总会撞上一扇紧闭着的门，门上有一把没有钥匙的锁，锁的名字叫自尊。在这扇门前他没有特权，无论他和她如何亲狎，他和世人一样，只能隔着门缝窥探揣测。

后来的一个星期天，他买了一个黄桃罐头去她家看她，只见她正把一碗米饭摊在一个米筛上晾晒。他问她在干什么？她得意洋洋地说这是她跟一个菜农学的做饭新招。舀半勺米，煮成松松的一层软饭，在风里晾成硬饭粒。再加水煮，再晾。如此三番之后，半勺米就能煮成大半锅饭。至此他终于明白了，为何她吃了满满一盒的饭，依旧会昏倒在绘图板上。

"加三番水就够了？五番不是更好？省得更多。"他沉着脸说。

她听出了他话语里的嘲讽，但她还不知道他的嘲讽到底会朝着哪个方向走。她小心翼翼地看着他的脸色，不语。

他去她的厨房找了一把菜刀，砍起了那个装着糖水黄桃的罐头盖。马口铁没有他想象的结实，他用力过猛，第一刀下去就砍出了一个大口。糖水在桌布上溅出了几个黄斑，他的指头被翘起的铁皮刮了一下，血缓缓地爬了出来。

她慌慌地掏出口袋里的手绢要给他包裹，他推开她，依旧挥舞着手里的刀咚咚地砍着，仿佛他手下是一块千古不化的榆木疙瘩，或是一根连狗也咬不动的肉骨头。

直到罐头盖子溃不成军地垮了下去，那个切成两半的黄桃容光焕发地浮上了表面，他才终于住了手。

他扔了刀，瘫坐在椅子上喘着粗气，仿佛刚刚经过了一场兵力旗鼓相当的恶战。她拿出碘酒和纱布替他消毒包扎伤口，眼角的余光里看见他额上的青筋在扑哧哧地狂跳。

"碗。"

他粗声粗气地说。

她去碗柜里拿了一只饭碗出来。

他把罐头里的内容哗哗地倒了出来，刚好装满一个碗。

"喝。"

他说，声音里依旧缠着一根铁丝。

她端起碗，低着头默默地一口一口地喝着那碗夹杂着他血丝的糖水。她了解他的脾性。她知道若想让他的愤怒太平无事地着陆，最好的方法是在它经过的路途上铺一层沉默。

"蚂蝗。"他哼了一声。

"什么？"她没听懂。

"除了给你惹事，吸你的血，他还能做什么？"他愤恨地说。

她松了一口气。她终于明白他愤怒的缘由了，现在她知道该怎样下脚，才能绕过那些已经被探明了线路的地雷。

她没有回话，只是把勺子里那半叶黄桃咬成两瓣。她把一瓣带着她牙印的桃肉送到他嘴边时，他没接，脖子却拧了一拧。她忍不住轻轻笑了，说没见过一个人脑壳上有这么多根青筋。

他差一点也要笑出声来。这个女人就有这样本事，能在他绷得最紧的神经上挑开一个洞眼。可是他今天不能懒了这口气，否则他在她面前就再也没有威力。

"我又不贫血。"他说。

她像个做错了事正挨老师罚的学生，顺从地把黄桃吃得干干净净，然后把空碗倾斜过来，喝完了最后一口汁，摇摇头，说腻得我，从今往后见到糖就想吐。

他知道女人想逗他笑，他撑住了，却撑得很辛苦。他必须在愤怒化成灰烬之前，尽可能久地让女人处于小心翼翼的状态。

"拿不拿你自己看着办。"

他从裤兜里掏出一卷饭菜票，咚的一声扔在她的桌子上，脸紧得像钢板。他得在她翻脸之前先翻脸，他已经摸准了她，她从来不会和他同时翻脸。

他几乎不敢去看那沓饭菜票，都是最小额的零票，不知经过了多少人的手，边角毛茸茸地翻卷起来，一张顶着另一张，顶出厚厚的一沓，却经不起任何有经验的眼睛轻轻一扫。可是他只能给这么多。朱静芬干的是体力活，她的定量还不够她自己吃。两个孩子在长身体，饭量惊人，他不忍心从她们嘴里掰食。他只能从自己口里省。他只能把中午这顿饭的四两，压缩成三两或二两半。

"以后每个星期，至少要在食堂吃两次中饭。"他说，不是吩咐，而是命令。

她没接受也没拒绝，只是扭着身子坐着，仿佛在和自己商量对策。

她沉默得太久了，他忍不住转过身来找她的脸，却吃了一惊：她的脸上有一层发亮的东西。他认识她几年了，她看起来一戳就破的样子，可是她从来没哭过。她是一块包着棉花的铁。

　　他有些慌乱，忙摘下脖子上的围巾，给她擦脸，说我还没生完气，你倒先生气了，你讲点道理。

　　她把脸埋在他的掌心，扑哧一声笑了，瓮声瓮气地说："谁生你的气了？我只是想，我欠他的，那是没办法，你又何苦呢？"

　　屋里没有生火，女人的脸颊冰凉，鼻子被泪水泡得有些软。女人今天穿的是一件墨绿色的棉袄罩衫，上面印着些浅绿色的竹子。女人的衣服洗得很干净，颜色和颜色之间保持着警醒的界线。她的后颈被一只不知什么虫子咬了一个红包，他很想伸过手去替她挠一挠，可是他忍住了。她的身子对他是一路敞开的，他的手想去哪儿就可以去哪儿，想什么时候去就什么时候去。但是今天不一样。今天他和她中间隔着一个黄桃罐头和一沓饭菜票，他感觉别扭。

　　"要是哪天我也跟他一样犯了事，你会怎么救我？"他松了脸，绽出一丝笑。

　　她直起身子，定定地看了他一眼。她的回答来得很慢，也很短。她的回答只有两个字。

　　"拿命。"她说。

　　当时他和她都不知道，她这是一语成谶。

　　后来她果真死了，虽不是为了救他，却也是因他的缘由。

　　那天她把脸贴在他的心口，手开始窸窸窣窣地解他的衣扣。她要得很急，急得几乎像个欲火烧心的男人。还没等把那张小床焐暖，他们就已完了事。

　　她和他并排靠在她那床叠成了方块的被子上，一粗一细地喘着气。她身上黏黏的都是汗，冰冷的，擦在手帕上带着一点黄——她的身子到底还是虚。

她把牙缝里挤出来的那点东西，给了那个男人；又把身子上挤出来的那点气力，给了这个男人。她夹在两个男人中间，到底还剩了些什么留给自己？

他抚摸着女人渐渐有了骨头的肩膀，暗想。

那天他从女人家里走出来的时候，心里隐隐有些伤感。在他向来粗大的感受神经网络里，伤感是一种几乎完全陌生的东西。

饥饿真是一摊浑水啊，什么东西在饥饿里走过一趟，就都变了颜色。太平年月里一辈子也学不会的东西，饥饿一眨眼就教会了。饥饿叫一个如此骄傲的女人，一天之内学会了感激。

可是，他宁愿她忘恩负义。

两年以后，叶知秋割腕自杀。

叶知秋的死，在纺织机械厂里掀起了一场轩然大波。全崇武的名字，当然成了旋涡的那个中心。可是毕竟没有人可以提供他与她的死相关的直接证据，相反，他却拥有一个具有强大说服力的反证：他的妻子朱静芬。朱静芬的声音不大，却镇定、坚持，始终如一。朱静芬的耐心渐渐磨穿了所有的质疑，这件事最终以全崇武的调离而草草收场。

过了一段时间，一种新的说法开始流传起来，说叶知秋是死于灰心。叶知秋的丈夫打成右派之后非但没有管好自己的嘴，反而在新单位又说了许多过激的话，导致从下放变成劳改，罪加一等。

又过了一段时间，另一种说法覆盖了前面的那种说法，说叶知秋是死于绝望。叶知秋被查出了胃癌，已经扩散到肝里，她不想活了，只求速死。

总之，每隔一段时间，叶知秋就要再死一回，为一个新的原因。叶知秋的名字如一潭水，似乎静了，又似乎没静，隔几个月就要泛上一圈波纹。当她在城郊的一处墓地底下渐渐分解为泥尘的时候，另一个她却还在人们的舌尖存活了许多年。

在这件事上，全崇武自始至终保持着缄默。他的缄默如一张质量上乘的铁板，没有人，包括朱静芬，能在上面找到一丝诸如懊丧、内疚、怀念之类的裂缝。他把她存在过的痕迹抹得那样彻底，他甚至让人产生了一个疑问：他是否在生命的某一个时段里，真的认识过一个叫叶知秋的女人？

几年以后，在一个谁也没有想到的场合里，他那张铁板才突然裂开了一条缝。

———·———·———

我是一只沛纳海航海系列手表，我的最初设计灵感来自浩瀚的大海，但我在离开佛罗伦萨圣乔凡尼广场的沛纳海店铺之后，却没有创造过任何与沛纳海的名字相匹配的辉煌业绩，我甚至还没有闻过海浪的腥咸味道，便终结了我作为计时工具的平庸一生。

可是，即使再平庸的一生，也总会有一两个值得留给后世回味的小故事。我把下面这个故事记载下来，是因为它离我的大海之梦颇为接近。

这个故事发生在我离开佛罗伦萨十六年之后，也就是一九六二年的一个夜晚。那天温州城里太平无事。当然，如果非要我在鸡蛋里边挑根骨头的话，我会提起一件事：那就是一个叫叶知秋的女人在那天下午被埋进了一座坟墓。其实对一个城市来说，这根本就算不上是事。大千世界，每天都有人出生，每天也都有人入土，死人留下的空间，马上会被出生的人填满。日子如水，纵然砍上一万刀，也不会留下一条疤痕。

那天晚上我主人全崇武戴着我到望江路行走。那天他的背看起来有一点佝偻，腿上仿佛少了一根筋，走起路来丢失了一些往日的弹性。假如仅仅从背影和步态来判断，我相信人们一定会产生"哀伤""痛苦""打击"这一类的联想。其实大家都错了，这些形容词离常理很近，离实情却很远。那天我的主人只是感觉麻木而已。麻木是一只茧子，把我主人紧紧地裹在其中。茧皮很厚，他没想咬，也咬不动，于是他一辈子就成了裹在麻木中的那个蛹，没能破茧而出，化成蝶，或是别的什么飞虫。

那天我主人在江边上漫无目的地行走了很久，然后下了岸，在一块靠水很近的石头上站下了，开始一件一件地脱衣服。直到他脱得只剩一条内裤的时候，我才明白了他的意图。这是一个刮着北风的湿冷夜晚，只有疯子才会想到在这样的夜晚下水游泳，可是我的主人恰恰就是这样一个疯子。

他的手在腕上那只手表的表带上犹犹豫豫地停留了片刻，最终挪开了。我身上的每一颗螺丝不约而同地发出了一声如释重负喜出望外的叹息。它们同时意识到了：那个表面上刻着的"沛纳海"字印，将在今夜里第一次——后来证明也是最后一次——经受水底现实的严酷验证。

我们一起跳进了那条叫瓯江的河流。早在岸上的时候，风就已经告诉了我们水底可能遭遇的状况。可是风出于怜悯，并没有揭示全部的实情，水里的状况远比风选择告知我们的严峻。我主人的牙齿开始发出响亮的撞击声。在此之前我从来没注意到他有如此强壮而不知羞耻的牙齿。紧接着是他的肌肉，它们通过各样的渠道相互交缠，抱团取暖。他的腿一下子短了，胳膊也是，甚至连手指脚趾都是。水变得稠黏起来，几乎像糨糊，他那变了形的四肢无法在这样的水中划开裂缝。

这时我看见他的眼睛里闪过了一丝光亮，我知道那是惊恐。我和我的主人已经相处了差不多十年，我从来没在他的眼中找到过这样的表情。我也失去了平日的镇静，我身上的部件觉察到了我的害怕，彼此间开始了一轮嘈杂的埋怨。

突然间，我主人的牙齿停止了争战，它们不知何时携起手来，推出了一阵奇怪的声音。不是求救，也不是某个人的名字，而是一串彼此似乎没有任何关联的单音节呼喊。

啊……啊……啊……

他的舌头和嘴唇大概也变了形，从那里发出来的不像是他自己的声音，甚至也不像是人的声音。我犹豫了片刻，才想明白那是狼的声音——不是饱足之后的嬉戏，也不是求欢之时的呼唤，而是狼被猎人剁去了半截尾巴时的狂噪。

风怔了一怔，河也是。星星唰唰地震落到水面，水被砸疼了，却不敢吱声。它们突然被吓住了，开始软下来，给他的腿和胳膊让路。

我们直到这时才开始享受夜的宁静和温柔，从这岸到那岸，他游了好几个来回，打扰我们的只有偶尔路过的机帆船，还有不知季节地擂着鼓的青蛙。真奇怪，这个时节竟然还有青蛙。可是有什么值得大惊小怪的呢？在这个连上帝都在寻找暖被窝的夜晚，下水的人和擂鼓的青蛙难道不具备同等的存在权？只有我听懂了那些孜孜不倦的蛙鸣，它在提醒我们归家。

归家？怎么可能？我们刚刚逃出了家门，我们远未尽兴。我指挥着我所有的齿轮声嘶力竭地向青蛙呼喊着抗争。

水里的世界真是怪异啊，隔着一层水看天，云很肥，月亮很脏。隔着一层水看岸，岸边的树木和房子矮了许多，臃臃肿肿，满脸皱纹。

水叫一切面目全非。

不过那夜水改变的，还远不止这些。

那夜我主人在水里做了一个在岸上绝不会做的决定：他要在他的上半身和下半身之间修筑一道无坚可摧的城墙。从此以后，他的上半身和下半身将按各自的性子活着，彼此鸡犬相闻，却老死彼无瓜葛。

那个夜晚，水把我的主人变成了另外一个人。

最终离开我主人时，我二十岁。

二十岁对一只普通手表来说，可能已经是三生三世。而对一只经由吉塞普·沛纳海亲手制作的正宗沛纳海手表来说，我本应该还可以再活很多年。中年的世故，老年的惰性，似乎都离我非常遥远。我从出生到陨灭从未踏入过修理铺的门，我始终像我被造出来的第一天那样，精力充沛毫厘不差地踩在时间线上，替我的主人忠心耿耿地指示晨昏。我绝对没有料想到，正当我和我的主人开始享受艰难地磨合出来的默契时，我竟然会毫无预兆地死于非命。

其实，这样的说法并不完全符合科学原理。世上每一件事物，在孕育的过程里不可能不泄露任何蛛丝马迹。即使是石头长草，也会显露出最初的细微裂缝，只是我不够细心。我虽然看见了慢慢逼近的黑影，我却没有联想到那是死神的翅膀。

比如说，我其实早就注意到了全知放学回家时，臂膀上别的那块割眼的红布；我也早就看见街上女人的布拉吉和裙子似乎一夜之间消失了，男女老少穿的，都是一种与叶子相近却绝不代表叶子的绿衣服；我也早就发现，公园门前的报亭拓宽了好几倍，上面贴的除了报纸，还有许多张用毛笔书写的大字报。这些纸上的墨汁还没来得及被风吹干，又很快会被新的纸覆盖上。我出事的前一天傍晚，我主人带着我到华盖山散步。当我们站在山顶往下眺望时，我们同时吃了一惊：偌大的一个城市，怎么只剩下三样颜色：袖章的红，衣裳的绿，还有墨汁的黑？那三样颜色哪一样都让我心惊，我其实已经闻到了空气中隐隐的血腥味。

我出事的那天早晨，我主人的一家和平常一样吃过了几乎可以用简陋来形容的早饭。他妻子取下他腕上的手表，用一块柔软的棉纱蘸着牙膏来轻轻擦拭表面。这样的事，她每隔三五天就要做一回。他们压低嗓门聊了几句早间新闻里的一些新动向，猜测着市府机关里发生的事。他的那位老首长虽然还没有被公开揪斗，关于他的大字报里，已经显露出了杀机。他们在替他悬着心。他们叮嘱两个孩子放学后马上回家，不要在街上逗留。全力还没来得及站起身来领着全知出门——她们在同一所小学上学，一个五年级，一个一年级——院子里就闯进来一群穿着杂七杂八旧军装戴着红袖箍的孩子，他们是相邻那条街上一所中学里的学生。他们并不是针对全崇武来的，他居住的这个院落只不过是他们漫无目的的行程中的第一个落脚点。

全崇武马上明白了接下来会发生什么样的事——几天前他亲眼见过他厂子门口那家人被抄的情景。当他还在思索对策的时候，朱静芬已经想好了该说的话。女人没见过什么世面，可是无知的女人偏偏就有一股子生腥胆气。她站在门框里，双手叉腰，对一个看起来像是领头模样的孩子说你想知道我们家是什么人吗？去居委会问一问就行了。居委会隔三个门，三十六号，门口挂着牌子。我爱人是抗美援朝的英雄，你没看见他脸上的那个疤？美国佬的炮弹嗖地擦过去，再偏半分他就是烈士了。我就不值一提了，我不过是个孤儿。孤儿，你懂什么是孤儿吗？我爹妈被地主老财逼得要饿死，只好用两个番薯窝窝头的价钱，把我卖给了天主堂的嬷嬷。你说我们这样的人家能有封资修四旧吗？不过你要是不信最好还是搜一搜。

这个掺了水分的故事听起来很真，真得几乎接近让人感动，那群孩子有些不知所措地停在了门里和门外之间的那片模糊分界线上。事情本来可以就在这里画上一个句号的，可是老天爷不肯。

"我认得你，你搞过我们院子里的那个破鞋叶知秋！"

正当这群人几乎就要转身离去的时候，有一个孩子突然高声叫嚷了起来。

朱静芬赶紧伸手去捂全知的耳朵，可是已经晚了，全知和全力都准确无误地听清了每一个字。

我身上的齿轮咔嚓一声停跳了一拍，我的心吊到了耳朵尖上。这是四年以来第一次有人在我主人面前提到那个名字。我知道他的心已经绕着那个名字长出了一圈死肉，我以为他不再会觉得疼。没想到他像是一只被一根鞭子冷不丁抽了一下的陀螺，噌的一声蹦离了地面。他的脑子在空中嗡嗡地转了很多圈，等到他终于停歇下来的时候，天花板斜了，屋里飞满了星星。

我以为他会看一眼妻子，可是他没有。他径直朝那个孩子走过去，站定了，一字一顿地说：

"叶，知，秋，不，是，破，鞋。"

他的声音并不凶。他的声音岂止不凶，甚至带了微微一丝的虚弱。替他撑着场面的是他的眼神，还有眉梢的那块伤疤。那疤在一上一下地颤动着，仿佛底下安了一条力气十足的弹簧。那是积压了四年的沉默。

"你敢再说一遍，我找你妈去。我认得你妈。"他扯住了那个孩子的衣袖。

"全力她爸。"他的妻子轻轻喊了他一声，那是见好就收的提醒。

可是他依旧没看妻子，他只是对她摆了摆手，示意她把两个女儿带到里屋。

他的目光仍旧胶水似的粘在那个男孩的嘴唇上——那两片嘴唇还没真正见过世界，却已经学会了世上最龌龊的字眼。那个孩子避开了他的眼睛。或许是因为那块会跳动的伤疤，或许是因为"你妈"这两个字，那个孩子明显退缩了。说到底他们不过是由军装皮带和袖箍伪装出来的假大人，他们根底里禁不住真大人的诈唬。

事情到了这一刻，本来真就可以画上句号了，可是老天爷还是不肯。命里注定了我要在那天丧命，没有人撕扯得过死神。

"这是什么？"

学生们开始陆陆续续地离开。正在这时，拖在最后面的一个孩子一扭身发现了躺在饭桌上，还沾着一缕湿牙膏的我。他跨过门槛走进来，把我拿起来细细地打量着。那个超大型的玻璃壳，那只与表身焊接在一起的笨拙而结实的表耳，那条针脚密致结实的皮表带，那个印在玻璃壳上的水手锚标记，还有那几个圆墩墩的蝌蚪一样的洋字母——他并不知道这是"沛纳海"商标，都是他从未见过的新奇。我看见他那双正在经历从幼稚到世故的演变的棕黑色眸子里，有一条导火索在噼里啪啦地冒着火星，点燃导火索的是好奇。好奇烧完了，火星就蔓延到了惊讶。惊讶也烧完了，就渐渐烧到了嫉恨。嫉恨最短，一两个火星子就过了，很快就烧到了愤怒。愤怒是导火索的最后一段，愤怒烧到了头，就是爆炸。我绷紧了身上的每一根神经，等候着那一声巨响。

"骗人，这家明明有封资修帝国主义的四旧！"

他那些已经散开的同学听见他的喊声，又重新走回来，围着我聚成一个圆圈。

砰的一声，那个孩子把我愤怒地摔到了地上。

我的部件散了架，它们痛楚地松开了从出生伊始就紧紧交缠在一起的牙齿。

我受了重伤。

但即使在那个阶段，我依旧还是有可能避免一死的。如果我在那个时候获救，我至多不过需要进一趟钟表修理铺，经过一轮复杂的皮肤和筋骨重塑手术，我或许还可以带着我的伤疤继续为我的主人服务。我奄奄一息地朝我的主人投去了求救的一瞥，可是他却没有接过我的目光。也许他还没有从叶知秋的震撼里恢复，也许他害怕这群孩子会深究这只手表的来历——这样将不可避免地牵扯到他那个地位岌岌可危的老首长。总之，我的主人在为叶知秋发出呐喊之后，却对我的处境保持了我无法理解的沉默。他眼睁睁地看着那个孩子挥舞着一把随身携带的锤子，朝着我狠狠地砸下来，我在窗口的那块太阳光斑里化成了一些银闪闪的玻璃和金属碎片。

就这样，我，一只由吉塞普·沛纳海亲手制造的沛纳海航海系列手表，在那个早晨意外地结束了我本该辉煌却始终平庸的一生。

第七章

苍鹰物语 （1996—2001）

我是一只苍鹰，我生活在中国南方一片地处城市边缘的树林子里
——我是说在我还是一只雏鹰的时候。那时候的城市比现在小很多，
而树林子却比现在大很多。城里骑自行车上班的人若略一走神，就有
可能把轮子踩出城市的边界，侵入野兔斑鸠苍鹰的领地。

我刚出生五天的时候，体积就已经比我的兄弟姐妹大出一倍。当
我第一次试试探探地在鹰巢边缘站立时，我就能毫不费力地用我稚嫩

的喙击碎被风带进巢里的山果。我刚能站定，就迫不及待地恳求父亲带我试飞。我学着父亲的样子，用我刚刚成形的翅膀在身本上拍打五次，然后缓慢地滑向天空。假若你看到那天我的翅膀在云彩中剪出的弧线，你一定会以为我已经和天空进行过千万次的对话。为我护航的父亲马上意识到了：尽管所有的苍鹰都是为天空而生，但天空只会格外眷顾那千百只中的一只。而我，就是那幸运的一只。

在最初的惊讶终于被骄傲所替代之后，父亲哽咽地对我说："孩子，你将成为这个林子的王，所有的树木和所有的飞禽，都将由你掌管。"我没有说话。父亲以为我的沉默是出于一只幼鸟对长辈的敬重，其实他并不知道我的心思。我对权力没有任何欲望，我既不愿意引领别人，也不愿意被别人引领。我不需要一整个林子，我也不需要跟在我身后对我俯首帖耳的鸟群。我只需要一角独属于我旳天空，好让我享受离群索居的自由。就像世上大多数父亲一样，我的父亲爱我，却不真正懂我。

很快我就不再需要父亲护航，我开始了独自的飞行探险。我父母为我划出了一个严格的活动空间，可是我不断地用我的翅膀冲撞着这条无形的警戒线，今天一尺，明天一丈，每天都在拓展着属于我的疆界。三个月后，我的疆界已经突破林子的边缘，进入了城市的领空。

随着我的飞行技艺日臻完善，我的野心渐渐延伸到了猎物上。刚开始时，我和大多数小苍鹰一样，靠捕猎野雀田鼠为食。但很快我就厌倦了这些体型瘦小、生性胆怯懦弱的玩意儿，我开始寻找更为刺激的猎物。在成功地捕食了一只体积与我相等的山鸡之后，我把眼光放到了更大的猎物身上。几天之后我就找到了我的目标，那是一只坐在一棵枝叶稀疏的老树下晒太阳的野兔。她怀着孕，似乎马上要生，肚腹里的孩子在她原本就健硕的身形上又添加了一层厚脂肪，她看上去明显比我重。怀孕懈怠了她的警觉，当我以风一样的速度扑向她，用铁钉般的爪子撕开她的胸脯时，她的眼中闪过的是一丝猝不及防的惊愕。

无往不胜的经历使我犯了一个所有年轻苍鹰都可能犯的错误：自负模糊了我敏锐的判断，我忽略了母性可能产生的孤注一掷的力量。就在我的爪子钩扯住她的心脏，全身心沉浸在她的鲜血带给我的那种厚黏温热的狂喜时，她把最后一口呼吸积攒成一股蛮力，一下子咬住了我的右脚。一阵麻木如电流蹿过我的全身，但那还不是疼——疼是后来的事。我看见山林树木在她眼中渐渐浑浊，可是她至死也没有松开她的牙齿。

当我最终把她从我身上剥离开来时，我已经筋疲力尽。四周的草木被我的翅膀扫得一片混乱，像是一个经过了千军万马踩践的古战场。这时我才明白了死亡和仇恨碰撞时爆发出来的巨大能量：她几乎咬穿了我右脚的筋肉，现在连着我的爪子和脚踝的，只是一根裂了缝的骨头。我试着像往常那样用翅膀拍了拍身侧，我惊恐地发现我根本无法滑翔，那只伤脚用万仞高山的重量，将我的身体沉沉地坠在了地上。

天晚了，树枝间漏下的阳光渐渐变得倾斜淡薄，夜色最终抹平了树林和天空之间的沟壑。远处虫子开始没心没肺地鸣唱，略近一些的地方，大约是在某个水洼边上，青蛙断断续续半心半意地擂着鼓。我心里漾上一丝绝望。早上我飞离窝巢的时候，我还是一只踌躇满志的小苍鹰，觉得这世上没有我的翅膀所无法丈量的天空，也没有我的利爪所无法征服的猎物。虽然我父亲一直教导我每一只苍鹰一生里都会经历各种各样的磨难，我绝对没想到我的第一次磨难就会让我从巅峰坠入低谷，而且有可能永无翻身之时。

我开始思念我的父母，我温暖的窝巢，还有藏匿着我窝巢的那一角树林。

但是我最思念的，还不是这些。

我最思念的是天空。

想到这只残脚也许会将我和天空永远隔绝，我不禁打了一个寒噤。我感到了疼痛——不是脚，而是心。心的疼痛几乎让我忘却了脚的疼痛。

这是我一生中的第一个不眠之夜。我睁大眼睛，看着第一缕晨光把黑布一样的夜空撕开第一条缝。那条缝越来越宽，又衍生出了许多条别的缝，最终黑布被扯成了碎絮。一个想法在我心中渐渐成形。

我用那只完好的脚站立起来，用翅膀扫拢那具躺在不远处的野兔尸体。在和我的剧烈撕扯中，她的身体已经成了一堆惨不忍睹的碎片，只有嘴巴还大大张开着，保持着那个鱼死网破的狰狞架势，上下排牙齿中间咬着一团血糊——那是我脚上的皮肉。经过一夜的风吹，她的血已经凝固成硬团，皮肉也失去了最初的鲜活弹性，可是她依旧不失为一顿丰盛的早餐。我有条不紊地从那堆烂肉里挑出五脏六腑，慢条斯理地喂饱了自己。我知道接下来要做的事情将会耗费极大的能量，我需要尽可能地积攒力气。

终于吃完早餐，我在身侧的羽毛上仔细地清理过了我的喙——我不想让她的血和我的血交杂在一起，然后就开始对伤脚发起第一轮进攻。我的喙是钎是锤也是凿，我一下又一下猛烈地敲击着连接我爪子和脚踝的那根骨头。那根看上去藕断丝连的骨头却依旧坚硬如铁，我的喙敲啄上去溅出一丝丝火星子。我一刻也不敢停息，·因为我知道一旦停下，疼痛就会如滔天的巨浪把我扑倒在地，我再也没有勇气重新站立。假若在我和自由的中间站立着疼痛，我必须吞啮疼痛；假若在我和自由的中间站立着生命，我必须消灭生命。在自由面前，疼痛是尘土，生命也是。我只能为生命选择疼痛，为自由舍弃生命。

　　我不知道我对那根骨头发起了多少轮进攻，也许十次，也许百次，我没有时间也没有精力去数算。当那团带着筋骨碎屑的血肉终于从我喙间脱落时，我只看了一眼，便失去了知觉。

　　等我醒来时，我从日头和树梢的相对位置猜出大约是晌午了。我靠着树干用残存的那条腿支撑起了我的身子，我立刻感到了锥心的疼痛，可是那座坠着我身子的万仞高山消失了。我用翅膀试试探探地拍了五次身侧，我感到了一股陌生而笨拙的滑力。这股滑力不够大，只带着我跌跌撞撞地在草地上蹦了几蹦就消耗完了，但我却欣喜若狂：我知道这虽然还不是飞，但却是飞的第一个先兆。

　　我又尝试了几次，一次比一次更靠近飞的架势。终于有一次，我的翅膀营造了足够强大的滑力，我被推上了天空。我在空中挣扎了几个回合，几乎摇摇欲坠，却终于渐渐稳定了下来。就在那几个回合的挣扎中，我摸索出了一个合宜我的飞行姿势：我的一只翅膀朝下指着大地，另一只则朝上指着天空，我看上去几乎像是一只被风撩翻的风筝。后来人们常常用"潇洒""酷""飘逸"之类的词语来形容我这种独特的身姿，他们并不知道，我只是改变了翅膀的方位来重新找回我一度失去的平衡。

失去右脚之后，我就再也没有回去过我的窝巢，我不想打碎我父母心目中那个未来林中百禽之王的美好憧憬。我尽可能地避免飞近我所熟悉的那片树林，而把我的活动空间集中在树林边缘和城市交接的地带。

我经常在城市上空盘旋，并在城区中难得的几片小树丛中驻留。我发现城市的边界线正在以日新月异的速度向四围延伸，昨天还是农田的地方，今天就有可能是车道。无数座造价低廉外形千篇一律的钢筋混凝土楼房如雨后的蘑菇，在每一块哪怕小得可怜的空地里拔地而起，我必须用加倍的眼力才能在市区里找到一片绿地。即使找到了，绿其实也不再是真正的绿，它早被遮天蔽日的尘土染成灰或者黄。

在我离群索居的孤独旅程中，我发觉我丢失的那只脚并没有真正消失，它只是换了另一种形式存活于我的体内：它变成了一只隐形的眼睛。这只眼睛既不长在前额，也不长在头顶，它长在了我的脑后。这只额外的眼睛将我原本二百七十度的视野一下子拓展到了三百六十度。这个演变让我异常震惊，过了很久我才渐渐习惯了它带给我的巨大冲击。三百六十度意味着什么？三百六十度意味着我看见任何一样东西的正面时，我同时也看见了它的背面；我不仅能够看见光，我还能够看见光身后的影。三百六十度意味着世界再也没有死角，万物从此对我再无隐秘可言。

随着我一步步深入城市的腹地，越来越多藏而不露的隐秘渐渐向我打开，我那没有盲点的视野一次又一次带着我进入了许多颠覆性的探险。我发现这座叫温州的城市其实并不是一座城市。我的意思是说它其实是由两座城市组合而成的，一座套着另一座，像俄罗斯套娃。第一座是明城，是所有的人都看得见的城市，它的边界是由一群环绕其四周的矮丘和破旧的围墙构成的。而另一座却是外人所无法看见的影子城市，它是从明城所投下的阴影里滋生出来的。

我每天从城市的上空飞过，看见风把昨日或者前日的忧愁烦恼像积尘一样地归扫到明城的围墙根上，而隔天又会有隔天的风扬起隔夜的尘土，把它归扫到影子城的街巷中去。两个城市的人不仅靠不同的食物为生，他们也说着不同的话语，各有一套完整的社会秩序和行事规则。两个城市中间并没有明显的隔墙，可是两边的人都清晰地知道自己所处的位置，自觉地恪守着那条无形的边界线，谁也不会轻易踩入不属于自己的地界。

然而偌大的一个都市总会有一两个领受了上帝神谕的人，他们生来就谙熟两座城市之间的隐秘通道，无师自通地掌握着两个世界的生活习性话语系统和做人的规矩。他们把自己的生活从中间劈开，一半献给明城，一半丢给影子城。他们在两个城市间穿梭自如，两边都把他们当成了自己人。

下面记载的这个故事，就是我所看到的这样一个男人。

刘年锁上办公室的门之前，看了一下手表，是十二点二十六分。子夜。

投资方在签完合同的当天下午就飞回了香港，他们早已预料到了消息公布之后可能会引起的骚动。"我们对你的危机处理能力有百分之百的信心。"临别前他们对他说。

他是传达噩耗的那个人。他们把他扔给了狼群。

他被堵在厂里已经整整两天。这两天里唯一的食物是公文包里带着的一包苏打饼干，香港人吃剩下来的半盒酒心巧克力，还有进办公室时泡的那缸子已经变了味的菊花茶。没有人给他送过饭。他没告诉全力这几天发生的事，他只对她说他在外地出差。

他本来是完全可以指望小曾的。小曾是他亲手从一个普通的线圈工人提拔起来的工会干部，小曾完全可以到厂子对面的小铺为他叫上一碗热汤面。没有人会阻拦小曾，因为小曾和这件事毫无干连，他没有公愤。

可是小曾没有。小曾把办公桌抽屉里的所有物品收拾进一个网兜，一句话也没说就走了。走到门口，又回头看了他一眼。那一眼是句号，是问号，也是惊叹号。那一眼看不出感激，却只有诅咒。

小曾的那一眼在刘年心里存了很久，一直存得长出了绿毛。新公司的留任人员名单中，没有小曾的名字。在香港人以效率为轴心的企业蓝图里，已经不需要一个会写写画画，谙熟所有计划生育用品的政工干部。世事总是如此：千样的好能被一样的坏一笔勾销，千样的坏也能被一样的好彻底抹除，都得看那好和那坏发生在什么节骨眼上。发生在眼前的总是一叶障目，而离得远的，总会被渐渐淡忘。没有什么事什么人能扳得过时间的手腕。

并不是厂里所有的员工都参加了闹事。有的人领了安置费，发过几句象征性的牢骚——居多是做做样子给参加闹事的人看的，还没等安置协议书上的签字墨水干透，就痛痛快快地走出了厂门。他们是厂子里的能耐人，他们在改制的传闻还只是天边隐隐约约的一丝风声时，便已经给自己铺好了退路。其实，他们中有的人早在几年前就已经有了别的活路——他们从来不怕没有路。

可是这批人毕竟是少数。剩下来的大多数人里，有一块是难啃的骨头。他们或是病，或是弱，或是困，他们除了厂子以外，再没有别的出路。他们是一架马车里发出最大响声的那个锈轮子。对付这群人香港人有经验。香港人毕竟在英国人手下活了这么些年，见过了世面。香港人说钱能解决的，那都不算是事情。刘年不傻，刘年一点就通。他早已想好了对策：他会和他们不松不紧地绷上一阵子，然后再给他们加几滴油。不能太快，也不能太多，节奏和数量同样重要。还是那个老道理：没有什么事什么人能扳得过时间的手腕。再响的轮子，假以时日，终究还会接受油的安抚。

其实最难对付的还不是这些人，而是参加建厂，或者在建厂初期就进了厂的老人，有的一家三代都是厂里的职工。对他们来说，厂是他们盛饭的碗，靠背的大树，装心的匣子。饭碗丢了可以再找一只，树也总是可以另换一棵的，只是装了一辈子心的匣子没了，就得再花上一辈子去找个新的。可是谁还能有两辈子呢？厂没了，这些人的心就没了着落。这些人的叫嚷，怕是十个百个香港人的脑袋瓜子再加上全世界的油，都很难安抚得了的。他们是刘年嘴里最硬的那块骨头。

　　包围厂子的工人半个小时前终于散了，可是刘年却不想马上就走。他离开办公室，走下楼梯，在拐角的台阶上坐了下来。厂里所有的机器设备都关了，周遭连虫鸣也听不见一声，只有门口的那盏路灯，在发出一些嘤嘤的声响。从压仓库的小工到车工，再到技术员，再到技术科长，再到厂长，他在这个厂里已经待了二十几年。他进厂的时候，就有这盏路灯了，它见过的日子比他多。他在厂里加过无数个夜班，可是这些年里他从来没有注意到，这盏路灯有这么大的嗓门。过了一会儿他才明白过来，其实它从来如此，它只是被机器的声音压制了多年。今天它终于可以吐气扬声，可惜它的好日子到底也没有几天。下个月，注资后的新公司就要正式挂牌开业，灯虽然还待在老地方，可是它服侍的，却不再是同一个主人了。

　　他的肚子咕地叫了一声。他已经饿过了劲，肠胃麻木了，连响声也是有气无力的。他摸出一根烟，点起来，塞进嘴里。觉得不过瘾，又掏出一根，并排点好了，吸了一口，憋住了，半天才悠悠地朝天吐去，空中便弥漫起一股浓密的烟雾。他抬头望天，却吃了一惊：那轮要满未满的月亮，被他的烟熏成一片脏黄，看起来竟像是一个醍齪得叫人想吐的屎盆。

　　今晚连月亮也恨他。

　　他突然就很想骂一句粗口。很快他就找着了一句。这句话在他心里时是一根爆竹，可惜受了潮，走到喉咙口就哑了——他已经没了嗓音。这阵子他在一刻不停地解释争辩安抚劝解着，在不同的场合，跟不同的人，连他的嗓子也腻味了他的嘴。

　　"操你十娘！"

他喑哑地骂了一句土话。

这是一句他能想得起来的最脏最恶的话，这句话他还没上小学就会了。这句话的意思要较起真来还有点含糊，既可以是把你的娘拉过来操上十回，也可以是把你的十个娘统统拉来操上一回。他已经很多年没使用过这句话了，可是使起来依旧顺畅。他不知道这个"你"到底该是谁，他不在乎，他只是感到了一种既熟悉又陌生的痛快。

他把两根烟一起抽完了，才慢慢地起身离去。走到门外，又忍不住回过头来，看了看厂门上的那个牌子。牌子是建厂的时候造的，铁铸的仿宋体字，排成一个扁扇形，中间嵌着一颗五角星。厂存在了多少年，牌子就存在了多少年。厂见过多少事，牌子就见过多少事。那个扇形的铁架依旧结实，只是锈得厉害，字腿有的瘦，有的肥。那造牌子的人仿佛当时就预见到了厂子的寿命，他叫这牌子不多不少地挨到了树倒猢狲散的一天。少了显得寡情，多了却是浪费。刘年望着那颗边缘已经不再清晰的铁星星，突然就想有个人能把他这阵子天天说给人听的劝解话，也说给他听一遍。

"呵。"

有人在围墙的阴影里咳嗽了一声。刘年转过头来，看见黑暗中有一粒一明一灭的火星。是烟头。

"总经理吗？"那人说，口气里有一丝明显的嘲弄。

总经理是刘年在新公司里担任的职务。

他听出来是师傅的声音——那个他当年跟着学车工手艺的师傅。师傅到了年龄，再挨两个月就可以退休，师傅按照工龄拿到了一笔不算菲薄的安置费。师傅是整个转换过程里最不吃亏的人，可是师傅依旧会在每一次的抗议聚会上现身——那是他的态度，对厂里的态度。然而师傅从不在任何一次聚会上说话——那也是他的态度，对徒弟的态度。

"师傅你别笑话我，我就是一个跑腿的，不过是一口饭，怕是比从前更难挣了。"

他叹了一口气。

一日为师终身为父，这是厂里的老规矩。刘年出师已经二十多年了，可是见了师傅仍旧不敢造次。

师傅哼了一声，说你不愁没饭吃，可是你挑的就是这一口。

师傅的眼力大不如从前，师傅老早就已经戴上了老花镜。可是师傅不用任何眼镜，依旧能把他看得剔透通明。他是厂里的能耐人，光凭他的车工钳工手艺，他就可以毫不费力地找上几条退路。可是他已经吃腻了手艺饭，他想换一只饭碗。

"这么晚了，师傅你怎么还不回家？"刘年迅速转移了话题。

师傅没回答，只从兜里摸出烟盒，抽出一支递给他，两人便蹲在墙根抽了起来。

他十五岁进厂，是从师傅那里学会了抽烟。那时候，师傅和他，还有车间里的其他青工，都爱在午休的空当里沿着墙根蹲成一排抽烟，谁第一个掏出烟盒，那盒烟就会分得一根不剩。今天轮到你，明天轮到他，谁也没有认真盯过谁，可是谁也不会耍滑头。这些日子已经恍如隔世，那些和自己一起蹲过墙根的人，都已经在安置协议上签过字，他们和他在这里擦肩而过，很可能就是永别。

"我有几句话，不便在人前说。"师傅抽完了一根烟，才缓缓地开了口。

刘年暗暗地叫了一声天。他知道师傅要说什么。这几天他听了太多的话，也说了太多的话，这一刻他只想跑到天外的某一个地方，不听也不说地睡上一整个月。可是他是他的师傅，他不能对他说不。

"你记得你小时候，你爸为了给家里省几粒米，常常带你到食堂吃饭？他不用给你专门买饭菜，总有人往你的饭盒里拨东西。"师傅说。

刘年嗯了一声。

"你爸出事，家里找不出一件没补过的衣服给他下殓。翻砂车间的杨师傅把自己过年才穿了一回的中山装给了你爸。他老婆是藤桥人，乡下人忌讳多，为了这事吵得差点跟他离婚。"

这个故事，刘年听过了很多遍，从师傅那里，从同事那里，也从岳丈那里。每一次的叙述都有一些情节上的细微差别，比如杨师傅老婆的娘家，有时在藤桥，有时在藻溪，有时又在杨府山。再比如说在有的版本里，下殓的衣服是一件八成新的工作服，而在另一些版本里，却是一件几乎全新的中山装。父亲留给他的最后一个印象，是棺材里一张干巴成腊肉似的脸，他竟全然不记得父亲究竟是穿什么衣服上的路。

这些年里，他一遍又一遍地听人讲着这些故事。听第一遍的时候，他心里只有感激。感激存久了，保不得要变味。听到第十遍的时候，感激就变成了内疚。内疚比感激皮实，内疚可以保鲜很久，可是再久也有期限，最终免不了和感激一样要变馊。等他听到第一百遍的时候，他就觉得自己是个四处都欠下债的浪子，他不知道该从哪里还起。他就是耗尽一生，哪怕当掉最后一条内裤，怕也还不清他滔天的债务。

"师傅，风向变了，谁也挡不住，我们都得顺着潮势走。"他低声说。

师傅扭过头来，看了他一眼。师傅的眼睛在暗里，看起来像两颗绿松石。

"你不光是顺势走，你是想把别人都甩在身后，你走在最前头。"半晌，师傅才说。

当的一声，有东西在刘年的胸口杵了一下，这几天积攒下来的疲惫，又被夯实了一层。他感到晕眩。

"我再和投资方商量，看能不能给二十五年以上工龄的老职工建立一个救助基金。"他说。

师傅没接应。

刘年的烟抽到了头，烫得指头抽了一抽。

"师傅，天太晚了，我叫辆出租送你回家。"他说。

"没这么娇嫩，这几步路还要车送。"师傅说。

刘年没有坚持。他急着想走，几乎有些落荒而逃的意思。他知道解释是天底下最没用的工具，解释至多只能拿来抛光，却没法用来开路。

他站起来，满眼都是金星。天上那个屎盆似的月亮朝着他慢慢地坠过来，仿佛随时要砸上他的头。他拿手挡了一下，闭着眼睛在墙上稍微靠了靠，方好些。

"师傅。"

他的嘴唇翕动了一下，搜肠刮肚，却是无话。就慢慢地往街口走去。

他知道这一走，他和师傅的缘分就算是尽了。

从厂门到路口，还要走过一条巷子。巷子很暗，昏黄的路灯从身后照过来，把他的影子鬼魅似的投掷在地上。他走一步，影子也往前挪一步，一脚一脚的，他总是不偏不倚地踩在自己的影子上。他躲不过，干脆就在影子上狠狠跺了几脚，影子没吭声，倒是脚板有些麻木。后来，那影子就渐渐肥大了起来，先是一团，又从中间分开裂成了两半。他知道身后有人。可是那人光有影子，却没有声音，他一身的汗毛唰的一下竖了起来。

不要回头。他对自己说。

他没有停，甚至没有放慢脚步。他把手紧紧捏成两只拳头，感觉到了指甲掐在肉里的痛。突然他就定了心。还有什么可怕的呢？反正是还不起了，倒不如就此放下，不再惦记。活到这一步，他终于明白了什么叫债多不愁。

"刘，厂长。"

身后传来一个声音，轻轻的，怯怯的。

他忍不住还是回了头。是个年轻女子，有几分面生，也有几分面熟。他的眼睛使劲地在脑子里搅了几搅，却怎么也搅不上一个名字。

"尚招娣，包装车间的。"那人说。

见他依旧一头雾水，那人就又补了一句："教场头公社的。"

他这才想起来，这个女人是三年前为解决土地纠纷从厂子所在地的公社招上来的农民工——那是厂里进的最后一批员工。

"你吓死人啊，怎么走路没丁点儿动静？"他说。

女人说我看见你和师傅说话呢，没敢打扰。刘年说这么晚了，你在这里干什么？女人说我不怕，这一带我熟。其实我早上就来了，人太多，挤不进去说话。刘年吃了一惊，说你一直等到现在？女人说那倒也不是，我家就在厂对面，我看得见厂里的动静。我时不时过来一趟，总也没等上一个空当。

刘年看了一眼女人。女人的脸很黑，是田里的日头啃下的牙印，到现在还没有褪尽。黑归黑，皮肤却很滑很紧，额头上渗出来的汗找不见一条可以落脚的褶皱。她看上去不过二十来岁，她应该是厂里最吃亏的那拨人：工龄最短，拿不到几个安置费；年龄却最小，还有长长的路要走。

他只能在她开口之前，坚决彻底地断了她的想头。

"你就是在这里再等上三年也没用，上头的政策，我做不了主。"他说。

"你还没听我说是什么事呢，怎么就知道做不了主？"女人说，口气既小心翼翼又沉着固执。

"你以为我是谁，市委书记，国务院总理？"他不耐烦地说。

他发现他突然又有了声音，便知道连嗓子也欺软怕硬。他的怨气忍了整整两天，不敢发在那些抱团结伙的人身上，却只敢拿来压这个瘦弱的女人。

女人似乎完全没听出他语气里的厌烦，笑了笑，说那些人还真管不上我的事，他们是现官，你是现管。这事只有你能。

"你明天到厂里说吧，这会儿说了也是白说，我记不住，脑袋是一锅糨糊。"

他疲惫地挥了挥手让她走。

"那不行，我就是再等三天三夜也候不上你的空。这会儿吧，就这会儿，一句话就完。"

女人的脾气是一张厚实的牛皮，怎么也揉不皱。女人瘦，却不弱，女人有样真刀真枪的本事叫磨人。

"要不，你先吃这个，我知道你好几顿没吃饭了。"

女人从手提的布包里拿出一个大口的保温杯，拧开盖子，里头是一杯热水泡开的速食面。面大概泡得有些时候了，一条一条肥大得像蛆，汤瘪了，却依旧闻得出是椒油牛肉。那香味伸出一根根手指头，勾扯着刘年的肠胃。荒久了的肠胃是个十足的骚货，哪经得起这样的撩拨？立时就发出了一串轻贱的呻叫。他的腿突然就载不动身子了。

他从女人手里接过保温杯和筷子，狼吞虎咽地吃了起来，就在巷口。女人看着他，犹犹豫豫地说厂长要不你坐下来吃吧，消停些，反正你穿的是工作服，不怕脏。

两人就往前走了几步，坐到了一条马路牙子上。刘年的筷子只挑了几挑，一碗面便见了底。那东西几乎没经过嘴，就直接落进了胃。他觉得他从前关于牛肉关于面条的所有记忆和联想，在这杯速食面跟前，全属扯蛋。肚腹里垫了一层薄底，心里却浮上了一丝隐隐的感叹：给他这碗面的，本该是小曾。可是小曾没有，那是不愿意。本该是师傅，师傅也没有，那是粗心。其实更该是妻子全力，可是全力也没有，那是不知情。没想到惦记着他饥饱的，竟是这个他路上见了都想不起来是谁的尚招娣。他知道她这碗面不好吃，这碗面有目的，可是她至少把通往目的的路铺得妥帖。

他用手背擦了擦嘴，吁了一口气，说我还能再吃两碗。

她笑了，一脸汗津津的满足："你要是能等，我再回家去给你泡一碗。"

"算了算了，再吃一碗我就真的嘴软了。"他说。

"晚了，就这一碗你已经嘴软了。"她依旧还是笑。

"厂里这么多人闹事，我好像没看见你在里头啊？"他问。

"我也想闹的。昨天出门前我弟弟给我灌了一瓶辣椒水。"她说。

"干什么？"他有些吃惊。

"他让我，泼你的脸。"她平静地说。

他半晌没有说话，却在心里算着恨这个字到底有多少个笔画。

"那你，为什么没有？"他问。

"这是上面的政策，要找也不该找你。他们不敢找上头，他们就敢骂你。"她说。

他觉得心里有一股说不明白的东西，咕的一声涌上了喉咙。他不能让那东西再往上走，他得把它就地消灭。他呵呵地咳嗽了几声，把那东西化作一口痰吐了出去。

"他们说什么你也别往心里去。谁让你这么有能耐，才招了这么多人恨。我就是修炼上三辈子，也别想从人嘴里掏出一句这么难听的话。"

刘年忍不住哈哈大笑了起来。这是多少天以来的第一次笑，皱纹在眼角额头试试探探地寻着路，笑的感觉已经有些陌生。

"说吧，你找我有什么事。"

女人犹豫了一下，才终于说厂长我想求你带我走。

刘年怔了一怔。女人知道自己把话说拧了，就赶紧修补。

"我是说，哪个单位也需要端茶送水打扫卫生的人。你就雇了我，给新公司当个打杂的，行不？"

见刘年没吭声，女人又急急地说我不要编制，也不要福利，你给我一份基本工资就行。

刘年点了一根烟，不紧不慢地抽了起来。这事不离谱，他几乎可以马上拍板。可是他不能。让容易的事听起来很难，让难的事听起来容易，让可能的事听起来阻碍重重，让不可能的事听起来不无指望，这是这些年他从当厂长的经历中悟出来的道理。什么事他都不能轻易松口。

"我得跟投资方汇报一下你的情况。雇人的事，是他们做主。当然，我可以提建议。"他说。

女人倏地站起来，朝他鞠了一躬。女人大概没怎么求过人，脸脖子涨得通红，连汗珠子都变了色。

"求你给说几句好话，我真的，不能没有这份工资。"女人的笑如沙滩上的潮水，说退就退了，声调几乎带了哭腔。

"这样的体力活，别的地方也能找，干吗非得找我？"他有些好奇。

女人说我没文化没本事，我只能给人当保姆。可是我没法当保姆，我妈是个瘫子，我得下班赶回家去给她做饭。我也想过在家门口摆个摊子做点小本买卖，可我没有资金，什么也干不成。

这阵子他几乎天天都会听到这样的故事，似乎天底下所有的苦情戏都集中上演到了他的办公室。最初的时候，每一个故事都叫他想起他小时候的情景。后来他开始迷糊：他家里的那些事到底是真事，还是他给记忆抹上的泥子涂上的漆？故事听多了，他的耳朵突然就开始造反。揭竿而起。他一下子记起了小学课本里讲到农民起义时常用的一个词。从深信到怀疑到抵抗似乎不是一个渐进的过程，而只是一条说过就过了的细线。他不记得到底是哪一个故事惹毛了他的耳朵，在某一刻的某一点上，耳朵没问脑子，就毫无预兆地揭竿而起。它给自己筑起一堵刀枪不入的墙，什么样的故事撞到那上面，也都只有一个头破血流的结局。现在再也没有什么故事能翻得过那堵墙进入到他的脑子。

可是，不就是一个清洁工的位置吗？他不雇她也得雇别人。故事没用，有用的是那碗面。那碗面其实也没用，若不是出现在那个时刻。

女人迟疑地看了他一眼，顿了一顿，说厂长跟着你我安心，你从不欺负人。

他明知那是马屁，可是谁经得住那样的马屁呢？他摆摆手，说夜了，你回家吧。这事我说成就是成了。

他站起来，朝街上走去，感觉脊背上热乎乎的，他知道那是尚招娣千恩万谢的目光。

让人欠着的感觉，跟欠着人的感觉，那可真他妈的不一样。

刘年暗叹。

厂子不在闹市区，这个时候，连卖馄饨的小铺子都关了门。对居住在这里的人来说，夜生活只是一个道听途说的谣传。街太静，连狗都睡了，偶尔有人从对面走过，彼此的目光里都带着一丝鸟眼鸡似的警觉。

他走出去很远，才拦住了一辆出租车。坐进车里，司机问他去哪里，他愣了一愣。

他不想回家。白天他已经说过了太多的话，他现在再也没有一丝力气来回应全力哪怕是一句随意的问话。压垮骆驼的不见得是万仞高山，有时也许仅仅只是一句力不从心的回话。

他算个屁？他既不创造风，也不掌控潮流，他从小到大所做的事，都只不过是想努力浮在水面上，不叫水淹死。师傅说得对，他是想做那个跑在最前面的人。师傅也没全说对，他跑在最前面，不是为了把别人甩在身后，而只是为了离潮水最远，不被浪头卷走。不要把世界放在他肩头，他救不了世界，他甚至都不知道他救不救得了他自己。他或许私下里也偷着想过跑在最前面的那点小刺激，但归根结底，他要的只是一份远离危险的安全。

"随便哪家，最近的旅馆。"

他吩咐司机。

刘年站在窗前，看着街灯一盏一盏地亮起来，把城市切割成一个个半明不暗的方格，这一刻的城市看上去像洒了一层灰的棋盘。棋盘上被黑暗彻底吞噬了的地方，大概就是江边了——江是城最决绝的边界。那些狗牙一样的缺口，是这几年新盖起来的楼。过不了几年，他的视野里恐怕再也留不下一个完整的方格，楼房会像蝗虫一样扑上来，把棋盘咬成米筛。

下午他给全力打过电话，说晚上要带她们母女去顺风饭店顶层的那个旋转餐厅吃饭，一起给思源过生日。全力有些吃惊，因为早上出门时他并没提这事，也因为思源的生日还有三个星期。全力当然不知道为这顿饭他推掉了一个至关紧要的饭局。

他是在今天早上才意识到了这顿饭的刻不容缓。吃饭只是手段，吃饭从来不是目的，生意场上的规矩同样也适用于过日子。他已经把这顿饭的目的想得很清楚了：他是想借这顿饭，还有公文包里的那件礼物，来行贿。没错，就是行贿，向他的亲生女儿。他收买的不是她的心——他早就知道她的心比日月星辰还要遥远，那不是他能企及的东西。他急切地想从思源那里买到的，只是怜悯，对一个手足无措的半老父亲的怜悯。

早上路过思源校门口时意外看见的情景，到现在还严严实实地堵在他的心口。那东西若是块铁倒也好了，他就是呕出血来也能把它吐出去。可是它偏偏软得像糯米糍粑，他就是把心剜出来，那东西还依旧粘在壁上，永远也摘不干净。现在他终于理解了，为什么小时候他妈妈会说早上好好一天，早上堵堵半年的话。

他在办公室里迟迟没动身，是因为他还没想好见到思源时的合宜表情。早上的愤怒经过一天的沉淀已经渐渐瘪了些下去，可是瘪下去的只是火苗，余烬依旧还在。一个不屑的眼神，一句强词夺理的狡辩，随时能叫它轰的一声死灰复燃。思源从生下来的第一天起，就没让他和全力省过心。最近一段时间，她似乎略微沉静了些，他和全力都暗暗松了一口气。现在他才明白，他们都被她愚弄了，他们没看出她身上长着一个巨大的疽，脓正在皮肉底下悄悄地积攒着气力，等待着一个爆发的最佳时机。今晚他得小心翼翼地把守他的情绪，他不能

去挑破那个头，因为他不知道该怎么收拾脓血横流的残局。在还没有
更好的办法之前，他只能装聋作哑地捂住那个脓包，指望着女儿迟熟
的脑子能追上她早熟的身体，最终将那一泡坏水自行吸收。

　　他的公文包里，藏着一个包裹得很严实的纸盒子，里边是一台爱
华随身听。这件东西思源已经惦记了很久，他却一直没有松口——直
到今天。到这一刻他还没有想好，他到底该以什么方式把它拿出来：
是当着全力的面，还是私下里交给女儿？

　　"小市民气。"

　　他已经想象到了全力嘴角一撇的语调和表情。一顿高档的晚餐，
一件价格不菲的礼物，放在一个前不着村后不着店的日子里，不仅是
奢侈，而且是荒诞。全力是个数学教师，全力的语文底子有限，她描
绘任何看不上眼的人和事，都只会使用"小市民气"。有时他很想问
全力，小市民和大市民究竟在哪里分界？可是他还是忍住了没问。

　　思源生下来之后，他俩就忙，他忙他的工厂他的公司，而她忙的
是升学率和职称。于是孩子就像根接力棒，在托儿所幼儿园学校外公
外婆和奶奶姑姑的手里传来传去，中间不可避免地出现过多次掉棒。
当他和全力发现孩子的问题时，问题已经成了从坡上滚下来的雪球，
有了自己的惯性和速度。全力眼睛里看到的世界非黑即白，泾渭分
明，她无法接受任何层次的灰。所以全力对思源的叛逆永远只有一种
处理方式，那就是正面的狙击和强硬的压制。在全力的词典里，侧面
包抄迂回作战等等都是姑息养奸的同义词。思源暂时的安静给了全力
一个假象，她以为自己日复一日的拦阻和压制终于奏了效，她根本不
知道那个雪球只是拐了一个弯，进入了她视野的盲点，以更快的速度

向着深渊冲去。

幸亏全力不知道。她若知道了，她绝对无法承受是自己亲手把所有可能变成白的灰都推入了黑的地界。这些年全力的耐心已经被思源磨得像一张满是窟窿眼的纸，所以，今天晚上他和女儿之间这场看不见的博弈，极可能是没有妻子配合的独角戏。

"弱智。"

他似乎也看见了思源收到礼物时眉毛向上微微一挑的窃喜和不屑。一个小小的障眼法，就可以骗过两个年龄是她两倍以上的大人。为以往一个当面的小顶撞，她常常要遭受最为严苛的惩罚。而为一个暗地里的大悖逆，她却可以得到一个向往多日的奖赏。从此她尽可以去更大限度地冲击父母定下的界限，只要懂得如何不发出太大的动静。

他手一颤，几乎要去扯开公文包上的拉链，把那个纸盒子取出来放回到抽屉里去。手在走到半路时，却被倏醒的脑子猛然喝住。他得冷静，尤其是在今天，他不能让手段模糊了目的。他别无选择，他必须要在事态急剧恶化之前找到一个缓冲地带，哪怕代价是妻子眼中的纵容。

咔嗒一声，有人在他身后用钥匙打开了门。他知道那是清洁工。他呵地清了一下嗓子，宣布了他的存在。

"尚招娣，你又忘了，进来之前要先敲门。"他头也不回地说。

那个叫尚招娣的女人被他的声音吓了一跳，捂着胸口喊了一声妈呀，半晌才回过神。

"里头黑洞洞的，我以为没人。"她解释说。

　　啪的一声，她打开了灯，光亮瞬间洗白了屋里的每一样东西，也割疼了他的眼睛。

　　"刘总，你怎么不开灯？"她问道。

　　他没回答。他的表情纹丝没动，姿势也没动，依旧用两个肘子松垮垮懈怠地把身子支在窗台上，他这会儿的神情萎靡得像一件被细雨打潮了的旧衣服。在公司这么多员工里，只有对这个女人他用不着打起精神。他顺手给了她一份几乎谈不上是工作的工作，却让她觉得他为她付出了九牛二虎的气力。她的感激是一条弹力极好的橡皮筋，能拉扯到多远他心里有数。

　　"老邱那里，今天有什么新闻？"他随口问她。

　　老邱是他的副手，但不是他挑的，而是香港人指派的。老邱每天都背着他和香港保持着热线联系，总部下达的每一项指令，老邱都会比他早一步知道。香港人有耳目，他也有。他的耳目就是尚招娣。尚招娣每天端茶送水送报纸送信打扫卫生，影子似的从一间办公室飘到另一间办公室，谁都看见了，谁又都没在意，没人会把影子当真，没人会想到影子也有耳朵眼睛。他从来没和尚招娣挑明过他的意思，他用不着。他第一次这样问她时，她立刻就懂了。可惜了尚招娣没读过多少书，却也幸亏她没读过太多的书，她的脑子没被学问塞满，还留着宽宽的一席地，他指头轻轻一点就通。

　　她说邱副总今天好像没什么动静。

　　说完了，又想了想，哦了一声，说他老婆中午来了，要他约你和你爱人去均瑶吃饭。

　　他有些吃惊。他只在春节团拜的时候见过一次老邱的老婆，平素几乎没有任何往来。他问是什么事？尚招娣说好像是为仉儿子的事。邱副总的儿子功课不好，他老婆想让你爱人帮忙转学，说你爱人学校的升学率全市最高。

能叫全天下的桃李结果，唯独养不好自家后院的一株小苗。

他暗自叹息。

身后半晌没有动静，他回头一看，只见尚招娣手拄着吸尘器的把手，正望着他发怔。

"刘总，我妈还等我，回家做饭。"她期期艾艾地说。

他这才明白，他不走，她就没法打扫房间。

"你还真有个瘫在床上的妈啊？"他说。

她的眉毛抖了一抖，抖出一个大大的惊讶。她马上意识到那个惊讶太张扬，不符合她的身份。她立刻就叫那惊讶改了道，从眉毛上走下来，走到嘴角，走成了一丝淡淡的笑。

"四年前我爸带我妈和我弟坐拖拉机去瞿溪拉杨梅，天太黑，拖拉机在山道拐出去，我爸摔死了，我妈摔瘫了。我弟还算好，只摔瞎了眼睛。"

尚招娣说这话的时候，像是在诉说一桩久远的，发生在别人身上的事，脸上无悲无喜。

四年前。他暗暗算了一下，正是那几个农民工进厂的时间。

"所以，队里给了你们家招工的名额？"他问。

她点了点头，说我进了厂，队里就不用再摊派补助费了。

他没吱声。半晌，才问你家里还有什么挣工资的人？她说两个姐姐都出嫁了，有时也往家里带点钱。她已经攒够了弟弟的学费，送弟弟去了河南学手艺。他问学什么手艺？她说那边有盲人按摩的高师，弟弟学会了，回来可以用家里的门脸开个推拿诊所，将来娶个媳妇养家。

他就想起了自己的瞎眼哥哥建国。哥哥这么多年还在家里闲着，他只知道养他，却从没想过给他找条谋生的路子。他竟不如尚招娣想得长远。

他拿过挂在架子上的风衣，就往外走去。走到门口的时候，她又叫住了他。

"刘总，等我弟弟开了推拿诊所，我让他每天都给你推几下解乏。自己家里干净，不像街上那些地方，信不过。"

他当然明白她说的"干净"是什么意思。现在满大街都是五花八门的按摩院，布帘后面谁也说不准是什么营生。

她让他想起了前些年的自己：欠着人的债，还不起，却又总是惦记。

他从皮包里掏出几张纸钞，放在桌子上，说等休息天去街上买件衣服，每天端茶送水进进出出的，也得注意公司形象。

"白啊，真白。"

大哥建国坐在阳台上，仰头轻轻叹息。

四月的风是软风，吹在身上叫每一根汗毛都忍不住犯起轻贱。夹竹桃赶在梅雨来临之前急急地开了一街，红的粉的白的慌不择言。好日子统共也没几天，连花草都知道该抓紧时间。日头很是光鲜，大哥虽然看不见日头的形状，却也依稀觉得那东西晃眼，他那两个深陷的眼窝像蝴蝶的翅膀似的簌簌发颤。

刘年坐在大哥对面，看着大哥发呆。这会儿是大哥的午休时间，从现在到下午的那个会议之间，还夹着一个多小时的空隙，正好够他赶过来，和大哥吃一顿一年里难得一回的午饭。

大哥还是老样子。大哥今年四十五岁了，可是多少年里几乎都没怎么变。瞎眼兴许不是坏事。大哥虽然看不见世上千般的快活，可大哥也不用去看世上百样的艰难。大哥活在一个四面密封的真空屋子里，大哥在浑然不觉间抵抗着氧化的残酷过程。

"你在说什么？白，什么白？你看见日头了？"他问大哥。

"不是日头，我是说手。"大哥说。

"谁的手？"

"招娣的手。"

刘年忍不住哈哈大笑起来。

"她那双手？那是天底下最黑的手。你知道什么是白吗？"他问。

大哥的脸上现出了一丝遭了侮辱的愠怒。

"我当然懂。"大哥说。

"白就是，暖和……"

大哥顿了一顿，脸上的皮肉渐渐松弛下来，眼窝里仿佛长出了几根毛茸茸的触须。那触须慢慢伸展开来，在一个看不见的世界里蠕爬着，四下观望，颤颤巍巍地探着路，半是紧张，半是兴奋。

"白就是，就是知轻知重，该轻的时候，轻，该重的时候，重。"大哥结结巴巴地说。

刘年忍不住又笑了。自从大哥成了推拿师傅，大哥的日常用语几乎都与推拿手势相关。

"她给你推过？"他问大哥。

大哥说推了，昨天晚上，她说我干了一天的活，乏。

尚招娣已经从刘年的公司辞了职，现在在她弟弟的推拿诊所里做帮工。大哥也是。所以现在她和大哥是同事。

"她说哪天也给你推一推，她说你最累。"大哥说。

"你要是让招娣推过了，你就知道她的手白。她弟弟的手黑。"大哥还说。

刘年不作声——他不知道怎么去应接大哥的话。大哥什么也看不见，所以大哥有一套不同于明眼人的逻辑。大哥的想法是一根直线，没有旁枝错节，他追不上。

"你才不懂，什么是白。"大哥似乎依旧耿耿于怀。

大哥把脸转过来，正正地对着他。大哥的眼窝里是两个蒙着一层白翳的死鱼眼珠子，他却觉得里头藏着一根针。

他的眼皮突然噗噗地跳了起来。

他想起了二十多年前的那个下午，他和大哥坐在自家那个破院落的墙根。他递给哥哥一枚挑煤挣来的五分币，费尽心机地跟大哥解释着什么是红。那天，大哥说他看见了红。

而就在那天，爸出了事。

从那以后，每逢大哥说起颜色，都叫他胆战心惊。

这次会是什么灾祸？他颤颤地问自己。

远处的空地上有人在放风筝，是蜈蚣，黑身子，黄脚，脚很多，长长的尾巴在风里甩着细波纹，叫人乍一眼几乎把天看成了水。

"白啊，真白。"大哥大大地睁着眼睛，喃喃自语。

眼皮很沉，像压着两块石头，身子却很轻，轻得像剪断了绳子的气球。身子忽悠忽悠地要飞上天，却被两只眼皮坠着，落到一床丝棉被上。被子很软，不松不紧，裹得身上的每一个毛孔都想打呼噜。

刹那间他觉得他死了，身子惊搐了一下，眼睛费劲地张开了一条缝。眼角里飘过一角白底带小蓝点的衣服。

他还活着。他只是困。

就算这是死，其实也值——这样的死法比哪种活法都舒服。

他放了心，迷迷糊糊地睡了过去。

可是他睡得并不安稳，他断断续续地做了许多梦。

他梦见了一条蛇。蛇先在他的脊背肩膀上爬行，后来又游到了他的大腿之间。蛇的身子滑腻凉爽——仅仅是凉爽，还远不到冰冷。蛇在他的肌肤底下寻找着可以下嘴的地方，找着了，就钻进去，慢慢地剔着他的骨头，将他的身子轻轻地撕成一缕一缕的肉丝。他瘫得像一团水，却不着急去找他的骨头。

后来他又梦见了火。火从他的脚趾一路烧到他的发根，每一寸皮肉都冒着烟，却不觉得疼。火把他身子烧硬了，硬得成了铁。铁长着脚，铁在四下寻找逃路。铁逃到哪里，惹得哪里也起了火。他就糊涂了，他不明白到底是火烧成了铁，还是铁引着了火。

再后来他又梦见了一片沙滩，上面长着茂密的暗褐色的草。草很湿，他不知道草上的水到底是夜露还是海潮。地很软，是他没有防备的软，他一脚踩上去就陷进了半个身子。他越陷越深，草和泥浆将他的身子裹缠得很黏很紧，他几乎喘不过气。可是他一点儿也不害怕，他只是感觉从未有过的刺激和快活，那是一种把心提在手里跑步的快活。

"不要啊，我不要。"

他听见自己声嘶力竭地喊叫着。声音很粗，喉咙却很窄，声音在喉管里冲撞了很久，撞得头破血流，终于筋疲力尽地倒在了嗓子眼里。即使在梦里，他都知道那是梦。只是梦太好了，他不想醒，他实在不想离开梦。

他终于大汗淋漓地把自己喊醒了，额头上仿佛有两把铁锤，在当当地敲着太阳穴。朦朦胧胧的，他只觉得身子沉。拿手一摸，胸口搁着一只胳膊，不是他自己的。再往下摸去，是一团浑圆温热的肉。他知道那不是全力，全力从不趴在他身上睡。他的心咯噔了一下，就慌慌地去找墙上的开关。手指碰到墙上，觉出那是一层被水泡得起了翘的墙纸，开关不在老位置。刹那间他明白了这不是他的家，这床也不是他的床。唰的一声，他身上的汗立时就干了。

躺在他身边的那个人窸窸窣窣地坐起来，熟门熟路地捻亮了床头的一盏小灯。光把黑暗剪出了一个昏黄的窟窿，那人背朝着他坐在床沿上，头发乌蓬蓬地散落下来，遮住了脑勺遮住了颈子甚至遮住了肩背，只露出底下一片白底带小蓝点的廉质腈纶棉睡衣。

皇天！

他的脑子里倏地伸出了一把大铁耙，疯狂地刨着记忆的表土，想刨出有关昨晚的蛛丝马迹。他从来不泡酒吧澡堂，也几乎不去歌厅舞厅，他死活想不起昨晚有过什么饭局。

他眼睛一斜，瞟见了枕边的烟盒，他认出那是自己的物件。他掏出一支来，抖抖索索地点着了。一口烟从喉咙里下去，走过五脏六腑，把血脉清理了一遍，心就渐渐定了些。

"这是在哪里？"

他清了清嗓子，问坐在床沿上的那个人。要是摊上了倒霉事，绕不过去的时候，倒不如先发制人。

那人咕地笑了一声，转过脸来，把头发往耳后拢了拢，说刘总你果真一点儿也不记得了？

他这才看清是尚招娣。

他噌的一下从床上跳了起来，仿佛屁股底压的是一圈强力弹簧。

"你怎么能做，这样不过脑子的事？"他说。

招娣背过身去，肩膀一牵一扯的，他以为她哭了。其实她没有，她只是在一下一下地撕扯着手掌上被中药水泡出来的死皮。

"过不过脑我不知道，事情不是我做的。"她说。

"昨天你到诊所找你哥喝酒，喝醉了，吐得满地都是。你哥说你那个样子不能回家，让我扶你到楼上歇一歇，给你推几下身子，让你解解乏。后来你就……"招娣停住了，依旧低头看着手心。

"我跟我哥，喝酒？"他吃了一惊。

他竟然丝毫不记得。在他的记忆中，大哥从不喝酒。

"你昨天来的时候，脸色很难看，你说花十六年养了个白眼狼。"

招娣的话在他的脑子里咂的一下捅开了一个洞，他突然就想起来昨天上班时全力来过电话，说思源已经三天没去学校上课。全力还说家中抽屉里的二百五十块钱昨天还在，今天已经不翼而飞。

他欠过身，去拿搭在床头的衣服，一边穿，一边在想着该说的话。过没过脑子，这事都已经做下了，虽是酒乱的性，酒决不会认账，酒屙下的屎还得人来揩。他是生意人，他懂。

"这事，算我浑蛋。怎么了结，你说了算。"他说。

招娣把手上的死皮扔了，噌地爬过去，一把抓住他正在系纽扣的手。

"我知道我欠你，我就是再有三辈子也还不起你。我的工作，还有这个诊所，要不是你，我们家早没了。"

她两手环住他的腰，把脸贴在了他的肚腹上。他想掰，却没想到她有这么大的力气，她的手臂紧得像箍在桶身上的铁丝。他感到一股温热的潮气，他的眼睛看不见，他的肚腹却知道她哭了。

"那都算什么屎事。工作是顺手的，我不招你也得招别人。诊所是为我哥……"

招娣没让他说完，招娣腾出一只手来捂住了他的嘴。

"刘哥你就是可怜穷人，我第一次见到你就看出来了。"她说。

他终于有了一丝羞愧。他说不得话，说什么都是越描越黑。

"要不是你喝醉了，我就是把身子送你，你都不稀罕看一眼。"

他依旧无语。他的嘴唇突然间有了重量，他说不出那轻浮的假话，哪怕是稍稍哄她一下。

她松开他，他以为她要下床，可是她没有，她只是脱下了身上的睡衣。半明不暗的灯影里，他惊讶地发现她身上被衣服遮掩住的地方竟然还有几分白净气，领子和衣袖的印记清晰地标出了阳光进犯的界限。她脸上身上都流着汗，汗水也有年纪。在她这个年纪里汗水很有劲道，走到哪里就在哪里涂一层釉子，把腰身和奶子涂得很是结实紧致。

这个身子，还拿来谢过什么人？

他想问，却没问出口。他是从她那样的日子里走过来的，他懂什么叫歹毒。

她犹犹豫豫地靠过来，把嘴唇贴上了他的身子。他想抗，没抗住，身子一软，就又瘫在了床上。他忍不住伸出手来，捏住了她胸脯上的那两团肉。那东西原本滑腻腻的，可他一捏就捏成了一团火球。嘭的一声，他的手炸了，身子一下子着了火。

他知道这会儿不是在做梦。

他猛地翻了一个身，把她压在了身下。他听见她呻吟了一声，他听不出那是不是痛楚，他已经刹不住步子。他开始发福了，她才刚刚长成，他的身子把她压成了一摊泥。那泥黏黏地贴着他的身体，他起的时候它也起，他落的时候它也落，它仿佛是他身上的另外一层皮。

终于完了事，他靠在墙上，她躺在他腿上，两人一粗一细地喘着气。她突然扑哧一声笑了，说你真行。你知道吗？这是第三回。

他沉默了。他不想让她知道他的震惊。

他又从烟盒里摸出一支烟，慢慢地抽了起来。烟灰攒长了，噗地一声落在枕头上，空气里泛上一丝布的焦糊味。他要起身找烟灰缸，她拦住他，说没事，这是你留下的念想儿，我睡上去，就会想起你。他摸了摸她汗湿的额发，嘴唇抖了一抖，却没抖出声音。

"你女儿，出什么事了？"她问。

一股钝疼，从心尖上弥漫开来，一路往上走。走到额上，每根筋都变了颜色。

招娣伸出手来，揉着他眉心的那个结子。

"刘哥，再来一个呗。"她突然说。

"什么？"他没听懂。

"我是说，我给你生个儿子，顶你的门户。这个没养好，下一个好好养。"

"发烧啊，你？"他坐起来，开始穿衣服。

他看了看墙上的钟，一点一刻。这会儿街上不知还能不能拦到出租车。

平生第一次，他需要一个借口，给全力的。他只能在路上慢慢地想这个借口。

招娣拄着床，怔怔地看着他戴上手表，拿起放在椅子上的公文包，朝门外走去。

他没有回头。

她暗暗松了一口气。

还好，他没发现，褥子上的那团血。她想。

刘年小心翼翼地推门进去，屋里很黑也很静，只有一阵低低的呼噜声，听起来像是肉汤在慢火上轻轻地打着滚。全力年轻的时候，睡觉时没有一点动静，有时候他半夜醒来会忍不住摸一摸她那半边的床，总觉得她不在。现在她的声带赶在她之前老了，已经到了想引起注意的年龄。

他蹑手蹑脚地上了床，蜷着身子和衣在床脚躺下。

她翻了一个身，说你回来啦？

他吓了一跳，说对不起，还是把你吵醒了。

她说你没吵醒我，我压根就没睡着。

他怔了一怔，才说从前你说我醒着也打呼噜，现在我算是信了。

她沉默。

他知道他必须在沉默衍变成质问之前把那个想了一路的借口说出来，可是那上面还有一根毛刺没有磨平。小腹上有一根绳子突然毫无预兆地抽紧了，他觉得身子一下子缩短了几寸。他哈着腰跳下床朝厕所跑去，一路跑，一路解着裤裆上的纽扣。暴躁的尿意在得到彻底的自由之后却改变了心意，驻足不前，四下观望，仿佛在等待一场理由更为充足的说服和劝解。他和它僵持了很久，最终它才肯滴滴答答地走了几小步路。

他回到屋里，赤着脚站在地板上，决定开口。虽然毛刺尚未彻底磨平，但他不想把这个拖延了很久的解释带到床上去，他必须就地解决。

"晚上我真不该……"

头没开好，有些磕磕巴巴，可是她立刻打断了他。

"你大哥来过电话了，说你喝得烂醉，叫我别等你。"

他如释重负。

"怎么能这样喝酒？"她说。是责备，也是心疼。

他沉沉地叹了一口气："今天心里，堵。"

她知道堵着他心的是女儿，因为她也堵。

"她晚上又有什么新花招？"他坐在床沿上，问她。

这阵子他们谈起女儿的时候，几乎都不提她的名字，仿佛那名字本身就是一种疼痛。

"自己也觉得没脸见我，去外婆家了。"她说。

前阵子全力评上了特级教师，市里给分了房子，他们就不再和她的父母住在一起。

"也许，这事怨我。"她迟疑地说，声音里带着鼻息，"小时候我没放时间在她身上。"

黑暗里他听见了她的叹息。其实也不是听见的，他是觉出来了。叹息很沉，落在地上，房子颤了一颤。

"你管不管她，她可能都是一个样子，打胎里就是。"他说。

话溜出嘴来，他听着轻浮，他知道没人能安慰得了一个被自己的骨肉所伤的女人。男人有止痛药，男人总可以在家庭生活的所有过错里找到社会的指纹。而女人不是。女人的刀尖总是对着自己，女人总要刮肉剜心地在自己身上寻找原因。她还会在那条黑路上走很久，她不知道那路没有尽头也没有出口。

"还好，她是女孩，折腾几年，迟早得嫁人。要是个男孩，那就赖上一辈子了。"他说。

"要是那时候允许多生几个，兴许能摊上一个好的，也不至于今天在这棵树上把自己吊死。"她说。

"别想那么多，没用。"

他把手伸进被窝里，摸到她的脚，捏了捏，说怎么这么凉？她说天天如此，你只是没留意。他说我在香港给你买的丝棉袜呢，怎么没见你穿？她说没想起来。

他噌地站起来，开了灯，翻箱倒柜地找袜子。

她说这么晚了，明天再说吧。

他置若罔闻。

他终于在衣柜的某个角落里找到了那双包装完好的袜子。他仔仔细细地给她穿上了，拉平了前跟后跟的每条褶皱。

"今天就不洗了，赶紧睡吧，明天有早课。"她说。

他换上睡衣，关了灯，钻进被窝，依旧在床尾躺下。他犹犹豫豫地搂过她的脚，塞进自己的睡衣里。他的双手拢成一个圆圈，把她的脚捂在自己的心口。她微微一颤，仿佛吃了一惊，渐渐的，那双丝棉袜子里透出了些许汗潮。

"你怎么啦，今天？"她支起身子问他。

他沉默了许久，才说没什么，我就是怕你脚冷。

———— · ———— · ————

我是一只苍鹰，我生活在中国南方某一个城市与树林的交界之处。

我和世界上所有的苍鹰一样，酷爱用翅膀丈量天空时的自由感觉，还有用喙和爪子击穿猎物时的英武气势。可是我和世上其他的苍鹰不同，我只有一只脚。用人类的语言来描述我的外貌，我是一个令人生畏的"独臂将军"。三个月大的时候，在和一只体型比我健硕得多的猎物的搏斗中，我失去了右脚。关于那个惨烈的过程，我在前面的章节里有过详尽的叙述。其实，我的右脚并没有真正"丢失"，它们只不过从一种存在形式转换成了另一种存在形式。我不是在指灵魂死亡和永生，这类关乎宇宙和生命本质的深奥话题我把它留给上帝，或是人类的精英阶层。我指的是自然界的简单衍变过程。比如秋天的树叶虽然落了，却没有真正消失，它们只是变成了来年春天的泥土；被我吞噬的猎物也没有消失，它们只是变成了我翅膀上的某一根羽毛，或我身上的某一寸骨头；森林里的篝火即使灭成了灰，也没有消失，它只是变成了围着它跳舞的孩子额头上的汗珠。

所以，我那只不复存在的右脚也没有真正消失，它只是变成了我的第三只眼睛。这只眼睛清除了我视野里所有的盲点，叫任何人都无法在我面前涂抹掩饰自己的轨迹，因为我不仅可以看见他前行的方向，走路的速度和姿势，我也能看见他身后留下的影子和脚印，甚至他面临岔路口时的踌躇和游移。

苍鹰是白天行动的飞禽，黑夜蒙蔽了它们的眼睛，麻木了它们的感觉。当然，我指的是那些只有两只眼睛的普通苍鹰。对我来说，黑夜只不过是白昼的延伸，黑暗从来不会屏障我的观察力。黑夜来临之际，我的第三只眼睛就变成了耳朵。我的眼睛是我白天的耳朵，而我的耳朵则是我黑夜的眼睛，它们相互交替，轮班执勤，我即使沉睡，也时刻警醒。

某一个冬天的傍晚，天下起了一场大雨。我被阻隔在回家的路途中，只好在路边一棵枝叶茂密的大树间栖息。这是我一生中见过的最为暴烈而持久的雨，雨停的时候已经是午夜时分，路面上到处都是断枝残叶，碎裂的花盆，骨折的雨伞，来不及收进屋去的衣服。雨把城市洗涤得一片混乱，却又无比洁净，雨后的月亮脸上没有一丝皱纹，树叶子都像还包在芽里时那样清新。

雨不仅带走了灰尘，雨也带走了情绪，世界仿佛回到了创世之初的宁静，一颗残留的雨珠滚过叶面时发出的声响，听起来几乎像一场里氏七级地震。这样的夜晚让所有的人都产生了一个错觉，以为什么事情也不可能发生。连我那向来极为警觉的耳朵也遭了蒙蔽，险些就在夜岗上打起了瞌睡。

可是我的耳朵毕竟还是一个尽忠职守的哨兵，它一下子被一个细微却不同寻常的声响所吸引。

吧嗒。

不是雨珠滴落，不是枝叶颤动，也不是地在睡梦中翻身。

那是一双眼睛倏然睁开的声音。

对，你没听错，我是在说眼睛。

那是一个初生婴儿的眼睛，还没来得及被尘世间的任何一粒灰尘所蒙蔽，还带着对这个世界的绝对信赖和终将被生活销蚀殆尽的全部天真。这双眼睛能叫铁疙瘩流出牛奶，花岗岩长出棉花，风变成丝绸，雨变成蜂蜜，毒蛇给蚯蚓让路，狼在绵羊面前流下忏悔的眼泪。这双眼睛一睁，唰的一下，宇宙月朗云清，魔鬼在那瞳仁里看见了上帝。

那双眼睛叫一只独脚苍鹰第一次觉出自己竟然有心。

"皇天……"

我栖身的那棵树正对着的那个窗口里，传出一个男人的说话声。男人听起来瓮声瓮气的，仿佛唇舌和声音中间隔着一重山。仔细一听，其实只是隔了一层口罩。

这也许不是男人的原话。男人也许根本没有说话，男人只是发出了一些意义含混的音节。

"瞧你……"

这是一个女人压抑了的声音。

这也许也不是女人的原话。也许女人和男人一样，压根没有真正说话，女人的话里也只有几个含含混混的音节。

男人和女人以这种方式继续着他们的交谈，似乎什么都没说，又似乎什么都说过了。

就在我的耳朵开始显示出第一丝不耐烦的时候，男人终于清清楚楚地说了一句话。

"对不起，没去医院看你。你知道我不能。"

女人很久没有声音。女人再说话时，话题已经转到了别的事情上去。

"名字呢，想好了吗？"她问。

"想好了，就叫欧仁。"他说。

"什么名字啊，怪怪的，像外国人。"女人的语气里有一丝惊讶。

"就是外国人的名字，法国人。"他说。

"这么多的中国名字，为什么偏偏要取个洋名？"她问。

男人沉吟了片刻，嘴唇翕动了几下，似乎要解释，又觉得太费劲，最终还是放弃了。

"你不懂。"他说。

女人没有反驳，默默认领了自己的无知。

"刘欧仁，刘欧仁，刘欧仁……"

女人连名带姓一遍又一遍地轻呼着这个名字，仿佛在把一件冰冷陌生的物件慢慢焐热焐熟。

婴孩响亮地咂起了嘴，不知道他吸吮的是女人的手指，还是女人的奶头。

"给我。"

咂嘴声最终安静下来，男人迫不及待地说。

接着就是一阵窸窸窣窣的细碎声响，是布和布相摩擦发出的声音。婴孩从一个怀抱被传送到了另一个怀抱。

"欧仁。"男人呢喃地说，声音突然裂开了好几条缝。

"等你会走路了，爸爸带你去找那个，真正的欧仁。"他说。

女人咻地笑了，带着一丝满足的嗔怪。

"看你那样子，好像从来没抱过孩子。"

孩子仿佛听懂了她的暗示，突然就觉出了男人臂弯的笨拙和不舒适，身子在布包里扭动起来，嘴里发出咿咿呜呜的抗议。

那抗议很快就找到了一条康庄大道，衍变成一阵洪亮的啼哭。

那是里氏十级地震。

男人知道从这一刻起，这个孩子会填满他人生残留的每一片空隙，叫他磨厚脸皮，疯狂挣钱，操练许多从前尚未谙熟的本领，比如进出自如的周旋，再比如不动声色的撒谎。

他认命。

不，不仅是认命，认命听起来有一丝不情不愿。

他只是愿意。

而且，还有欢喜。

————·—·————

嗒滴嗒嗒滴嗒嗒，

嗒滴嗒嗒……

那声音像一堆秩序混乱的虫子，排着不成形的队伍，前推后搡相互拥挤着钻进全力的额头，把她的脑子搅成一锅糨糊。

过了一会儿，全力才听出来是有人在唱歌。像是几个音节的重复，只是调儿走得太远，她既抓不住旋律，也听不出歌词。

头开始隐隐生疼。

其实头并不是虫子咬的，头从一大早就开始痛了。早上起床，她看见思源在厨房吃早餐，她只说了一句别把豆浆洒得到处都是，思源就噔的一声撂了碗，摔门而去。全力觉得自己已经不能和思源待在一个屋檐下了，她们在一起，即便不说一句话，环绕她们的空气都会在沉默中撞出一屋的火星。

她有时忍不住暗暗希冀思源会去谈一场恋爱。一场轰轰烈烈死去活来的恋爱，说不定就能把女儿身上的那层刁蛮蹭去几层皮。等到女儿被爱情折腾得遍体鳞伤地回到自己身边时，说不定她还能捞上一个跟女儿说上几句话的契机。思源几乎把父母能给一个未成年的子女划下的所有界限都早早地踹破了，可是思源唯独在恋爱这件事上循规蹈矩。从来没有男同学上门找过思源，思源甚至都极少和男生打过电话聊过天。全力宁愿陪思源去蹚一回早恋甚至早孕的刀山火海，哪怕要剜去一片心削掉几两肉——至少那只是单单一样已知的疼，也不愿像现在面对着千根万根无法清理的刺，却不知道从何下手。

要是女儿真在恋爱中愚蠢到怀了孕，她至少还可以费心去找一个医术高明而守口如瓶的医生，和女儿一起拟定一个在人前瞒天过海的借口。至少女儿的生活在那以后可以重新起一个头，把从前的烂日子一把扔了，就像从笔记本里不留痕迹地撕去写坏了的那些页数。这个新开头不仅是女儿一个人的，也是母女两人共有的。

自己和母亲朱静芬，当年就是从这个节骨眼上才突然变得亲密起来的。

想到这里，全力突然打了个寒噤。皇天。她怎么会想到让十七岁女儿怀孕，然后流产？就像为了纠正一个孩子走路的坏姿势，竟然先敲断他的腿，然后接上骨头敷上石膏，再从头教他怎样开始迈步？

到这会儿全力才觉出了自己的山穷水尽。

嗒滴嗒嗒滴嗒嗒，

嗒滴嗒嗒……

还是相同音节的不断反复。依旧走调，却走得技艺精湛，似乎总是在同一个拐弯处摔出去，又是用一个姿势把自己扶起来。

她放下手里的备课本，推门出去，突然看见刘年在阳台上练习格斗。

刘年的对手比他高大许多，刘年一眼看上去就处在下风。刘年用拳头，用手掌，用指头，甚至还用关节和膝盖，毫无章法地冲击着对手，而他的对手只是冷峻而不屑地用自己的身躯轻轻地碰撞他几下，他就几乎站立不稳，摇摇欲坠。

　　刘年虽然屡受打击，却一直保持着极佳的竞技状况，一边挥舞着拳臂，一边在假想的舞台上向没有掌声的观众轻吟高歌，从背后看过去，每一根发梢都含着笑。

　　刘年的对手是一床刚从洗衣机里捞出来的，皱得像在腌菜缸待过了一季的湿床单。刘年已经把它搭上了晾衣绳，现在他只是想把它拉扯平整。

　　"我的体检报告，是不是出了什么问题？"她倚在门上，问他。

　　他回过头来，看见她，嘴角那丝来不及收尾的笑意渐渐定格，转化为惊讶和尴尬之间的某一种笨拙表情。

　　"你说什么？"他问。

　　"我是说今天出了什么颜色的太阳，你这么勤快。"

　　她推开他，用两个指头轻轻一弹一扯，三下两下就把他的对手收编为自己的俘虏。那床单像一只撸顺了毛的猫，铺开身子匍匐在晾衣绳上，在周日早晨的微风里惬意地摇晃着尾巴。

　　"我第一次上你家，你爸在桌上撒了几粒饭，你妈都没管，是你用指头把饭捡起来，收到自己碗里。那时我就想，这小人长大了娶回家来，一定是个爱干活的主儿。"

　　他在一张垫脚用的小凳子上坐下来，仰脸看着妻子，眯着眼，拼命想挤出钻进他眼睛里的阳光。那神情看上去接近慈祥，话多得几乎有些饶舌。

　　她怔了一下，感觉像是在电影院里看一部刚上映的彩色片子，画面突然转到了泛黄的倒叙部分。

　　那天家里的饭桌上，还有另外一个人。这个人已经从他们的谈话中消失了很多年，可是她没忘，相信他也没有。他若是忘了，就不需要在回忆那顿饭的时候，刻意省略了她的存在。

"她要还在，今年该三十八岁了。这么大的一个人，怎么说没就没了。"她喃喃地说。

他立刻就知道她说的是谁。

"怎么会没了？只要是存在过的东西，就不会真正消失。"他说，语气是一种攥了人家短处的坚定。

"那你是说，全知还活着？"她问。

"我是说，她就是死了，也不见得就真不在这世上了。她不过是变成了别的东西，说不定就是这棵树，说不定就是你手里的这块床单。"

她唰的一下甩开攥在手里的那个布角，神情有些惊骇。半天，才说她说不定投胎变成了思源，来追讨我的债呢。

"跟你讨什么债呢，你又不欠她。"他说。

他刚说完，就一下子想起了那年全知全身赤裸地在雨中狂奔时对他说的话。那是一个秘密。那个秘密像一团雾气，在这个家里飘浮了几十年，看不清形状，也触摸不着，可是谁都知道它的存在。刚开始的那几年里，它低低地压着心口，叫人几乎喘不过气。这几年轻了些，飘在了头顶，给人留出了呼吸的空地，可是他们依旧无法直着身子走路。谁也不敢第一个伸出指头来去捅，怕那东西破了不知要流出什么样的脓血来，更怕最先动手的那个人要成为承受这个秘密的祸首。于是，所有的人都遵从一只看不见的哨子发出来的无声警告，战战兢兢地保持着沉默。

"其实就是想说句好话，没想到马屁拍歪了，惹你想起腻歪事。"刘年嘿嘿地笑着说。

全力这才觉出了惊险。方才她离那个秘密大概只有毫厘了，她的指尖只要再往高处稍稍一翘，就能碰触到它冰凉的身体了。幸亏刘年扑上来，把她拖了回去，在毫厘之差的关口。

她用肘子推了推他，他就让出了半张凳子。她在他身边坐下来，依旧心有余悸。

他还没来得及开抽一天里的第一根烟，呼吸里的烟味还是昨天残存的，被睡眠净化了一夜，焦油味消失了，剩下的只是一丝烟草还在田里时的气味。那不是他身上的唯一味道，他身上的味道很杂，五花八门都有，比如洗发水遗留在头发上的气味，再比如油垢穿过汗毛孔时留下的气味。还有些气味她闻是闻到了，却找不到一个词给它们冠名，她只能笼统模糊地把它们叫作男人身上的气味。

"那是命，我爸命里只能有一个孩子。"她叹息着。

"你爸命里有两个孩子，一儿一女。"他说。

她的眼睛热了一热。

她偏过头去看阳台下的街景。清晨的薄雾已经散尽了，天空渐渐演变成一团石头一样刚硬的蔚蓝。树丛里有两拨鸟儿在叽叽咕咕地吵着架，尖声叫骂着一些不堪入耳的下流话。

"你第一次来我家才多大，十四？十五？连裤子都是你哥的，怎么就想到娶老婆了？"她用肩膀轻轻地撞了撞他，问道。

"娶老婆的事，什么时候都可以想。婚姻法只规定什么年纪可以讨老婆，它可没规定什么年纪可以想老婆。"他说。

全力笑了，说你最近嘴巴油得很呢，哪里学的？他只是笑，也不回话。她又问他第一次来家里时，对她是什么印象。他想了想，说那天我看见你从书包里拿出两个铅笔盒，一个粉红，一个天蓝，一个装铅笔，一个装毛笔，当时心里就想，这才叫阶级呢，我一个没有，她有俩。

全力哼了一声，说那你还说什么大话想娶我？

刘年说你也敢把笑话当真？那时候我怎么敢想娶你？那天晚上我尽想着怎么跟你妈开口要第二碗饭，没工夫想别的。

全力说怪不得你拼命腾肚子，一个晚上去了三四回厕所。

他说没办法，我一着急就是这副样子，你都看见的。

两人就都无话。

过了一会儿，全力便扭过头来看他，似笑非笑，看得他心里轰的一下起了一层毛毛。

"我还是第一次听见你唱歌。"她说。

他问她唱得怎么样？她说没法评判。他说难道就差到这个水平了？她说那倒不是，只是这调儿走的我追都追不上，闹得我头疼，都不知道你唱的是什么。

他用拳头捶了捶胸，摆出一副义愤填膺的样子，说你不能这么讽刺人。我唱的是《国际歌》，你居然没听出来？

她说你真能糟践，一首好歌硬叫你拧成这样，马克思听见了要从坟墓里出来找你算账。

他说他谢我都来不及呢，十五岁唱过的歌，到现在三段歌词都记得，一字不差。他上哪儿找我这样忠诚的信徒？

　　她突然发现他衣服的前襟有一块浅白色的印记，俯上去闻了闻，说怎么像奶粉呢，你也不喝奶粉啊。

　　他怔了一下，就用指甲去抠那块痂。那痂结得太硬了，抠来抠去纹丝不动。他说那是洒的豆浆。人老了，手颤。

　　他从口袋里掏出一样东西，对她晃了晃，说趴过来我给你治治头疼。

　　那是一把用了多年的耳勺子，圆勺部分已经被耳油润得铮亮。他随身带着，讲电话、听报告、等车，都会掏出来挖一挖耳朵——那是他的休息方式。

　　"不许讲话，也不许动。"他命令她。

　　她歪过去，半靠在他的腿上。勺子从她的耳孔里伸进去，她痒得打了个哆嗦，接着，耳朵里就响起了轰隆的雷声。雷声很轻也很闷，仿佛裹着棉花。雷声在她耳朵里滚过来滚过去，撞到耳膜，又弹回去，她的每一个毛孔都觉得困倦。

　　"我想请个钟点工，帮你煮饭做家务。"他说。

　　她想说用不着，别费那个钱，可是她没有力气，她所有的力气只够她哼了一声。那一声是一个不堪一击的反对，微弱到几乎完全可以被忽略。她被一柄小小的耳勺施了定身法，嘴巴微微开启，嘴角流着一丝细细的口涎，那样子看上去像是一挂剔了骨头被太阳晒得淌油的腊肉。

　　"别操心钱，我这些年挣的够咱们花几辈子，反正一个子儿也不用留给那个白眼狼。"他说，仿佛猜着了她的心思。

　　"我联系好寄宿学校了，下学期就把她转过去。咱们管不了，就让老师管，省得她整天在你眼前晃来晃去，看着生气。"他说。

这次她没有吭声。思源要是再在她眼前多晃几眼，她兴许也会和当年的全知一样发疯，她身上有和全知一样的基因。

"下个星期，我要去趟巴黎。"他说。

他的口气很若无其事，她却一下子推开他的手，坐了起来。他出过很多次差，把国内的大城市基本都走遍了。也出过远门，不过都是香港澳门新加坡这样的地方，他从来没出过这么远的门。

"怎么会去巴黎？"她惊讶地问。

"公司有可能跟法国人做生意，以后会有很多机会去巴黎。等我把那条路探熟了，我就带你去那边转转。"他说。

他和她当时都不知道，这个诺言他还会许很多次，也砸很多次。

孩子的屁股撅得很高，鼻子近近地贴着地，身上那条布裤子的屁股部位上有两块湿泥。

雨是前天下的，下了整整一夜。轻轻的，细细的，毫不张扬的，就把地给湿透了。雨钻进了地的每一个毛孔，钻得很深，一连两场大日头，也只晒干了一层皮。一指头捅下去，地底下的泥依旧黏手。

孩子在看蚂蚁搬家。蚂蚁并不稀罕，蚂蚁是这个远离都市的院落里最常见的玩意儿。孩子看见蚂蚁的次数，远超过他看见人——除了母亲之外的人。可是今天的蚂蚁有点新奇，因为今天的蚂蚁抬着一片撕了一半的豌豆荚。豌豆荚比蚂蚁大多少？十倍？百倍？孩子还没学会算数，孩子只觉得蚂蚁是蚂蚁，豆荚却是山。蚂蚁不稀罕，山也不稀罕，可是蚂蚁抬山，就成了他四岁生命经历中的一桩大稀罕。

蚂蚁密密麻麻地堆成了一个蠕动的黑团，无比混乱，却又秩序井然。它们仿佛在听从着一只看不见的铁皮哨子发出的无声号令，朝前，朝后，向左，向右。他看不清它们的步子，他只看见山在贴着地皮缓慢挪动。

离豆荚山几寸远的地面上，有个兴许是母鸡寻虫子时啄出来的小坑。那在蚂蚁眼里是河，一条大到需要撑船才能过去的河。孩子对自己说。

离河不远处，是一片蜷成一个小拳头的落叶。那一个荒岛，上面既没有人，也没有狗，甚至连鸟儿也看不见一只。可是那里有比人和狗都要凶上百倍千倍的恶魔。

在河和岛中间，是一根靠着一块土坷垃站立着的枯枝。他把它想象成一座碉堡。他还没想好驻守碉堡的究竟该是一条汪汪叫的恶犬，还是一只阴险地匍匐在暗处的狼。

孩子把高撅着的屁股渐渐放低，搭在一块砖头上，这就是他的临时作战指挥部。蚂蚁的目的地是那个由一片枯叶组成的荒岛。若想把山平安无事地搬到岛上，蚂蚁必须先渡过那条宽阔的河，再攻克那个危机四伏的碉堡，再——消灭岛上的那些恶魔。

河里有眼睛看不出来的漩涡，水中住着噗的一声蹿出来抓住你脚跟的水鬼，白胡子艄公一转身就会变成绿胡子妖怪。蚂蚁会一眼就看出白胡子艄公的真面目，它们会不动声色地谢绝他的假意救助。它们会齐心协力地把那座豆荚山翻过来，当作临时渡河的舟。这艘船比白胡子老头的船大出百倍千倍，漩涡在它面前只是一口唾沫，水鬼的舌头舔上去，还舔不湿它的一根毫毛。蚂蚁会坐在这艘新船上，欢声雷动地上岸。

攻克碉堡的过程会稍微复杂一些，却也不至于复杂到离奇的地步。蚂蚁对付狗，只能是斗智而不是斗勇——现在孩子终于决定了守卫碉堡的是狗而不是狼。蚂蚁想出的高招是钻进狗的耳朵旦，进行温柔的骚扰。它们挠得不轻也不重，狗被挠得舒服了，终于打起了致命的呼噜。现在蚂蚁该提防的是从每一个楼梯拐角的阴影里突然窜出来的猫。那些猫毛发披散，瞬息万变，脸一抹就能变成浑身竖着毒针的刺猬，嘴里冒着火焰的老鼠，或是长着亮晶晶绿毛的大蜘蛛。蚂蚁得把大山先放到地上，然后集中力量，攻击老鼠刺猬蜘蛛们的肚脐眼——那是它们身上唯一没有设防的部位。蚂蚁钻进它们的肚脐眼，把它们挠得哈哈大笑，四脚朝天，满处乱滚。当蚂蚁抬着豆荚山从它们身边走过时，它们依旧瘫软在地上，谁也没有力气看蚂蚁一眼。

蚂蚁想在荒岛安家，一路上还有千难万险需要一一排除。孩子一边替它们揪着心，一边紧张地在脑子里部署着下一步的行动计划。他没有打过仗，也没有看过打仗的电影——妈妈不让他看。他近乎完备的军事知识，都来自《猫和老鼠》的电视剧，还有妈妈平习讲给他听的各样乡野故事。

突然，他那个庞大的蚂蚁军团上方出现了一朵乌云，他拿手去撩去拨，都不管用。抬头一看，原来是妈妈蹲到了他的身旁。妈妈刚洗过澡，浑身都是水蒸气，头上包了一块白毛巾，里边的湿头发在鼓鼓囊囊地表示着抗议。有几滴水珠子冲破了毛巾的警戒线，从边上偷偷地溜出来，顺着妈妈滚烫的红得像生肉似的脸颊流淌下来，一路爬，一路发出快活的哧哧声响。

"饿吗，欧仁？"妈妈问。

他不知道到底是饿还是不饿，他现在顾不上，他的千军万马正在等候着他的口令。就在他抬头看妈妈的那一刻里，豆荚山已经朝前走了几里路，他的军团现在已经行进到离那条河只有半寸的地方了。

突然，队伍违逆了最高指挥官的意图，它们无视他的存在，当着他的面集体哗变。它们沿着旁边的陆地迂回绕过了河流，它们没有和漩涡水怪正面交锋，它们甚至连白胡子艄公的面都没见，就浩浩荡荡兵不血刃地结束了这场本来或许甚为壮观的水战。

他感觉失落和沮丧，他对蚂蚁国的未来失去了希望。这时他的肚子响亮地叫了一声，他这才意识到有一股香味，在狗尾巴草似的捅着他的鼻孔。那股香味来自妈妈手里端着的一只粗瓷碗，碗里盛的是热乎乎的番薯（地瓜）粥。粥滚得很烂，早已经看不出米粒的边缘，番薯切得很细，混在雪白的米里，是一丝一丝褪了色的金红。他突然感到了饿，他朝妈妈转过身去，大大地张开了嘴。

妈妈看见他的脸，眼睛突然一亮，仿佛他的脸上挂着七七四十九个太阳。妈妈用嘴呼呼地吹着气，吹凉了就把勺子里的粥喂进他嘴里。她喂他，也喂自己，他一大勺，她一小勺。妈妈的眼神水一样地流过他的脸他的身子，这水暖暖的，略略有些稠黏，叫他隐隐约约想起来他还在妈妈肚子里时的情景。

"蚂蚁也有爸爸吗？"在两勺粥的空隙里，他问妈妈。

"世上所有的东西都有爸爸。要是没爸爸，它们难道是石头缝里蹦出来的吗？"在两勺粥的空隙里，妈妈这样回答他。

"每只蚂蚁都一样大小，我怎么看得出来哪个是儿子，哪个是爸爸呢？"他又问。

"蚂蚁知道。将来你长大了，和你爸爸一样高了，别人远远看过去，也会认不出来哪个是爸爸，哪个是儿子。可只要你知道就行了。"妈妈说。

孩子沉沉地叹了一口气，仿佛肩上突然落上了一副重担。

"妈妈，那还要多久呢，我才能长得和爸爸一样高？"他忧心忡忡地问。

妈妈忍不住扑哧一声笑了，说等你喝完一千碗番薯粥，你就该和爸爸一样高了。这东西最长身体了，城里的孩子想喝都没有。不过你不要后悔哦，你一长大，想回来做孩子都不行了。

孩子还不懂什么是后悔，也不明白一千是个多大的数字，但他多少明白那是很久很久以后的事。他不知道他能不能等那么久，他有些不耐烦，脸上浮现出一丝接近失望的懊丧。

"还看蚂蚁搬家不？"妈妈问。

"不看。"孩子斩钉截铁地说。

"怎么啦？"

"蚂蚁坏。"

"怎么个坏法？"

孩子蹙起眉头，脸绷得像一只扯得很紧的弹弓。

"就是，那个坏。"

孩子终究没能从他那个浅得几乎见底的词汇库里捞上一个达意的词。

妈妈用手指刮了一下孩子的鼻子，说那你去帮妈妈找一找，鸡窝里有没有鸡下出来的蛋。

　　孩子眉心那个柔软的结子一下子松开了，他已经彻底忘却了一个失利的蚂蚁帝国最高军事将领的耻辱，他兴高采烈地接受了鸡王国元首的新任命。他忘了就职典礼和演说词，他只是飞快地朝着他的新领地奔去。

　　这个院落很大，四面都栽着柑橘树。树已经挂上了果，小小的，紧紧的，青绿得让人只想吐口水。在天好的时候，坐在院子里，越过参差不齐的柑橘树梢，远远的还能看见一片灰蒙蒙的山巅。当初决定花大价钱租下这个院落，就是为了这片难得的安静。孩子跑起来很疯，头发像蒲公英一样飘散开来，腿脚结实得像犁田的牲口。孩子从断奶后就吃乡下的食物，孩子几乎是从刚学会走路的那天，就同时学会了跑、跳、钻、滚，还有其他九十九种属于男孩的淘气。孩子不怕蜘蛛不怕蚊子不怕猫不怕狗，也不怕夜里一个人躺在黑暗中。无论是睡了还是醒着，孩子几乎都没有什么惧怕的事。

　　孩子跑到院子尽头的鸡窝跟前，撅起屁股，把半个身子探进了鸡窝的门。他伸手，还没来得及摸到鸡蛋，就先摸了一手屎。他把指头拿到鼻子上闻了一闻，呸了一声，就往裤子上擦。妈妈远远地喊了一句欧仁你傻啊，这里有纸，倒也没有真骂的意思。

　　孩子很快地从鸡窝里抽出身子，对妈妈扬了扬两只空空的手，说妈妈一个也没有。

　　妈妈说那你就抓一只母鸡过来，让妈妈摸一摸它肚子里到底有没有蛋。

　　孩子被这项充满了挑战和诱惑的使命激动得浑身发颤。他还来不及挺直身子，就向他属下的臣民发起了急切的进攻。他的臣民是五只已经养了半年的鸡：两只莱克亨母鸡，两只芦花母鸡，一只五彩公鸡。公鸡站在母鸡堆里显得瘦骨嶙峋，仿佛总挨着饿，可是跑起路来就看出来它吃得比谁都饱。在孩子开始发动攻势之前，公鸡正嘎的一声跳在一只莱克亨身上，用枯瘦的嘴死死啄着母鸡的颈子，冠子涨得猩红。母鸡的样子有些古怪，想逃，又不是真逃，嘴里叽叽咕咕地叫着，嗓子好像噎在了嗓子里，听起来像哭也像笑。孩子跑近了，就闻到了一股子臊味。

孩子破了公鸡的阵脚，公鸡从母鸡身上飞蹿下来，扔下母鸡就落荒而逃。母鸡还没有回过神来，慢了一步，就被孩子抓住了一只翅膀。母鸡用那只仍旧自由的翅膀疯狂地扑扇起来，满地便都是羽毛和飞尘。孩子不肯放弃这已经打了一半的胜仗，死活不松手。母鸡便扭过脖子，狠命地啄了他一下。孩子觉出了疼，一慌，就撒了手。鸡奋拉着那只被孩子捏麻了的翅膀，跌跌撞撞半飞半跳地逃走了。

孩子捂着手，有点想哭，跺了跺脚终于忍住了，又气急败坏地开始了新一轮的追剿。

妈妈说别追了，再追蛋都叫你追掉了。孩子哪里肯听？孩子一撒开步子就收不住脚，孩子现在踩着风火轮。

于是妈妈只好起身去追儿子。妈妈的毛巾跑掉了，湿漉漉的头发在风里张扬开来，像一根根又黑又直的长茅。鸡疯了，人也疯了，五颜六色的鸡毛飞了一天一地，傍晚的日头把扬在空中的泥尘染成闪闪发光的金粒，妈妈和孩子的衣服变成了一股红色和蓝色的旋涡，在院子里一圈一圈地旋转着，带着越来越快的速度。

　　就在这个时候，一个男人推开了院门。男人靠在桑树干上，眯着眼睛看着院子里那片颜色和声音都很嘈杂的旋风。他觉得有些晕眩，他不知道那晕眩到底来自脑子，还是心，抑或纯粹只是眼睛？眼前的情景让他隐约想起了他二十来岁时做的一个梦，梦里没有人，只有一股带着颜色的风。那风围着他绕啊绕啊，越绕越紧，紧成了一根五彩的绳子，缠着他怎么也脱不开身。

　　他便一时有些糊涂起来，不知道他眼前的情景到底是前世，还是今生？一个人突然想起二十岁时的梦，到底是他老了，还是他依旧年轻？

　　"爸爸！"

　　孩子第一个发现了男人。孩子丢下他的臣民，欢呼着朝着男人扑过去。男人一把抱起了孩子，把脸埋在了孩子柔嫩的颈脖里。男人的手像铁箍，把孩子箍得很紧，很紧。孩子被他的力气吓住了，惊恐地喊了一声妈妈。

　　女人跑过来，把孩子从男人的臂膀里掰下来，对孩子说："你快去看看鸡有没有踩死蚂蚁。"

　　孩子走了，女人才看了男人一眼。

　　"出了什么事？"女人问。

　　"没什么事，就想过来看看你们。"男人说。

　　女人就笑，说没事你不会在这个时候过来，我知道你。

　　男人不说话，脸色却渐渐地阴沉了下来。女人熟门熟路地从男人的外套口袋里摸出一盒烟，抽出一根来，替他打着了火。女人知道烟是男人的定海神针。

果真，男人抽完了一根烟，才慢慢有了话。

"我觉得，有人跟踪我。"他说，嘴唇有些抖。

"谁？"她问。

他不回答。沉吟了半晌，才说这是迟早的事。

女人见不得男人这副样子，就拿胳膊肘子撞了男人一下，说有什么大不了的，要依我，不如就坦白从宽，争取主动。

在女人的心里，世上的事只分两种，一种是做得了的，一种是做不了的。做得了的，她就做了；做不了的，她连想都不会去想。所以女人想哭就哭，想笑就笑，唯独极少有犯愁的时候。女人自己不犯愁，女人也见不得别人犯愁。

"蠢。"男人斜了她一眼。

这是男人对她说得最多的一个字。刚开始的时候，她觉得有点刺耳，现在她的耳朵早已磨平了那个字上面的毛刺。她的耳朵自作主张地篡改了这个词在字典里的原始含义，再把面目全非的信息传递给脑子，脑子就心安理得地把它当作一句男女之间的寻常招呼用语，甚至携带着一丝不易察觉的亲昵。

男人的腮帮子一会儿鼓，一会儿瘪，仿佛嘴里正嚼着一块铁硬的糖果。女人现在已经很熟知男人的套路了，她明白男人的这个表情通常会伴随着一个重大决定。她不想听，几乎要去捂住耳朵。

"招娣，我想让你带着儿子，去巴黎生活。"他说。

她的脑子吱呀一声停止了转动。她一生里发生的最大一件事，莫过于那年她爸从拖拉机上摔下来丧了命。男人说的这件事虽然比不上那件，却也近近地排在了第二位。

"我认识一位律师，是我的铁杆哥们儿，他有个朋友叫于勒，是法国人，也是个中国通，他已经答应照顾你和欧仁。"

女人没说话，只是愣愣地揪着自己半湿半干的发梢，仿佛那也是她手掌上的一层死皮。

"你家里的事，我都有安排了。我已经给你妈找了一个二十四小时的看护，那人在医院工作过多年，照顾瘫痪病人很有经验。按摩院的股份，我分了你弟弟一半，现在我哥占百分之五十一，你弟弟占百分之四十九。"

"你到了巴黎，别的事都不用操心，只要管好欧仁就行。思源小时候，就是没人管，才到了今天这个地步。"

女人依旧没说话。

女人持续的沉默如一个紧箍咒，越来越紧地勒住男人的额头，男人头痛欲裂。

"有什么想法，你说啊。"他蹙着眉头说。

"你这是在跟我商量吗？"女人问。

男人无语。

三个月后的某一天下午，离闹市区几条街外的一家小饭馆里，来了一老一少两位男客。老的那位看上去七十出头了，小的那位其实也不小，是出四十往五十上跑的人了，可为了把他和老的那位区别开来，他只能屈尊被归在"小的"这一类里。

小的那位穿着很考究，是一套三件套藏青色的毛料西装，通身上下找不着一条皱褶，一看就是洋货。老的那位被小的这位一比，就显得拖沓了。他穿的是一件他那个年纪的退休老头都喜欢穿的中式立领夹克衫，衣服倒还有几分新，只是颜色洗得混了，都认不出来到底是棕还是灰，袖口还沾了几片早上从菜市场带回来的鱼鳞。

这家饭馆门脸不大，墙上贴的那些花花绿绿的菜单里，几乎挑不出一样可以搬得上台面的菜式。这馆子怎么看也不像是三件套该来的地方，可是他就是来了，而且还带上了他的客人。三件套买这里，明摆着不是为菜。这些年三件套的生意做大了，在城里很有了些名气，无论他到哪里，总有人认出他来，爱拉着他喝个三杯两盏。他生性不喜欢热闹，索性避开了那些时髦的去处。在这么个小门脸里，不太会遇上他那个圈子的人，反倒能讨上几分清静。

其实三件套真想找清静，完全可以订一张机票去上海，给自己出一趟舒舒服服的差。小城早已通飞机了，去上海的班机有很多趟，赶得巧还能在一天里打个来回。若不想去远处，他也完全可以开车去乡下，找个山清水秀的地方静一静，反正他现在有了私家车，什么时候想走就什么时候走，用不着看司机的脸色。若实在懒怠不想挪窝，他还可以就近定一个上档次的星级宾馆房间，在里边昏天黑地地睡上一整天。

可那都是有小烦恼的时候，小烦恼往往可以用钱解决。而真有大烦恼的时候，钱不管用，他需要人。那人不仅不能惹他烦，还得会用旁不相干的事逗他宽心。这样的人，偌大的温州城里只有两个，一个是他的大哥，一个是他的岳丈。大哥头脑简单，思维是一根直线，可大哥最大的好处是长着一副天底下最耐心的耳朵。大哥不仅有一副好耳朵，大哥也有一张好嘴巴，不是巧舌如簧，而是守口如瓶。可是大哥自从接管了按摩院之后，简直比他还忙。

于是他只好来找岳丈。

岳丈有岳丈的好处。岳丈不仅见多识广，岳丈更是侠义心肠。岳丈在他险些饿死的时刻给了他一碗救命的饭；后来，岳丈瞒着岳母，把家里几十年的积蓄偷偷拿出来给他，他才敢在那张承包生死状上签了字——那是他的第一桶金。岳丈弓着身子把他扶上了马，待他的马走稳了，而且能飞的时候，岳丈却从来没有向他邀过功，无论人前还是人后，连个暗示都不曾有过。岳丈让他觉得他生来就是份骑马的料，他若不骑在马上，那不仅是马，也是世界的损失。

岳丈不是个贪杯之人，他也不是。可是很奇怪，他们两人聚在一起，尤其是身边没有旁人时，就会不约而同地想起喝酒，仿佛他们手里各自捏着一把没有备份的钥匙，专开对方心里那个酒柜的门。

这顿饭吃了很久，从中午时分开始，一直吃到下午三点多钟还没散。老板娘也不敢催，只是不停地借着端茶送水给眼色，可惜这两人都是瞎子。桌上的饭菜早就没了热气，只有杯里的酒倒还是常新。饭桌上都是岳丈在说话，岳丈今天仿佛只带了嘴出来，却把耳朵落在了家。三件套年轻的时候，和岳丈在一起，都是岳丈说，他听。后来各自都长了些岁数，渐渐的，就变成了他说，岳丈听。今天岳丈似乎又走起了回头路。

岳丈已经喝得有几分高了，嘴似乎盛不下舌头，说话开始颠三倒四。

"老沈是谁？我是说小沈，他妈的他也配叫老沈？南下工作队培训班里，他是端茶送水的小通讯。连他都收到了请柬。"

"谁请谁了？"三件套问。

"元旦，市委新年茶话会。"老头说。

三件套多少有些明白了，就嘿嘿地笑，说那破招待会有什么稀罕？请你你也得考虑去不去。

老头摇头，说不去，当然不去。就又斟满一杯酒，先给自己，再给三件套。

"打过日本鬼子打过老蒋又打过李承晚的，这一个温州城里还剩下几个？有眼无珠啊。"

三件套把老头的酒杯收了，叫老板娘沏了一壶新茶过来。老头咕咚咕咚地喝了大半杯，又吃了几口已经结了冻的红烧带鱼，慢慢地，就清醒了些。

"老首长没了也五年了。老首长当年当营长的时候，上边给派了个新教导员。教导员新官上任三把火，总想压他一头。营长识的字少，也不会说大道理，一着急就结巴，当着全营的面，只说我我我们比枪法。教导员自小练枪，心里不怕，五枪打了四十八环，把一营的人都震了，心想营长这回难了。谁知营长掏出枪来，只瞄了一眼就啪啪啪连发五枪，四十九环。别看只差一环，就这一环定了调子，从此教导员不敢在营长面前横。部队简单啊，谁有真本事，谁的嗓门就能比别人大。地方上的事复杂啊，地方复杂。"

老头把地方复杂的话重复了好几遍。老头子在地方工作的年数早就超过了在部队的年数，老头子这些年在地方的境遇，大多是自作自受。老头子向来认命，从不多言。三件套一下子不习惯老头子的牢骚，心想谁都经不得老啊，就连老头这样侠义豁达的人，老来也学会了计较。

老头喝过两杯茶后，脸上的酒就渐渐落了些下去，眼睛反倒有了颜色，眼白里爬出了几条细细的红蚯蚓。老头定定地看了三件套一眼，把茶杯往桌上咚的一摞，突然说：

"你找我来，不是听我啰唆的。说吧，出了什么难事？"

三件套暗暗吃了一惊。老头到底是见过世面的，老头的眼睛像锥子，世上没有它扎不透的皮，他不能跟老头打马虎眼。他飞快地在脑子里翻了几翻，终于翻出了一件可以说给老头听的事。

"在香港人手下做事，真是憋屈。你刚使顺手了一个人，他怕你结党，就得想方设法往别处调，然后再给你空降他的心腹。掺沙子，使绊子，样样精通。"

老头眯着眼睛，似在听，又不似在听。半天才睁开眼睛，慢条斯理地说：

"你是不是心里早想好了，要自己出来单挑？"

三件套又吃了一惊：甭管老头的脸上裹了多少层锈，脑子里头，依旧还是赤金白银的雪亮。

"你算是猜对了，队伍都拉好了，就等资金到位，想去上海发展。"

老头就感叹，说你赶上了好时候。那年要不是全力她妈硬逼着，叫我厚着老脸问你对全力有没有意思，这会儿还不知道你是在陪哪个丈人喝酒呢。

三件套的嗓子突然有点堵，他呵呵地咳嗽了几声，哑哑地叫了一声爸，却是无话。

两人终于吃完了饭，三件套扔下三张大票子，老板娘千恩万谢地送走了瘟神。

两人走到街上，三件套拦了一辆出租车，送老头回家。老头从车窗里探出头来，敲了敲脑壳，说她外婆这儿有些不好使了，整天就念叨源源，你叫她多过来看看。

三件套想说她能听谁的？话没说完，车就嗖的一声开走了。

老太太这几年脑子开始犯糊涂，老头的日子就过得有些委顿起来。看来该给他们物色一个住家保姆了。三件套想。这回不能听老头老太的，那两个只知道省钱。他得费点心思找个妥帖的，事先说定，把明面上的工资压得低低的，然后再暗地里贴补——只为哄老头老太开心。

三件套送走老头，不想坐车，只想独自走一走。走到街口，看到空地上有一对父子在放风筝。孩子四五岁的样子，骑在父亲的肩上，手里捏着一个绳轴。风很好，绳子拉成了一根笔直的线，风筝飞得很高，只隐约看见一团黑影，像燕子，像蜈蚣，也像鹞。孩子扯着嗓子啊啊啊地叫喊着，仿佛从来就没学过说话。

他的心里突然抽了一抽，一口酒泛上来，他有点想吐。

这个孩子，兴许就和他的儿子一般大。这会儿他的儿子正坐在一架飞机上，飞往一个叫法兰西的地方。他这辈子，注定会错过许许多多个和儿子一起放风筝的日子。

他这才觉出了疼。

他今天从办公室里逃出来，原本是想寻求安慰的。可是即使是世上最妥帖的安慰，也只能是隔靴搔痒，因为他不能告诉任何人他真正的痛处——那是他此生的秘密。

至少今天把老头子哄好了。他安慰自己说。

其实老头今天所有的牢骚都只不过是障眼的法术。老头真正的痛处，和他一样也是无法诉说的。这些年里老头子已经研究出了一个止痛秘方：他学会了用几处可以示人的小疼痛，来掩盖那个像私处一样隐秘的大疼痛。

三件套并不知道，今天是一个女人的忌日。那个女人死了已经整整三十九年了。

她的名字叫叶知秋。

第八章

猫魂物语 （**1987—2001**）

我是一只在城市的街巷里四处行走的流浪猫。年龄：三岁零两个月；性别：公。

提起流浪猫，你的脑子里肯定会立刻浮现出一只毛发脏得起了结子，颜色像洗混了的衣服一样无法辨认，白天在垃圾桶里淘食虾头鱼骨，深夜站在屋脊上发出令人毛骨悚然的哀鸣的猫的形象。我不敢说我身上完全没有符合上述特征的地方，但我的确是一只与众不同的流浪猫。我黄色的皮毛上覆盖着一个个形状不规则但却清晰可辨的棕色斑块，日头好的时候，你甚至可以看见那上面的隐约光亮。在你神志不十二分清醒的时候，你或许还会产生一些关于丛林和老虎的联想。我的耳朵像灌足了浆的麦穗一样直直挺立，我的眼睛无论对着光还是逆着光，永远闪烁着一丝摄魂的灰绿。我的腿极为修长，把我的身架撑得很高，我站立的时候可以看得很远，听得见别的猫也兴许会忽略的声音。我身上具备了某些家猫所具备的教养和品味，然而我却鄙视家猫被灭鼠陪伴孩子玩耍消除大人孤独等七七四十九等责任和义务所修磨出来的奴颜婢膝。我像所有的野猫那样自由自在桀骜不驯，可是我却没有它们身上一千零一样的粗俗下作习性。

总之，我是一只聚集了家猫和野猫各自的优点却摒弃了它们身上的劣习的猫。

我之所以能成为这样一只独特的猫，首先要归功于我的奇特基因组合。我的父亲是一只被一位名门闺秀养了多年的纯种波斯猫，而我的母亲却是那条街上的野猫群中最狂野妖冶的猫后。有一天下午，那个女人在出门时忘了锁上院门，于是就成就了我生命诞生的偶然契机。我父母亲身上的血液，在缔造我的过程中经历了一系列的讨价还价碰撞融汇之后，最终在我身上存留下最为浓稠的精华。

除了基因元素之外，造就我出类拔萃的体魄和特质的另一原因，是我超群的觅食本领。我很少像其他的流浪猫那样饥一顿饱一顿地混日子，我几乎三餐都能找到基本能满足我胃口需要的食品，我总是能从别的猫认为无足轻重的细节里迅速而准确地判断出食物的来源。比如说今天中午，正当我摊开四肢躺在一户人家的房顶上享受久雨之后的一场好阳光时，我突然看见一个五十多岁的女人行色匆匆地走在路上。这个女人的衣装陈旧发式过时，很容易就会被毫不起眼地混淆在一街熙熙攘攘的人流之中，可是我却一下子注意到了她手里提的那个布包。布包大概洗过了很多水，几乎无法分辨最初的布料颜色，袋口已经磨出了毛边。可是闯进我眼睛的不是布袋的样式，而是它的形状。一般来说，像她这个年纪的上班族女人，随身带的布包里装的无非是一个饭盒，一串家门钥匙，一个装零钱的小皮夹子，至多还有一块抹汗擦鼻涕的手绢，然而她的布包却被撑成了一个可以炸毁一个城市的炸药包，绷得紧紧的布面勾勒出各种圆弧和直角。我立刻判断出那都是些装食品的容器。

我的好奇心是一摊洒得很开的煤油，只需一粒火星子就可以噌的一声点成一蓬大火。我轻捷地跳下房顶，小心翼翼地踩着脚掌上那几块厚实的肉垫子，悄无声息地跟在她后头。隔着几步路的距离我就闻到了从那些盒盖里漏出来的丝丝香味，我在脑子里飞快地将它们分门别类：裹着厚实面粉的炸鱼，鸡蛋胡萝卜炒饭，肉丝海带，还有几样我并没有多大兴趣的蔬菜。

我尾随那个女人在一座三层楼房跟前停了下来。这座楼房是在一座旧平房的基础上加盖出来的，底下的那层还保留着面街的大门和门前的两级石阶。石阶上坐着一个孩子，七八岁模样，头发剪得很短，身穿一件蓝灯芯绒外套，前襟有一团也许是粥也许是鼻涕结下的硬痂，肘弯处有一个破洞。那洞眼边缘清晰，显而易见不是长期磨损的结果，而是钉子或者其他利物钩扯出来的新伤。孩子的手里捏着一根树枝，树枝的尖头正挑着地上一摊正在缓慢扭动的浓痰——那是一只腌在盐里的蚂蝗。孩子专心致志地观察着蚂蝗在盐里渐渐分解的过程，几乎完全没有注意到来人。

"源源，外婆给你带饭来了。"女人对孩子说。

孩子吓了一跳，噌的一声，身上竖起了密密麻麻的一排刺，像仙人掌，也像刺猬。后来我才发现，这些刺其实一直潜伏在孩子的毛孔里，每逢见到生人时，它们就会倾巢出动——它们是他的天然防护层。

孩子抬起头来，看清了来人，身上的刺才渐渐地平复下去。

"不饿。"孩子舔了舔指尖上残留的盐粒，心不在焉地说。

听到声音，我才醒悟过来这原来是一个女孩。

"胡说，早上你才吃了一个包子。不吃饭你怎么长肉？你还真想当一辈子柴排？（柴排：温州方言，形容瘦子。）"女人笑骂道。

"要吃也坐在外边吃。"女孩又低下头去，继续用树枝搅弄着那团越来越浑的水。

"小祖宗，外边吃就外边吃，只要你给我好好吃。吃完了就去上学，别迟到。"

女人进屋拿了一条板凳一只碗一双筷子，把东西在凳子上摆好了，对女孩说："外婆今天把食堂的剩菜都买回来了，你吃不了的收起来放到竹罩子底下，留着给你妈吃。你妈晚上要给学生补习，没工夫做饭。"

女孩哼了一声，听不出是答应还是拒绝。女人把腾空了的布袋揉成一团塞进裤兜里，匆匆要赶回去上班。

"你把喜欢的挑到碗里，别都扒得乱七八糟的。先挑鱼吃，那是好东西，凉了就腥。"女人交代道。

　　女人走了，我却没走，我藏在路边一棵梧桐树背后，依旧惦记着凳子上摆着的那些东西。直觉告诉我，我今天的午饭兴许就在那里。

　　女孩终于玩腻了她的化学游戏，丢了树枝，起身打开凳子上那一摞大大小小的饭盒。她把筷子伸进每个饭盒里挑挑拣拣，最后只吃了几口蛋炒饭就放下了碗。她把筷子咬在嘴里，开始收拾凳子上的残局。突然，她拿着饭盒盖的手停在了半空，眼里飞过一丝阴毒。

　　"咪咪，你出来。"她冲着屋里大叫了一声。

　　屋里没有回音。

　　女孩换了一种半是央求半是诱哄的声调，又喊了一声"咪咪"。那声呼喊尾音拖得很长，带着一丝嘤嘤嗡嗡的震颤，爬过耳道时在耳膜上擦出一层细细的鸡皮疙瘩。

　　过了像是一个世纪那样长的时光，屋里终于走出了一团毛茸茸的东西。

　　我的心脏嘎的一声停了下来，眼睛突然瞎了。我看不见路边那棵一夜之间绽满了花蕾的夹竹桃，看不见那些门口晾着滴水的被单和衣物的旧砖房，也看不见那条开始有了午饭之后的第一丝睡意的小街。世界在我的眼前哗然退去，我的视野变成了漆黑一团的舞台，只剩下一小片聚光灯投下的光斑。

　　光斑的中心，站着那只名叫咪咪的母猫。

　　请不要把我误认为是一只初出茅庐，眼孔极浅，见到什么都要大惊小怪的公猫。在我虽然不算长但却算得上丰富的经历中，我见识过了很多只母猫，在街头，在房顶，在废弃的仓库里，在公园刮不到风的死角，在人类稠密的居住环境的任何一条缝隙里。她们有的脑满肠肥，有的瘦骨嶙峋，有的狂野刁蛮，有的慵懒文静，有的极具挑逗诱惑之能事，有的孤冷傲慢目中无人。她们千姿百态，令人眼花缭乱，可是她们从来都在我的掌控之中，她们从未让我失态过。但是今天，这只名叫咪咪的家猫，却让我的阅历猝不及防地撞上了一堵坚厚的墙，我突然失去了思维的能力，我竟然找不到一个合宜的形容词。

咪咪是一只白底带褐色和黑色斑点的猫。这种颜色的猫在江南街景中并不是稀罕的物件，然而在她身上，这些色彩和形状的随意组合却发生了意想不到的裂变，一堆的寻常里轰然炸出了一个唯一。她的眉心有一块黑色的圆斑，那黑渐渐过渡到灰又过渡到白，中间经历了无数个微妙的层次，将她的额头演绎成一幅出神入化的泼墨山水。她眼睛的颜色比一般的猫都深，深得仿佛是月亮夜里的一汪湖水，上边跳动着喝醉了酒的星星。连接她骨头的每一根筋似乎都拉扯到了极限，她身上的每一个部位，她的头，她的颈子，她的躯干，她的四肢，甚至她的尾巴，都格外笔直坚挺。她脚掌上的肉垫子仿佛是金丝绒做的，她迈着芭蕾舞娘似的步子从石阶上缓缓走下来，走过还残留着昨夜雨水的石板路，绕过那团令人作呕的盐水蚂蟥，眼神干净得仿佛不识世上的泥尘。

高贵。

我的脑子里突然跳出了两个字。我终于找到了，我的形容词。

我屏着呼吸，恍恍惚惚地从我的藏身之地走出来，向她走去。那天我走路的样子一定非常滑稽，我小心翼翼地踮着脚尖，仿佛穿了高跟鞋，我怕我的任何一个响动都会惊碎了她眼神里的那片干净，提醒她这世上存在着龌龊污秽。

我在离她三五步的地方停住了，坐下来，呆呆地望着她。我选择了坐，是因为我的身子实在颤抖得太厉害，我不想让她看出我的紧张。可是这个新的姿势并没让我安生，我连坐的时候仿佛也还在踮着脚尖。她抬起头来，发现了我。这三年里我为其他的母猫练出来的巧舌刹那间断成无法粘连的碎片，无数首让夜莺蒙羞的美妙歌曲烂在了喉咙口。我们隔着震耳欲聋的沉默相互打量着，在彼此的眼睛里寻找着对方，却意外地发现了自己的身影。

我知道那沉默只是初遇时碰撞出来的粉尘，是用来遮掩各自的惊讶和不知所措的。可是我宁愿这片尘埃永远在我们中间弥漫，因为我害怕看见尘埃落定之后的那个结果。

她绕着我走了一圈，依旧用芭蕾舞娘的步态，然后用鼻子轻轻碰了碰我的脸。突然，我闻见了她身上散发出来的一股气味，像汗味，又不全像，带着一丝香，甚至还有微微一丝的腥臊。我的鼻子唰的一下子苏醒了，它告诉我一件我的眼睛没能发现的事：我的鼻子闻出来她的心尖上灿灿地开出了一朵花，为我。

那个女孩一直背对着我们站着，用手里的筷子在那一堆饭盒里挑挑拣拣。半晌，终于挑出一样东西来，往身后一扔。

"我给你留！"她愤愤地说。

女孩的那句话听起来意思有些模糊，可是我还是听懂了那个"你"指的不是咪咪。

那东西正正地落在了我和咪咪的中间，是一块裹了面粉剔了刺的炸鱼。

我的肚子响亮地鸣叫了起来。我满脸羞愧，却纹丝不动，只是用我的眼睛温柔地示意着咪咪。平生第一次，我在食物面前保持了风度。咪咪犹豫了片刻，终于侧过身子，把那块东西叼进了嘴里。

咪咪吃饭的样子很斯文，仿佛嘴里含的是一样长满了细刺的东西，她的舌头和牙齿必须在那些细刺之间小心翼翼地穿行，寻找那一丝丝比刺更细的肉。

女孩从饭盒里挑出了一块又一块食物，接二连三地朝地上扔去。突然，她扭过身来，意外地发现了坐在咪咪身边的我。女孩的眉眼唰地倒立起来，嘴里说出了一句含着四个音节的话。女孩的这句话是从牙缝里挤出来的，把她的牙齿染成了黑色。我着实吃了一惊。不是因为挨骂——一只在街面上活过了三个年头的猫，早已练就了一双刀枪不入的耳朵和一副砧板一样厚实的皮囊。我吃惊是因为女孩说的这句话，是别的年岁相仿的女孩要追着父母或者哥哥姐姐讨问意义的话，这话可以让城里最调皮的男孩犹豫，甚至脸红。

见我丝毫没有走的意思，女孩抓起手头的一个饭盒盖，凶猛地朝我掷来。女孩的眼力很准，那坨金属正正地落在我的背上。那是我身上骨头最硬皮肉最薄的地方，一阵尖锐的疼痛沿着脊梁朝全身弥漫开来。可是那一刻里最让我难以承受的还不是疼，而是耻辱，在我心爱的母猫面前所遭受的耻辱。我霍地站起身来，发出了一声低沉的嘶吼。猫被激怒的时候，不像狗那样发出震耳欲聋的狂吠，猫只是把天底下所有的低音都汇聚在喉咙口，让你的皮肤在你的耳朵之前感受到了那股愤怒，让你几乎无法分辨那到底是声音还是震颤。我没有镜子，我看不见自己当时的样子。但是我用不着镜子也知道，那一刻我身上的毛一定是一片密密麻麻棕黄相间的针叶林。

女孩吓了一跳，她终于意识到她的脚已经踩上了一条边界线。她一只手抱起咪咪，另一手提着那只分量已经大大减轻了的板凳，悻悻地回了屋，用脚嘭地踹上了门。在门即将被关上的那一刻里，我看见了咪咪回头瞧我的眼神，是不舍，是意犹未尽。我突然就安了心，因为我知道了我的爱恋不是昙花一现的一厢情愿。这一刻，对于我和咪咪来说不是终点，而只是通往许多下一刻的开始。

我坐下来，开始享用女孩扔在地上的那些食物。我吃得慢条斯理、从容不迫，甚至没有放过一片平时很少触碰的菜叶。我知道这也许是我今天唯一的一顿饱餐，因为不等到这扇门再次打开，我是不会离开这里出去寻食的。

过了大概一两刻钟，门又开了，还是那个女孩，背着书包，大概是去上下午的课。女孩见我还坐在门前，立刻反手撞上了门。看来我刚才的震怒还在发挥效应，女孩没敢骂我，只是绕过我的余威划出来的那条界线，脚步匆匆地走了。

我立刻走上台阶，隔着门呼唤咪咪，可是我没有听见任何回音。门是旧式的木门，木板很是厚实，上过了无数道漆，隔音效果极佳。我把耳朵贴上去，听见的是一片死一样的寂静。我意识到这扇门将是横亘在我和咪咪中间的一道无法逾越的鸿沟。

我放弃了我的最初计划，退下台阶，开始围绕着这座矮楼探测地形，看能否找到进入房子的其他途径。我很快就发现了后门，可是后门和前门一样紧紧关闭着，在等待着第一个下班的人来开启。后门边上是一堵石头垒成的墙，墙很高，墙头插满了尖尖的玻璃碴，我爬不过去。但是从墙头探出来的一条桑枝来看，墙的那边应该是一个院子。我为我的发现窃喜：只要我能尾随第一个开门的人进入院子，我就能在那里找到一个暂时藏身之处，等到夜深人静之时，再寻求一个和咪咪幽期密会的机缘。

我在后门边上等待了很久，一直等到阳光开始倾斜并且有了颜色。当第一个归来的人掏出挂在脖子上的钥匙开门的时候，那人和我都同时吃了一惊：我没想到她竟然还是那个叫源源的女孩子，她也没想到我竟然找到了后门，而且依旧在坚守。

惊讶并没有阻碍她的反应速度。她在我眨眼的空隙里打开了锁，当我还没来得及把爪子伸进门缝的时候，她已经哐地关上了门。可是我并不气馁。我走街串巷的丰富经历告诉我：居多居民楼的后门在下班和熄灯之间的空当里都会保持着敞开，我只需要耐心等待第二个归家的人。

可是我还没等到第二个归家的人，门就开了，从里边。源源走出来，站在窄窄的门缝里，用自己的身子挡着我的进路。她的食指和拇指中间，捏着一块东西。她的姿势有些奇怪，手伸得很远，没派上用场的那几根指头微微翘着，仿佛捏在她指间的，是一块刚刚涮过马桶的脏布。

她把那东西扔到我跟前，说吃吧你，眉眼里带着一丝接近于温和的笑意。

随后她关上了门。

我打量了一下扔到我脚边的那块东西，是一块鱼，和牛午那几块鱼有些相似，说不定就是从同一个饭盒里挑出来的，只是这一块的表面看起来更加富有光泽。我低头闻了一闻，有一丝微微的甜意。我没在乎。经过几个小时的探测和等候，中午落在我肚子里的那些食物已经消化殆尽，我感到了第二轮的饿意。我开始狼吞虎咽。

我并不知道，我正在犯一个一生中最大的，而且是致命的错误：我吃进了一块蘸过了敌敌畏的食物。

我出奇健壮的体魄使得那块鱼里的毒素在我体内以飞快的速度蔓延，几分钟之后，我就躺倒在地上，在我心爱的母猫家的后门边上。

这就是我，一只三岁零两个月的流浪猫的故事。

我是说，这是一个版本的故事的终结。而另一个版本的故事，一个比三年零两个月长得多的版本的故事，正要徐徐展开。

我变成了一股烟，飞上了天空。这个说法并不准确，因为烟有形状，我没有。我不再具有脑袋四肢和躯干，我在失去这一切之后感觉无比轻盈。我发觉随着躯体的消失，时间也消失了，距离也是，我想去哪里，我就已经在哪里。我曾经把走街串巷，从一家房顶跳到另一家房顶，在手指宽的篱笆缝里挤进我身体的生活方式叫作自由，现在我才醒悟过来，我在人世间所有的日子，充其量不过是被时间和距离两条绳索束缚着的一种囚禁方式。

我飘在半空中，朝地面俯视，我看见一群放学回家的孩子，正围着一只躺在地上的死猫看热闹。那只猫的嘴边挂着一圈白沫，身子滑稽地固定在一个抽搐的姿势里，一只爪子往前伸着，仿佛在尽力够一样东西；另一只爪子往里缩成一个半圆，似乎在躲避另一只猫的追捕。有个孩子用一根树枝捅着它翻了个身，仰面朝天的它就露出一个沾满了泥土的黄肚皮。又有一个孩子在众人的怂恿下，拽着尾巴把那只死猫倒提了起来。一股腥臭的黄色液体，顺着它的肚皮滴滴答答地流到了地上。我厌恶地闭上了眼睛。

那是我的尸体，是我脱在人世间的一件衣裳。只有脱下了这件衣裳之后，我才明白那个曾经让我如此引以为傲的躯体，原来竟是这样一副丑陋不堪的臭皮囊。

我毫不费力地翻越了那堵曾经是不可攻克的屏障的高墙，绕开那棵开始有了第一丝花意的桑树，飘过那个拉满了晾衣绳的院落，飘进了一户严实地关着门的人家。现在再也没有什么东西可以阻挡我的进路，墙不能，玻璃碴子不能，门不能，锁更不能。

我进了屋，悄悄地蹲在一个角落里，观察着屋里的情景。这间屋大概是这户人家从前用来做见客和吃饭用的场所的，因为屋角里依旧还摆着饭桌碗柜和两张藤座椅。或许是因为人口增长的原因，这间屋后来又被隔成了卧室，因为另一堵墙边放置着一张双人床和一张小书桌。那堵把房子的其余部分隔离开来的墙，看得出来是一层很薄的木板，甚至没有上过漆，只是糊了一层早已变了颜色的白纸，接缝的地方翘起了硬脆的黄边。床头贴了一幅电影海报，书桌上方挂了一张镶在镜框里的先进工作者奖状。

书桌有两只抽屉，一只上了锁，另一只没有。我看见那个叫源源的女孩把那只没上锁的抽屉整个端出来放到了地上，然后跪在地上，把手伸进那个上了锁的抽屉的隔板，摸索着从那里掏出一个信封。女孩用唾沫打湿拇指和食指，把信封的口子捻开了，取出一张薄薄的纸币，又把信封合上，透过隔板放回到那个上了锁的抽屉里，再把地上的那个抽屉摆了回去。女孩做这一连串的动作时，轻车熟路，有条不紊。

女孩打开书包，从书包里拿出一个铅笔盒，把那张纸币折成一个细条，小心翼翼地放到铅笔盒的垫纸底下。一只花猫走来，蹲在她的脚边，轻轻地喵了一声。她瞪了它一眼，说你敢告诉她，我就踩扁你。猫凑过脸去，伸出舌头讨好地舔着女孩的手。

这是一只看起来多么俗气的猫啊，轻浮的皮色，臃肿的身材，眼神里流露出来的，是一股隔着一条街都看得清的奴颜。天啊，这难道就是那只一刻钟之前还令我神魂颠倒，让我为她搭上了一条性命的女王咪咪吗？此刻仿佛有一只天外伸过来的手，一下子抹去了蒙在我眼目上的迷翳，叫我看清了残酷得令人牙齿都发冷的真相。

那只手是死亡。只有死亡才可能拥有这种你活了一辈子都不会具备的能力。死亡抹去了色彩，掰平了情绪，把想象力砸成一地碎碴，死亡叫世上万事万物都回归到最原始的本真。死亡剥开了咪咪的皮，敲瘪了它的骨头，让我看见了里面的骨髓。假若我活着的时候就看见了它的骨髓，我何至于为它付出了自己的性命？可是我若不是死了，我又如何能看得清它的本真？我知道我走进了一条被哲学家们称为"悖论"的死胡同。

女孩转过身来，随意瞟了身后一眼。那是我所在的地方，可是她不是在看我，因为她不可能看见我。而我，则终于可以借这个机会认认真真地研究一下她的眼睛。这是怎么样的一双眼睛？从内眼角到外眼角，满满地堆聚着一片九个太阳也融化不了的坚冰。这眼睛叫一切不幸落在里边的东西顷刻之间也结成了冰。

到底是什么样的脑子，能让人生出这样一副眼睛？到底是什么样的脑子，能叫一个七岁的孩子想到在一只偶然爬过她脚边的蚂蟥身上撒盐？能叫她用蘸了敌敌畏的鱼块，毒死一只与她素昧平生的街猫？

我发觉自己已经在不知不觉中飘离了屋角，陷身于一个黑黢黢的洞穴中。那洞穴里找不到一丝有光的缝隙，那洞穴到处都是高低不平的沟壑，四壁潮湿稠黏，像铺了一层还没有结痂的沥青。

过了半晌我才醒悟过来，那是女孩的脑子。

皇天，我钻进了女孩的头颅！

我开始害怕起自己刚刚获得的那份自由。我的自由已经没有任何边界，它可以带我去任何一个空间，唯一的交通工具就是意念。我活着的时候，意念和行为之间还隔着千山万水的屏障，死神把千山万水轻轻一抹，现在我的意念可以在瞬间成为行为。我再也无法控制我的行为，因为我无法控制我的意念。

那天晚上，女孩的母亲下班回家，看见女孩蜷着身子躺在床上，吃了一惊。这个脚下安了风火轮的女孩，平日里极少在不属于睡觉的时间里和床发生联系。母亲问你怎么了？女孩哼了一声，说头疼。母亲有点慌，赶紧拿出体温计给她量体温。三十六度七，一切正常。母亲开始用狐疑的眼光看着女儿，说你是不是不想写作业？母亲的问话不无道理，因为女孩对课程对作业从来没有表示过兴趣。若在平时，女孩还没听完母亲的话就该跳起来了，用比母亲响数倍的声音表示她的抗争，可是那天她没有。不是她不想，而是她没有力气。她只是倦怠地斜了母亲一眼，无语地闭上了眼睛。其实女孩那天没有撒谎，她果真头疼。当然她并不知道，她的不适缘起于我。那天我正在她的脑子里来回行走，探测地形，寻找可以安歇的角落，并开始习惯这个崭新的环境。

那天当我在这个名叫全思源的女孩的脑子里筑巢时，我绝对没想到我会在那里一待就是十几年。刚开始时纯属好奇。我活着的时候，就是一只充满了好奇的猫。就是因为听从了好奇的引领，我才会走上了通往咪咪家的死亡之旅。我死了，又把生前的好奇带到了身后的世界，再乘以倍数。后来，我在她的脑子待久了，好奇就渐渐变质，变成了仇恨。我开始想念活在世上时从一家房顶跳到另一家房顶，在街角随意邂逅母猫，对她唱花腔高音情歌，拉她在树荫之下偷欢的日子。我终于明白：死是一条如此决绝而不可逆的路，我在得到了绝对大自由的同时，也已经无可挽回地失去了那些带着些许束缚的相对小自由。我怀念我曾经拥有过的小自由，我甚至捎带着怀念起那些我曾经厌恶的束缚和边界。我憎恨这个让我夭折的冷血女孩，我开始设计并一一实施我的报复计划。

我在她的脑子里恣意横行，兴风作浪，我把她原本瞬间即逝的小恶作剧念头捏塑成一个个具体的捣乱行动，把她从童年向少年行走的路途上的每一丝躁动不安，都演绎成惊天动地的轩然大波。我看着她像毒瘤一样地成长起来，不停地伤害着自己也伤害着父母，我忍不住在黑暗中发出无声的大笑。她让我在剧痛中猝死，我却要让她在钝痛中长久地活着，一天一天地经受煎熬。

　　源源放学之后，没有马上回家。她用不着，家里并没有人在等着她，追问她放学到吃饭这段时间的去向，因为所有的人都比她回来晚。家里很少有全体聚齐在一个时间点一张桌子上吃晚饭的时候。上一次这样聚齐，是大年三十的晚上。爸爸和外公不能按时回家吃饭，是因为他们都是各自单位的头儿，他们要等到别人都下班后才能处理上班时没法处理的事。外婆在单位里连个最小的头儿都不是，可外婆却管着一个单位的嘴。外婆在食堂工作，只有伺候完了加班人员的晚餐，才能回家。全家最有可能按时下班的人是妈妈。妈妈只是一所中学的教书匠，妈妈上完课原本就可以直接回家，可是妈妈这几年在管着市里的一个重点高考班，去年妈妈班级的升学率是百分之九十一，包括大专在内。今年妈妈的目标是百分之九十五。那是妈妈对领导说的，其实妈妈暗地里给自己打了埋伏。妈妈真正的目标是百分之一百，所以妈妈几乎晚上都不回来吃饭，连周末也是这样。

　　但这并不是说没有人管源源的晚饭。现在的日子过得松快了，连路边的野猫都能在垃圾桶里找到油腥，所以源源从不用担心她晚饭的来源。一般情况下，外婆会趁午休的时候，带些食堂的熟食回来给她放学后先垫个底，然后等下班回家再煮一顿略微正式些的晚餐。如果外婆没带东西回来，源源也总是可以在街角的小铺子里买一碗馄饨或者炒年糕。源源的脖子上常年挂着一个小布包，里边装的是进屋的钥匙和零钱。她不像别的必须在外边吃饭的孩子那样，想方设法从嘴里抠出几个零花钱。她可以想吃什么就买什么，因为她的零花钱另有来源。妈妈抽屉里的钱总是会长着脚走进她的口袋里，一小张一小张，神不知鬼不觉的。

她也用不着赶着回家做作业。作业通常是在妈妈回家之后和熄灯上床之前的那个狭窄时段里完成的，她从来不在别的时间里把精力浪费在功课上。"完成"在这里是一个偷梁换柱的词语，真实精确的说法是"糊弄"，她其实只是为了在妈妈的眼前制造一种用功的视觉假象。她刚上小学一年级，却完全没有一年级学生对学校生活的那种新鲜向往。她对上课丝毫不感兴趣，不是因为跟不上进度，而是因为她即使把脑子的运转速度放慢到乌龟爬行的步伐，课程依旧还会被她远远地甩在身后。她很难理解，一件用半句话就可以解释清楚的事，老师为什么要费上半个钟点。她的耐心不是在后来的日子里被生活慢慢磨薄的，她生下来时，耐心就已是一张千疮百孔的破纸了。

她不喜欢学校，倒不全是因为功课，也因为寂寞。她讨厌班里那些穿着粉红色衣裙，辫子上系着五彩蝴蝶结，连铅笔盒上也要贴一朵塑料花，动不动就融成一摊泪水的女孩子。她不喜欢诸如跳绳跳橡皮筋抓沙袋勾绳花之类的女孩游戏。她五岁的时候，外婆给她买了一个洋娃娃，她在拿到手的半个小时之内，就把它成功地变成了一堆废屑。她把它当成了断肢再植和心脏移植的试验品——她在科普电视节目里看到了这些手术的直播。她用刀子割开洋娃娃时，发现胳膊里压根没有可供再植的血管神经和骨头，胸腔里装的根本不是心脏，而是一堆肮脏的刨花。从此她对一切女孩的玩具彻底失去了兴趣。

她总觉得她在妈妈肚子里的时候其实是个男孩子，只是在钻出妈妈的身子以后，被某一个居心叵测的医生装进了女孩子的外壳里。她心里装的那个男孩总想在男孩堆里寻找同伴，和他们一起为一个破皮球你推我搡地跑出一脸一身的臭汗，用自制的弹弓打碎一盏盏路灯，惊飞冬日里泥塑木雕般站在电线上发呆的麻雀。可是男孩子的眼睛都近视，他们看不见她心里的那个男孩子，他们只认得她套在男孩外头的那副女孩皮囊。他们的周围是一圈铜墙铁壁，门上写着大大的"女孩莫入"。她脸皮再厚，也钻不进他们的世界。

她知道自己既不是真正的女孩，也不是真正的男孩，她只是从男孩和女孩身上掰下来的一些碎片。有一只看不见的手把这些碎片像泥巴一样重新揉捏过了，把她变成了一团男孩和女孩都不认得的怪东西。她走的那条路，是男孩和女孩都躲着的窄路。她用不着快跑，因为前边不会有人等她。她也用不着刻意慢下步子，因为她身后也不会有人追她。即使只有七岁，她已经明白这辈子她注定会是一个孤独的人。

这天放学之后，源源在中山公园的凉亭里待了一阵子。这个时候的公园人烟稀少，凉亭里只有三两个老太太在听一个瞎子断断续续地唱鼓词。鼓词通常是在晚饭之后才开场的，瞎子这时只是随意练着嗓子。瞎子唱的是岳飞辞母从军的片段，用的是瑞安方言，源源只听懂了七八分。不过不要紧，她对歌词并没有多大兴趣，真正迷住她的，是瞎子那双长着黑黢黢指甲的手。她看着他那几个没有眼睛引领的手指，在三根弦之间娴熟地找着路，揉搓勾弹出时而如疾风暴雨时而如涓涓流水的叮咚声，只觉得吃惊。她没想到手也能唱歌，手唱出来的声音，倒比嘴更能抓心。

等她终于听腻了鼓词，起身往家走时，日头已经低矮下来了。在离家门口不远的一条街口，她发现了一群蹲在树下玩香烟纸壳的男孩子。香烟壳五花八门，每一张都折叠成一个三角形。游戏规则很简单，就是把所有折成三角型的纸壳都摆在地上，每个男孩随意挑一张出来，轮番掷在地上，看谁的力气大，能把地上的烟壳扇得翻过身来。而那些翻过身来的烟壳，就归那人所有。那些烟壳仿佛都长了一根根细绳，拴着源源的脚，叫源源忍不住要往那堆人里凑。缺了一只屋檐的大前门，丢了一只翅膀的飞马，折了半根麦穗的大丰收，残了半朵花蕾的牡丹……这些散落在地上的烟壳，源源都眼熟——她在外公和爸爸的口袋里见过。男孩太傻，只知道使蛮力，烟壳掷在地上发出空洞而响亮的声音，却只够扇起一线飞尘，其余的烟壳依旧匍匐在地上，纹丝不动。源源知道假若她上了手，那些烟壳不出一刻钟很快就会全部归她所有，因为她知道怎么支使她的手腕子。她一遍又一遍地想象着她的胳膊在空中飞过时留下的弧线和生出的风，这些图像越来越清晰鲜活，终于忍不住从她的脑子里爬出来，钻出了她的喉咙。

"笨蛋，蠢猪，你懂不懂怎么玩啊？"她听见自己大喊了一声，手里已经抢过了一个折成三角形的烟壳。

男孩子怔了一怔，扭过身来，发现了身后站着的那个头发剪得很短、身穿一件蓝色灯芯绒外套的女孩子。

众人很快就清醒过来，他们彼此看了一眼，不约而同地把舌头伸出来，卷成一个长卷，从长卷中间的那个空隙里发出一阵哧哧的气声——他们在模仿放屁的声响。有一个领头模样的男孩唰地扯开了裤裆的拉链，从里头掏出一条细细软软白得仿佛从没见过天日的东西，对着源源抖了几抖，说有本事你尿一个我看看。

源源掉头就跑。跑出很远，还听见男孩们的笑声，在锯齿似的割着她的耳朵。

她跑到家，掏出挂在脖子上的钥匙，急急地开门。钥匙在锁孔里转了几圈，锁舌却纹丝不动，她突然意识到：是有人从屋里上了反锁。锁是新换的保险锁，把手边上有一个钻头留下的窟窿，妈妈怕漏风，就用一个小纸卷把那个洞眼塞了。源源取下头发上的夹子，捅出了纸卷，发现有一股细细的热气从那个小洞眼里袅袅飘出。

她趴上去，看见屋里有两个人。洞眼太小，她其实看不全头脸，她只看见了两截身子。一截身子似乎正从床上起来，一只手正急急地扯过一截墨绿色的衣服，来遮掩身上某个白花花的部位。另一截身子已经离开了床，正慌慌张张地提着裤子。源源猝不及防地看见了那人两腿分叉的地方，耸立着一坨涨成紫酱色的仿佛随时要炸裂开来的东西。源源这才明白，原来钥匙孔里漏出的热气，是从这东西上冒出来的。刚才街上那个玩烟纸壳的男孩子从裤裆里掏出来的，应该就是这个玩意。她只是不懂，那条凉软的细豇豆，换了个身子，如何就能肿胀成这样一根热气腾腾的粗香肠？

癞蛤蟆。流着脓的蚂蟥。绿头苍蝇。腌菜缸里的蛆。马桶盖上没擦干净的屎……

源源的脑子里飞过一样又一样的脏东西，却没有一样比那根从裤裆里掉出来的肉肠更叫她恶心。她撒腿就跑，鞋尖踢得一路尘土飞扬。跑到没路的时候，她就蹲在了一堵墙根上，撕心裂肺地呕了起来。她还饿着肚子，呕出来的只是酸水。几口之后，连酸水也没了，她还是忍不住想呕。她觉得她的胃里装了满满一袋的鼻涕和脓水，她就是吐上三天三夜，也吐不干净那里头的龌龊。

　　那晚她终于回到家的时候，除了妈妈以外所有的大人都回来了。饭桌上坐着一个客人，是居委会的组长老黄。碗筷已经摆好了，正等着外婆把汤端上来。爸爸问源源怎么回来这么晚？源源说学校里在排练节目。这是她在路上就想好了的借口，她甚至想到了一些很具体的细节。可是那晚她编织得天衣无缝的谎言并没有派上任何用场，爸爸只是随口说了一声什么老师啊，不怕学生得胃病？就没有再往下追问。

　　外公指了指老黄，说源源你叫过黄奶奶了吗？今天黄奶奶给咱家送春联挂历来了，我们留奶奶一起吃饭。老黄扯了扯身上那件墨绿棉袄罩衫的前襟，斜了一眼外公，说我有这么老吗？怎么就成奶奶了？外公就嘿嘿地笑，说我们源源要是叫你阿姨，你就比我小了一辈，你这是吃亏。我怎么能让你吃亏呢？你只好委屈一下。

　　源源不说话，脸拉得像一根干在枝头的秋丝瓜。老黄不以为忤，温软地笑笑，说孩子你饿了吧，赶紧吃饭。源源抬起眼来，直直地看着老黄。源源在搜寻女人的心虚，而女人却在丈量源源的胆气。最终，女人找到了源源胆量的边界，源源却没找到女人心虚的迹象。

　　今天的饭菜比往日多了几个花样，源源却没有胃口。外婆往她碗里夹了一块红烧肉，她拿筷子去挡，没挡住，倒把筷子弄丢了一根。她弯下身拾筷子，发现桌子底下有两条腿像受了惊的兔子，猝然分开。

　　源源挑了几挑饭，就放下碗，一个人去了厨房，怔怔地看着窗外那一团湿漉漉的仿佛淌着鼻涕的月亮，只觉得心里堵得慌。

　　过了一会儿，外婆端着一个装满了脏碗筷的脸盆走进来，开灯看见坐在板凳上犯愣的源源，吃了一大惊，说你这个孩子，黑灯瞎火地坐在这里，要吓死你先人啊？

外婆哗哗地开着水龙头洗碗，洗完一只，源源就接过来，拿毛巾擦干，再放到碗橱里去。外婆瞟了她一眼，说今天是怎么嗌？什么时候见你在厨房里抬过一指头？

源源没回话。她心里有好几句话在你死我活地打着架，她不知道该把哪一句先拽到舌头上。

"我看见，那个姓黄的……"她终于结结巴巴地开了口。

"你，什么也没看见。"外婆斩钉截铁地切断了她的话尾巴，脸色平静得像一张没有任何字迹和折痕的纸。

源源升初中那年，和妈妈发生了一次激烈的冲突。其实在那之前，她们之间已有过无数次的摩擦，而且摩擦的频率随着源源的长大变得越来越密集。母女两人像包裹了铁皮的动物，无论是为了一只还残留着饭粒的碗，一排没刷干净的牙齿，还是一张在好看和难看之间尴尬地徘徊的成绩单，都会唰啦啦地蹭出一片火星子。皮上的旧伤还没来得及长好，又蹭出了新伤，于是新伤和旧伤就碾压成了一层硬痂和死皮。可是那无数次的碰擦却似乎只是为这一次的冲突作着预演，这一次，她们才真的伤到了筋骨。

源源成绩平平地从小学毕了业。当过多年班主任的妈妈早就看出了源源的成绩并非完全受天分之累，她决定收拢每一个曾经一度自由敞开着的网眼。妈妈做的第一个决定，就是把源源拽离按学区划分的那所学校，而转入到她所执教的中学。这样，即使妈妈再忙，她的同事也可以接替她警觉地放哨站岗。

只是她没想到这件事竟会遭到女儿如此激烈的抵抗。

开始时妈妈以为那不过是源源诸多孩子气的叛逆行为中的一桩，最终这股气会在奔腾和叫嚣的过程中消耗完自身的能量。可是妈妈错了。妈妈没想到这股能量在持续了整整三个月之后，依旧保持着最初的那股蛮劲。她发现在女儿身上，爆发力和耐力是两条长度相等的线。

源源拒绝在规定的时间吃饭上床，用剪刀把书包铰成碎片，撕毁课本，甚至跑到妈妈的教研室和校长办公室，控诉妈妈破坏学区划分政策的行为。妈妈最初的回应是下意识的，源源打出来的拳头有多狠，妈妈打回去的力量就有多狠，甚至更狠。妈妈把周围的人罗织成一张密集的铁网，把源源完全隔绝在其中。周围的人里包括爸爸、外公、外婆、街坊邻居、班主任、任课老师，甚至源源班级里的同学。偶尔从铁网底下凿个小洞钻进来，偷偷地给源源送一星半点接应和抚慰的，只有外婆。可是源源不稀罕。阵营已经形成，非此即彼，没有鸣锣响鼓地成为她同盟军的人，便都是她的敌人。

突然有一天，妈妈似乎从梦中猛然惊醒，意识到了自己的谬误。她明白了如果靠拼蛮力，她永远不是比她年轻二十多岁的女儿的对手。要想制胜，她必须设立另外一套力学原理。于是她不再回应源源打过来的拳头，她漠视源源的愤怒，如同漠视一片风吹落的叶子，或是一块脚踢起的土坷垃。源源的每一拳都落在了空气里，源源失去了接应她力气的那股力气，她扑了空，一下子失去了平衡。她开始感觉不知所措。

可是十四岁的脑子是一块吸水能力极强的海绵，源源很快就适应并吸收了妈妈那套新的力学原理，并在上面揉进了自己的创新。她明白她和妈妈之间的战役，极有可能会拖上整整一辈子，她得审慎而节制地使用她的力气。于是她就把愤怒的咆哮，渐渐转化成沉默的反抗。

她从垃圾桶里把剪碎了的旧课本捡拾回来，粘补好封面，在里边塞进王朔的小说。她的爱好年年翻新，什么时候跟什么时候都不一样。十四岁时的某一个季节里她痴迷的是王朔。有一阵子上课，她在老师探照灯一样的目光之下，泰然自若地把一本《过把瘾就死》从头翻到了尾。当时她还没有意识到她对痞子文化的兴致已经接近尾声，下一个追逐目标将是武侠世界的自由和侠义。几天之后，她就要踏上摒弃王朔投奔金庸梁羽生的途程。无论那个被透明胶带纸修补过的课本封面之下还会匿藏多少本小说，她都知道那里面永远不会有琼瑶、三毛或者张爱玲。她对那些小女人的无病呻吟不屑一顾，即使经过了再多的捶打和历练，即使她将遍体鳞伤甚至粉身碎骨，她都永远不会变成一个小女人，也永远不会喜欢一个小女人。

那个学期结束时，源源把那张三门功课不及格的成绩单，坦然地摆在了妈妈的书桌上。她不怕妈妈，因为她和妈妈都知道，在这场沉默的角力中，谁先失去镇静，谁就是输家。她带着一丝快意冷冷地观看着妈妈脸部表情的变换，她在等待着妈妈率先失态。妈妈的五官开始扭曲起来，眼睛一只高一只低，嘴角抽抽地斜向一边。那一刻妈妈看上去几乎像一个中过风的病人。源源刹那间有一丝惊恐，但她没有把惊恐放在脸上——她明白只要允许她的心里裂开一条细缝，怜悯就会立刻冒头蔓延，导致势均力敌的胶着战势瞬间崩盘。

妈妈没说话，妈妈只是把自己锁在了屋里，锁了整整一个晚上。一个星期之后，源源意外地收到了两封信，一封是转学同意书，来自她现在所在的学校；另一封是入学通知书，是从按学区划分的那所学校寄出的。妈妈终于意识到了事情已经不可能比现在更糟，她决定放手。这场耗时几个月让双方都感觉精疲力竭的持久战，就这样以妈妈的妥协而告终。

当然，当时妈妈还不知道，这只是未来诸多妥协的一个开端而已。

源源虽然没有混过江湖，至少那时还没有，但是她对江湖路数却略知一二。她明白每一项自由都有价码，而她的价码就是一张看得过去的成绩单。于是在新学校里，她就把从幼儿园起就谙熟了的巧劲，在功课上发挥到了极致。她知道如何精确地掌控力气和分数之间的关系——精确的意思就是误差在三五分之间。她通常会用不多也不少的力气，换取比及格线略高一点的成绩，而把省下的工夫，花在她更感兴趣的事情上。

后来她就是沿袭这种方法，一路考进了一所三流大学的。

这一刻她的兴趣是抽烟。

也许，抽烟的诱惑很早就匍匐在她所经之途等候着她，可是她和它脸对脸地相撞并被它扑翻在地，却是在她十五岁的那个夏天。那天她在家里做暑假作业，没看几眼书就心神涣散起来。百无聊赖之间，她突然发现了爸爸遗忘在桌子上的一包烟。是云烟。她刚记事的时候，就发现爸爸的两片嘴唇之间，永远沾着一根冒烟的小棍子。等她略微长大了些，她才知道那根棍子有个名字叫香烟。到六七岁时，她就已经能分辨烟的品牌了。不是从字上——那时她还认不了几个字，而是从烟盒的图案上。爸爸最早抽的，是最便宜的八分钱一包的劳动牌。后来，家里的境遇略微好了些，爸爸就升级到了飞马、前门、牡丹。再往后，是带过滤嘴的凤凰。再往后，就到了洋烟泛滥的时节，爸爸的烟盒变成了三五、骆驼和登喜路。洋烟的时代没有能够维持多久，爸爸很快就转向了大中华。爸爸对大中华算是长情的了，可依旧还没能修成终身的厮守。一年前爸爸弃大中华而去，迷上了云烟。狠，猛，纯。这是爸爸对云烟的评价。爸爸说人抽过了云烟，就会绝了对其他烟的念想。这样的话爸爸从前也说过，说的是别的烟，源源从不当真。

那天那个红颜色的云烟盒就静静地躺在源源的书包边上，包装纸沾过爸爸身体的潮气，已经丢失了最初的挺括。撕破了的封口里，一根烟探出半个脑袋，贼头贼脑地盯着她看。从小到大，她见惯了父亲和外公抽烟的样子，她叫得出世面上流行的每一种烟的牌子，她对所有的烟都是一种习以为常的漠然。可是这天下午，那个烟盒长了手，不停地在勾扯她的心。她不知怎的就扛不住了，上了它的钩。她扯出那根探头探脑贼眉鼠眼的烟，用煤气炉上的火苗点着了，轻轻地转了一个圈，就送进了嘴里。第一口稍稍有些惊惶，她被辣得呛了一呛。她知道那是她的学费，她只是没想到她的学费竟是这样低廉，因为从第二口开始，她就找到了姿势和节奏。当她把那根烟抽到了头的时候，她惊奇地发现她已经懂得如何用控制呼吸的方法吞吐各种形状的圆圈，仿佛她已经经受了一辈子的操练。

那天她捏着那根抽到了头的烟，转来转去想给它找个栖身之处，这时她看见了凳子上搭的那件蓝裙子。裙子是妈妈刚刚给她买的，是让她穿了去参加外婆的生日晚餐。她的衣柜里，还有许多条大同小异的裙子，那是她多年的积攒。不，确切地说，那是妈妈多年的积攒。这些裙子她只在妈妈钉子似的目光底下试穿过一两回，然后就成了她的永久库存。她喜欢夏日里坐在窗前，看着街上来来往往的女孩子穿着裙子走路的身影，可是她无法忍受裙子在自己身上的感觉。刚开始她以为是风格上的不适宜，后来她才明白那是一种过敏，一种像青霉素一样可以致死的过敏——裙子带给她的难堪几乎等同于赤身裸体。

她走过去，撩起椅背上的裙摆。多好的面料啊，细致密实的针织纤维，几乎闻得见棉花在田野里吸收存储的阳光。那一朵又一朵的花，从蕊到瓣，用了多少层出神入化的蓝颜料啊。这样的裙子是街上每一个女孩子的梦——除了她。可惜啊，可惜了妈妈。妈妈以为她不喜欢穿裙子是因为裙子不够漂亮，所以妈妈徒费心机替她一件一件地寻找合适的裙子。妈妈还要过很久才会最终明白：她不喜欢裙子，是因为裙子本身。世上相隔最远的距离，不是拐出了轨道的曲线，而是母女的心。

她拿起烟头，朝着裙摆戳了下去。空中泛起了一丝棉布的焦糊味，一朵花蕊里出现了一个黑色的虫孔。她扔了烟头，把裙子整整齐齐地折叠起来，放入了箱子，和它的同类一起。她不用着急，她还有一整个下午的时间，可以慢慢编织一个她为什么不穿这条裙子的理由。

她就是在那个暑假的下午开始抽烟的。最先是偷爸爸和外公的散烟，后来是偷爸爸的散钱去学校附近的小店买烟。其实那也真算不上是偷，因为爸爸的钱多得像空气一样贱，一抓就是一把。她有时甚至觉得家里那些抽屉啊钥匙啊都不过是一种虚设的形式，就像花花绿绿的包装纸，仅仅是为了提醒她里头装的是礼物。

"你是谁，你？"

刘年大声叫嚷着。

刘年的声音仿佛不是从喉咙里发出来的，也没经过舌头牙齿和嘴唇。刘年的声音是从心里直接蹦出来的，在胸口炸出了一个血肉模糊的窟窿。刘年浑身都散发着焦糊味。

"乔乔你不要开口，什么都不要说！"

源源冲过来，死命去掰那只掐在乔乔腕子上的手。那只手像是一把加了固定圈的铁钳，怎么也掰不开，乔乔的指头在钳嘴里渐渐变成了青紫色的腊肠，指间的那根烟掉了下来，落在还残留着昨夜雨水的路面上，嗤的一声腾起一缕青烟。

"你比她大这么多，你怎么可以……"

刘年没能把一句话说完。愤怒像一根点着了火的雷管，沿着他的神经网络飞快地蔓延，烧毁了所有的接头，那一刻他脑子里没有一根神经是相互串联着的。

刘年的话也对也不对。乔乔看上去比源源足足高出一个头，但乔乔虽然身架子高，实际上却只比源源大九个月。源源上初三，乔乔上高一。源源在自己班级里没有一个朋友，乔乔也是，于是两人就顺理成章地成了朋友。

乔乔脸色煞白，嘴唇颤颤发抖。她咯咯地咬着牙齿，想咬断泪水走向眼睛的通道。那个人高马大的身躯只是一个不堪一击的玻璃壳，里头藏着的，是一个未曾真正见过世面的十七岁的小灵魂。

"我……"乔乔松开嘴，刚扯出一个字，眼泪就夺了路，顺着还残留着最后一丝婴儿肥的颧骨滚落下来。

"你松开她！"源源声嘶力竭地喊叫起来。

源源感到她手腕上有一股疼痛，正顺着她的胳膊一路蔓延，侵入她的左胸，心脏开始收缩抽搐。她低头看了自己一眼，才明白过来那只铁钳一样的手，并没有掐在她的手腕上，她只是感受到了乔乔的疼。乔乔的身上仿佛有一个秘而不宣的发射台，而她的脑子则是一个同样秘而不宣的接收器，她的接收器只能破译来自乔乔那一个频道的信息。从她认识乔乔的第一天起，她就能感受到乔乔身上的细微情绪变化，有时靠话语领路，有时则是在沉默的黑暗中摸索。沉默比话语更可靠，因为话语常常带错路。乔乔虽然比她大，可是在乔乔面前，她却更像是大人。

"松开？可以，在校长办公室里。我倒要叫他看看他都教出了什么样的学生。"刘年咆哮道。

从抽第一根烟起，源源就知道她迟早会被抓捕，她只是没想到这一天竟然会发生在一年之后。具有鹰一样厉眼的妈妈，竟没有注意到她书包上烟头烧出来的焦洞，嘴里令人生疑的气味，还有裤子口袋角里堆积的零散烟末。她没想到最后让她翻了船的，竟是这么一个僻静的去处。这是一条死胡同，窄小得连一辆三轮车都难以掉头。除了巷子里的居民，这里极少有外人路过。而且早上的这个时候，家里所有的大人都急赶着上班，她没料到她会在这里中了爸爸的埋伏。不过，她并无丝毫懊丧之意。她从父母的眼皮底下偷走了一年的逍遥，她已经白白赚得了三百多个日子的自由，即使是死，她也已经够了本。

"你放了她，我就告诉你实话。"

源源终于镇静下来，想出了她的招儿。刘年狐疑地看了女儿一眼，终于犹犹豫豫地松开了乔乔。

"是我教会她抽烟的。"源源冷冷地说。

"我不但教会了她抽烟，我还给她提供了烟。不信你搜一搜她的书包和口袋，她身上保证连根烟毛都不会有。"

"我知道你要问我的烟是哪里来的。我告诉你，我的每一根烟都是你提供的。今天从这个盒子里摸两根，明天从那个盒子里拿半包。你没发现你最近烟抽得比过去凶多了吗？妈妈数落你的时候，我其实是真想帮你说话的，不过那样只会让她更加生气。你想想就明白，她一定宁愿你抽得更多，也不愿意看见我学会了抽烟。我说得不对吗？"

刘年下意识地把手伸进裤袋里，摸了摸里边的那盒烟。用不着仔细数，凭着手指的感觉他就知道大概还剩下七八根。这盒烟是昨天晚上新拿出来的，那时源源正在自己的房间里做作业，或者说正在摆出做作业的架势。这就是说，最近的一次盗窃行为，发生在今天早晨他起床和出门之间。他竟然毫无察觉。

"你还可以问到底是谁教会我抽烟的？"她挑衅地看着他说。

"谁？"他没接她的目光，他知道那目光不怀好意。

她顿了一顿，才说是你。

"你十五岁开始抽烟，我也是。你爸爸那时已经死了，可是你妈妈还在。你妈妈都没有管你，你最好也别管我，咱俩生而平等。"

刘年觉得脊背上的那根骨头突然被剔走了，他站不直，身子如一刀散肉，软绵无力地瘫在身后的那堵墙上。

"还要我领你去见校长吗？"源源问。

那天源源放学回家，一路上都在期待着一场疾风暴雨，没想到晚上见到妈妈，妈妈脸上竟然是一片风平浪静。风平浪静的意思是：妈妈的言行举止虽然没有比平日更松，却也没有比平日更紧。妈妈那晚，不，妈妈一连几天的表情，都是一条没有多少起伏的直线。源源在惴惴不安中熬过了一个星期，才终于断定爸爸没有把早上看见的事告诉妈妈。

妈妈没什么变化，变的反而是爸爸。爸爸把平日里囤积的烟一条条一盒盒地都编上了号码，锁进了五斗橱的抽屉，并把唯一的一把钥匙放在设了密码的公文包里。爸爸把烟看得很紧，却把钱包放松了。爸爸开始给她买一些过去她不仅不敢问，甚至连想也不敢想的礼物，比如随身听，比如名牌钢笔，再比如同时可以作为录音机使用的三波段收音机，爸爸甚至时不时地塞给她面额不等的零花钱。爸爸严严实实地堵住了她通往五斗橱囤货的路，可是爸爸似乎不明白获取香烟的道路还有千条万条，而零花钱是其中最便捷的一条。

过了一阵子源源才明白过来，爸爸其实是在软硬兼施。爸爸的软，是钱包上松开的那条缝。而爸爸的硬，则是爸爸和她中间那个尚未在妈妈面前戳破的秘密。这个秘密是一把低低地悬在她头顶的刀，让她不敢直腰挺胸抬头。在这把刀下她只能有一种活法，那就是战战兢兢，小心做人。

可是无论这把刀离她有多近，她都戒不了烟，她只能更加谨慎地选择抽烟的时间和地点。她从不把烟带到家里，她书包的隔层里，如今堆满了各式各样的口香糖。在本该催生荷尔蒙的岁数上，她无可救药地迷上了尼古丁。她也和爸爸一样，换过不同牌子的香烟。爸爸年轻时从劳动牌跳到飞马，中间隔的不过是三两级台阶。而她的第一步跳跃，便是一条鸿沟。她在抽了一阵子云烟之后，就换成了带过滤嘴的女式摩尔。不是因为味道，她只是喜欢那纤细修长的纸卷夹在指间的特殊感觉。她的摩尔阶段维持了两年，久得让她有些吃惊——她几乎想不起来有哪件事让她如此长性。后来她和摩尔分手，爱上了维吉尼亚，也是女款。那年她刚好骑在十八岁的线上，她不知道这算不算成年，这个年龄在有的国家可以竞选总统了，而在另一些国家里却连酒还不能沾。

就在她七岁烟龄那一年，她迷上了雪茄。那年她大学刚刚毕业，迫不及待地离家去找乔乔。乔乔两年前就去了上海，在朋友开的一家酒吧里做女招待。乔乔让她结识了雪茄，从此她不再尝试别的烟种。有时是一整支，有时切了片，有时把烟丝撕出来，装在烟斗里抽，看身上带着多少钱，也看抽烟时的心境。

妈妈是在她上大学那年发现了她抽烟的秘密的——她有些惊讶妈妈竟然没有更早觉察。妈妈那天没有骂她，妈妈只是砸碎了一只形影不离地使用了十余年的茶杯。那是一个学生家长送给她的特制紫砂杯，上面篆刻着她名字。妈妈那天出手的劲道很狠，肩膀闪了，手臂上立时肿起一个小馒头。那天外婆也在。外婆打扫完杯子的碎片，才发现地板上砸出了一个半圆形的小弹坑。十几年里妈妈心中积攒起来的怨恨，似乎可以炸平一座城。假如妈妈有足够的前瞻力，能看到这件事和后来发生的许多事情相比，至多不过是群峰中的一座小丘，妈妈可能也就咽下了这口气。可是妈妈没有。

　　那把在头顶悬了几年的刀，现在总算落下来了。源源几乎松了一口气：她终于不必再担惊受怕。最坏的已经发生过了，也并没有比她想象得坏到哪里。

　　在那以后的整整一个星期里，妈妈没和家里的任何一个人说过一句话。甚至连家里那只养了多年的老猫咪咪跳上她的膝盖，用湿漉漉的舌头试探她的体温时，她也无动于衷——通常咪咪一个温存的眼神就能让妈妈化成一摊稀泥。妈妈的积怨太深，可以宣泄的渠道又只有那么几条，妈妈几乎在每一条道上都磨破过脚。妈妈尝试过诅咒谩骂咆哮冷漠，这一次妈妈尝试的是沉默。其实这不是妈妈第一次动用沉默，可是这一次和以往的任何一次都不太相同。以往妈妈的沉默是石破天惊之前的能量储蓄期，所有的人都能感受到大爆炸来临之前声波在皮肤上的隐约震颤。可是这一次，妈妈的沉默更像是万念俱灰的绝望。当然，在未来的几年里，当妈妈有过了更多轮的万念俱灰之后，她才会意识到，每一轮的万念俱灰和后面的一轮相比，又都不能真算作是万念俱灰，因为那灰烬里都还隐隐埋着没灭尽的火星。

　　这一回妈妈似乎把对源源的怨恨，平均地分摊到了家里的每一个人身上。很快源源就看出来，妈妈生气的另一个原因，是因为爸爸没有加入谴责的队列。有天晚上源源听见爸爸轻声劝慰妈妈："算了，不值得这么动气，世上还有比这坏得多的事。"后来源源生活里每发生一件腻歪的事，爸爸都是用同样的方式劝妈妈。爸爸的"更坏的事"的标准，往后退了又退，以至于到后来爸爸已经无法判断"更坏的事"要退到什么地步，才能碰到"最坏"。当妈妈终于明白了什么是最坏时，爸爸已经不在了——那是后话。

有一天早上源源起床，看见爸爸在对着镜子刮胡子。爸爸从镜子里瞧见了她，回过头来对她笑了笑，问她吃没吃早饭，爸爸的语气是讨好的，姿势低得几乎接近地面。她醒悟过来，爸爸的低三下四里蕴藏着的是害怕。那个几年里一直被爸爸用来钳制自己的祕密，如今反而成了她钳制爸爸的武器：爸爸永远不会有勇气向妈妈承认他在几年之前便已知情。家里连咪咪都知道，妈妈走路时鞋跟擦起的一丝微风，都能在爸爸的神经梢上生出颤巍。

源源仰起头，用倨傲的语气回了一句没吃，也不想吃。就在她想骑着话尾的那个高音扬长而去的时候，她突然在爸爸脸上发现了一样东西。不是老，也不是发福——这都是些一日复一日的细微渐变，她不可能在某一刻里猛然警觉。那天早上她猝然发现的，是爸爸眼睛里的星星不见了。记得小时候，爸爸和她说话时，眼睛里就会跳动着细细碎碎的星星，仿佛她是他的海，而他是她的天空。这些星星是一天一天渐渐黯淡下去的，和老和发福的过程一样，还是如同太阳坠入海面黑暗吞噬一切时的瞬间突变？她不知道。那一刻她突然有些心酸，也有些想哭。可是她忍住了。她虽然还只是个十几岁的少年人，可是她已经预见到了在她后边的生命中，还有许多值得哭的时刻，今天肯定不算是最坏的那一个。

一，二，三，四，五……

源源看着房顶，一下一下地数着狸猫在她身体里进出的次数。

这是狸猫的房子，不，确切地说，是狸猫的父亲给狸猫买的房子，地处郊区，遇到熟人的几率极小。这是她跟母亲说去了学校，又跟学校说回了家时最常待的地方。

天花板右侧那盏枝形吊灯的两条枝干之间，有一块形状如女人屁股的褐黄色污迹，那是楼上那户人家渗漏下来的水印。是洗澡水，还是马桶里的秽物？源源不知道为什么每一次狸猫趴在她身上时，她看到的都会是同一块水迹，产生的都会是同一串联想，仿佛前天昨天和今天都如水墨糅合在一起，中间并没有明显的分界。

其实那盏枝形吊灯并不是真的枝形吊灯，它不过是一样看得过去的仿制品。那本该是水晶片的地方，粘着的不过是一些打磨得光滑剔透的玻璃珠子。这也符合狸猫的个性，他在意的是像，而不是是。所以他模仿威尼斯吊灯，模仿欧洲名画，模仿富贵，当然也模仿爱情。

其实狸猫也不是真名，狸猫只是一个外号，源自他身上那件一年四季都穿，介乎于黄和褐之间的仿皮夹克衫。狸猫比源源大九岁，原先是乔乔的男朋友。乔乔去了上海，源源接管了乔乔的诸多弃物，其中也包括了她的男朋友。不过乔乔不在意，源源也不在意，两人在长途电话或电邮里谈起狸猫，就好像在谈一件她们时常换穿的衣服，穿着时都觉得合身，换下时谁也不会惦记。

源源接管了狸猫，最早是因为乔乔走后在她心里留下的那个洞。是洞就得堵，狸猫就成了最近最便捷的那样充填物。时间一久，源源就觉出了狸猫的顺手。狸猫是她的腿脚，可以随时带她逃离忍无可忍的大学生活。她上的这所大学，正是她母亲多年前作为工农兵学员待过三年的地方。虽然等级早已提升，校舍也已经迁离原先的地点，当时的师资现在也已残存无几，可是源源依旧能从教室的每一条砖缝里，闻出母亲那股让人窒息的正儿八经气味。

狸猫不仅是她的腿脚，也是她的荷包。狸猫有一份工作，但是狸猫的主要收入来源从来不是工资单上那几张数量有限的纸票。狸猫的父亲在西班牙开着一家很有名气的超市，养着一群和狸猫异母的子女。因为这些子女，他无法把狸猫带在身边，也因为这些子女，他对那个被他遗弃在温州的儿子有了愧疚。这些愧疚日后就化成了汇款，连绵不绝地充填着狸猫的钱包，又渐渐化成先是乔乔后是源源的各种生活便利。

狸猫还是源源的垃圾桶，供源源一年四季肆无忌惮地倾倒着各样的垃圾。狸猫并不懂得源源常年像阴沟一样馊腐的情绪，可是他不需要懂，他只需要安静地聆听和接收。看着他不知所措的无辜眼神，源源就觉得她的愤恨已经在不知不觉中被别的情绪所替代，比如滑稽，比如荒唐，还比如怜悯。

狸猫是她想同时逃离学校和家时的那个难民营，是她擦拭糜烂情绪时的那块卫生纸，也是她手头青黄不接时的那个替补钱包。他吸收销蚀了她对世界的无名愤恨，他负责着她日常所有的生活和情绪开销。她现在也算是蹚过半个江湖的人了，她比从前更加清醒地认识到每一样便利的背后，都贴着一张价格标签。从前她从父母那里赢得的每一个小自由，都得用一张看得过去的成绩单来换取。现在面对狸猫的诸样好处，她很快就发现了另外一种长期有效的偿还方式，那就是她的身体。对她来说身体只是一副皮囊，何时启用，用在何处并无多大差别，倒不如尽快用在一样轻省划算的事情上，于是她就选择了和狸猫上床。

　　那是一件既谈不上快乐却也并不十分煎熬的事情——快乐和煎熬都需要耗费心神，她耗得起体力，却耗不起心神。最近她甚至开始吝啬地使用体力，她把掌控精力和分数之间关系的那套取巧手法，成功地运用到了她和狸猫的床上角力之中，她已经知道如何用最少的体能和心神，来营造狸猫心中接近于天堂的幻觉。她尽管只有二十一岁，有时却感觉像一个被心机掏瘪了身体的老妇人。

　　六，七，八，九，十……

　　狸猫今天似乎比平常亢奋，五官被乱了阵脚的呼吸拧成一块滴着水的抹布，额上一绺没有被发胶驯服的头发，在随着身体的节奏一掀一掀地跳跃。源源计算过狸猫的耐力，最短三下，最长十五下，今天已经接近峰值，却似乎毫无懈怠的意思。源源随着狸猫的节奏调节着身体的起伏，眼睛却始终盯着天花板枝形吊灯两条枝叶之间的那团黄色水迹。突然间身子一空，她觉得自己变成了那团水迹，正匍匐在房顶上，遥遥地观看着数尺之下那张床上，一具被汗水浸泡成青白色的胴体，在凶猛地拍打着另外一具被它压在身下的胴体。准确地说，另外一具胴体算不上是一整具胴体，因为它的上半身几乎完全被遮住了，只露出两条叉得很开的白花花的大腿。上面的那具胴体起伏的节奏单一而精准，每一个节拍都是前一个节拍的复制，连间隙也是。那两片被绷扯成嶙峋岩石的臀肌中间，蠕爬着一条醒目的青筋。

　　能钻过这么厚的皮肉爬到表层的，该是多粗的一根筋？

　　源源忍不住笑出了声。

　　狸猫终于完了事，从源源身上爬下来，抓过那件搭在床头的泛着汗酸味的T恤衫，给她擦身子。她推开他，拉下掀到肩膀上的衬衫，坐到窗前点起了一根烟。

"你笑什么？"他问。

她不语，只是默默地抽着烟。屋里的空气很混浊，到处充溢着体液的腥臊。源源打开一扇窗，风钻进来，把涨得铁砂似的空气割开了一个大口子，才终于透上了气。

源源把头探出窗外，闭上了眼睛。风很好，太阳也好，她只是需要重新适应。即使闭着眼睛，她吐出来的烟雾依旧有着自己的队形，一个一个半径大致相等的圆圈，中间缀连着宽窄相差无几的波纹。等到她觉出了指头的烫，她才明白已经把一根烟抽到了头。她睁开眼睛，顺手把烟蒂往墙角的金鱼缸里一扔。嗤的一声，缸里升腾起一股青烟，鱼飞快地闪开，又不知所措地聚拢，水里到处都是尾巴惶乱的划痕。

"源源，干脆我们结婚吧，等你毕业。"狸猫在她身后说。

源源的身子弹了一下，仿佛底下坐着的是一颗已经拉了引信随时要爆炸的手雷。

她跳下椅子，抓起扔在地板上的牛仔裤套进去，一边拉扯着拉链，一边趿着鞋子往门外跑去。狸猫想拦，没拦住，只好将两个手臂围成一个圈，把源源箍在了里边。

"别走，我不说了，行不？"狸猫央求道。

源源挣脱狸猫，打开书包，掏出夹在课本里的一个小塑料袋，对狸猫扬了扬，说水杯。

狸猫知道塑料袋里装的是避孕药，事后七十二小时内服用的那种。

"成天吃这个，你还要不要……"狸猫没能说完这句话，源源的一个眼神刀似的斩断了他的话尾。

源源服了药，又坐到了窗口。太阳有些偏了，风也不如刚才好。这是星期天的下午，周末已经接近尾声。周六的狂欢已被甩在身后，渐渐逼近的，是周一黑黢黢的不祥身影。

"永远不要再跟我提，那件事。"源源幽幽地叹了一口气。

"什么事？"狸猫不解。

"结婚。"源源说。

两人便都不再有话，只是呆呆地看着窗外的日头一点一点地变着颜色，地上的树影越爬越长。

街心的那块空地上，有一个男孩正在学骑脚踏车。男孩大约三四岁，还不知道周六和周一之间的差别，他只是在一心一意地试图征服脚下那三个小轱辘。男孩的脸很圆，圆得几乎找不见任何关于骨架的暗示。两只眼睛很大，也分得很开，眨眼之后的每一次睁眼，都仿佛在传递着天大的惊奇。这是一双什么样的眼睛啊？像是两汪专为采集阳光而生的清泉。他一笑，连街边的垃圾桶都忍不住跟着他笑。

等着吧，用不着多久，只需要一撮泥土，一撮，你的泉水就会立刻变浑。源源暗想。

扶着孩子车把的，是一个年轻的女人。女人背着身，源源看不见她的脸，却只看见了她身上那件红色腈纶衬衫上一朵朵叠着脸儿盛开的桃花。这样的衬衫，在每一家租金低廉的街角小铺里都可以找得见，减价时大概是一二十块钱。女人似乎是第一次带孩子骑车，抓车把的那只手绷得有些紧。最初的惴惴不安只维持了几分钟，男孩很快就发现了轱辘也有破绽。孩子一脚插进了破绽里，轱辘立刻瘪了劲，变得顺服起来，孩子的脚下就渐渐地生出了风。女人追不上风，女人只好撒了手，跟在车后一路小跑，红衬衫的后背洇出两团汗迹。

"慢些，你慢些啊。"

女人徒劳地追在那辆脚踏车之后，发觉她的儿子在这个阳光灿烂的下午已经突然成为了另外一个人，一个渴望脱离她的怀抱与风为伍的大人。

这时，街心停下了一辆汽车，一个男人从车里走下来，慢慢地朝着骑脚踏车的男孩走去。

男人穿着一件略嫌闷热的风衣，衣领竖起，遮住了颈脖和下颌。男人的头上，压着一顶明显不合季节的鸭舌帽。男人戴着一副在这个阳光成灾的日子里勉强还算合宜的墨镜。男人把自己捂得很严实，真正露在日光之下的，只有两只像兔子一样警觉的耳朵。

"爸爸！"

骑脚踏车的男孩扔了车，向男人跑来，步履蹒跚，颊上泛着兴奋的潮红。

男人摘下眼镜，定定地站在街心，像是化成了水，也像是化成了石头。

就在那一刹那，源源认出了他，从他眼睛里那一串闪烁跳跃的星星里。

她认识那些星星。在她还是一个孩子的时候，那些星星也曾温柔地照过她的脸。

那个男人是她的父亲。

　　我曾经是一只流浪猫，我的脚印遍布温州城里所有的明街暗巷。在我短暂的一生中，我也做过几件对一只猫来说很值得夸口的得意事，比如说在市长门前那块价值不菲的脚垫上屙过一泡热气腾腾的屎，比如说在城里最出名的那个歌星的裘皮大衣上咬过几个无法修补的洞，再比如说以我孤独高傲的身影赢得过七只母猫同时为我唱哑她们的喉咙。

　　在我三岁零两个月大时，我被一个叫全思源的女孩，用一块蘸了敌敌畏的鱼肉毒死，就在我心爱的猫神咪咪面前。从那时起，我就带着经久不散的幽恨，驻扎在这个女孩的脑子中。我在她的脑子里兴风作浪，把那块小小的地盘搅成一团黑色的糨糊。

　　其实在我钻进她的脑子之前，那里就已经是一片混沌黑暗。通常这样的黑暗是世态啮咬之后结下的疤痕，可是一个七岁的女孩能见过什么样的世态呢？于是我得出了一个鲁莽却不无道理的结论：她的问题只能归咎于基因。在造就她生命的那条精虫和那个卵子相遇时，它们一定都带着各自不可示人的幽秘怨恨。当那条精虫的脑袋撞破那个卵子的坚硬外壳时，彼此身上流出来的，一定是乌贼身上的那种墨汁。我甚至怀疑这个女孩的名字里是否就已经携带了这样的玄机。

　　当然，我不能否认我在这个过程中所起的作用。在那团幽黑的糨糊处于暂时的风平浪静状态时，我会制造出五花八门导致骚乱的因缘际遇；当那团糨糊在两场风暴之间沉默地积攒着能量时，我会竭尽全力地往里投掷着各样催化剂；在风暴的第一丝波纹刚刚出现时，我会召唤出它成千上万的同伴，在几秒钟里兴起一场飓风。这个被家人唤作源源的女孩，从孩童长成少女，再从少女长成年轻女人，她脑子里的那团黑色液体渐渐流蚀了她的容颜，改变着她眼睛的色温，在她的眉心结成一个线团，让她的鼻翼两侧生出日益加深的法令纹，使她的嘴角常年吊着一丝连最温热的毛巾也无法擦去的冷笑。看到这些，我感到了前所未有的满足。万物有价，她将要用漫长几十年的钝痛，作为窃取我三岁零两个月生命的赎金。

可是我绝对没有想到，我在她脑子里长达十四年的驻留，会在某个星期天的下午猝然走向终结。那天下午，全思源从某个地处郊区的公寓房的窗口，偶然看见了一个男孩和一个男人。男孩是个普通男孩，男人也是个普通男人，只是男孩和男人之间的关系，却是一种极不普通的关系。那个关系在全思源的脑子里炸响一声惊雷，掀起了一场遮天蔽日的风暴。我不是没见过风暴，可是我没见过这样的风暴，它足可以震落三个太阳，淹没九座城市，让两千颗星星同时坠地化为齑粉。这场风暴不是我制造的，我在它面前束手无策。我既不能再往里添加一丝能量——它已经抵达了可以用"最"来描述的那个等级；我也无法让它平息半分——它早已超出了我的掌控。以制造风暴为生也为荣的我，平生第一次感到了惊恐：我开始为自己的安全担忧。

于是我决定撤离。

那个叫全思源的年轻女子，离开那座地处郊区的公寓时，步履踉跄，神情恍惚。她迎面撞在一棵挡路的树干上，短暂地失去了知觉。几秒钟后她清醒过来时，感到了一阵剧烈的头痛。她并不知道，这是我临走时在她的脑子里踹下的最后一脚。她即使知道了，也顾不上，因为她心里还有一块比这更深更大的痛。

在那块痛面前，所有其他的疼痛都只能算是痒。

————·————·————

源源进门的时候，全力正在厨房里煮番茄鸡蛋面——这是丈夫和女儿都不在家时她的经典晚餐。面煮到一半，全力突然觉得屋子变得窄小阴冷起来。回身开橱门取碗的时候，她发现了默默地站在厨房门口的女儿。她没想到一条身影可以占据如此大的空间，将一屋子的热量销蚀殆尽。

"你不是说这个周末复习功课不回家的吗？"全力惊讶地问。

源源低声说了句什么，全力没听清。

全力打开灯，源源啊地喊叫一声，捂住了脸，仿佛她从来就不认识光，又仿佛那光里藏着一把匕首，随时要飞过来取她的眼睛。

等到源源松开手，全力终于看清女儿的脸时，她心里嘎地抽了一下。女儿的脸像一张在盐水里浸泡过多时的海蜇皮，布满了凹凸不平的皱褶和阴影，那条二十一岁的颈脖上，扛着的是一张五十岁的脸。刹那间全力几乎觉得站在她面前的不是她的女儿，而是一个顶着她女儿的身份上门敲诈的陌路人。

"出了什么事？"全力慌慌地问。

源源笑了一笑，摇摇头，说没什么事，就是头疼。女儿的笑苍白孱弱，弱不禁风。那笑不是她女儿的笑，女儿的笑里应该藏着骨头，撞到哪里，哪里就会留下一个坑。

全力把手搭在源源的额头上，她期待着女儿像碰到了蛇一样地弹跳起来。从懂事起，女儿就激烈地反抗着一切与大人的肢体接触。即使是一双筷子，她也不愿意直接从母亲手里接过来，她只肯拿放到桌子上的餐具，仿佛哪怕最不经意间碰到母亲的手，她都会感染到无可救治的毒疽。

可是女儿这次只是微微地退缩了一下，竟然容忍了母亲的手在她的额上滞留到可以获取体温的长度。

"没发烧。医生上周给我开了一种新的止疼药，不太猛，副作用也小，你要不要试一片？"全力小心翼翼地问。

女儿没有明确地表示反对。全力把她的沉默理解为接受，就起身去屋里拿了药。女儿从她手里接过水杯服了药，把水杯还给她的时候，她感觉她正从女儿手里接过一样恩惠。那恩惠太陌生，她一时竟不知如何应对。

"饿吗，你？"她结结巴巴地问。

女儿愣愣的，仿佛她问了一个关乎宇宙玄机，需要运用一千道数学公式方可印证的问题。半天，她才恍恍惚惚地点了点头。

"你先吃我这碗，我再去煮。"

全力把那碗还冒着热气的面往女儿跟前一推，就进了厨房，重新生火煮面。鸡蛋破了，蛋壳落进碗里，她发现自己捞碎壳的手在簌簌发抖。最初的震惊过去了，现在浮上来的才是害怕。

女儿出事了，而且是大事。女儿像一块老树皮，糙得几乎割手，若不是大事，她绝不至于如此反常。是怀孕？是吸毒？是被学校开除？全力的脑子里走马灯似的转过一桩又一桩的可能性，而每一桩可能，又似乎比前一桩有着更坚实的基础。

全力关了火，躲进卧室，悄悄地给刘年拨电话。她需要刘年尽快回家，她怕她一个人扛不起女儿摔碎在她头顶的那片天。

可是刘年的手机一直没人接听。

等她把那碗新煮的番茄面端出来的时候，她发现女儿的那碗面只挑破了一层皮，几乎没动。

"给他打电话了？"源源问。

源源说到"他"的时候，厌恶地蹙了一下眉头，仿佛不小心在面碗里找着了一只死苍蝇。

全力一怔。

没有什么事，哪怕是针孔大小的事，能逃得过女儿的眼睛。

"就是问问你爸，这时候吃没吃饭。"

全力尽量镇定地回答道，尽管她知道编织得再平滑的谎言，在女儿的眼里也是破绽百出。

"那他，吃了吗？"源源问，在每个字中间拉开了一根不软不硬的线。

"他没接电话，大概在开会。"全力说。

"星期天晚上，这个时候，开会？"源源问。

全力惊讶地看了女儿一眼，说你不知道你爸这次去上海是带了大任务去的？若是谈妥了，公司来年就要搬到那边去。

源源也抬头看了母亲一眼，那眼神有些奇怪，全力一时无法破解那里的含义，但她知道那至少不是愤怒。她从女儿的眼睛里见过了太多的愤怒，她远隔三公里都能闻得到愤怒的气味。

"你觉得，他真在出差？"源源问。

源源问这话的时候，垂下了眼帘，定定地盯着筷子尖上挑着的一块番茄皮。

全力被这样的语气激怒了。

"你觉得，你的学费，你的赞助费，你的住宿费，你的零花钱，都是哪里来的？你要是高考成绩好一点，你爸爸至于这么……"

全力突然发觉隔着三公里的距离，她也能闻见自己的愤怒。她的愤怒远未结痂，只需轻轻一捅，一句话，一个眼神，就能汩的一声涌出脓血。

一个或许蕴含着母女关系的转机的夜晚眼看就要毁在自己手里，全力有些后悔。可是后悔来得太晚，只够她拦截住一个已经没有多大意义的话尾。

女儿没有弹跳起来，开始激烈地反驳，像无数个以往那样。女儿只是低着头，从碗里一下一下地挑着鸡蛋和番茄吃。女儿生下来的时候，家里的日子就好过起来了，女儿吃东西，从来只挑最好的，连次好在女儿的消费词典里都是一个生僻词。

全力只是不知道，女儿此刻的心思，压根没在鸡蛋，也没在番茄上，甚至也没在吃上。女儿正在艰难地寻找着一个通往谈话的路口。

路口太窄，每一寸都布满了沟壑和瓦砾，她找不到一块可以太平地踩下一只脚的地儿。

等到吃完最后一块裹着鸡蛋的番茄的时候，源源才终于踩下了一只脚尖。

"我同学在信河街开了一家成衣店，都是广州深圳的大牌子，你去，挑几件新衣服，有折扣。"她期期艾艾地对母亲说。

全力这时才猛然醒悟过来，女儿方才看她的眼神里蕴藏着的那样东西，是怜悯。

第九章

戒指物语 （2004—2009）

我是一只18K金的钻戒，但我绝不是市面上寻常可见的那种金灿灿的烂俗戒指。我由黄色白色和红色三道金环相互交缠而成，其中的一个环上镶嵌着一排璀璨的钻石。由于这种独具匠心的设计，我被冠以"三位一体"的高贵名字（这里绝无嘲弄亵渎神灵的意思）。这三道金环相映生辉，却又拥有着各自独立的含义：黄色代表忠诚，白色代表爱情，红色代表友情。三环缠绕，碰撞出无穷无尽层次丰盈的蕴意。自1924年隆重上世以来，三位一体戒指一直是卡迪亚最经典持久的品牌。它长盛不衰的一个重要原因，是它设计上的模糊意识。市面上那些靠一颗巨大的钻石来炫耀身份的戒指，只能有一条狭窄的出路：它们除了婚约限定的那根手指之外，再也无法在别处抢尽风头。而这款由三色金环打制的戒指，却意想不到地以它的模糊身份，开拓了一个几乎没有边界的市场。来自世界各地的富豪们买下它来，可以送给他们法定的妻子，也可以送给为数众多的以别的含糊身份簇拥在他们身边的女人；可以送给他们钟爱的女儿作为嫁妆，也可以送给许多和他们的女儿年岁相仿，却用"甜心爸爸"来称呼他们的年轻女子；甚至也可以送给他们的老母亲，用此抵消一些不能陪伴在侧的愧疚心情。

在这几十年的漫长岁月里，光临这家地处香榭丽舍大街的卡迪亚旗舰店购买三位一体戒指的富豪们，换了一茬又一茬的面孔。最早是来自欧洲各国的爵爷们。他们大多神情倨傲，吝啬地使用着他们的话语和表情，仿佛每一个破擦音，每一条肌肉的轻微抽动，都是以黄金价格来计量的。后来就是战后暴富起来的美国人。他们带着新富特有的张扬发式和衣装，操着纽约口音的英文，把牛仔靴上的尘土肆无忌惮地蹭在门厅的脚垫上。再后来，店铺里就出现了许多戴着头巾的阿拉伯商人，他们从左边口袋里掏出刚从石油桶里捞出来的金币银币，换成卡迪亚的首饰，装进右边的口袋里，带给他们诸多的妻子，或是其中的某一位。

这几年的风潮变了，塞纳河的游船带来了一群群的中国人。他们和先前的美国人一样，也是新富，代表他们身价的巨额存款。通常还没来得及在银行里躺暖身子。他们走进店铺时，大多胸有成竹，因为他们已经熟知香港台北新加坡专卖店里的款式和价格。他们通常会径直走到中意的那款首饰跟前，用手机拍下照片，发送给大洋那边这件礼物的潜在主人。他们在电话里开着小型越洋会议，时而高喊，时而低语，在款式上达成共识之后，然后才和柜台小姐，通常是一位谙熟中文的女子，就折扣退税之类的问题展开一轮轮的商讨，然后才心满意足地签下货单。他们刚刚学会消费奢侈。刚刚的意思是：他们仅仅学会了去哪里，买什么，他们却还没学会消费过程中需要摆设的姿势。姿势虽然不能界定财富的多寡，却不容置疑地界定了财富的年纪。还要过些岁月，他们才会真正懂得：方法可以速成，姿势却不能。姿势紧紧地拴在时间身上，姿势只肯按着时间的步子行进。你若心急，想推它快走，它必然回头狠咬你一口，让你在最显眼处露出破绽。

　　某个五月的早晨，店铺洁净的地毯上出现了一长一短两条黑影——这是开门之后走进来的第一拨顾客。这个春天实在太过寒冷，甚至比刚刚过去的那个冬季更甚。天不停地下着阴雨，空气潮湿得仿佛连金属窗框上都能长出蕨菜。风拖着凄厉的长音，在人骨头和骨头之间的那条铰链上来回扯着锯条。没有人愿意在这样的天气里出门，哪怕是为一件精美的首饰。

　　可是他还是来了，那个中国男人。

　　他和我先前见过的那些中国男人都不一样。首先，他带了一个孩子，一个六七岁模样的男孩。再者，他似乎并不知道他到底要买什么。他站在琳琅满目的柜台前，目光不知所措地从手表上飘过去，拂到项链耳环，又如受了惊的兔子似的弹跳起来，跌落到旁边的戒指上，周而复始。

接应他的，是那位谙熟中文的年轻女店员。她从已经丝了将近一个小时的皮椅上站起身来，带着盈盈的笑意朝他走来，用温软到酥麻的声音问："先生，我怎么可以帮到您？"

平常这个时候，店堂里已经有了一支小小的队伍，她得同时应付三两个顾客，在前一个顾客的思考时间里，针似的插进对后一个顾客问题的应答。而只有今天，她可以略微放肆地挥霍一下她的热情。

男人被她的招呼吓了一跳，把那个男孩下意识地推到距前，似乎是为自己挡箭。

"随便，看看。"他嗫嚅地说。

女店员当然知道这是一句可以忽略不计的话——没有几个人进香榭丽舍大街的卡迪亚旗舰店，仅仅是为了随便看看。

"看什么呢，手表还是首饰？"她问。

"哦不，我不，不买手表。"

男人朝后退了一步，急急地摆着手，仿佛那位带着灿烂笑容的女店员，正往他口袋里强塞着一打价钱昂贵的计时工具。

女店员宽容地笑了一笑，说那么是项链，还是戒指？或者是一套四件，戒指加上配套的项链耳环？

"她，她从来不戴项链。"男人回答说。

"那么，什么样的戒指，要不要我给你推荐一款？"

女店员用排除法，三下五除二地剔除了余肉，快速而准确地锁定了骨头。话没过三轮，男人就发现自己已经被逼进了墙角。男人不喜欢角落，角落里可以活动的空间很小，角落里只能招架，不能还手。

可是他已经站在角落里了，他只能在那个有限的空间里尽量地活动他的手脚。

"经典些的，不要太张扬。"他略微提高了声音，可惜他对珠宝的知识已经到此为界，不能扯得更远。

于是，躺在红盒子里的我，就被顺理成章地推到了那个男人面前。

当年轻的女店员还在喋喋不休地介绍着我的身世背景以及八十年里叠加在我身上的每一道光圈时，男人已经在翻看戒指上的价码标签了。他把那个数字暗暗地换算成人民币，十五万六千五百四十九元。那是一个他感觉舒适的数目，离下限很远，离上限也还有几步路。

"尺寸呢？"店员问。

男人怔住了。从来没给任何人买过首饰的男人，根本不知道戒指也和鞋子一样需要尺寸。

"瘦？中瘦？极瘦？胖？微胖？极胖？"女店员在周到细致地给男人作着提示。

"极瘦！"

一直没有说话的男孩脱口而出。男孩说这话的时候，语气果断，神情自信。

男人有些尴尬。男人把男孩轻轻推到一边，对女店员说孩子不懂，不是极瘦，也不是胖，就是不胖不瘦的样子，我也说不准确。

女店员轻轻一笑，说我给你挑一个尺寸，合宜不胖不瘦适中型的。万一不合适，全球任何一家卡迪亚专卖店，都可以给你重新改号。

男人几乎没有讨价还价，就让店员把我直接包起来带走。男人的行色有些匆忙，不时地朝着窗外东张西望。等到我终于被装进一个色彩和款式都符合我身份的礼品袋里时，男人才如释重负地松了一口气。

"妈妈不是不胖不瘦，妈妈是很瘦。"

在走出店门的时候，男孩突然扬起脸来对男人说。

男人怔住了。他的脚步在门槛上停了一停，沉吟片刻，才清了清嗓子，俯下身来轻轻地对男孩说：

"这个礼物不是给你妈妈买的，这次不是。"

男孩有些失望，但是他没有说话，他只是尾随着那个男人，默默地离开了店铺。风没有住，雨也没有停，他们的背影很快就成为阴冷空寂的街道上的两粒粉尘。

我待在这个中国男人的公文包里，在巴黎停留了几个星期，然后坐飞机来到上海，成为了某个女人手指上一件形影不离的昂贵饰品。我身上每一颗熠熠生辉的钻石，都是一只只精明犀利的眼睛，它们无时无刻不在观察着女人身边发生的所有事情，包括一些连女人自己都没有察觉到的细节。我曾多次试图告诉女人这些被她忽略了的细节，以及这些细节可能蕴含的意义，可是她没有听懂我的提醒，或者说，她压根没有兴趣聆听。

女人是个典型的逻辑思维型的人，她像信仰宗教一样地相信逻辑。她没有想到这个世界上存在着一些连最明亮的逻辑探照灯也无法光顾的死角。后来她不幸步入了这样一个死角。当她发觉她本以为坚不可摧的逻辑大厦竟然是建立在虚妄的沙土上时，她几乎分崩离析。

在某个接近绝望的时刻里，她把对逻辑的怨恨迁怒于我，将我扔进了一条河流，成为鱼食。

那是几年以后的事。

而在那天，当我被那个中国男人提在手里离开香榭丽舍大街的卡迪亚旗舰店时，我绝对没想到我的一生会在转了一个大大的圆圈之后，最终结束在我被最初赋予生命的那个地方，一座名叫巴黎的城市。

———— · ———— · ————

"今天要什么口味的冰淇淋？"

香榭丽舍大街的地铁口里，走出一老一小两个中国人。老的说句公道话还真不算老，真正让他显出年纪的，不是他稍微走样的腰腹和开始变色的鬓角，而是他身边的那个男孩。男孩大约六七岁，颊上依旧还挂着婴儿肥，皮肤透亮得仿佛轻轻一捅就要出水。这样粉嫩的孩子让每一个行走在他身边的大人都无可救药地成为老人。

"我可以要一个芒果，一个巧克力，还有一个citron吗？"男孩怯怯地问。

"好好说中国话，citron是什么？"男人蹙着眉头说。

男人从男孩的眼睛里看出了自己的严厉，连忙解开了眉心的那个结，笑着补充了一句："爸爸没学过法语，听不懂。"

男孩当街站下了，呆呆地看着男人，绞尽脑汁地在他有限的中文词汇里打捞着他想要的那个字眼。

"黄黄的，绿绿的，有点像橘子……"男孩说。

"是柠檬吗？"男人问。

男孩如释重负地笑了。

男人也如释重负，他觉得他打通了一堵横亘在他和孩子之间的墙。他知道还有很多堵这样的墙，他得积攒力气一遍一遍地努力。

"你还可以多要一种，吃不完给我。"

他蹲下身来，和蔼地擦掉了男孩人中上的鼻涕。男孩往后闪了一闪——他还没有习惯这种突兀的亲昵。

"三个球是一客，九块五欧。要四个球不合算，那个要单算，是三块五欧。"男孩说。

男人吃了一惊：男孩说起数字来非常流畅，完全没有停顿和磕巴。

"谁教你的，算得这么仔细？"男人不由自主地又一次蹙起了眉头。

"妈妈和于勒叔叔都是这样说的，我们出去都是叫两客，三个人分。"

一股钝痛蹿上来，在他的胸口找着出路。他咬了咬下唇，忍住了。

"他做你爷爷都嫌老，你还要叫他叔叔？"他对孩子说。

孩子看了他一眼，说你要我叫他爷爷吗？那你就得叫他叔叔。

他忍不住扑哧笑出了声。他的儿子和他一样愚钝，在有些方面；也和他一样机灵，在另外一些方面。

两人进了哈根达斯店，他挑了一张最靠里的桌子坐下。女招待递来菜单，他交给了孩子。孩子还认不全菜单上的字，可是孩子用不着——他知道要吃什么。孩子替自己叫了冰淇淋，又替他叫了咖啡，两人一高一矮地坐着，呆呆地看着窗外那一坨灰蒙蒙的天空。

"我们为什么不坐到外边？"孩子问。

天虽然阴郁，到底是时节了，树已经爆满了新绿。沿街的店铺早已撑开大遮阳伞，底下坐满了喝咖啡吃甜点的客人。他们已经被囚禁了一整个冬天，即使没有阳光，任何一丝贫瘠的春意也会叫他们骨头酥软。

"爸爸不喜欢热闹，人一多，就头疼。"他说。

这是他临时拼凑出来的原因，但不是真正的原因。真正的原因他不能告诉孩子，至少不是现在。

真正的原因是：他不能在闹市出现，他怕游客中有中国来的熟人，他不能让人看见他和这个孩子在一起。

"那个于勒，对你好吗？"他问。

他其实是想问那个于勒对你妈好吗？不知怎的，话一出口就走了自己的路。

"他带我打篮球，有时也看电影，有儿童片上演的时候。"男孩说。

孩子并没有回答他的问题，但他知道这其实已经是回答了。

孩子在一小勺一小勺地吃着冰淇淋，每吃一口，就把勺子柄舔得干干净净，仿佛快乐是个份额很小的定量物，他舍不得一下子耗光。男人从孩子的一举一动里都看出了节制。恍恍然，他突然觉得坐在他对面的，就是四十多年前的自己。

他的心从中间撕开了一条缝。一半的他想对孩子说："吃吧，大口地吃，爸爸在银行里给你存下的钱，够你吃一百辈子的冰淇淋。"另外的一半却死死地按住他，叫他安然不动，静静地看着这个孩子就这样平平常常地慢慢长大。

"这样就好，这样就好。"他喃喃自语。

"你在说什么？"孩子困惑不解地看着他。

他摇了摇头，说没什么，你赶紧吃完了，我们好开路。

孩子跟着男人从另一个地铁口钻出来的时候，一眼就看见了熟悉的街景。孩子问我们是回家吗？男人摇了摇头，说我们是刚出发，不是回家。孩子看了看街口柱子上钉着的那个巨型路标箭头，恍然大悟，说我知道了，我们是去拉雪兹公墓。男人吃了一惊，说你怎么知道的？孩子说去年你就带我去过的，我认识那个箭头。

男人的心咚的错了一个节拍，他咽了一下口水，压住了涌上来的激动：上一次来巴黎，是十个月以前的事了，他只是没想到，他的儿子竟然记得。

"其实前年，我也带你来过，只是那时你还太小，可能记不起来了。"男人说。

"妈妈常去公墓，所以妈妈叫于勒叔叔 …… 嗯，租了附近的公寓。"

孩子说到"叔叔"两个字的时候，突然有些口吃。他抬头看了一眼男人的脸色，见并无忤意，才安下了心。

"你妈是和那个于勒，一起去公墓的吗？"男人问。

"要是我不上课，妈妈就带我去，可是她没带于勒叔叔。"孩子说。

男人松了一口气。

他到底还是，没有看走眼，这个女人把他的心思摸得烂熟。世上有千千万万个地盘，而拉雪兹是他的地盘，女人懂。

他们刚转进龚贝塔街，就看见公墓后门的车道上停满了车。男人猜想今天大约是某个大人物的葬礼或是祭日。门口那棵遮天蔽日的大树底下，有一个年轻的女孩在卖粉红色的石竹。雨还没下来，云已经很厚很低，伸手在空中一抓就是一把水汽。男人掏出一个欧元让孩子去买了一朵石竹。其实男人完全不懂花，平日也极少买花，男人今天买花仅仅是因为它是一天一地的阴郁里唯一的一丝颜色，一如黑白电影里的那点套红。

男人沿着围墙，行走在通往第九十五墓区的小径上。这是他在整个巴黎城里最娴熟的一条路，可是今天他有点蒙：他觉得他似乎走错了路。过了一会儿他才明白，路没变，变的是路上的景致。在他走得最娴熟的那段路正中，出现了一堵黑黢黢的墙。再走近些，他才发现那并不是墙，而是人。草地和边上的石子路径上，到处挤满了人。两棵相隔数米的大树之间，拉着一条猩红的横幅，字不多，却很醒目——他当然看不懂。人人手里都捏着花，或是跟他一样在门口买的单枝石竹，或是在外边花店买的一捧杂花。有人在拍照，有人在摄像，有人在录音，也有人在讲话。讲话的是一个穿着红色外套的消瘦女子，一只手里捏着一个扩音器，另一只手正挨个指着身边的人，似乎在介绍来宾。当她的手点到一位矮胖男子的时候，人群里响起了一阵拉拉杂杂的嘘声。女子提高了嗓门，嘘声也高了起来，女子的声音和嘘声水涨船高，到底还是女子寡不敌众。女子无奈，只好把扩音器递给了旁边的主持人。主持人大声喊了几句什么话，人群才渐渐安静下来。

男人问孩子这些人在干什么？孩子站在人堆里，仰着头，只看见周遭黑树林一样密集的躯干，还有头顶一块烂棉絮似的天穹。男人蹲下身，对孩子说你上来吧。孩子吓了一跳，怔怔地看着他不作声。男人微笑着，样子几乎有些慈祥，说你爬上来，就可以看见全世界。全世界的诱惑太大，大得让孩子扔掉了害怕，终于犹犹豫豫地爬到了他的肩膀上。

孩子长到这么大，却从未骑过别人的肩膀，孩子完全没想到，一副肩膀竟然可以改变整个视野。天突然矮了下来，他觉得他若站起来，使点劲，说不定就能拽着一朵云。树枝杈突然变得粗大了，他甚至看清了梧桐叶子背面虫子咬过的黑色印记。树分叉的地方，有一个帽子大小的鸟巢，巢里歇着一只被声响吓怔了的红脯小鸟。那个举着喇叭筒大声讲话的男人，摘下帽子的时候，原来是个秃子。

肩膀上的世界太新奇，孩子彻底忘却了他的使命。

男人抖了抖肩膀，问孩子："那个人到底在说些什么°"

孩子这才回过神来，睁大耳朵，仔细地听。听是听清了，却没怎么听懂。他只能把他勉强听懂了的几个词，艰难地换成中文，再支离破碎地丢给他屁股底下的那个男人。

"巴黎，什么血，的星期……"他趴在男人耳边，结结巴巴地说。

男人看了一眼手表上的日历，恍然大悟：是巴黎公社流血周。他几乎有些恼恨自己竟然忘记了这么重要的一个日期。这个日期里发生的事件，曾经像刀像斧一样雕凿过他的少年记忆。

扩音器又回到了红衣女子的手中。她刚说了几句话，人群里又开始生出零零散散的嘘声。女子看着人群，不再说话，却突然唱起了歌。女子的嗓音像裂了一条缝的铜锣，唱到高处就发出嘤嘤嗡嗡的杂响。嘘声渐渐静了下来，响起了些别的声音——是和声。先是几个，再是一群，到后来就成了一波。唱着唱着，歌就瘦了身，臃肿的变调消失了，只剩下瘦瘦的几根筋。这几根筋在一张张嘴里反反复复咀嚼过，变得越来越细，越来越硬，硬得像骨头。

男人不需要翻译，男人从第一个音节里就听懂了这首歌。这首歌的每一个字每一个节拍，他都清晰地记得。他张了张嘴，却听不见声音——他的喉咙里有一团东西，堵住了声音的出路。他跟着人群，举起了他的右拳，可是他举不稳，因为他的手在颤抖。

"'明天'，为什么他们老唱'明……'"男孩问。

男孩问了一半就把话噎了回去，因为他发现一颗眼泪正沿着男人的颧骨滚下来，在他的胡须中停住，像夏天杂草上歇息着的露珠。

天窸窸窣窣地下起了雨。人群渐渐散去，但还有那么几个不肯走，躲到了一棵大树底下，依旧恋恋不舍地唱着歌。歌声的势头弱了，最后只剩下断断续续的几缕旋律在细雨声里时隐时现。

男人撑开随身带着的雨伞，交给骑在他肩上的孩子。雨越下越大，雨珠在黑尼龙布伞面上叮咚地弹跳着，砸出一朵一朵的小水花。

伞顶有一圈细缝，雨水顺着伞柄漏进来，先湿了孩子的手，再滴落到男人的头发上。

"天也哭了。"男人说。

孩子惊奇地发现肩膀上的世界有好几副脸孔，静止的是一副，行走着的又是一副。行走的时候，万物好像都在踮着脚尖挪动，草在跳晃着，路在跳晃着，树在跳晃着，就连路边墓碑上那些赤身裸体的天使，也在一颤一颤地跳晃着，他甚至觉到了他们翅膀上的风。

男人走进九十五墓区，熟门熟路地找到了那座坟墓。今天显然有人来过了，还不止一个，因为被雨水冲洗得很是干净的墓饰上，摆放着好几枝石竹，还有一大捧缠着三色绶带的雏菊。

男人放下孩子，把那枝已经被他捏得有几分蔫萎了的石竹，插在了墓前的泥土里——他只是不愿意他的花混在那一堆花里头。

"刚才他们唱的那首歌，'团结起来到明天'，就是他写的。那是一百三十多年前的事了。他躲在一个阴暗的阁楼里，衣服上沾着血。他一边写，一边哭，哭他死去的战友。他们在全城搜捕他，要砍他的头。"男人指着墓碑，对孩子说。

"他们是谁？"孩子问。

"有钱人。"他说。

"妈妈说你喜欢这个欧仁，所以我的名字也叫欧仁。'

"不光是我，全世界的穷人，都喜欢这个欧仁。"

"你也是穷人吗？于勒叔叔说你很有钱。"孩子问。

男人似乎一下子被问倒了。男人想了很久，直想到额头上鼓出一个赤红色的包，才终于想出了一句话。

"我再有钱也是穷人。"他说。

孩子的眉心，蹙成了一个小小的柔嫩的结。孩子不懂。几年之后，孩子长大了，才会懂得这句话的意思。其实那个时候他也不见得真懂。还要再等一些年，等孩子也有了自己的孩子，孩子对自己的孩子说起爷爷的时候，他才是真懂。

"只有你穷过了，你才懂穷人的心思，你才能，帮助穷人。"男人说。

"那我，是穷人吗？"孩子忧心忡忡地问。

孩子其实不懂什么叫帮助穷人，但他已经从男人的语气里听出来那似乎是一件好事，他只是不想错过那样的好事。

男人又一次被问住了。他知道孩子没有为难他，为难他的是他自己——他这一辈子都在和自己较着劲。

"今天是带你出来玩的，我们骑马去吧。"男人换了话题。

"下雨也去？"孩子有些不信。

"下雨也去！"男人坚定地说。

孩子扔了雨伞，傻傻地看着他笑，任凭雨水把额发湿成一绺一绺的细绳。男人知道这已经是孩子表达快乐的最张扬的方式了，孩子还没有学会在他面前放肆——是他没有给孩子机会。

他很想蹲下来，对孩子说："去，把雨伞拿过来，再骑上来吧。"

可是他犹豫了一下，最终还是没有这样做，是不忍。他不能让孩子习惯他的肩膀，因为一觉醒来，孩子就会发现他已经不在身边了。

"爸爸，你头疼不疼？"孩子问。

　　一阵晕眩雾一样地弥漫上来，刹那间迷了他的眼睛。他抓着树身，才渐渐站稳。

　　这是三个星期的假期中，孩子第一次开口叫他爸爸。在这之前，在孩子嘴里他一直只是个"你"，或者"他"。

　　孩子已经知道他明天就要走了，尽管谁也没告诉过孩子。

　　每一次当孩子熟悉到可以开口叫他爸爸的时候，他就要离他而去了。孩子舍不得他走，所以孩子总会把这个艰难的称呼，一直拖延到临别之前的最后。

　　孩子知道，孩子什么都知道。

　　过了一会儿，男人终于平静下来，捡起雨伞，领着孩子，慢慢地朝公墓出口走去。

　　"怎么想起来问我，头疼不疼？"男人问。

　　"因为你说人一多，就头疼。刚才那么多人。"孩子说。

　　男人突然意识到：他的儿子已经长到了一个既不能对他说真话也不能对他说假话的尴尬年龄了。从今往后，他要斟酌他对他说的每一句话，不管是真是假。

　　"孩子，爸爸今天，不头疼。"男人说到"爸爸"两个字的时候，声音有些颤抖，仿佛那两个字是件稀世名瓷，他若略微用力不当，就会落到地上砸个粉碎。

　　这是一句真话。

　　拉雪兹公墓是世界上最安全的地方，在这里遇到中国游客的机会，接近于零。他从来没有在任何一家旅行社的项目单上，戋见过这个与死亡和晦气相关联的地名。

　　虽然已经仔细地记下了地址，地铁的出站口，还有那座建筑物和周边建筑物的特征，走出快线车站的时候，刘年还是有点蒙。街边路牌和商铺广告上的洋字，看起来都是一只只不知所措的蝌蚪；耳朵里刮进来的每一句话，听上去都像是醉汉的胡言乱语。没有欧仁在身边，他觉得他就是一个地地道道的乡巴佬。在这个叫巴黎的陌生都市里，欧仁是他的眼睛耳朵嘴巴，还有腿脚。

　　可是他这会儿不能带上欧仁。他有几句话想跟她说，几句不能当着欧仁的面说的话，所以他决定独自出来等她下班。

　　现在他才知道她上下班的路途到底有多远。两趟地铁，一趟快线，幸亏都在地下，不存在路阻的问题。这个距离若在上海开车，不堵车时至少是一小时，堵车时可能是半天，甚至更久。

　　他终于磕磕绊绊地找到了那个地址。天还早，离她下班大约还有半个钟头。对过就有个咖啡馆，坐在窗口正好可以看见她出来时必经的那扇门。可是他不敢进。菜单上可能罗列着一万种饮品，他既不知道该叫什么，也不知道该怎么叫。

　　于是他就找了一张等公车的长凳子坐下来，一边等她，一边看着街上的西洋景。

　　一群穿着蓝制服的学生，正排队等候过马路的指示灯。他们一分钟也不肯安宁，你推我搡，尖声叫嚷。队首和队尾都站着老师，她们只是静静地微笑着，并不真管。斜对过的瓜果店里走出两个戴着耳环的男人，左边的那个胳膊上文着醒目的刺青，似乎是蝎子。他们在大声地说着话，像争论，也像吵嘴，蝎子涨得通身赤红。他身旁的那棵梧桐树下站着一个衣衫褴褛的提琴手，地上摆着个倒扣的帽子，里头疏疏地躺着几枚硬币。他不懂琴，只觉得那声音沙哑低沉，叫人听了忍不住想起泥土，厚厚的，松松的，黑色的泥土，一脚踩上去踩不实，踩过很多脚后依旧还有弹性。

热闹啊，真是热闹，只是这一街的热闹仿佛与他全然无关。他觉得自己身上扣着一个大玻璃罩，外边的热闹离他很近，近得他都能看清皱褶和毛孔，可那都是别人的热闹，他出不来，也进不去。

尚招娣终于从那扇门里走了出来。

她不是一个人。和她一起走出来的是一群人，大约七八个，都是女人。有白人，也有面皮略微赤黑些的，或许是印巴人，或许是菲律宾人，还有一个包着头巾的阿拉伯人。其中有个人不知说了句什么，人堆里轰地炸出一阵大笑，惊得路边寻食的鸽子飞蹿起来，满街便都是乱翅。

众人嘻嘻哈哈地走到街上，就散了，各走各的路。有个女人扯了扯尚招娣的袖子，两人便落在了后面。那女人从手提包里掏出一个纸盒子，对招娣晃了晃，他这才明白原来她们想抽根烟再走。

女人将烟盒轻轻一抖，抖出两根烟来。招娣掏出打火机，给她也给自己点着了，两人便靠在墙上消消停停地抽了起来。招娣抽烟的架势很自在，一只手插在腋窝下，一只脚蹬在墙上，仿佛那烟那墙都是她的老熟人。

他就有些惊讶。当初他把她一棵树似的连根拔起，放到这个人生地不熟的去处，他以为她就此枯萎了，没想到才三年的工夫，她的断根上已经长出了毛茸茸的新须。

两人抽完了一根烟，道过别，就走了，他这才迎上去招呼她。

她见到他，吃了一惊，说刘哥你怎么来了？

他说我想和你在外头吃顿饭。

她就有些焦急，问欧仁呢？欧仁怎么办？

他说我把欧仁放在隔壁那个同学家里了，买好了肯德基，九点以前回去就行。

她这才放了心，问你想吃什么？

他还没开口，她就猜到他会说随便，于是便领着他走进了街口一家意大利餐馆。他吃不惯西餐，其实再往前走几步就有一个广东馆子，但她知道他不会去——他怕在那里碰到国内来的熟人。

两人进馆子坐下了，她叫了两份意大利海鲜面。这次她没问他要吃什么，反正所有的西餐对他来说都是毒药。

"你们在说什么？笑得那么疯。"他问她。

她怔了一怔，才明白是什么意思。

"没什么，我们在笑老板的口音。老板是荷兰人，说起法语吭哧吭哧的，像伤风咳嗽。"她说。

他哦了一声，说你上班，好像很开心的样子啊。

她睁大了眼睛，仿佛没听懂他的话。

"刘哥，这世上真有谁喜欢上班，除了雷锋？"

他忍不住哈哈大笑起来。

"那你为什么每天还要赶那么远的路？欧仁账号里，又不是钱不够。"他说。

她哗啦哗啦地搅动着杯子里的冰块，半响，才说我只是不想让欧仁觉得，人不干活也有饭吃。

他突然有些感动。她一直在替他养着他的儿子，按照事先说好的规矩和方式。这本是一桩生意，却难得她把一桩生意做得如此上心，几乎就像经营一段感情。没有合同，没有指印，她只是一个心眼地信了他。这一个信字，就盖过了她千样的毛病。也是这一个信字，就让她在千万个女人里成为了他儿子的母亲。

"怎么改名字了？"他问。

"苏菲，不好听吗？"她说。

"不习惯，总觉得那不是你，你就是烧成了灰也还是尚招娣。谁给起的，这个洋名字？"

"我自己起的。去年于勒带我去看《心火》，是部老电影。于勒说那个故事有点像我，是苏菲·玛索演的，我就取了她的名字。"

"怎么像你了，那部电影？"

她笑了笑，说一个有钱也有型的男人，想找个人生孩子，就选了苏菲·玛索，我是说，苏菲·玛索演的那个女人。她答应给他生个孩子，他答应替，替她爹还债。

她的口气迟疑了起来，仿佛信不过记忆。

"他们在一个小岛上过了三天三夜。"

"后来呢？"他问。

"他睡了她三天。原来只为了生孩子，没想到他真喜欢睡她，她也喜欢被他睡。两人在床上很来劲。"她说。

"还要问后来吗？"她看了他一眼。

他沉默了。

"于勒常带你看电影吗？"半晌，他才问。

"今天你都带欧仁干什么去了？"她没回答，却换了话题。

"去了香榭……"

他突然想起了公文包里那只卡迪亚三色金的钻戒，就把后半截话噎了回去。

"我带他去了拉雪兹，还骑了马。"他说。

"幸亏你在。每个星期三都让我头疼。"女人敲了敲太阳穴说。

欧仁的学校星期三不上课，每逢星期三，招娣都要给欧仁找保姆。于勒有空时当然是找于勒，于勒没空的时候，她什么人都找过，甚至把欧仁托放过街角的便利店。

"再熬几年吧，等他上了初中，就给他找个寄宿学校。"他对她说，算是安慰。

海鲜面端上来了，厚厚的一层虾蚨之上，浇着一层金黄色的奶油。她吃得津津有味，他却难以下咽。

她用叉子敲了敲他的盘子，说有事赶紧说吧，憋得我难受。

他说非得有事吗？就不能请你出来吃顿饭？

她哼了一声，说要是没事，你怎么肯出来尝这样的砒霜？

他忍不住再次哈哈大笑。

这个女人不知从哪里学会了风趣。他暗想。

"你妈的状况不错，换了这么多个护工，总算换到了一个可心的。老齐一个星期去看望一次，回来跟我汇报。"他说。

老齐是他的雇员，他的公司搬迁到上海之后，老齐就留在温州处理那里的琐事。

"你弟弟的按摩院，这几年都赢利。现在想找个高档点的店面，准备往大里做。"

她从盘子里抬起头来，望着他，扑哧一声笑了。

"刘哥你忘了我隔天就和我妈通电话？"她说。

他有些尴尬。

他和她都明白，前头这些都只是拿来垫脚的废话。从前他跟她说话，几乎从来不用铺垫，而现在即使踩着这么厚的一层铺垫，他依旧不知从何下脚。到底是他变了，还是她？

"我就是想，谢谢你……"

话说了一半，他突然觉得没劲，呵地咳嗽了一声，就势咽下了话尾。

她狼吞虎咽地把一客面吃完了，见他的面只捅了一层反，就伸出自己的叉子捞他的吃。

"回家给你煮方便面。"

她挑了几口，索性拿过他的盘子吃了起来。她的胃口像河马，却依旧消瘦。

"其实，刘哥，你就是不做那些事，我也会一样待欧仁，因为……"

她犹豫了一下。

他猜到她会说"因为我信你"。她不会说爱，她不配，也不敢。她知道他讨厌这个字，他觉得这个字不仅肉麻，而且虚假。所以每当她走到这个字边上的时候，她就会战战兢兢地停住，小心翼翼地换上另一个字。她最经常换的那个字，就是信，因为这个字不招他烦。

可是这次他错了，她顿了一顿之后说出的那句话是："因为欧仁是我的儿子。"

他暗暗地吃了一惊：她说的是"我的儿子"，而不是"我们的"。

"其实，我是想告诉你，这次我回去后，会和律师商量，在海外成立一个新公司。"他吞吞吐吐地说，"等欧仁十八岁，他会拥有，公司百分之七十五的股份。剩下那个百分之二十五……"

"你没告诉欧仁吧？"她打断了他的话，语气急切，几乎带着惊恐。

"怎么了？"他疑惑地问。

"我没跟欧仁说过你是干什么的。他以为，你和我一样，都在工厂上班。"她说。

他再次想起了公文包里藏着的那个卡迪亚三色金钻戒，欧仁看见了那上面的价格标签。早上他带孩子去那里，只是想让孩子给他做翻译。

他本该想得更多，可是他没有。

他就有些羞愧。

"孩子明白的事，其实挺多的。迟早他会知道，瞒不了多久。"他说。

她突然把水杯往桌上一放，冷冷一笑。

"你让我怎么跟他说？说他妈不是他爸的老婆过去不是现在不是将来也不是？他爸有的时候是爸有的时候不是爸有的地方能认有的地方不能认？他账号里的钱是他的也不是他的说有就有说没就没？"

她的话没有标点符号没有抑扬停顿，像根钢丝绳嗖嗖地甩过来。他没有防备，躲闪不及，被击中了，脸上火辣辣地疼。他不禁愣住了。不是怕——怕是后来的事，当时他只是感觉意外。他认识她十年了，他从来没听她这样说过话，跟他。

他一直觉得她的感激是一条捏在他手心，他想扯多长就能扯多长的橡皮筋，可是他忘了她只是一个女人。她不比别的女人聪明，也不比别的女人笨。她和所有的女人一样，以为感激是条阳光大道，可以通往无限。她不知道感激是条绝路，外宽里窄，进去容易出来难。在感激这条路上，走不了几步，必定会撞上哀怨的南墙。

她不懂，还情有可原。可是他应该懂。他是男人，又比她多吃了这些年的盐。

"孩子，不是我让你生的。"

他终于冷静下来，找到了该说的那句话。

这句话他在心里攒了很多年，从知道她怀孕的那天起。不，甚至比那更早。这句话是走夜路时防身的刀，不能不备，却希望永远也不会派上用场。他知道这是一句极不厚道的话，若把不厚道分成三六九等，这句话该排在最次的那一等。他曾以为他这一辈子永远也不需要掏出这句话来用，因为他把她看成了一个只认一条路的傻女人，在她的路上不需要备刀防身。

可是他错了。他没想戒备的那个人，在他毫无戒备的那个时刻，逼他拔出了刀。他不想伤她，可他若不伤她，他就得伤自己。

刀果真管用，她的身子立刻瘪了下去，仿佛气囊被扎了一个窟窿。

"是我要生欧仁的。要不是欧仁，我连你的婊子都不是。"她喃喃地说。

他砍中了她的要害，可这并没能治他的痛。他身上被她的钢绳抽过的地方，依旧在灼灼地发烫。

"是因为于勒吗？"他问。

他不想说这句话，就如同他不想说前面的那句话。没说这句话的时候，她需要抬头才能看见他。而说了这句话，他就落到了地上。这句话里藏着千种万种情绪，大都无害，而只有一种是致命的——那是嫉妒。嫉妒瞬间铲除了他们之间的距离，把他降到了和她平视的地步。

她没吱声。

"以后你不要再找于勒来陪欧仁。"他说。

她惊讶地看了他一眼："为什么？于勒不是你介绍我认识的吗？你说你信得过他。"

他一时无话可回。

女人说的没错，于勒是他的朋友。确切地说，于勒是他朋友的朋友。他的朋友，一位合作了多年的律师，当年在法国留学的时候，和于勒曾经是同学。是他通过那位律师朋友，安排了于勒来接应欧仁母子的。后来，于勒成了母子俩的免费司机、修理工、翻译、保姆、家庭教师。他是于勒和欧仁母子之间的一层黏合剂，只在最初有效。现在他们的关系已经穿越那块黏合地带长出了千丝万缕的根须，而他却成了局外人。

"你是不是想要，和于勒……"

他顿住了，没再往下说。一顿饭的工夫，他已经落到了泥里尘里，他只是不能再低了。

她扬了扬手，让招待送账单过来。这是她第一次自己付单。他从来没让她花过一分钱，可是今天他不想跟她抢，他感觉精疲刀竭。

她从皮包里掏出信用卡，他看见她的皮包角已经磨破了，露出了里边的纸芯。

"你是不是觉得，我只配于勒这样的老头？"

她站起来，朝外走去——朝地铁口的方向。

"你能陪我，走几步吗？走到下个站口？"

她走得很快，他追上去，有些气喘吁吁。

他觉得自己说话的口吻听起来有些陌生，过了一会儿他才明白过来，他是在和她商量。

她没有答应也没有反对，只是渐渐慢下了步子。

阴了一个下午的天，到这会儿总算晴定了。到了这个时令，白昼就长了，天还很亮。街灯也亮了，不过街灯的亮和天的亮不是一种亮，天叫街灯变得昏暗。街被雨洗得很干净，路边的积水一洼一洼的盛满了云。

街口的电灯柱子底下，有个年轻姑娘在吆喝着卖花。平素他眼里是看不见这些花儿草儿之类的东西的，可是有过了早上拉雪兹公墓的那株石竹，他突然就多看了一眼那个摆在地上的花篮。

是暗红色的玫瑰，一枝一枝地包裹在透明的塑料纸里，花瓣上还残留着一些水珠，兴许是今天的雨，兴许是昨夜的露。

他突然弯下腰来捡起了一枝。他不懂法语，问不了价，只好从兜里掏出一把零钱，摊在手心任由那姑娘收取。

"挺好看的，给你。"他把花递给尚招娣，或者说苏菲的时候，几乎有些嗫嚅。

他不习惯这个姿势。他给过她钱，却没给她买过任何礼物。他从来没在这个女人身上费过心思。

女人愣住了——女人也不习惯他的这个姿势。女人把花举到鼻子跟前，闻了很久，却是无话。

"其实，我是想告诉你，等到欧仁十八岁，你就彻底自由了。我已经，准备好了一切……"

说到"一切"两个字的时候，他犹豫了一下。一切是个很大的词，他不知道一切里边是否包括了青春。

女人依旧在闻花。女人闻花的样子很贪婪，仿佛那是一台迷你呼吸机，而她，则是一个严重缺氧的病人。

"刘哥，需要自由的，是你，而不是我。"

她终于闻够了，抬起头，把花小心翼翼地插进了手提包拉链尽头的那个孔眼里。

"我只想，能瞒一天是一天，让欧仁好好做个孩子。"她说。

全力听见车库门的响动时，看了一眼墙上的挂钟：九点二十八分。她知道是刘年回来了。

刘年每天下班的时间，基本固定在两个点上：假如回来吃饭，一定是在六点半以前进家门；假如晚上有饭局，也一定会在九点半左右回家。他一年到头极少在外边应酬，公司特地雇了几个专门陪酒聊天的公关人手，真正需要老总亲自出场的机会不多。若遇到非得在外头吃饭的情景，他总是会事先打电话告诉全力。他很少让她等。

"刘大哥是个，规矩的男人。"

这是每天来烧饭打扫卫生的钟点工说的话。钟点工说这话的时候，神情有些踌躇——她不知道这算不算是一句好话，在这个年头。

自从刘年发家之后，全力的耳朵里总会刮进这样那样的好话。这些好话都裹了棉花，可是落在耳朵里却总感觉是针。而钟点工这句不知道算不算好话的话，从耳朵落到心里，倒是一路妥帖。

脚步声从楼梯上响起，渐渐近了，又渐渐远去。她知道他要先进他的卧室，把外套和公文包放下来，才会进她的屋。他每天都这样，他不喜欢把任何带有他工作印记的物件带进她的卧室。

果真，她听见了开门，关门，再开门的声响——是不同的门。

他站到了她的床前。

"这么早就睡下了？"他把床前的台灯捻亮了一挡。

"有点儿，头疼。"她说。

他把手搭在她的额上。他爱出汗，他的手心一年四季都是湿黏黏的。唯一的区别是：他如今跟从前相比，到底发福了些，从前是湿黏黏的骨头，现在是湿黏黏的肉。

"好像没有热度。疼得厉害吗？"他问。

"还好，吃过止痛药了。"

"不要老吃止痛药，那东西对脑子不好。"他说。

她往里头挪了挪身子，给他腾出了半张床。

他的身子矮了一矮，就在几乎挨到床沿的时候，却犹犹豫豫地停住了。

"衣服脏，今天下厂了。"他说。

她斜了他一眼，扑哧一声笑了。

"脏就脱了呗，又不是在别人家里。"

他开始慢吞吞地脱衣服。西服、领带、衬衣、皮带、外裤、袜子，各种衣物在床前的地板上开出一团团深深浅浅的花。

她抽出自己的枕头，给了他一个角。两个头挤在一起的感觉有些陌生，她闻到了他头发的味道。她的手指在他的头发里游走了一遭，她感觉到了阻力——在他这个年纪的男人里头，他的头发算是茂密的。她抽回手指的时候，看见了指甲盖上的油。

"什么时候洗的头？"她问。

他没吱声，仿佛在进行艰难的心算。半晌，才呵呵地笑，说这几天乱了套，给忘了。

"今天太晚了，明天早上洗了头再去公司。"她说。

他嗯了一声，就伸手去抓床头柜上的报纸。

"能陪我说说话吗？今天？"她幽幽地问。

她的语气里有一种他不熟悉的东西。他放下报纸，转过身，用胳膊肘支撑起身子，疑惑地看着她。

"怎么了？谁惹了你？"他问。

"我下午去源源那里了，衣柜里的衣服看起来都眼生，看来那个乔乔是搬进来住了。"她说。

"以后她不在的时候，最好不要，随便进她的屋。"他小心翼翼地说。

源源大学毕业后也来了上海，后来他们才明白：她同意和全家一起搬到上海来，其实是为了能和乔乔待在一个城市。源源虽然来了上海，却坚决不肯住在家里，而是在虹梅路老外街附近租了一间公寓单住。全力过去帮忙收拾的时候，悄悄配了一把钥匙。

"我总觉得，她们……"她把最后几个字吞了回去，仿佛那几个字是洪水猛兽，一旦走出喉咙，她便再也做不得它们的主。

刘年沉默了。

他总觉得这个女儿是老天爷跟他开的一个玩笑，兴许是怀她的那个晚上，他们撞上了一个恶时辰。叛逆是源源在娘胎里就穿上了的衣裳，一穿就是二十几年。任什么衣裳也该穿小穿烂了，可是源源的这件衣裳却依旧完好合身。刘年一次又一次地试过用钱来哄她换上新衣裳，可是源源每次都拿了钱，却依旧不肯丢弃旧衣裳。

"你说句话啊。"全力焦急地说。

"狸猫呢，在她那儿吗？"刘年问。

狸猫是思源松散意义上的男朋友。松散的意思是说：他们的关系可以在一个星期之内经历几次分合。源源来了上海，狸猫也跟着来了，却依旧若即若离。

"不在。好像又分了。"

"哪天找狸猫谈谈，他再没出息，也比弄出个乔乔强。大不了……"

刘年顿了一顿，才说："大不了结了婚再离。"

她明白他在埋怨她，当初是她极力阻挠了源源和狸猫的交往。曾经有一阵子源源和狸猫热乎得几乎要私奔。狸猫在温州就是个混混，到上海后开了一家小快递公司，依旧是个混混，只不过是个有几个小钱的混混。

"早知道她这么腻歪，不如生她的时候我死了算了，眼不见为净。"全力愤愤地说。

刘年呸了一声，说什么话？你死了，我怎么办？

这样的话，刘年不是头一回说，全力知道这也不会是最后一回。这样的话，走了长长几十年的路，一路走，裹了一路的尘土，听起来已经没有第一回那样惊心了，可是全力还是忍不住爱听。她别过头去，不想让他看见自己眼里的那层雾气。今天也不知是为什么，从早上起来打开窗帘那一刻起，一丝风，一片云，一声鸟啼，都能轻而易举地唤起她的哭意。她觉得自己像个伤春的少妇。

更年期。她记起了医生的话。

"这个孩子，我看是废了。"刘年沉沉地说。

"你是不是后悔了，咱们只有这一个？"

她死死地盯住他的眼睛，他知道他不能躲，一躲就是认下了她的道理。他笑了笑，拍了拍她的肩膀，说命啊，这都是命。

她侧过身子，把一只脚伸进他的两腿中间。他的腿和他的手一样，浮着一层湿黏黏的汗，却是冰凉。她被自己的举动吃了一惊：他们已经分床数年了，她的身子有些认生。可是今天她的体内有一股热腾腾的东西，一会儿涌到手指，一会儿涌到脚尖，一会儿涌到小腹。她管不住它，它也管不住她，她只能给它找一个出口。

多半是，那药起了作用。她暗想。

从前年起，她的月事就开始错乱。为了延长经期，医生给她开了一种进口药，据说可以提高激素水平。

她知道他也吃了一惊，因为他的腿肚子抽搐了一下。他轻轻地推开她，下床，咚咚地跑进了厕所。从半掩的门缝里，她看见了镜子中的那个人，手捏着一根半软半硬的东西，站在马桶跟前，却半晌没有动静。也许是五分钟，也许是十分，她终于听见了零星的几滴水声。他再回来时，她的身子已经干涸。

她背过了身。

过了一会儿，她觉出了脊背上肌肤的异样，她知道那是他目光里的愧疚。她转过来，轻轻地说你去睡吧，明天要早起。

他关了台灯，却没走，在她床前呆呆地站了一会儿，又躺回到她的身边。他窸窸窣窣地调整着他的姿势，渐渐向她靠拢，犹犹豫豫地伸过手去扳她的身子。她没有抵抗也没有顺从，任由他把脸埋在了她的怀中。

他翻过身去，把她压在了自己的身下。他的手笨拙地分着她的腿，他的重量在她身上重新挤压出一股湿润——这次是怜悯。她在他粗重的呼吸间奏里暗暗地替他使着劲，他终于进入了她的身体。路其实是她开的，他在她开启了的路上依旧走得跌跌撞撞，步履维艰。

突然他瘫软了下来，她觉出了大腿之间的湿意——是水，她知道他又失禁了。

他没有看她，下床再次走进了厕所。这一次他在里头待了很久，哗哗的水声掩盖住了房子里所有一切的杂响。她知道他在一遍又一遍地冲洗他的身体，也在一遍又一遍地冲洗他的耻辱。这些年的耻辱已经在他身上结成了一层污垢，污垢太厚，水不够，时间也不够。

他终于走了出来，裹着浴巾，双手蒙头坐在她的床沿。她伸手去拉他，他仿佛被她的指尖烫着了，不由自主地往后缩了一缩。她知道她什么也不能说，一说就是错。两人默默无语，听着两股呼吸在暗夜稠黏的空气中轻轻吹着哨子。

后来他起身走了。她想喊住他，却又止住了。她一喊就仿佛在向他讨一个解释，他现在经不起哪怕最隐晦的一种暗示。

可是她实在不想一个人度过这样的一个夜晚。若喊了他，他要疯；若不喊他，她要疯。她不知道在他的疯和她的疯中间，是否有一条细窄的缝隙，可以容得下一个差两个小时就满五十岁了的女人。

她打开床头柜的抽屉，找到了安眠药的瓶子。她不需要灯，她熟知药瓶的位置和药的剂量。她摸出了双倍的量，就着口水吞咽了下去。她明白这其实是徒劳：今夜她的睡眠注定是一张破烂绵纸，没有哪种药能够修补得了这样的残局。

她刚把头重新放回到枕头上残留的那个凹形里，突然就听见了走廊尽头传来的脚步声。他回来了。

她闭上眼睛佯装睡着了。他经不起追问，她也听不动解释了。

她觉得有一样东西隔着被子轻轻地戳了戳她的脊背，不像是他的手，这东西比他的手坚硬。

他在她身后啪的一声拧开了灯。光割破了保护层，纵使裹着被子，她也感觉赤身裸体。她坐起来，把脸埋进两只膝盖中间。晚上她其实没说几句话，却觉得已经把一辈子的话都说完了，现在她连一个标点符号都嫌重。

"我没有忘记。"他犹犹豫豫地说。

她抬起头，疑惑地看了他一眼。

"你的生日。"他说。

"这个东西，是我在法国出差的时候买的，在包里放了好几个月了，就等着今天给你，偏偏晚上有会。"

他摊开的手心里，躺着一只红色的盒子，盒面上烫着几个卷着花边的外国字。她知道他没撒谎，盒子的边角已经露出了隐隐的毛边——那是在公文包里磨的。

他打开盒子，里边是一枚样式有些奇怪的戒指。红黄白三种颜色的金，铸成相互交缠的三个环，环面上镶着密密一排的钻石。环太滑，灯光扑上去，却站立不稳，在上面跌跌撞撞地跳着舞。

"我从来没给你买过一样首饰，结婚的时候也没有。"他说。

他把戒指从丝绒衬里的那个深沟里挖出来，戴在她的无名指上，竟是严丝合缝。

"你怎么知道我手指的粗细？"她惊奇地问。

他嘿嘿地笑，说瞎猜的。

她把手直直地伸在灯光底下，那只戴了戒指的指头仿佛不堪重荷似的颤抖了起来。

"戴这东西，要钩衣服的。"她叹息着说。

他终于松了一口气。他知道这就是喜欢的意思了。她不善表达喜欢，就如他不善表达感激。

"贵吗？"她问。

他点了点头。

"是名牌吗？"她又问。

他依旧点头。

"卡迪亚，你知道吗？法国的大名牌。这款戒指又是卡迪亚中的名牌，连名字也特别牛，叫'三位一体'。"

她咦了一声，说这也叫名字，还用在婚戒上？三位是什么意思啊？是嫌两位不够？

他突然怔住了。那个八十多年前设计出了这款戒指的法国人，怎么就没从这个角度考虑过问题？全世界那么多拥有这款戒指的富太太，为什么只有他的妻子，一个从没戴过戒指也不知卡迪亚为何物的女人，想到了这一层意思？

他觉得刚刚鼓起的心情突然间就瘪了，瘪得像一张受了潮的纸。

"你要是不喜欢，我就拿去专卖店换个别的款式。"他无精打采地说。

她没说话，只是把脑袋斜过去，靠上了他的肩。

"其实，戒指无所谓，我就想去一趟巴黎，和你。"她说。

他沉默了，仿佛在盘算一些复杂的日程。

"那个地方，其实也是徒有个虚名。不如年底我们排个时间，带上爸妈一起去一趟意大利。你妈晒一晒地中海的太阳，说不定对脑子有好处。"他终于说。

她听见自己的微笑从嘴角漾出，一路嘶啦嘶啦地流过房间，扯出满屋无声的风铃。母亲病了几年了，她一直认为母亲是在装糊涂，可是她依旧喜欢看见刘年对母亲的认真。

"姐，你别太省，去专卖店买几件质地好点的睡衣，又不是买不起。"他说。

她把露在被子外头的那一角裂了线缝的睡衣掖进被子里，觉得喉咙紧了一紧。有一句话卡在嗓子眼上，心想把它往上推，脑子却想把它往下杵。

这句话是："给谁看？"

心和脑子斗了半天，最终还是脑子占了上风。那句话终于给杵了下去，翻上来的是另外一句话，一句心和脑子两下相安的话。

"别整天姐啊姐的，不知道的，还真以为我比你大呢。"她说。

他还是嘿嘿地笑，说对不起，习惯了。

"什么时候去约华山的泌尿科主任，让他给你仔细做个检查。"

他起身走到门口的时候，听见她在背后说。

这样的话她以前说过，以后也还会说。每次他都答应了，但哪次也没把那个答应落到实处。

直到四年之后。

那时一切都已经太晚。

西服。西裤。衬衫。牛仔裤。高尔夫球衫。T恤。领带。皮带。刘年的衣帽间很大，几乎比得上寻常人家的一间卧室，里面的所有物件都分门别类地摆置着，按时令，按场合，也按颜色。刘年仿佛出门前就知道他不会再回来了，他仔细地整理过了他的内务——他不能让别人看见他的不备。

全力已经有一阵子没进过刘年的房间了。自从搬进上海郊区这座三层楼别墅之后，他们就有了各自的卧室，虽然都在同一层楼，中间却隔着两间客房。每天晚上不管多晚回家，只要她还醒着，他总要到她的屋里先待一会儿，看几眼报纸，扯几句公司的鸡零狗碎，通常过不了几分钟，他就会倚在靠椅里鼾声大作。他只睡几分钟，就会猝然惊醒，迷迷瞪瞪地收拾起衣物回到他自己的房间——他怕惊扰了她的睡眠。

刘年的衣服真多啊，衣架个挨个地挤在一起，紧密得几欲窒息。衣柜从上到下从左到右共有十几个隔层，每一个空间里都塞满了折叠得齐齐整整的旧衣物——那是日复一日年复一年的积累。从前他会把这些衣物打成包送给他哥哥姐姐家的人，现在那些人已经养出了新的胃口，再也不屑他的二手馈赠，然而他依旧还是舍不得扔掉哪怕是一件有了洞眼的秋裤。不是吝啬，而仅仅只是出于习惯——他喜欢新的，却也心疼任何一样曾经派过用场的旧物。

其实刘年并不是从一开始就谙熟穿衣之道的。在很长的一段时间，甚至在他做香港人公司经理的头几年里，他的皮带之上依旧会时不时地露出一段蓝色的秋裤腰，他的黑皮鞋里还会穿着一双白色线袜。全力说了他很多次，渐渐地，她的舌头和他的耳朵都磨出了茧子，她便懒得再去管他。可是突然有一天他就醒了，懂得了在灰色的西服里配一件黑色隐条的衬衫，在白色的高尔夫球衫之下搭一条墨绿色的卡其短裤。量变的过程长得仿佛有如一生一世，而石破天惊的质变，却发生在一眨眼之间。等到刘年回过头来指点全力的穿着时，全力才猛然醒悟：不知从哪一刻开始，她的审美观已经彻底落伍。

屋角的洗衣篓里胡乱扔着几件刘年住院前换下来还来不及洗的脏衣服——那是满屋井然秩序中的唯一一丝狼狈。全力捡起一条内裤，翻过来，看见了裤裆里一团棕黄色的印记，那是变了颜色的尿迹。刘年的尿频已经有很多年的历史，也许第一个癌细胞，早已在他身上那个叫膀胱的暖巢内潜伏了多年，悄悄地不动声色地繁衍生长着，蠢蠢欲动地等候着他免疫力出现第一丝裂缝时，才凶猛地猝然出击。

全力把那条内裤放在鼻子底下闻了闻，一股尿液特有的酸臭味和一股男人特有的油垢味轰的一声在她鼻孔里炸出了一个大洞。她这才意识到刘年已经走了，刘年永远也不会再推开这扇门，来试穿衣架上的任何一件衣服了。她感到有人在她的肚腹上擂了一拳，她毫无防备地瘫靠在了墙角。她的五脏六腑紧紧扭成了一团，急切地想在她的喉咙里找到一个出口。解开那团纠结的唯一办法不是哭，而是吐，狠狠地，把胃彻底倒翻过来那种吐法。

"别看了，那些东西。"

有人在她身后说。

她回头一看，是父亲全崇武。父亲把他七十九岁的身躯扛得一如既往的笔直，染得乌黑的头发和往常一样齐整地朝脑后梳去，几乎天衣无缝地盖住了头顶的那片稀疏，粗大的骨架把那一身黑色的丧服撑得有棱有角。可是没用，今天这个身架这把头发都没有用，父亲的声音轻而易举地戳穿了它们没能包裹住的秘密：父亲仿佛一夜之间苍老了。父亲一生没有儿子，父亲多少年来一直把刘年当成自己的儿子。父亲守在刘年病床前的眼神，让全力忍不住猜测假若他能像上帝一样可以决定人的年限，他一定更愿意走的是女儿而不是女婿。

全力一低头猛然看见了自己手里捏着的那条内裤，感觉像是在和刘年赤身裸体亲热时突然被人撞破的那种难堪和羞辱。

"你怎么进来的？"她气急败坏地问道。

父亲惊讶地看了她一眼，说你怎么忘了？是你给的钥匙。

全力这才想起刘年住院时她曾交代父亲过来收拾信件。

"把这些东西都清理了吧。"

父亲的手指沿着衣帽间的四壁画了一个大大的圈，那圈里也囊括了墙角的那个脏衣篓和全力手中捏的那条内裤。父亲曾经当过九年的兵，这九年和他一生的日子相比，只不过占了不到九分之一的比例。可是这个九分之一和另外的九分之八，却是泰山和鸿毛的关系，所以父亲一举手一投足之间，总似乎还有些骑马挎枪的意思。

全力像踩着炭火似的跳了起来，把那件内裤藏在了身后。她把它捏得很紧，她的指甲如铁钉在她的手掌上嵌下了几个深坑，布料疼得轻轻地呻吟了一声。这一屋的东西都是些一阵风就吹散了的粉尘，而只有她手里的这样物件，还有上面的那团尿迹，才是刘年在这个世上走过了一遭的铁证。只要这物件还捏在她手里，她就能证明他来过。

"你，走开。"全力说。

过了一会儿，全力才醒悟过来这是一声声嘶力竭的喊叫，因为她觉出了喉咙里隐隐的腥咸。

父亲被她的样子吓了一跳，不由得退后了一步。父亲的身子渐渐地低矮了下去。全力听见一阵嘎嘎的声响，像是粗大的竹子被风压弯在地面上的那种声响。突然咔嚓一声，竹子断了，她看见父亲蹲在了地上。

"为什么，为什么不是我啊？"

父亲双手捂着脸哭了起来。不，严格地说，那不是哭，因为没有泪水，父亲一生没流过泪。父亲只是在号叫。

父亲的号叫干涩地碾过全力的耳膜，留下一路焦糊。父亲的这个姿势太陌生了，她一时不知如何是好。她的心对她的手说去吧，你去扶他起来。她的手走了一半，又缩了回来——她的手和她的心都不认得这条路。

"那，让秀娟来吧，把这些东西都收了。"过了半晌，她才听见自己对父亲说。

"我已经打发她走了。"父亲抬起头来，有气无力地说。

秀娟是全崇武家的保姆。

全崇武家是三年前开始请保姆的，因为他的妻子朱静芬患了老年痴呆症。三年在这里只是一个模糊的说法，是指朱静芬的脑子被病虫啃出一个大窟窿的日期，然而虫子到底是在哪一天啃下第一嘴的，那是谁也无法确定的事。从刚一开始偶尔忘了关炉子，到现在连女儿的名字也记不得了，这中间大概辗辗转转地走了八九年的路。

崇武家这三年里换保姆的速度，快得如同流星雨，长的是三四个月，短的是两三天。别看静芬的脑子被虫子蛀得只剩下一包满是窟窿的烂棉絮，她依旧容不得抽水马桶边上的尿迹，厨房地板上的一团餐巾纸。从年轻时对一切家务的马虎，到老来眼里容不得一丝含糊，静芬的生活习性在几十年里几乎走过了两个极端。得病之后，她的不满只剩下一种表达方式，那就是尖叫——能让天花板掉渣的那种尖叫。

没有几个保姆能扛得住这样的挑剔。有三两个迟钝木讷些的，终于熬过了静芬，却没有熬过崇武——崇武嫌她们愚笨。崇武这一生有一个持久不变的癖好：他只喜欢聪明灵巧的女人。女人的概念，当然也囊括了保姆。秀娟是唯一一个同时穿过了静芬和崇武的针眼的女人。秀娟不是上帝，秀娟无法阻挡静芬的尖叫，可是她总有办法，有时用一个眼神，有时用一种语气，有时用一个手势，有时用一种略带重量的沉默，把静芬的尖叫神不知鬼不觉地锉去一个锐角，所以她在崇武家里破了半年的纪录。

　　崇武这几年遇上了好几件糟心的事。每件事发生的时候，他都以为是最糟糕的了，没想到每个最糟糕的身后，还潜藏着一个更糟糕。

　　首先当然是静芬的病。老年痴呆症不是什么新鲜事，只是发生在自己妻子身上时，他才真正体会了这个病的决绝与狠毒。静芬失去的不仅是记忆，还有禁忌。现在的静芬是一个丝毫不知道害怕为何物的人，伸手就敢去摸炉火，动不动就能探出半个身子去够五层楼窗外的一条树枝。不管崇武把打火机藏得如何严实，她总有本事把它翻找出来，捏在手心当成一件永远也玩不腻的玩具。有一天崇武刚转一个身，她就用打火机点着了窗帘。纵然崇武长有十双眼睛，也看不住一个失去大脑管教的身体的恣意横行。

　　第二件糟心的事是外孙女全思源。源源在婚礼的当天出逃，丢下她分分合合地谈了七八年恋爱的男友狸猫和几十桌已经送了礼的宾客。由于源源已经在这之前领取了结婚证，分手就成了法律意义上的离婚。这场离婚耗费了整整半年工夫，纠结艰难得如同是苏联的解体。这半年的时间里，源源在母亲家里随进随出，把娘家当成了免费的馆子，扔手纸的竹篓，蹭鞋底的草垫。等离婚文件正式办下来时，全力似乎已经全然忘了这中间的煎熬过程，又开始规劝女儿再找人嫁了——当然是小心翼翼的。

糟心的事还有很多，他已经懒得一一去数。

这天早晨，崇武起床，掀开窗帘一看，下了整整半个月的绵绵细雨不知何时停了，路面上大大小小的水洼突然消失得干干净净，沿街的夹竹桃树一夜之间爆出了无数粒粉红。走进客厅，他发现静芬已经洗漱过了，穿着一身豆绿色的新睡衣，坐在一团太阳炸出来的白色光斑里看书。书显然经过了很多人的手，沾着各样深深浅浅的菜汁和指痕，边角翻卷着厚厚的毛边。这是全知和全力小时候看过的连环画《三毛流浪记》，不知静芬是从哪个角落里翻找出来的。静芬看书的样子很专注，一页一页捻翻得极慢，仿佛每一幅插图里都蕴藏着某种不可轻易解读的玄机。她的眼神里有一丝婴儿般的宁静与安然，湿漉漉的发梢上吊着几颗晶莹的水滴。

崇武的心轻轻地颤了一颤，刹那间他几乎以为他的厄运已经到了头，他生命中该来的劫数都已经甩在了他的身后。从今天开始，兴许他真的可以过几天太平日子了。

可是，他根本没预料到还有一样更大的灾难，正匍匐在路的拐角处，悄悄等待着给他更绝更狠的一拳。

"她睡得怎么样，昨晚？"他问秀娟——现在是秀娟陪静芬过夜。

这处位于长宁区的公寓，有三间卧室，一间他自己住，一间是秀娟和妻子住，还有一间闲置着，是预备女儿女婿或是外孙女偶尔来住的。这个公寓是他卖掉了温州的单位福利房买的。温州的福利房只有六十多平米，售价还不够买上海这处市区公寓的一间厕所。那个硕大的价格豁口是女婿刘年帮着填上的。刘年的公司迁到上海发展后，就一直鼓动岳父岳母也搬到上海来，便于照顾。当年和崇武一起南下的那群干部中，和他资历相当甚至在他以下的，都在仕途上遥遥领了他的先。而他的官却越做越小，离休前只是一家濒临倒闭的工厂的工会主席。他明白那不是机遇的事，而完完全全是他自己的亲手所为，所以尽管他的住房待遇如此寒碜，他也从未在人前抱怨过。

"一觉到天亮。一早醒来，给她洗头换衣服，都挺听话的。昨天那套厚睡衣，都穿了一个月了，她以前怎么都不肯换的。"秀娟说。

"阿芬，天气这么好，让秀娟带你到楼下散散步吧。"崇武对妻子说。

静芬用一根手指蘸了蘸口水，置若罔闻地翻过了一页书。

"问你话呢，要不要出去走走？"崇武捅了捅妻子的肩膀。

静芬终于抬起头来，有些惊讶地看了丈夫一眼。她的目光很快穿过他，遥遥地散落在窗外一个不为人知的地方。

假象啊，假象。那份宁静，那丝专注，甚至身上那件还带着折痕的新睡衣。一根指头轻轻一捅就知道，那底下不过是一个什么内容都没有的气泡。他的妻子永远也不会有好转的可能了。

崇武的心坠到了底。

"阿叔你别难过，现在最快活的就是婶了，天塌下来，她也不知道愁。"秀娟说。

"她是不知道愁，可是谁替她收拾这塌了的天啊？"崇武沉沉地叹了一口气。

"当然是你啰，谁叫阿叔你能呢。我帮着你，你出大力气，我出小力气。"秀娟说。

崇武忍不住哈哈大笑起来。秀娟是个乡下女子,却比许多城里女子精灵。秀娟总能把一句普普通通的话,妥妥帖帖地送到离他心很近的某个角落。比方说,她本该叫他阿公的,她却偏偏喊他阿叔。虽然只是一字之差,那一字却是天渊。

秀娟今天穿了一件杏红色带黑点子的针织衫,胸前还贴着一块忘了扯下来的出厂标签。秀娟在乡下有两个很小的孩子和一个瘫痪的婆婆要养,所以秀娟得小心翼翼地看管着她的每一分收入。可是她总能从一个月一千八百块钱的工资里,挤出一件类似于这样的地摊货。衣服是腈纶料子,在阳光下闪烁着一层浮光,有些刺眼,却还是让落在它身上的眼睛忍不住暖了一暖。这场比日历还绵长的雨下得每个人心里都长了一层厚厚的霉,崇武突然也很想立刻脱下身上的郑套毛蓝睡衣,换上一件颜色鲜亮些的夹克衫。

"太次了。"崇武说。

"什么?"秀娟没听明白。

"这玩意儿,"崇武指了指秀娟身上的衣服,"有档次的女孩儿不穿这样的货。"

这些年女婿发了,他也捎带着见过了几样好东西。虽然他不会花钱去买那些东西,眼界却不再是从前的眼界了。

秀娟的眼睛突然飞进了一颗火星子,亮了一亮。她从崇武的话里找到了一个词,这个词她已经多年没听到了,乍爬过她的耳朵,感觉有些怪异。怪异的感觉只维持了几秒钟,她就明白那不过是久别重逢的错愕而已。那个词原本就属于她,只不过是她匆忙行路时不小心丢失在途中了，现在是物归原主。

那个词是"女孩儿"。

"有档次？有档次我能到你家来伺候人？"秀娟哼了一声。

秀娟的话狠，但说话的样子却不狠，嘴角轻轻一撇，颈子一扭，就露出了针织衫领子下的一块肉。那块肉落在太阳光里，毛茸茸的，像熟得要流汤的桃子。

这女人在乡下肯定没种过地。崇武心想。

"谁不知道啥是好东西？好衣服都长着钩子，你不找它，它都会跳出来钩你。那家'秋水伊人'，就有一件天蓝色带玉兰花的小西服，那料子，那颜色，那款式，打了三折都还要六百块钱，你说我买得起吗？"

"那你也可以把买地摊货的钱省下来，攒它几个月，买一件好东西啊。"崇武说。

"几个月？我等得起几个月吗？婶子啥事没有，我倒要叫她磨成神经病了。"

秀娟瞟了静芬一眼。那一眼是粉尘落在水面上，连个牙印都没有。

"有叔在，你得不了神经病。"话一出口，崇武就觉出了自己的轻佻。今天他的舌头上了蜡，话一到上面就打滑，留也留不住。

"真格？"这话尾巴上跟的是问号，但那个问号其实更像是一个期待着充填的省略号。

"你叔什么时候说话不算数过？"崇武说。

"那好，叔你告诉我，我待婶子怎样？"

"你是叔雇的，光待婶子好不行，还得待叔好。"

"我待叔不好吗？"秀娟扬了扬手里的鸡毛掸子，空气里飞起了一片闪闪烁烁的尘粒。

崇武看了妻子一眼。静芬坐在她那团厚厚的大气泡中，近在咫尺，遥隔天涯。

他定下了心。

"那得看你怎么解释，什么叫好。"

"这么说吧，叔，我在你家转眼就快一年了，工资一分钱没涨。你看看小菜场里的东西，一天一个价。门口扫垃圾的都有手机了，还是苹果的，我啥都没有。"

"你这是要涨工资呢，还是要手机？"崇武问。

"我哪敢提要求啊？叔你要是对我满意，叔就看着办呗。"秀娟歪头看着崇武，似笑非笑。

崇武觉得肚腹里有股东西在上下乱蹿，他想压，却压不住，不是没有力气，而是使不上力气。他的额头冒出了一层汗。

这天气，说热就热了。他想。

"都可以考虑，不过还是那句话，看你对叔好不好。"

"你想我对叔怎么好？"

秀娟放下手里的鸡毛掸子，走过来，正正地站在了崇武跟前。新买的针织衫领口很低，那一团熟桃子似的肉中间，影影绰绰地埋着一条沟。

轰的一声，那样东西在崇武的肚腹里炸开了一个大洞。坏了，他知道那股没压住的气，已经找到了出口。那股气沿着那个炸出来的缺口疯狂地找路，一下子找到了他的手。还没容他想出个应对的法子，他的手就已经离开了他的身子，搭上了秀娟的肩膀。

突然，秀娟的肩膀变硬了，嘴唇开始颤抖。他以为是他的手，过了几秒钟他才发觉他错了，他从她的眼神里看出了一丝惊惶——跟他的手无关的惊惶。

"大，大姐。"她嗫嚅地说。

他回过头来，突然看见全力站在门厅的那块阴影里，脸色阴沉得几乎要拧出水来。他这才想起他刚才下楼取报纸回来时忘了锁门，他不知道女儿已经在那里站了多久。

他赶紧从鞋架上给女儿拿出拖鞋，又接过女儿手里的包和一把随时带在身边的雨伞。他知道他的殷勤里带着些太明显的和歉意相关的低贱，可他只是拿捏不好自己。

女儿一言不发。在女儿的沉默里他一寸一寸地矮了下去。

"我，我在跟秀娟商量，你妈的事。"他讪讪地说。

女儿没有接应，甚至都没有招呼依旧在看书的母亲，却径直走到了阳台上。她把胳膊靠在阳台的围栏上，两眼直直地看着天。白花花的阳光里飞过一群灰色的鸽子，鸽哨嘤嘤嗡嗡不绝于耳。上班的高峰期过去了，街上的车流却还是浓腻。早点铺的店主在门口大声地嚷着什么，声音隔得太远，只是模模糊糊的一片。

"膀胱癌，晚期，刘年。"她回过头，对跟过来的父亲说。

女儿的话其实只是一串没有情绪串联的单词，崇武听清了，却没有听懂。他只觉得地板有些倾斜，他得扶着窗台才站得稳。过了一会儿他明白了，倾斜的是天，不是楼。

他急急地在裤兜里掏烟盒。掏着了，却扯来扯去扯不开封口。盒子扯散了，烟抖抖索索地撒了一地，他抓起一根塞在嘴里。

"医，医生怎么说？"他问。

"三个月，最多。"女儿说。

地上还残留着昨夜的雨水，烟沾湿了，怎么也点不着火。他一把扔了打火机。

"国外，去国外。美国，日本。隔壁楼的那个老梁，胰腺癌，早说没治的，去了一趟日本，现在还天天……"

"肝，胃，肺，骨头，全身都是。他说他不想动了。"全力打断了父亲。

"总不能，什么也不做啊。"崇武从自己的声音里听出了绝望。

"下午办住院手续。医生说，现在只能解决疼的问题。"

女儿的声音抖了一抖，又立即绷住了。他以为女儿会哭，可是她没有。

崇武想说一句劝慰的话，搜肠刮肚，竟找不出一个字。生命撞到了这堵墙上，哪句话都虚。

"我叫秀娟待会儿过去，帮你收拾东西。"他说。

"我不想，见这个人。"全力冷冷地说。

崇武明白，女儿听见了他和秀娟的对话。可是他没有辩解——他没时间没心思说，女儿也没心思听。

崇武走回屋里，翻箱倒柜找着了一盒火柴，坐在沙发上，终于点着了一根烟。

"阿芬，阿年生大毛病了，你听见了吗？"他站起来，摇了摇妻子的肩膀。

静芬抬起头来，呆呆地看了他一眼，嘴角浮出一丝恬静而茫然的笑容。

她连自己的女儿都记不得了，她怎么会记得起刘年？崇武暗暗嘲笑着自己的荒唐。

突然，他发现静芬手里捏着一杆笔。他吃了一惊：妻子已经很久没有写过字了，他甚至怀疑她还认不认得字。

他拿起摊在静芬膝盖上的那本《三毛流浪记》，只见那一页上已经密密麻麻地写满了字。一模一样的三个字，反反复复，从上到下，从左到右，在每一个角落每一片空白里。

那三个字是"叶知秋"。

"皇天，你记得，你还记得啊！"

崇武蹲在地上，双手砰砰地锤着额头。

刘年昏昏沉沉地睡了一天一夜，到中午全力来替换岳父时，刘年才终于醒了。看见他睁开眼睛，全力捂着心口，松了一口气。

"你是，怕我醒不来了？"

刘年从被子底下伸出一只手，颤颤地搭在全力的手背上，声音很弱，却很清醒。刘年瘦得只剩下了一张蝉衣似的皮，皮肤之下，几乎可以看得清关节和关节之间的筋。

上一次注射杜冷丁，是二十三个小时之前的事了——这本身就是奇迹。刘年现在不疼。疼痛是缝纫在刘年身上的一根粗线，线抽走了，他全身突然就放松了。

全力想点头，也想摇头，却发现她一动也不能动。她的眼睛里有一汪湿润，随时要凝成一滴水，滚下她的颧骨。

刘年住的是医院里最高级的那个单间，是带着厕所的套房，在走廊的尽头。门一关，就几乎把医院的喧哗全关在了外头。窗开了条小小的缝，风乘虚而入，一下一下地舔着窗帘。十月的风腿脚很长，走到哪里，就在哪里留下一缕隐隐的香气。

"是桂花吗？"刘年问。

"医院种的，就在窗口。"全力说。

刘年笑了："能在花下死，做鬼也风流。"

这是他第一次，直直正正地说出了那个面目狰狞的字。那个字其实一直就在他和她中间徘徊，影影绰绰的，隔着一层纱一片雾。她不说，他也不说。只要他们都不说出那个字，真相似乎总还匍匐在某个朦朦胧胧的安全地带。可是他终于戳穿了那层纱雾，他把她近近地押到了真相面前，她几乎看得清死神的毛孔。

"不许提那个字。你想丢下我不管吗？"她哽咽地说。

"放心，我不会现在走，我还有事没办完。"他说。

当然，还要过些日子，全力才会意识到，刘年没办完的到底是什么事。

她抓住了他的手。他的手其实已经不再是手，而是由一张皮松散地包裹着的一团骨头。她不敢紧握，只是轻轻地团着它。即使再轻，它也硌疼了她。疼让她略略放了心，疼让她知道他还活着，在她的手心。

就在那一瞬间，她几乎感觉满足。

他刚认识她时，他就是让她放心的。后来他走了很长很远的路，几乎走到了让她放心和不放心的那个边界线上。他在世界上兜了这么一个大圈，现在终于回来了，重新让她放心，完完全全的。

其实，就这样，也挺好的。她想。

她被自己的想法吓了一跳，倏地放开了他的手，问你要吃点什么？

她只不过是想换个话题，她压根没指望刘年会回答。这些日子刘年什么也吃不下去，几乎全靠营养液维持。

"豆浆。"刘年说。

汩的一下全力的心里突然溢流过一股希望。她记起了母亲朱静芬从前常说的一句话："有胃口的人没病。"

"都快到午饭的时候了，哪还有豆浆呢？"全力笑了。

"豆浆。"刘年重复说。刘年的声音依旧虚弱，但那虚弱底下却藏着一丝执拗。

话一出口他就为他的执拗惴惴不安。癌症改变了很多东西，但还有一些东西，是连死亡也无法触动的，比如他接受她的服侍时的那种愧疚和难堪。

兴许，他自身的抵抗力起作用了，他的身体从来就是强壮的。全力想。

全力急急地起身下楼，去给刘年找豆浆。

走到楼下，她才想起她忘了带皮夹子，连忙又折回病房。一推门，她发现屋里站着一个陌生的女人。女人戴着一顶遮阳帽，外套的领子立得很高，几乎挡住了半张脸。

全力吃了一惊。刘年的生意做得很大，怕引起波折，他的病情一直封锁得很严，住院的事只有家人和几个最亲近的朋友知道。

刘年伸出手来，在茶几上窸窸窣窣地摸索着。全力以为他要水，正想给他端茶杯，谁知他手一掸，热水瓶被掸到了地上，轰的一声摔成了无数块碎片。全力和那个女人都吓了一跳。

"我，我刚睡着，她就……"刘年指着女人对全力说，声音和手臂都颤得如同风里的叶子。

女人怔了一怔，捂着脸，瓮声瓮气地说了一声对不起，我走错房间了。

全力追出去，在楼梯口拦住女人，说我替他向你道歉，他病得很重，脾气古怪。

女人头也不回地跑下了楼。

回到屋里，刘年依旧还在生气，两眼直直地瞪着天花板，气喘得很粗，潮红的双颊鼓起来，又塌下去，像柴火灶的风箱。

"好了，好了。你有整天的时间可以睡觉，至于吗，发这么大的脾气。"

全力把刘年的手放进被子里，伏在他的耳边说。

刘年不回应，气却渐渐地细了些下来。

"今天力气好大啊，你。"全力说，声气里有些遮掩不住的喜意。

"姐……"刘年嘶哑地叫了一声。

"什么事？"全力问。

刘年摇了摇头，咽下了后半截话。那半截话是："别走。"

那天全力跑遍了小半个上海城，才终于给刘年买到了豆浆，可是刘年却没有喝上。

全力不知道：刘年那天的所有康复迹象，其实只是生命之河彻底干涸之前的最后一个水泡。那个水泡有个医学名词叫回光返照。

全力捧着盛着豆浆的保温瓶刚坐上出租车，就接到了医院的电话。

刘年走了。

———·———·———

我是一只三色金钻戒。三年多以前，我被一个叫刘年的男人从巴黎香榭丽舍大街的卡迪亚旗舰店买走，作为五十岁的生日礼物送给了他的妻子，一个叫全力的女人。

刚开始时，她很不习惯我的存在，总觉得我箍手指，还钩衣服。她只在家里戴上我，多半是为了给她丈夫一个交代，一出门她就会急急地把我摘下，放进皮夹子里——我的女主人那时在上海一家私立中学兼职，一周里教四天课。在经历了最初几个月摘摘戴戴的过渡期后，她终于渐渐接受了我全天候的存在，我们于是成了形影不离的贴身伴侣。

这几年我的女主人略微有些发福，跟她这个年龄段的大多数女人一样，我曾被送进卡迪亚专卖店改过尺寸。女主人发福并不是因为高枕无忧之故，我就亲眼看见过她和丈夫之间屡屡发生争执，有时甚至很激烈。这样的讲法稍稍有些以偏概全的嫌疑，其实他们夫妻关系基本算得上相敬如宾。他们的争执通常只限制在两件事上，一件是他们的女儿，另一件是他的身体。

他的身体看起来大致健康，除了一个区域——他似乎总是尿频。但每当他迫不及待地赶到厕所时，却又长时间地站立在那里无所作为，仿佛他的尿路犯有严重的心理疾病，它需要的仅仅是马桶触手可及的安全感。我的女主人无数次催促她丈夫去医院做个检查，他从不直接拒绝，但却一直敷衍了事。有一天她偶然进入他的房间摊晒被褥，发现他的床上留有多处地图似的尿迹。她终于忍无可忍地替他约了专家门诊，并押送他一起去了医院。"押送"这个词在这里并非是文学夸张，那天他确确实实表现出了接近反抗的不情愿。

在做完一系列检查之后，医生单独约了她来医院解释病情。在路上她就预感到了严重性，因为医生特意嘱咐不要带他同行。她以为是前列腺，或是肾，没想到是膀胱。膀胱早已被毒虫咬成了一张米筛，而且毒虫厌倦了那块所剩无几的地盘，已经游走到了其他淖水更丰盛的器官。

她从医院回来，感觉天塌地陷。无论如何慌乱，她还是保留了一丝清醒。她明白她需要做的第一件事，就是设想出一个天衣无缝的严密方案，跟他瞒过病情。

很快她就发现此举毫无必要，因为他已经知道了实情，比她更早。其实是他一直在设法瞒着她。

直到蒙在他们中间的这层纸捅破了，他才终于同意住院。

医生的判断是三个月。医生错了，他只活了三十二天。

他被运到医院的太平间时，她一路跟着，待在里边怎么也不肯走。她觉得她只要一松开他的手，她和他在这个世界上的一切联系都将烟消云散，她甚至再也无法向自己证明，他们曾经在一个屋檐下生活过三十年。

"一个人啊，不能是一个人。"她反反复复地说，不让工作人员把他推进冰柜。

他们以为她在说他，只有我明白，她说的是她自己。她需要他的陪伴，而他，却再也不需要她了。

工作人员无奈，只好叫来了警卫。警卫威胁她说你要是再不离开，我们就只好把你锁在里头过夜了。她挣脱了警卫的手，突然笑出了声。

"正好。"她说。

那天夜里我的女主人到底还是被赶回了家。她打开水龙头，想洗一把脸，咣唧一声，有样东西掉进了盥洗盆。

那样东西是我，那只三色金的卡迪亚钻戒。

原来我的女主人这一阵子瘦了这么多。

———·———·———

刘年到死也没闭上眼睛。刘年的眼睛睁得很圆，眼皮很硬，化妆师费了九牛二虎之力，也没能给他安上一副与世界和解了的表情。最后遗体告别仪式上出现的，是一具严严实实地合着盖的棺木。

"他是放不下你们啊。"崇武对全力说。

思源肯定听到了这句话，因为思源就站在全力身边。可是思源面无表情，一言不发。

思源长得不算高，却很瘦——是那种结结实实的瘦。她的头发剪得很短，短到了男人和女人中间的那个地段。黑夹克敞开着，里边是一件领子开得很高的T恤衫。思源把自己藏掖得很严实，可是她身上无论是藏着还是露着的部分，都在显示着骨头和肌腱。思源站在刘年的棺木前，双手怕冷似的搂着双臂。殡仪馆的温度调得很低，但这不是原因。思源一年四季都是这个姿势，即使是在她父亲的葬礼上，仿佛五十二个星期里，老天爷从没赏赐过她一个热天。

刘年的秘书走过来，轻轻地碰了碰全力的胳膊示意。全力扭过头去，一眼就看见了站在门口的那个女人。黑衬衫，黑裙子，黑皮靴，个子高得几乎碰到了门框。

全力一把揪住了思源的袖子："别去，你不能，让你爸看见她。"

这不是母亲对女儿的命令，甚至不是吩咐，这仅仅是央求，可怜巴巴的央求。话没说完，全力已经泣不成声。这几天她的眼睛在贪婪地无休无止地向她的身体索取着泪水，每次她觉得她的眼泪已经流干，眼睛总能在石头缝里挤出最后的水滴。她憎恨自己市井女人似的哭相，可是她只是无法控制。

"看不看见，乔乔都客观存在。"思源说。这是她今天第一次开口说话。

"躺在那里的，是你的亲爹。"全力喊道。

全力是从众人回头看她的眼神里觉出了自己的失态的。情绪只要咬出了第一个缺口，没有力量可以挡得住后面的决堤。她靠在柱子上，号啕大哭起来，哭得身子开始抽搐。水源的确已近干涸，泪水从心走到眼眶的路程，变得漫长而险象环生。五十几年搭建起来的持重，一拳头就可以叫它分崩离析。

那只拳头就是刘年的死。

其实她这时已经不在哭刘年，她只想问女儿要一角肩膀，一个抚慰的眼神，一句温存的话语。可是她要不出口，她从来对女儿都要不出口，尽管此刻女儿就近近地站在她身边，她甚至闻得见她熬夜之后的口臭。

父亲想说话，可是父亲既不知道说什么，也不知道该怎么说。安慰是一样陌生的使命，父亲一生疏于操练。父亲只能用无措的眼神，催促着思源去劝慰他的女儿，她的母亲。

思源终于欠了欠身子，扶了一下全力。全力知道这是女儿递给她的一个台阶，如果她不赶紧踩住，也许再也不会有第二个了。刘年已经走了，这世上再也不会有另外一个人，会像刘年那样上心地给她铺设一个又一个台阶。

她收了声，掏出纸巾擦干了眼睛。在眼角的余光里，她看到了女儿的眼神。女儿看她的眼神里有一丝怜悯。那丝怜悯很轻很薄，轻轻一碰就裂开了一个口子。口子里露出来的东西，让她毫无防备地打了一个冷噤。

她从女儿的眼睛里看见了嫌恶。

她倏地一下站直了。她终于意识到她靠不上女儿，也靠不上父亲。她只有她自己了。刘年知道，刘年一直都是知道的，所以他闭不上眼睛。

全力一直坚定不移地相信刘年死不瞑目，是因为他放不下自己。

直到几天以后，她在收拾他的遗物时发现了那两张纸条。

纸条是混在一团用过了的纸巾里的，差一点被全力以为是垃圾而扔掉。刘年有个从年轻时就带过来的习惯，总也舍不得丢掉用过一两下的纸巾，所以刘年几乎每件外套的口袋里，都会找到这样的纸团。只是这团纸有点硬，全力随意摊开来，就发现了裹在里面的另外两张纸。

是汇款单，香港汇丰银行的。汇款人是两个不同的名字，其中一个是刘年，另外那个全力不认识。两笔款项一模一样，是个不大也不小的数额——从公司角度来看，小到几乎可以忽略不计；而对寻常人家来说，却不是三两年可以积攒得起来的一个数目。收款人叫刘欧仁，没有地址，但汇款单上显示的受理银行所在地是巴黎。刘年的公司有业务在欧洲，刘年一年里总要去法国出一两趟差，所以全力一开始并没有在意那个地点。

真正引起全力注意的，是汇款时间——那是刘年住院的前一天。也就是说，刘年是在知道自己再也不会活着回家的前一天里，给一个有可能住在巴黎的名叫刘欧仁的人，汇去了两笔钱。不，其实是一笔钱——这两笔本来是一笔，却因外汇管控之故而被劈成了两半，刘年为此借用了另外一个人的身份证。虽然全力一直只是个教书匠，但多年在刘年身边耳濡目染，她多少也知道一些走账的窍门。

当全力走在去律师办公室的路上时，她的不安还只是停留在好奇阶段，真正让好奇演绎成疑心的，是律师的反应。律师看见桌子上摊开的汇款单时吃了一惊，脱口问了一句："你是哪里找到的，这个东西？"

全力不说话，只是紧紧地盯着那两张满是褶皱的纸。小时候她曾经在大太阳底下，用一个放大镜烧死过一只苍蝇。自然课老师告诉她，那是因为聚焦的强光所产生的热量。可是眼前的纸上并没有出现轻烟和焦痕。

还是盯得不够狠。她想。

她觉出了手心的汗。她知道她正在开始一场危险的游戏。她在撬一块石头，那石头上驮着她几十年苦心经营的人生。她以为石头固若金汤，没想到她指头轻轻一碰就有了第一丝松动。她是完全可以在第一丝松动之后拔腿就走的——只要她走了，石头就依然还在。石头在，她的人生也就在。

正当她准备起身的时候，她听见自己颤颤地问了一声："那个刘欧仁，是谁？"

话一出口她就知道，石头滑动了，她的人生岌岌可危地悬在了半空。

"我怎么可能知道？刘年认识这么多人呢。"

律师已经从最初的震惊中清醒过来，恢复了惯常的镇静。

"你要是不知道，怎么会问我是从哪里找到这汇款单的？你本该先问我这是什么东西。"

律师怔了一怔，这才想起眼前的这个女人在退休之前曾经是个数学老师，教过三十年的高中数学课程，她的学生中有好几位在奥数中得过名次，逻辑思维早已成为她的日常生活习惯。

全力看见律师发际线开始后退的额头上，有一根青筋在急剧地行走，一会儿鼓，一会儿瘪——那是两样想法在短兵相接，刺刀见红。

"你不告诉我也行，我去问宝宝。"全力说。

宝宝是律师在某大学的法学院兼课时认识的一个女学生，后来他给她在校外单租了一间公寓过日子。其实全力只是听刘年讲起过这件事，她非但没有宝宝的联系方式，她甚至都不知道宝宝的全名。刘年公司开张的第一天起，就聘用了这个律师。相处得久了，两人就渐渐成了朋友。刘年知道宝宝的事，却从来没在律师的妻子面前透过一丝风。

所以，律师也不会在自己面前透一丝风。

全力突然醒悟。

"我有宝宝的电话。当然，也有你老婆的。"全力若无其事地说。

律师的脸色猝然变了，血色全无。

"何苦呢，大姐，刘大哥一辈子对你怎样，你心里没数吗？"他说。

全力不语，只扭过头来看窗外。冷空气毫无预兆地来了，天说翻脸就翻了脸，十月的天空突然生出一副十二月的容颜，晦涩憔悴，连风声似乎也像是苟延残喘。

一切都错了位。

她笑了，笑得自己也吃了一惊。

"我也，一直觉得，他对我好，直到今天。"她一字一顿地说。

律师开始冒汗。他掏出一块手帕来擦脸，手帕一下子湿透了。

"从现在起，给你写支票的是我，而不再是刘年。你应该比谁都清楚，我现在拥有刘年所有公司的控股权。"

全力从手提袋里找出一张干净的纸巾，递到律师手里。律师低了头，用一根手指来来回回地拨弄着他的手机。

"除了这一家。"

律师在一张纸上，抄下了手机里调出来的一行信息。

那是一家公司的名字。

地址在巴黎。

律师送全力出来的时候，走路一脚高一脚低，身个儿似乎突然矮了一截。全力知道他是给压的——肩上的东西太重，一边是对朋友的愧疚，另一边是对朋友妻的怜悯，两样他都想背，可是哪样他都背不动。

"大姐，这把年纪了，非要这么较真吗？"他叹了一口气。

全力微微一笑，说晚了。

是的，晚了。她的生活已经摔在地上，砸成了一地碎碴。她回不去了，碎碴已经挡住了她的退路。

"我只想再问你一个问题，最后一个问题：还有谁知道这件事？"全力问。

律师没有回答。

她已经不需要回答。她现在终于理解了葬礼上女儿看她时的眼神：那是一个洞悉一切的女人对另一个无知甚至愚蠢的女人的怜悯。

还有嫌恶。

第十章
铅笔盒物语　（1969）

我是一只铁皮铅笔盒，带着上海产品特有的结实和挺括，尽管制造我的只是一家位于杨树浦区的里弄工厂。

我的盒盖上喷的是一层金灿灿的漆，左上角印着一轮蛋黄似的太阳，太阳的光芒被分解成一道道从中心向边缘扩散，渐行渐粗的直线。右下角是三个背着书包的孩子，他们大大地伸展着胳膊，仿佛在向太阳索取拥抱，又仿佛是要拥抱太阳。打开盒盖，内里印的是一张九九乘法口诀表，底下有一行类似于注解的斜体小字："洋为中用，古为今用。"

我的售价是三毛九分钱，这个价位在那个年代可以买八张油饼，或者二十个小实心包子。我躺在西湖边上一家文具店的柜台里，被一位从温州出差经过杭州的供销员相中。其实，当时被拿出来供他挑选的，还有另一只铅笔盒。那只铅笔盒比我略大一点，盒盖上喷的是象征着积雪的白漆，上面印着一束又红又黄的腊梅，黄的是花瓣，红的是蕊。那个供销员最终选中我的原因，应该还是价差——那只铅笔盒的售价是四毛四分钱。五分钱对他来说也许不是障碍。他看上去穿着体面，从他卷起袖口的那只胳膊上，我看见了一只崭新的上海牌手表，表面的那张塑料贴膜还没来得及揭下。我猜想促使他决定花三毛九分钱而不是四毛四分钱的，是因为他考虑到这五分钱的差价到底能否为他产生五分钱的价值。

我被这个男人买去，带到温州，作为礼物送给了一位替他洗衣服的女人。女人接过礼物的时候，心下就明白了，这礼物是用来买太平的。第二天早上，当别的孩子不在场的时候，女人把这个铅笔盒悄悄地给了她的小儿子。这个孩子见到我的时候，眼睛噌地睁大了。他虽然读到了初中，却从来没拥有过一个属于他的铅笔盒。他的铅笔圆珠笔橡皮擦和米达尺，都是放在一个他母亲用零头布缝制的小布袋里。每逢需要在课堂上使用文具的时候，他总是偷偷摸摸地在课桌的抽屉里松开那条抽口的绳子，他无法忍受把布袋亮在桌面上的耻辱。

他把那个铅笔盒翻来覆去地看了几遍。如果非得要挑一根刺的话，那根刺就是那三个想拥抱太阳，或想被太阳拥抱的孩子脖子上的红领巾。他宁愿那是红袖章。当然，这是可以忽略不计的小瑕疵。就在他想把我放进书包的那一秒钟里，他突然产生了一个重大的疑虑。他知道他母亲的手通常握得很紧，不太可能在一个不是年也不是节的日子里，突发奇想把指缝松到一个可以一气漏过几毛钱的地步。

"你出门踢到钞票了？"孩子疑惑地问母亲。

母亲顿了一顿，才犹犹豫豫地说："这是，你孟叔叔，送给你的。"

孩子一怔，站起来，把那只铅笔盒往地上狠狠一扔。在落地之前，它先撞到了凳角上，铁皮太薄，经不起摔打，红太阳上砸出了一条细小的凹痕。

"把你的裤腰带看紧点！"

男孩倏地跑出门去，扔下一句石子一样坚硬的话。这话是他偷听父母吵架时学来的。女人被拦腰砸着了，身子矮了下去。女人从前已经忍受过许多疼痛，女人后来还要忍受更多的疼痛，女人没工夫为每一样疼痛叫嚷上半天。所以女人只是默默地捡起破了相的铅笔盒，把它放到男孩的床头。

她很快就忘了这件事情。

可是男孩没有。

那个夜晚男孩枕着那只铅笔盒，像枕着火。他一夜没睡，心里有两样想法在彼此掐着颈脖。男孩半夜起来解手，看见地上拖着两个影子。到了早上，当男孩和他的哥哥们一同起床时，有一样想法已经被另一样杀死，男孩又成了一条影子的人。尊严是白脱油，经不住温火的诱惑，再硬再实也得化成水，男孩最终还是背着那个带着伤痕的铅笔盒去了学校。

男孩在自己的座位上坐下来后做的第一件事，就是把我从书包里掏出来，摆在了书桌最显眼的位置，给别人看，也给自己——他只是没有看够。他每看一遍，就会发现一些新的细节，比如在第三遍的时候，他就发现从左到右第七根太阳光芒线上，有一块比灰尘还小的气泡。再看到第五遍时，他发现中间那个孩子的书包带上，套色略有移位。

这天的第一堂课是语文课，任课的老师也是班主任。这堂课讲的是《国际歌》歌词，可是老师并不着急进入主题。老师用的方法是从外到里，由广至深。老师先是从词作者欧仁·鲍狄埃的身世开讲，然后才渐渐进入歌词本身。老师那天的课备得很认真仔细，当然也藏了一点私心。班级里正在排练一个叫《国际歌声》的节目，要参加市里少年儿童文艺汇演。节目里有一段《国际歌》的大合唱，前后还穿插着有关鲍狄埃和巴黎公社的一段诗朗诵。老师想把背景知识介绍放在她的语文教案里，一石二鸟。

男孩听着听着，就渐渐忘记了放在他眼前的铅笔盒。男孩突然觉得，老师讲的其实就是他自己的故事，只不过套了欧仁·鲍狄埃的名字。欧仁的穷，也是他的穷；欧仁的窘迫，也像是他的窘迫；就连欧仁的爹，似乎也有几分他爹的样式。只是欧仁的革命，却不是他的革命，至少现在不是。欧仁穷，那是因为有压迫他的人。可是他呢？谁是他的压迫者？是谁篡夺了他本该是主人的位置，叫他沦为奴仆？

他突然想起了那个姓孟的男人——那人离开他家时后脑上撅着的一撮头发，衣襟上系错的一粒纽扣，裤腰里不小心塞进去的一角衬衫。那男人从不空手来，他不仅带来让妈妈洗的脏衣服，也带来别的东西，比如一小碟炸过油的肉渣，两张裹在粗糙的黄纸里的麦饼，或是一块包装纸已经褪了色的力士药皂。他总觉得那男人带进他家的都是剩货，是从饱餐之后的嘴里剔下来的牙花，或是从某个多年未清理的角落里偶然找到的遗忘物。

那个男人不空手来，也不空手走，他从他家带走的，是最鲜活的东西——他妈的身子。那男人把妈妈的身子零敲碎打成很多块，昨天取一块，今天取一块，今天和昨天似乎没有多大差别，可是隔着几个月回头一看，就看出了变化。姓孟的男人从妈妈身上取走的，不是皮，也不是骨头，他要的只是肉。皮还是同样的皮，肉渐渐少了，妈妈就成了一只松松垮垮满是皱褶的皮袋子。

妈妈的变化，只有他看清楚了。爸爸说不定也看见了，可是爸爸没说。爸爸说的，是另外一些话。那个姓孟的不用费心巴结爸爸，因为他知道爸爸需要那些剔下来的牙花和搜出来的剩货。爸爸要找太平，会从妈妈那里找。爸爸对妈妈那些凶狠的叫嚷，其实更多的只是一种姿势——一种找太平的姿势。

那个姓孟的也知道，只有这个十五岁的男孩，才是这一家子里唯一需要买太平的人。姓孟的毕竟走过了很多码头，明白天下没有刀枪不入的东西，只是还没找到插刀枪的那条缝。姓孟的一眼就看到了男孩身上那条埋得很深的缝，他没用刀，也没用枪，只用一只铅笔盒，就把那个男孩给打倒了。男孩收下了他的铅笔盒，就再也不能用炭火一样的目光烧灼他的背影，也不能在他们擦肩而过的时候，用一声粗重的鼻喷，来回应他几近讨好的招呼。

欧仁呢？欧仁也有妈妈吗？为什么老师的故事里从来没有出现过欧仁妈妈的身影？当欧仁被迫辍学，来到作坊和他爸爸一起制造箱笼的时候，欧仁的妈妈是否也躺在床上，用一根松开的裤腰节，来换取她儿子的铅笔盒，尽管它对他已经毫无用处？

一阵羞耻浪潮似的涌了上来，把男孩的脑袋瓜子冲成了一堆散沙。

——————·——————·——————

下午最后一节课的上课铃声响起，两双回到座位上坐下，突然发现他的桌子上铺了一层他先前所不曾看见的粉末。粉末很厚也很粗糙，像是从风化的砖头上剥落下来的颗粒，带着一点棕红色的砖锈。这层粉末覆盖在那个新铅笔盒上，盒盖上的万道金光突然就显得有些黯旧肮脏。

两双拿手一抹，粉末纹丝不动。他抬头看了一眼窗外，才突然醒悟过来，那粉末是阳光。今天的太阳有些古怪，很早就斜了，表面像蒙了一层被很多只手揉搓过的玻璃糖纸，遍布褶皱和污垢。那时他还不知道，其实太阳早就预见了后来要发生的事，太阳想给他递话，可惜他没听懂。

这堂课是工业基础知识课，这门课在正常的年月里会拥有另外一个名字，叫物理。老师在讲电流和电压的关系。这是一种简单的关系，两双不明白老师为什么要耗费这么多时间，用远比这个关系复杂的比喻和例子，从一个又一个角度喋喋不休地讲解诠释。他越听越糊涂。

"猪油蒙了脑子。"

他想起了爸爸从前骂他的话。爸爸骂这话的时候，一定忘了猪油是一年里难得尝上几回的好东西，叫这样的稀罕物件蒙了脑子，还能坏到哪里去？

爸爸骂他，是因为他的愚笨。他读书的成绩一直不怎么出众，每次家访，老师虽没告他的状，却也说他还没开智。

不过，那都是从前的事。自从他上了初中，那层蒙在他脑子里的猪油突然就被一只神来之手抹得干干净净。所有的课程，除了美术，对他来说都是一点就通，澄明透亮，他开始觉得老师啰唆。从同学看他的眼神里，他渐渐醒悟过来原来他的脑袋好使。

两双今年十五岁，在上初二。刚进中学的时候，他感觉竖在他面前的是一堵厚厚的，几乎没有可能穿透的围墙。围墙隔出的那片天地里，最中心地段站着一群军分区干部的子女。他们不管什么季节永远穿着一身洗得发白的旧军装——不是市面上的冒牌货，而是正儿八经的军装，衣领上还带着领章覆盖过的阴影。他们很少说温州话，不是因为不会，而是因为不屑，他们无论在什么场合只说在温州人听起来略微有些大舌头的普通话。他们浑身似乎都涂着强力胶水，坐着也好站着也罢，身边永远沾着一群渴望他们青睐的随行。

离那个绿色阵营不远处，站着一堆蓝色的人群，他们是这个辖区的工人子弟。他们不穿军装——那样的一套军装是超乎他们能力所及的奢侈品。他们穿的是从父亲或者哥哥身上腾下来的工作服，袖口沾着些刻意不洗干净的机油斑痕。蓝圈子离绿圈子很近，却又不是绿圈子的影子。他们知道自己永远成不了绿，于是他们就努力维持着蓝的独立和骄傲。

在绿圈子和蓝圈子之外，还站着一群灰色的人，他们是机关干部和知识分子的子女，父母大多还处在前程未卜的那个幽暗时期。他们游移在绿色和蓝色的光影之外，神情卑微，目光警觉，他们在恭谦地期待着绿圈子或蓝圈子里随意扔过来的一根橄榄枝，他们渴望与那两个阵营产生关联，哪怕只做影子。

在这个五十名孩子筑成的围墙之外，孤孤零零地站着第五十一个人，那就是两双。

尽管那三个圈子都各揣着自己的小算盘，他们在对待他的态度上，却达到了罕见的共识：他们都不约而同地摒弃了他。他们摒弃他的理由，竟也是如此相同。他既不属于绿色覆盖的地盘，他甚至也不是真蓝。他本来应该是蓝色的一员，他父亲是真正的产业工人，可是他却从来没穿过一件可以引起蓝色联想的衣服。他穿的是经过了两三个人的身体，其中的一个有可能是他姐姐，洗得已经完全没有色调可言的衣服，袖口挂着丝，肘子上补着南辕北辙的补丁。他的裤子几乎从未遮盖过他脚踝，而他的鞋子也总是带着脚趾越狱时顶出的洞。他似乎从未吃饱过肚子，即使是在午饭之后的第一堂课上，他那根清寡的肠子，依旧会在最静谧的那一刻发出不知羞耻的长鸣。那鸣叫从前排传到后排，一路滚雪球般地滚成轰鸣的笑声。笑是传染病，后排的那些人其实并不知道笑的真正原因，他们仅仅是被感染了而已。无论寒暑，他的鼻孔里始终爬动着两道鼻涕，像两条身手敏捷的青虫，随着他的呼吸嗖嗖地一进一出。蓝圈子嫌弃他，像嫌弃一块擦过马桶的脏布一样，他们显示鄙夷的方式只有一种，就是把他扔得很远。当他被自己人扬弃时，他也就同时被世界扬弃。

若干年后，当他长大成人，而且也不再穷的时候，他才真正明白：穷只有高高地举在诗和书里面，才有可能被人尊崇。穷落到地上，只能是一坨遭万人唾弃的臭屎。那个万人里边，当然也包括了和他一样的穷人。

过了一阵子，两双发现那堵五十个人筑成的坚固围墙上，突然裂开了一条缝。当然，裂缝不是一天里出现的，从内里扩展到表面，是一个缓慢渐进的过程。两双看见的是结果，而不是过程。

第一条缝隙来自绿圈。一个父亲在军分区里任着高职的孩子，有一天突然开口问两双借代数作业本。"借"在这里是一种委婉说法，这个字的核心含义，应该是抄。这个孩子把两双的作业本又相继传给了别的几个孩子，绿圈和蓝圈的都有。那天老师批改代数作业时，发现有道题目好几个学生用的都是一种不太寻常的解法，不仅化简的步骤完全相同，连化简过程里出现的那个无关紧要的小错误，也都如出一辙。

第二条裂缝，是从蓝圈里生出来的。有一天，两双所在的学习小组的组长，一个蓝圈里的小头目，突然找到两双。他神神秘秘地翻开小红宝书的某一页，让两双就那条伟人语录写一点体会。"明天学习小组交流用。"他这样告诉两双。两双很快就写完了，交给他，却再也没有下文。两个星期之后，那篇文章改头换面地出现在班级的黑板报上，署的却不是两双的名字。那篇文章从班级的黑板报跳到学校的黑板报，又从学校的黑板报跳到了学区的高音喇叭，辗辗转转地跳了很多个地方。那个署了名字的蓝孩子，也因此大大地出了名。两双没吱声，却发现那人看自己的眼神里，有了一丝从前不曾有过的闪烁。这丝闪烁，在有的字典里会被诠释成忌惮。不久，两双就被那位同学提名为学习小组的副组长，一个再小不过的芝麻官，可是两双就是从那个时候悟出了一个道理：声音得不到的东西，沉默有时反倒可以。

那堵围墙上的裂纹开始时很细，细若蛛丝。一个意味深长的眼神，一丝没抹干净的水迹般的笑容 …… 这些裂纹随着时间渐渐变粗，并且相互交缠渗透，渐渐汇合成一条容得下一个身子的宽缝。两双不知道自己是什么时候从那条缝里钻进来的，只是蓦然回首，他发现墙已经被他甩在了身后。他穿的依旧是说不清颜色打着南辕北辙补丁的旧衣服，他的肠子依旧会发出最不合时宜的喊叫，他的鼻涕依旧会在他的鼻孔里毫无廉耻地随意进出。可是突然他不再害怕了，因为他知道他的脑子是工兵，会为他一样一样地清除贫穷所设下的重重路障。

"一段导线中的电流强度跟电压成正比，跟电阻成反比。就好比教室的门很窄，下课时人挤出教室就很费劲。阻力一大，单位时间里走出去的人流就稀少了。"

老师依旧还在用第n个例子解释着欧姆定律。两双听着听着，就觉得老师的话成了一盘散沙，他把每个字都捡起来了，却怎么也拼不成一幅完整的图画。有一根细细的绳子，在隐隐约约地牵扯着他的小肚子。不是胃，甚至也不是肠子。那个时候两双还不知道，绳子扯的那个地方有个学名叫膀胱。

绳子并不是新绳子，绳子早在前一堂课里就生出来了。他本来是可以在课间的那十分钟里和绳子做个了断的，可就在他跨出教室门的那一刻，他被几个同学喊住了。那几个人挤在墙旮旯里，头黑压压地凑在一起，脊背个挨个拱成一个神秘的圆圈，连脖子上都睁着警觉的眼睛，他们不用开口就已经暴露了秘密。两双很快地扫了一眼，发现他们都是军分区子女中的核心人物，绿中的深绿。两双无法抵御这样的诱惑，他不由自主地挤进了他们单为他敞开的那条幽谧窄巷。

他们在看一张明信片。明信片上是一个披着长发的女子，眼睛很大也很深，睫毛长得像笤帚，嘴唇潮湿而丰润——那是一种两双从未见过的女人。

"沈艳玲的书包里，有好几张这样的玩意儿。"一个孩子小声说。

沈艳玲是班里最丑最蠢的那个女生，她的姐姐嫁了一个开餐馆的香港人，只有她的书包里，能翻出这样的洋玩意儿。

明信片递到了两双的手里，两双颤了一颤，赶紧把它扔给了旁边的那个孩子，仿佛那是一枚已经点着了引信的炸弹，他不想炸在他手里。

那个孩子就笑，说你真的不想见识见识香港的稀罕货？

两双犹豫了一下，终于还是从那个孩子手里拿回了那枚哧哧冒烟的炸弹。

炸就炸了吧，也算稀罕过一回了。他暗想。

拿得近了，两双才发现，那张明信片其实不是纸，更像是一张薄薄的塑料片，上边有着密集的条纹。

"斜过来，斜过来看。"旁边的孩子提示着。

两双把塑料片斜了一个角度，发现那个女子突然变了个模样。她一只眼睛依旧睁得大大的，另外的那只却扑闪了一下，送过来一串水波纹。

两双觉得有样东西在他心尖上搅了一搅，身子有些瘫软，而两腿中间却突然硬了起来，硬得几乎有点疼。在这之前，他从来不知道一个女人的眼睛，是可以派这样的用场的。一串眼波，竟然可以叫一个人身上的肉软了，也硬了。

"要不要报告老师？"有个孩子问。

"先玩几天再说。今天归我，明天归两双，再一个一个往下轮。"另一个孩子说——他是那群人的头儿。

上课的铃声把两双拽回到课桌上，可是他依旧还在想着那只轻轻一眨的眼睛，还有似闭未闭的一瞬间里，那只眼睛里溢流出来的水波纹。他把他十五年里认识的女人都想了一遍，他妈妈，他姐姐，他妹妹，常来他家里通知开会的居委会主任，街道上收水费电费的那个阿姨，给他家送煤粉的那个婶婶，还有，他班级里那些瘦骨嶙峋的女生……没有一个人长着那样的眼睛，一个也没有。见过了这样的眼睛，所有其他的眼睛就再也不是眼睛了。

两双还想好好地回顾一下那只眼睛，每一个细节，每一道纹理，直到他的脑子再也想不动为止。可是他的脑子没过多久就停了工，不是因为疲惫，而是因为分神。那根隐约牵扯着他小肚子的绳子渐渐变粗了，在狠狠地拉扯着那扇守护着他肚腹的门。他的脑子在调动全身的肌肉，跟那扇松动了的门拼着命。它往外拉，他往里扯；它撞的时候，他顶。渐渐地，他发觉他的肌肉像拉松了的橡皮筋，再也使不上劲。

坏事了，今天。他暗想。

就在这时，下课的铃声响了。他来不及把那个崭新的铅笔盒收进书包，甚至来不及把书包从抽屉里拿出来，就往门外冲去。

一切，都等以后。他需要刻不容缓地解决那个不怀好意地等候在他肚腹门外的魔鬼。

他冲到门口的时候，几乎撞到了一个人身上。是班主任，那个在早上讲授过欧仁·鲍狄埃生平和巴黎公社故事的语文老师。

"汇演就在下个星期，我们要抓紧一切时间排练。"

女老师将手里的教鞭在空中画了个不容置疑的句号，把所有试图在第一时间逃离教室的学生堵回了屋里。

在那根教鞭的指挥下，课桌被推到了墙边，课椅被排成了四排，五十一个学生被铺成一个错落有致的扇面。

5|i.7̲2̲i̲ 5̲3̲|6 - 4 ……

这是风琴弹出的前奏。

世界突然安静了下来，两双的胸腔里却响起了一阵震耳欲聋的回声。过了一会儿他才醒悟过来，那是他的血。他的血被那旋律激荡着，像涨潮时的浪，在凶猛地拍打着他的身体，拍得他遍体生疼。他从来不知道他有这么多的血；他也从来不知道他的血可以变得这样烫。血急切地想涌出皮肤，他连脖子都涨得通红。血让他的身体膨胀了许多倍，他觉得他渐渐变成了一棵树，一个城，一座山。疲乏的肌肉，不耐烦地蠕动着的饥肠，还有扯着他肚子的那根绳子，突然就渺小如菌粉。

> 在巴黎五月的腥风血雨中，
> 你是那颗永不熄灭的火种；
> 你还没来得及洗去身上战友的血迹，
> 就已经在奋笔疾书
> 全世界无产阶级的诗歌……

这是男女声诗朗诵。之后的歌词两双早已烂熟于心，可是他还是错过了第一个节拍，是因为紧张，他的手心开始出汗。

> 满腔的热血已经沸腾
> 要为真理而斗争
> 旧世界打得落花流水……

两双看见老师朝他瞟了一眼，她在责怪他的走调。他不仅自己走调，他还在领着别人走调。可是他顾不得。这样的旋律，只能配这样的血。而这样的血，只能配这样的声音。他觉得他的声音也涨大了许多倍，他的喉咙盛不下，他的身体盛不下，甚至连整个教室，也像是要被那个声音掀翻。

突然，他觉得那根紧紧地勾扯着他肚腹的绳子断了，一股憋了很久的热流，顺着一个他暂时还没想明白的渠道奔涌而出，一泻千里。

他感觉前所未有的惬意和轻松。他看见前排那个女同学的绿格子棉袄罩衫上，突然出现了一串褐黄色的斑迹。

那个女孩不知道发生了什么事情，至少在那个时候——水迹透过棉袄渗进内衣，还需要几分钟。

第一个明白过来的，是站在两双身边的一个男生。他指着两双，发出一声含混不清的叫喊，像遭了雷劈似的从椅子上跳落了下来。

很快，所有的人都明白了。那个错落有致的扇面顷刻之间四分五裂、土崩瓦解，满地都是惊恐炸出来的弹坑。

等到尘埃最终落下，五十个惊魂未定的孩子看见那四排失去了次序和形状的椅子上，孤孤零零地站着一个人。那人的前裆上，有一块锅底那样大的湿迹，短到脚踝的裤腿上，还在滴滴答答地淌着水。

那人的裤子已经洗过了不知道多少水，早已失去了经纬交织的力度，水迹却意想不到地还原了它最初的颜色。

那是蓝。

工作服的蓝。

———·———·———

我是一只标价为三毛九分钱的铅笔盒。我被一位从温州出差经过杭州的供销员从西湖边上的一家文具店里买走，作为礼物送给一个替他洗衣服的女人。女人早过了使用铅笔盒的年龄，这件礼物的真正主人，是女人的小儿子，一个名叫两双的十五岁少年人。男人送这件礼物的用意，女人很清楚——他是想在进出女人屋子的时候，少一把锁多一刻太平。

我被放进那个少年人的书包里时，曾以为会跟随他一些日子，至少到他中学毕业的时候。没想到我却成了一只世界上最短命的铅笔盒——我作为文具的使用寿命，竟然只有短短的一天。

少年人最初在母亲手里看见我的时候，眼睛便被意外的幸福充满。可是幸福也和我一样短命，随后耻辱立刻如泡沫涌上来，掩埋了幸福。幸福不甘，在耻辱的泡沫里奋力挣扎着，还想浮上表面。幸福和耻辱打了一夜的架，早上少年人起床的时候，幸福和耻辱都不再单纯，它们已经各自掺杂了对方的成分。

少年人带着我去上学的第一天，在排练《国际歌声》的现场，就发生了那起爆炸性的丑事。事件的核心人物——我的主人，在清醒过来之后，抓起书包夺门而去。他没有回家，只在街上漫无目的地狂奔。一路跑，一路把书包紧紧地捂在身前，用以遮挡裤子前裆那一片潮湿的印记。等他终于跑到了一个再也没有路的地方，他才意识到他已经到了江边。

那个下午太阳斜得很早，却又在天边待了很久，仿佛有一条看不见的绳子，把它牢牢地拴在了离地很近的方位。那天的太阳面相丑陋古怪，像一块被岁月侵蚀风化了的旧砖头，颜色龌龊，表面满是龟裂的纹路。少年人认出了这就是那轮早些时候在他的铅笔盒上洒下了一层粗粝粉末的太阳，这时他才明白了太阳的预言。

少年人用街道树木听了都会颤簌的恶毒，咒骂着太阳，以及任何一个给世界带来光亮的物体。这是一个不配有太阳，甚至不配有蜡烛的日子。这个日子压根不配有光亮。这个日子从早到晚都该是暗夜，这个日子地球上所有的人都应该像鼹鼠一样生活在十八层地狱里，看不见别人，也看不见自己。

少年人咯咯地咬着牙齿说。

少年人到了江边，走下了和水相连的滩涂。他每个夏天都在这里游泳、摸鱼、偷船上的瓜果，他认识这里的每一块石头，他知道岸下每一片水的深浅和浪的急缓。他挑了一块石头坐下，弯下身来看水。那是个大冷的天，风不急，却很细碎，一嘴一嘴地啃得人体无完肤。他以为他在水里什么也不会看见，可是在两排细浪的间隙里，他还是看见了自己冻得通红，被耻辱揉皱成一团腌菜的脸。他厌恶地闭上了眼睛。

那轮太阳，是个句号。他对自己说。那是他青春岁月的句号。

他还没有来得及拥有青春，就已经失去了青春。从今天起，假如他熬得过今天，他将会跳过青春直接进入成年。那是一串没有黎明没有早晨没有正午的永恒傍晚。

不，他不要那样的日子，绝不。

少年人暗暗地做了一个决定。

我在他的书包里奋力挣扎着，声嘶力竭地对他叫喊着：

"你熬得过，你会熬过今天。今天只剩下几个小时了，明天会有明天的太阳。明天的太阳兴许是一张好脸，明天的太阳兴许会递给你一句好话。你等一等，你再等一等。"

他听不见我的话，但是他感觉到了我的动静。他把我从书包里掏出来，放在掌心。他有点奇怪我怎么会湿漉漉的，他以为这是他裤子上的水透过书包渗透到我身上。他不知道这是我的眼泪。

他还太年轻，还不懂得物件也会流泪。

他打量了我一眼，眼神里充满了厌恶，就像他在水面上看见他自己的脸一样。

"滚！"

他站起来，狂吼了一声，把我远远地扔进了江水之中。

我落到了一片漂浮在水面的烂菜叶之上。菜叶被猝然的重量吓了一跳，在水上簌簌地转着圈，寻找新的平衡点。

在我即将沉没到水里的那一刻，我看见少年人爬到了一块高处的岩石之上，犹豫片刻，弯腰纵身跳入了水中。就在他伸展开双臂做着跳跃前的最后一个准备动作时，他寡瘦的嘴角轻轻抽搐了一下。

我不知道那是决绝，还是留恋。

初稿 2014.1.25－2014.12.4
二稿 2015.1.17－2015.1.28
三稿 2015.3.30－2015.4.23
多伦多—温州—多伦多—台北

后记
流年印记

　　每个人都有一个属于自己的童年故事，有的故事温润明亮，有的故事晦涩阴冷，有的故事却掉在了颜色之间的夹缝里，几乎无法冠以形容词。我女友的故事，大约就是后一类的。她的整个童年和少年时期的记忆，似乎都与搬家相关。她父亲是一位南下干部，解放初期在南方的一个城市里担任重要领导职务。后来因为接二连三的错误，官职一降再降，全家也因此频繁地从一个住处搬到另一个住处。她父亲的错误，与那个年代常见的政治判断失误无关，却与男女关系相关。用那时的流行术语来描述，她父亲是个生活作风方面的惯犯。我女友从小就被母亲拽在身后，走街串巷地寻找那些容颜身份气质各异的女人，央求她们离开父亲。当我认识这位女友时，她已进入中年，博学睿智，对一切事物都有着独特的见解。但她最先吸引我的，都还不是这些。我发现她长着一双能从茫茫人海里唰的一下跳出来揪住你的心的眼睛，那眼神深黑忧郁如同两口年代久远的井，从那里你几乎可以顷刻间揣测到她的童年伤痕。于是我就萌生出一丝朦胧的意愿：我想写一个被母亲不情愿地拽进成人世界的小女孩，和一个能以钢铁般意志管辖自己的上半身却永远败给了下半身的男人。全力，全崇武，朱静芬，叶知秋的故事，就是从这里找到了第一丝灵感。

　　《流年物语》的另一个灵感，源于我多年前的一桩风闻：一位身世显赫才华出众的女人，在某个人人丧失理智的疯狂年代里，成为了落难的公主。而一位正直敦厚同样才华出众的男人，就在那时走进了她的生活，毫不犹豫地承担起她和她全家的一切重负。多年里他为她倾献所有，后来积劳成疾，英年早逝。没有人，包括他们最歹毒的敌人，对这个男人的品行有过哪怕一丝最不着边际的揣测和怀疑。而就在那个男人的葬礼上，出现了一位被哀恸碾成齑粉的陌生女人。妻子至此才恍然大悟，这些年里她男人的出差地点为何总是在同一个外地城市。小说的构思在这里开始丰富起来，然而也就是在这里，我的思路几乎拐入了一个死胡同：我们还能信任我们的眼睛吗？假若眼见不再为实，那还能剩下什么可以被认为是真的东西？真实的对立面一定是谎言吗？它会不会是另一个版本的真实？于是，在后来生成的小说里，才有了那些眼睛的失职：被丈夫认为愚昧丑陋毫无魅力的朱静芬，却总是在最关键的时刻营救丈夫于危难之中；在婚姻中呈现着持久的谦恭和压抑状态的刘年，却会在另一个几乎无法与妻子相比的低贱女人身上，表现出狮子一样的自信和勇猛；清高得近乎玩世不恭的叶知秋，竟会撞在一桩很难算是真爱的婚外恋里，死得如此决绝义无反顾。这些在假象和真相之间游移的情节，就这样慢慢地浮上我的脑子，经过某些纠结之后，渐渐固定为纸页上的文字。

过去十几年的创作经历多多少少证明了我不太善于在一个时间点上掘取题材，《流年物语》的最初设想，就是像以往的长篇小说那样，把一个家庭的变迁摆置于几十年的历史时段上。于是不可避免的，我写到了贫穷，因为贫穷是那个时段的一个标志性产物。贫穷是客观现实，但它却不止于此。贫穷拖着一个巨大到没有尽头的影子，这个影子在贫穷自身消亡后，还会存活很久。贫穷不仅是生活状态，它也是一种思维方式，一种世界观，一团决定人际关系的潜意识。刘年一直活在贫穷的影子里，即使是后来巨大的财富也未能使他摆脱那片阴影。他对全力小心翼翼地隐藏着自己的童年记忆，却对尚招娣肆无忌惮地剥露着早年的不堪，对儿子欧仁语焉不详地进行着无产阶级说教，这些貌似矛盾的举止其实都源自同一样东西：他对贫穷的惧怕和耻辱感。他终其一生试图用各种方式来逃离贫穷对自己的心理控制，可是记忆是一只不死鸟，无论用抹杀，用暴晒，用颂挽都不能使其消亡。只有当他躺在死亡的眠床上时，他才终于明白一切都是徒劳——一旦套上了贫穷的轭，他终生将是它的仆役。

当我还在构思大纲的阶段，我就意识到了《流年物语》将会是一部很难整理出一个鲜明主题的小说。可是我不在意。谁定义了一本小说只能探讨一个主题？定义的困难是因为小说的多面复杂，这些因素可以造就混乱，也可以造就层次和立体感。《流年物语》是关于贫穷和恐惧的，同时也是关于假象和真相，欲望和道义，坚持和妥协，追求和幻灭的。这部头绪纷多的小说里独独匮乏的是爱情——那种我们在十八岁时憧憬的纯净的爱情。书里相遇的每一对男女，都有着自己不可告人的私心。唯一一段和所谓的爱情稍微相近些的感情，发生在全崇武和叶知秋之间。可是叶知秋再清高脱俗，也难逃落难公主寻求庇护的嫌疑；而面对一生中唯一一个可以让自己的上半身和下半身同时处于警醒状态的女人时，全崇武依旧没能挣脱现实对他的冷峻呼召。叶知秋采用了如此决绝的一种死法，却不是为了爱，而是为了成全自己，惩罚他人。

《流年物语》是我的第八部长篇小说。在我年轻一些的时候，我曾经不知天高地厚地夸过口，说我的小说初稿和后来的修改稿不会存在太大的差别，写下的文字推倒重来的事情几乎从未发生过。然而这次在《流年物语》的创作过程中，我终于遭遇了一次滑铁卢。在写到十万字左右的时候，我突然对已经成型的文字产生了腻烦心理——不是因为故事情节本身，而是因为叙述方式。这部小说的几个主要人物都过着不同程度的多重生活，作者的观察通常只及一面，充满盲点。用这样一双眼睛充当正面侧面和背面每一重故事的观察者，难免有些力不从心，小说的叙述因此陷入疲惫状态。我突然想到引进一双具有三百六十度视角的眼睛，来替代作者受视角时间空间光线多重限制的眼睛。于是我推翻了已经成稿的文字，重新设置故事框架，在每一个章节引入了一件与主人公密切相关的物件（比如手表，钱包，在屋檐下筑巢的麻雀，在床底下窃听的老鼠等等），由它来承担一个"全知者"的叙述者身份。换言之，我试图找到一个新的角度，来叙述一个老套的故事。在接下来的写作中，我发现那些有关"物语"的文字，恰恰是我感觉最具有灵气和流动感的部分。这多少有些喧宾夺主的意思——是情不自禁。这个叙述方式的更改，到底能否给一个老故事注入新活力，还得仰赖读者的最后检验。无论如何，我感觉欣慰，因为我在自己想象力的固有边界上，至少踹出了一个小小的缺口。

《流年物语》的最后修改定稿期间，正值我在台湾任东华大学驻校作家和洪建全基金会讲座作家之时。东华大学和洪建全基金会不仅策划了我在台湾期间的系列学术活动，而且为我的衣食住行做了细致周详的安排，替我的写作营造了一个温馨舒适的环境。《流年物语》的最后一个句号里，留有台湾朋友们的亲切印记。特此鸣谢。

2015. 09 16
于温州南站蜗居